SCIENCE FICTION

Herausgegeben
von Wolfgang Jeschke

Von derselben Autorin erschien in der Reihe
HEYNE SCIENCE FICTION & FANTASY:

Hier sangen früher Vögel · Band 3600

KATE WILHELM

DER CLEWISTON-TEST

Science Fiction-Roman

Deutsche Erstveröffentlichung

WILHELM HEYNE VERLAG
MÜNCHEN

HEYNE-BUCH Nr. 3765
im Wilhelm Heyne Verlag, München

Titel der amerikanischen Originalausgabe
THE CLEWISTON TEST
Deutsche Übersetzung von Sylvia Pukallus
Das Umschlagbild schuf Vicente Segrelles/Norma

Redaktion: Wolfgang Jeschke

Printed in Germany 1981
Umschlaggestaltung: Atelier Heinrichs & Schütz, München
Gesamtherstellung: Mohndruck, Graphische Betriebe GmbH, Gütersloh
ISBN 3-453-30666-X

In Liebe wie immer für
Ed, Eula, Ken, Russ und David

1

Der Wachmann drehte seine letzte Runde um sechs Uhr früh. Er verließ sein Wachhäuschen beim Hintereingang des Unternehmens und schritt langsam den breiten Korridor zu seinem ersten Kontrollpunkt hinab. Zu hören war lediglich das Geräusch seiner Schaumstoffsohlen, die abwechselnd auf dem gebohnerten Kunststoffboden aufsetzten und sich wieder lösten. Das Geräusch war ein schwaches, regelmäßiges Quietschen. Er machte diese Runde seit 29 Jahren und nahm seine eigenen Schritte längst nicht mehr bewußt wahr. Er brauchte nichts mehr zu überlegen; seine Füße trugen ihn, seine Hände betätigten die Stechuhren, und er vertraute darauf, daß seine Nase ihm meldete, wenn etwas nicht in Ordnung wäre, und seine Augen sich automatisch auf das Außergewöhnliche ausrichten würden. Er drehte seine Runden wie ein Schlafwandler, ohne jegliche Unbequemlichkeit, ohne besonders müde oder gar gelangweilt zu sein.

Sein erster Kontrollpunkt war die Tierabteilung. Ohne Hast wählte er den richtigen Schlüssel, schloß die Tür auf und trat ein. Der Raum war so schwach beleuchtet, daß die Wände in einige Entfernung zurückverschoben wirkten, und ohne das Personal, das sich sonst in den Gängen zwischen den Käfigen drängte, nahm der Saal Proportionen einer unmenschlichen Größenordnung an, als sei er über das Gebäude, das ihn beherbergte, hinausgewachsen.

Das Quietsch-Quietsch seiner Schuhe, wenn er zwischen den Käfigen umherging, war Teil der Routine; keines der Tiere regte sich. Er prüfte die große Doppeltür an der hinteren Wand und leuchtete dann mit seiner Taschenlampe die hohen, sinnlosen Fenster daneben ab. Dann ließ er den Lichtstrahl von der gegenüberliegenden Seite zu sich zurückgleiten und hielt auf halber Strecke inne.

Irgend etwas stimmte nicht. Im Geist ging er die Unterteilungen des Raumes durch: die Meerschweinchen schliefen alle, zusammengekauert und für ihn weitgehend unerkennbar. Einige Katzen waren wach, dies traf jedoch immer zu, wenn er hineinsah. Die Hunde hatten sich nicht gerührt, doch er wußte, daß ihr Schlaf täuschte, daß ihre Ohren wie Richtantennen seinem Weg durch den Saal folgten. Die Schimpansen waren ruhig, jeder in seinem Einzelkäfig, und schienen zu schlafen.

Er schüttelte den Kopf, drehte sich um und ging zurück den Gang entlang, wobei er diesmal beim Vorbeigehen einen Blick auf jede Käfigreihe warf. Dann erblickte er den Schimpansen, ein großes Tier, das im schwachen Schimmer der von unten kommenden Nachtbeleuchtung riesenhaft wirkte. Der Schimpanse stand hochaufgerichtet und umklammerte die Gitterstäbe seines Käfigs. Er verfolgte ihn mit den Augen.

Der Wachmann atmete langsam aus. Er trat ein paar Schritte auf den Käfig zu, ließ seine Lampe über das Schloß gleiten, um sich zu versichern, daß es zu war. »Blöder Kerl«, murmelte er. Das Gefühl, daß etwas nicht stimmte, hielt an, als er seine Runde fortsetzte, und verflog nur allmählich.

Der Schimpanse blieb stehen, die Pfoten um die Gitterstäbe gekrallt. Nun hatte er die Lippen gefletscht und zeigte die Zähne, sein Nackenfell begann sich zu sträuben. Sein Griff um die Gitter wurde fester und prüfend, er versuchte, daran zu rütteln. Nach einigen weiteren Minuten wich er von der Käfigfront in die Dunkelheit unter dem Sitzbrett zurück und setzte sich auf seine Hinterkeulen, ohne den Blick abzuwenden. Von den anderen Schimpansen rührte sich keiner.

Einige Kilometer entfernt leuchtete ein Lichtpunkt im Erdgeschoß eines der stattlichen dreistöckigen Häuser jenseits vom Cherokee-Park auf. Vorhänge wurden aufgezogen, ein dreigeteiltes Erkerfenster, hinter dem Grün wucherte, wurde erkennbar und verströmte ein warmes Licht.

Das Zimmer hinter dem Fenster war sehr groß und bot genügend Platz für das überdimensionale Bett, zwei bequeme, mit rotem Samt bezogene Sessel, ein Sofa und einen Kartentisch mit zwei hohen Stühlen. Zur Seite geschoben, so daß zwischen ihm und dem Bett ein Durchgang von 1,20 m blieb, stand ein Heimtrainer, grüne Gummilaufrollen zwischen zwei parallelen Metallhandläufen. Das Haus war zu einer Zeit erbaut worden, da drei Meter hohe Decken noch keine unzulässige Verschwendung waren, und das Erkerfenster zur Südfront verlief in gleicher Höhe. Die Türflügel auf der Nordseite bestanden aus massivem Ahornholz, der Fußboden war mit hellem und dunklem Eichenholzparkett ausgelegt.

Die Tür zum Bad öffnete sich, Anne stieß sie vorsichtig noch weiter auf, um den Weg für den Rollstuhl freizumachen. Clark war schon dagewesen, um die Vorhänge aufzuziehen. Sie fragte sich, warum er damit jeden Morgen wartete, bis sie im Bad war. Er wußte, daß es ihr weh tat, beobachtet zu werden, wenn sie sich unbeholfen und ängstlich aus dem Stuhl hievte; mit der Grazie eines Nilpferds, dachte sie bei sich, und beäugte das Bett, das ihr manchmal als unerreichbares Ziel vorkam. Heute morgen fühlte sie sich stärker und beschloß unumstößlich, der Sache Einhalt zu gebieten; sie machte sich daran, das Hochziehen aus dem Stuhl und die Wendung zur Bettkante vorzubereiten. Sie stöhnte auf, als sie ihren Körper sinken ließ, und gebot sich streng, daß es nicht wehgetan hatte, und so tat es auch nicht weh. Es war vielmehr der Gedanke an den Schmerz, die Erinnerung daran, die ihr Angst machten. Dann lehnte sie sich in ihr Kissen zurück und entspannte sich wieder. Sie zitterte leicht.

Es war noch zu früh, um zu sagen, ob heute die Sonne scheinen würde. Die Welt jenseits des Erkerfensters wirkte dumpf und grau. Sie wollte nach einer Zigarette langen, fuhr aber zurück. Nicht vor dem Frühstück. Statt dessen besah sie das Erkerfenster. Sie stellte sich vor, sie könnte hören, wie Clark in der Küche Kaffee, Toast und Eier machte. Er vollzog seine Küchenpflichten genau wie seine Laborexperimente, präzis, nach einem inneren Zeitplan, der das Ganze mit dem geringsten Kräfteverschleiß zur Vollendung brachte. Sie wünschte, er käme bald mit dem Kaffee. Dann lenkte sie ihre Aufmerksamkeit wieder auf das Fenster.

Jeder der drei Flügel bestand aus sechs kleinen Glasscheiben, die von kleineren, ungleichmäßigen bunten Glasstücken umrahmt waren, die kein Obst- oder Blumenmotiv ergaben, sondern einfach wahllos zu merkwürdigen geometrischen Mustern zusammengefügt waren. Die Farben waren intensiv und vielfältig, und wenn die Sonne schien, tauchten strahlende Rot-, Blau-, Grün- und Gelbtöne erst hier, dann da auf, und verwandelten — nicht immer sehr dezent — die Gegenstände, die durch sie hindurch erleuchtet wurden. Das Erkerfenster war drei Meter breit, die Holzempore darunter in einem warmen Weißton gestrichen. Sie hatten keine Gardinen aufgemacht, nur dunkle Dekorationen, die, wenn sie geschlossen waren, der Ausbuchtung des Fensters folgten und das weiße Podest freiließen. Darauf lagen Polster in strahlenden Farben, hellen Gelb-, Orange- und Rottönen — und ein Terrarium, ein 23-Liter-Ballon, der einen kleinen tropischen Urwald beherbergte — purpurne Blätter, samtiges Grün und Weiß. Die Erde in der Flasche wies zwischen ihrem Schwarz Flecken weißen Wurmbefalls auf, der wie Schnee aussah. Auf der Fensterbank hatten noch andere Pflanzen ihren Platz, doch sie waren vernachlässigt worden. Die Usambaraveilchen hatten Blätter verloren, der Philodendron braune Flecken bekommen und die Dieffenbachie war dem Licht zugewachsen, da niemand sie gedreht hatte, so daß es aussah, als wolle sie dem Zimmer den Rücken kehren, und zeigte die Rückseite der starkgeäderten Blätter — einen starken und funktionalen Pflanzenbau.

Zwei Wochen lang hatte Anne beobachtet, wie die Blätter sich täglich stärker drehten, bis sie nun fast ganz senkrecht standen und hinaussahen. Keiner sonst hatte ihnen Beachtung geschenkt. Wie seltsam mußte es sein, in diesem Zeitrahmen zu leben, dachte sie, wo diese schrittweise Bewegungsart natürlich und vielleicht sogar schnell erschien. In ihrer Kindheit hatte sie einmal Bohnen in ein Glas mit Löschpapier gestreut, dessen Unterseite in Wasser getaucht war, wo die Bohnen gut sichtbar waren, so daß jede Veränderung beobachtet werden konnte. Die Veränderungen selbst ließen sich natürlich nicht beobachten, nur die Fortschritte konnten jeden Tag registriert werden.

Zu beiden Seiten des Bettes stand je ein Nachttisch, von denen einer eine Krankenhausausführung war mit einer Plastikplatte und zwei Türen, hinter denen eine Waschschüssel und eine Bettpfanne verborgen waren. Sie brauchte diese Gerätschaften nicht mehr, aber das Gestell war eben noch da, und ein Wasserkrug auf seiner Deckplatte schwitzte und hinterließ kleine Pfützen. Auf dem anderen Nachttisch waren Bücher, ein Aschenbecher, ein Notizbuch und Bleistifte aufgestapelt, Zeitschriften — wissenschaftliche Schriften und ein Schachmagazin —, ein Kalender in einem verzierten Silberrahmen, fein ziseliert, Rokokostil, ein Geschenk von Clarks Mutter. Sie zog den Kalender zu sich herüber und machte mit energischen Strichen ein rotes Kreuz durch das Datum Montag, den 6. Februar. Sie hatte im November mit dem Durchkreuzen begonnen.

»Hallo, Schatz. Hier kommt der Kaffee.« Clark kam mit einem Tablett herein und stellte es auf den Kartentisch vor dem Erkerfenster. Die ganzen vergangenen Monate hatten sie ihre Mahlzeiten an diesem Tisch in diesem Zimmer eingenommen. Er hatte ihr ein Ei gekocht, für sich ein Rührei mit Speck zubereitet und eine Kanne Kaffee gemacht. Morgens stand sie nicht auf, um sich an den Tisch zu setzen. Sie würde später, wenn Ronnie kam, wieder aufstehen. Clark ging nicht gern zur Arbeit, so lange sie nicht sicher im Bett lag. Er fürchtete, sie könnte fallen. Weil ich einmal gestürzt bin, dachte sie, und es höllisch weh getan hatte, und, was schlimmer war, sie waren beide sehr darüber erschrocken. »Der Unterschenkelknochen ist empfindlich«, hatte der Arzt gesagt. »Wir wissen selbst nicht genau, weshalb, aber es treten häufig Schwierigkeiten auf, bis er sauber verheilt. Da bist du bei weitem nicht der einzige Fall, Anne.«

Clark stützte ihr mit dem Sofakissen den Rücken und ging dann ans Fenster. Sprühregen hatte eingesetzt. Im Januar hatte ganze drei Tage lang die Sonne geschienen. Im Februar, der noch jung war und einiges erhoffen ließ, hatte es bisher einen solchen Tag gegeben. Anne stieß einen Seufzer aus und machte sich daran, ihr Ei zu essen.

»Heute kann es spät werden«, meinte Clark kauend. »Heute ist Ausschußsitzung.«

Sie nickte. Nach der Ausschußsitzung hatten die verschiedenen Abteilungen noch ihre Sitzungen. »Klugman wird die Gelegenheit finden, dich freundlich darauf hinzuweisen, daß ich immer noch auf ihrer Gehaltsliste stehe und mein Gehirn der Firma Prather gehört«, sagte sie.

Clark grinste sie an. »Dagegen habe ich auch nichts, solange der Rest mir gehört.« Er trank seinen Kaffee. Er hatte genügend

Zeit. Clark wachte stets auf, ehe der Wecker rasselte; es war, als würde er mit dem Wecker einen zweiten in seinem Kopf aufziehen, der als erster ablief, geräuschlos, aber mit größerer Dringlichkeit als der mechanische. Er schenkte ihnen beiden erneut Kaffee ein.

»Und Klugman wird mich daran erinnern, daß der 30. März näherrückt. Er wird eine Zusicherung wollen, daß du dann wieder da bist, gesund, in alter Form und Frische.«

»Das werde ich aber nicht. Ich werde finster dreinblicken und aussehen wie ein verrückt gewordenes Genie«, erklärte Anne und gab eine Probe ihres finsteren Blicks.

Clark lachte, setzte sich mit der Tasse in der Hand auf die Bettkante und strich mit der anderen Hand über ihr Haar. »Du kannst gar nicht finster dreinblicken und siehst auch nicht verrückt aus oder wie irgend jemandes Klischeegenie. Du siehst verdammt sexy aus in deinem ziemlich durchsichtigen Ding, und wenn ich dich in den nächsten paar Wochen nicht regelrecht vergewaltige, bin ich reif für den Heiligenstand.« Er sprach leichthin, doch seine Hand auf ihrem Haar wurde zu reglos, und die Bewegung, mit der er sie wegzog, war zu brüsk. Er ging an den Tisch zurück und zündete sich eine Zigarette an.

Anne betrachtete ihn, sagte sich, wie massig er gebaut war. Seine kräftigen Arme und Beine, der tiefe Brustkasten. Wenn er nicht da war, stand er stets als sehr großer Mann vor ihrem geistigen Auge, doch nun war es schlicht und einfach seine massige Statur; er war gar nicht so lang. Er war drei Zentimeter größer als sie, doch er erzeugte und hinterließ den Eindruck eines sehr großen Mannes. Er mochte schon immer Sex am Morgen, wohingegen sie, wie sie ihm einmal flüsternd erklärt hatte, gern feucht zwischen den Beinen schlafen ging. Es lag wohl daran, daß er so plötzlich und vollständig erwachte. Er wachte in einem hellerstrahlten, geheizten Zimmer auf, wo alles zum Gebrauch parat stand und nur darauf wartete, daß der Benutzer es in Gang setzte, damit es anstandslos funktionierte. Ihr Zimmer dagegen war dunkel, wenn sie aufwachte; stundenlang tappte sie umher, bis sie die Lichtschalter und den Ofen gefunden hatte, um dann abzuwarten, bis die Wärme sich ausbreitete. Doch wenn es ihr auch niemals einfallen würde, morgens ein sexuelles Beisammensein anzuregen, so brauchte es doch nicht viel, sie so geil zu machen wie er war, und beim Anblick seines muskulösen Rükkens wollte sie ihn so sehr wie er sie wollte und brauchte.

»Deena wird in zehn Minuten hier sein«, sagte Anne sanft.

»Hm. Ich bin gleich wieder da.« Er bewegte sich schnell, fast ruckartig. Seine Bewegungen waren eher die eines mageren, nervösen Menschen, nicht die eines Mannes, der so massig gebaut war wie er. Sogleich war er mit seinem Kordsamtjackett und den Gummischuhen zurück. Im Labor wurde keine besondere Kleidung verlangt, doch es bestand die stillschweigende Übereinkunft, daß alle Erdgeschoßabteilungen der Schlips- und Jacken-Forderung entsprachen. Clark trug abgeschossene Hosen, die am Hintern leicht abgescheuert waren, und ein kurzärmeliges Hemd mit Tintenflecken an der Brusttasche. Alle seine Taschen waren ausgebeult von Zetteln und Krimskrams, den er manchmal wochenlang auszusortieren vergaß und einfach als Gesamtbündel allmorgendlich von einer Tasche in die andere stopfte. Seine muskulösen Arme waren dunkel mit Haarwuchs überzogen; sein am Hals offenstehendes Hemd entblößte dichtes Haar auf seiner Brust. Sein Bauch war behaart, sein Rücken ebenfalls; wenn er seinen Bart wachsen ließ wie einmal vor drei Jahren, so sproß er buschig und sah wild aus. Ab und zu, wenn er gerade einmal daran dachte, schnitt er sich das Haar, und gewöhnlich hielt er es etwas oberhalb Kragenlänge, doch an diesem Montag früh war es lang und ringelte sich über den Ohren und dem Hemdkragen. Es war tiefschwarz und glänzte seidig.

Ein Bärenkerl, dachte Anne, als sie ihm zusah, wie er seine Taschen auf der Suche nach irgend etwas abklopfte. Er trug ein Taschenmesser, in das ein Büchsenöffner, Korkenzieher, Löffel und Schraubenzieher eingebaut waren, bei sich. Er hatte einen Fingernagelschneider und einen Kamm dabei, Zigaretten und ein Feuerzeug, das nicht funktionierte, das er jedoch unbedingt zur Reparatur wegbringen wollte, sobald er daran dachte, Kulis und Bleistifte. Schließlich zwei Notizbücher, kleine Spiralblocks mit losen, zerfledderten Blättern. Außerdem noch Streichholzheftchen, Rechnungsbelege, Rabattmarken, Geldscheine und Münzen. Einmal hatte sie seine Taschen ausgeräumt und über acht Dollar Wechselgeld gezählt. Schlüssel hatte er auch: Haus- und

Wagenschlüssel, Laborschlüssel, Schlüssel zu seinem Schreibtisch und seinem Spind und zu ihrem Schreibtisch und ihrem Spind im Labor, Schlüssel zu einem Wagen, den er längst nicht mehr hatte, Schlüssel zu den Handkoffern, die im Vorratsraum des Kellers aufbewahrt wurden, und Schlüssel zur Wohnung seiner Eltern. Als sie einmal gesagt hatte, wie dumm es sei, jeden blöden Schlüssel, den er besaß, mit sich herumzutragen, hatte er ihr recht gegeben und sie in die verschiedenen Taschen zurückgestopft. Er ging nochmals hinaus, um seine Brieftasche zu holen, dann war er bereit. »Ich ruf' dich an«, sagte er, während er seine Gummischuhe überstreifte.

Sie nickte lächelnd. Er würde drei-, viermal anrufen.

Sie schüttelte den Kopf, lächelte immer noch. Er ließ den Wagen für Ronnie, die Krankenpflegerin, zu Hause, damit sie Anne zur Behandlung oder zum Einkaufen oder anderswohin fahren konnte, und es würde ihm nie einfallen, Deena zu bitten, für eine Besorgung anzuhalten.

»Na, warum lädst du Harry nicht ein, zum Essen zu bleiben. Ich werde einen Happen essen, wenn ich zurückkomme.«

Anne lachte. »Du erzählst mir immer das gleiche, weißt du das? Und ich antworte immer das gleiche. Ich werde aufbleiben. Wenn Harry bleiben kann, wird er mit mir warten. Ronnie wird uns einen Eintopf oder irgendwas machen, was man aufwärmen kann.«

Er trat wieder ans Bett und beugte sich vor, um sie flüchtig auf die Stirn zu küssen. »In Ordnung. Und frag mal deinen Arzt wegen der andern Sache, ja? Bis heute abend.« Draußen ertönte die Hupe, er ging und winkte von der Tür aus noch einmal zurück. Nachdem die Eingangstür aufgemacht und zugeschlagen worden war, schien es sehr ruhig zu sein in der Wohnung.

Anne dachte über den Tag nach, der in seiner ganzen Länge vor ihr lag. Montags um zehn Behandlung. Erschöpft wieder zu Hause, Mittagessen, Nickerchen. Um zwei eine Viertelstunde am Heimtrainer. Sie sah dem angewidert entgegen. Die Strecke war nur viereinhalb Meter lang, doch wenn sie an einem Ende stand und den Blick auf das andere richtete, kam ihr die Entfernung unüberwindbar vor. Danach Pause. Gegen vier würde Harry, ihr Onkel, kommen, um ihr Gesellschaft zu leisten, mit ihr Schach zu spielen, von seinen Schülern erzählen. Er unterrichtete achte Klassen in Sozialkunde und Geschichte und, wie es aussah, jedes andere Fach, in dem Lehrermangel bestand. Ein Jahr lang hatte er sogar eine Mädchenklasse in Sport.

Auf den einen Ellbogen gestützt begann sie, ein dickes Notizbuch unter dem Zeitschriftenstapel hervorzuziehen. Gewöhnlich setzte der Stapel daraufhin an, unaufhaltsam zu Boden zu gleiten; sie zerrte das Notizbuch frei und lehnte sich mit geschlossenen Augen zurück, hielt die Kladde in der Hand und lauschte dem Aufprall der Magazine auf den Boden. Ihr Federhalter war an den Deckel des Notizbuches geklammert; augenblicklich machte sie sich an ihre Eintragungen.

Deena sprach beim Fahren untröstlich vom Wetter, und Clark hörte zu, ohne aufzupassen. Er verstand nicht, wie Leute einen Gedanken ans Wetter verschwenden konnten. Er wußte nie, ob es Schnee oder Regen geben würde, ehe der Tag vorüber war. Er trug seine Gummischuhe, wenn es regnete, und vergaß sie, wenn die Sonne schien. Nicht daß die Elemente ihn überraschten, er akzeptierte einfach, was sie brachten. Sein Blick war starr geradeaus gerichtet, doch statt der vom Regen getrübten Sicht auf den Verkehr stand das Bild von Anne vor seinem Auge, wie sie im Bett lag, ihr helles, welliges Haar, das eng ihren Kopf umschloß, ohne Make-up — in seinen Augen wunderschön. Einmal war er überrascht gewesen, als er zufällig mitangehört hatte, wie zwei ihrer Freunde kühl über sie geredet hatten. Einer hatte gesagt, daß sie nicht sehr hübsch sei, und der andere hatte dem zugestimmt, doch beide hatten ihr Attraktivität bescheinigt. Auch das war ihm unverständlich. Ihm erschien sie wunderbar. Ihr Haar war hellbraun, als Kind war sie ein Fuchsschopf gewesen, später war es nachgedunkelt; ihre Haut war warm und schimmerte makellos, ihre Augen waren tiefblau. Sie war groß und schlank, mit breiten Schultern, die für eine Frau vielleicht ein wenig zu breit waren, und hübschen, langen Beinen, die, wie sie meinte, manchmal einfach weiterliefen, ohne daß sie sie aufhalten konnte. Sie fühlte sich in tief auf ihren schlanken Hüften sitzenden Jeans wohl, doch wenn sie sich zurechtmachte und Make-up benutzte, war sie bilderbuch-schön, und er wußte, daß die meisten Männer ihn beneideten. Sie war Fremden gegenüber zurückhaltend, und wenige Leute erfuhren jemals, wie intelligent sie war. Aufgewachsen in einer Durchschnittsfamilie hatte sie sehr früh erfahren, daß ihr sprühender Geist die Ausnahme war, und sie hatte gelernt, ihre Wortspiele und Urteile unausgesprochen zu lassen, ihre Intelligenz in keiner Weise zu offenbaren.

»Ich habe gesagt, Emory möchte dich vor der Aufsichtsratssitzung sprechen«, sagte Deena. In ihrer Stimme klang ein verärgerter Ton mit, als ob sie schon eine Weile auf ihn eingeredet hätte.

»Entschuldige.« Clark schüttelte den Kopf und sah sich um, ob sie noch immer nicht da waren. Sie waren noch ein paar Blocks vom Werk entfernt. »Dann werde ich zuerst zu ihm gehen. Hat er irgend etwas Besonderes im Auge?«

»Das übliche. Wie lange müssen wir unsere Abteilung noch mit euren Affen vollstopfen? Er weiß so gut wie du und ich, daß wir sie so lange behalten, bis Anne sagt, daß sie mit ihnen fertig ist, aber er muß fragen, um seinen Senf dazuzugeben. Du weißt ja.«

»Gewiß.« Deena war Psychologin im Tierlabor. An die Vierzig, geschieden, mit einer zehnjährigen Tochter, fühlte Deena sich stets gedrängt, sich immer und immer wieder ihre eigene Intelligenz zu beweisen, dachte er. Sie hatte sich im vergangenen Jahr zur militanten Feministin entwickelt, und die meisten Leute der beiden Abteilungen gingen ihr, wenn möglich, aus dem Weg, was sie nur noch aggressiver machte. Sie machte sich keine Illusionen darüber, wessen Leistung die Clewiston-Symons-Experimente wirklich waren. Ihre wöchentlichen Berichte an Anne waren peinlich genau, und schließlich fiel sie einmal in der Woche bei Anne ein, um mit ihr über die Arbeit zu reden.

Sie bogen in die Toreinfahrt ein und fuhren eine Wagenreihe entlang zum Ostplatz hinter dem neuen Forschungsanbau. Anne war das Gehirn, das hinter den Gedanken steckte; von Anfang an war dies so gewesen, und sein Name war nur hinzugefügt worden, weil sie darauf beharrt hatte, daß ohne sein Zureden, ohne ihre langen Gespräche, seine Rolle als Advocatus diaboli und seine penible Zuarbeit nichts zustande gekommen wäre, was irgendwie hätte benannt werden müssen. Das stimmte schon, erinnerte er sich. Gemeinsam waren sie ein teuflisches Team. Doch es war ihres Geistes Kind. Und es war im Begriff, ihr auf diesem Gebiet einen großen Namen zu machen. Vielleicht brachte es ihr sogar einen Preis ein. Kein Neid schwang in diesem Gedanken mit. Er war sehr stolz auf seine Frau, sehr stolz, daß sie seine Frau war.

2

Gegen neun Uhr regnete es gleichmäßig, und der Regen begann auf den kalten Oberflächen — auf Leitungen, Baumstämmen und Brücken — zu gefrieren. Bob Klugman stand am Fenster von Edward Helversons Büro und sah hinaus. Hinter ihm blätterte Jack Newell den Report der Produktionsabteilung durch, murmelte ab und zu etwas vor sich hin und machte sich Notizen. Er hatte den Rechenschaftsbericht das ganze Wochenende über zu Hause gehabt, aber nicht die Zeit gefunden, ihn sich zu Gemüte zu führen. Er war furchterregend, dachte Bob Klugman, der nicht zusehen konnte, wie der junge Mann den Text fast so schnell überflog, wie er blättern konnte. Ein Erfolg des Schnellesekurses natürlich. Er sollte auch einen solchen Kurs belegen. Er brauchte es ja gar nicht zu erwähnen, es einfach tun und die Ergebnisse für sich sprechen lassen. Er nippte schwarzen Kaffee und wußte, daß er überhaupt keinen Kurs mehr besuchen würde. Die Schiffsuhr an der Wand schlug neun, und er überprüfte seine Armbanduhr. Helverson würde innerhalb von dreißig Sekunden zur Stelle sein. Keine Verspätung über eine halbe Minute lautete sein Motto. Also bestell die anderen zehn Minuten zu früh. Bob nahm noch einen Schluck. Er hatte nicht gefrühstückt und empfand einen sauren Geschmack im Mund; der Kaffee war bitter. Ich darf keinen Zucker mehr nehmen, nicht mehr rauchen, nicht lange aufbleiben und wozu das alles, fragte er sich und beobachtete, wie das Wasser die Scheiben hinablief. Wozu, zum Teufel? Sechzig. Noch fünf Jahre, dann war es vorbei. Und wozu? Selbst in dem Bewußtsein, daß diese Gedanken nur eine Montagmorgen-Stimmung waren, konnte er sie nicht abschütteln. Es lag an dieser verdammten Blätterei von Newell, der irgend etwas Idiotisches beweisen, eine Schau abziehen wollte. Wenn er tatsächlich so penibel wäre, hätte er diese Fleißarbeit zu Hause oder in seinem eigenen Büro gemacht und nicht hier. Die Tür ging auf, und Edward Helverson trat ein. Er war 1,80 m groß, mit vorzeitig ergrautem Haar und sah aus, als sei er aus dem Stoff, aus dem man Direktoren macht. Er wirkte vertrauenswürdig und offen, verband Freundlichkeit mit Zurückhaltung, und wies die Gesundheit und schlanke Statur auf, die dem Streß, Direktor einer Gesellschaft oder zweiter Direktor eines Konzerns zu sein, standhalten konnte, mit einem Auge auf den Generaldirektorsstuhl innerhalb weiterer zehn Jahre. Mit fünfundvierzig war er auf dem Wege zum höchsten Gipfel.

Jack Newell stand abseits, während Helverson Bob Klugmans plumpe Hand ergriff und herzlich schüttelte. Jack Newell war schlank, dunkelhaarig und so unauffällig, wie ein Assistent es sein sollte. Er und Helverson reichten sich nicht die Hand. Als Helverson sich ihm zuwandte, neigte er fast unmerklich den Kopf, und Bob fühlte sich unbehaglich bei der Erkenntnis, daß eine Nachricht ausgetauscht worden war.

»Bob, wie geht's? Was gibt's Neues?«

Bob zuckte die Achseln, da er nie genau wußte, was man auf eine solche Frage antworten sollte. Wollte er wirklich wissen, was bei R & D vorging, oder machte er Konversation, um sich für den tatsächlichen Anlaß dieser Vorbesprechung einzustimmen?

»Setz dich, Bob. Noch Kaffee da? Ist er noch warm?« Helverson goß sich eine Tasse dampfenden Kaffee ein und setzte sich; er ging nicht hinter seinen riesigen leeren Schreibtisch, sondern entschied sich statt dessen für einen von zwei Ledersesseln, zwischen denen ein Tischchen stand. Bob nahm in dem anderen Sessel Platz, ihm war unbehaglich, und er spürte das Verlangen nach einer Zigarette. Auf dem Tisch stand ein Aschenbecher, doch der polierte Onyx sah aus, als sei er noch nie benutzt worden.

»Wir haben Schwein gehabt, Bob«, sagte Helverson. »Einen unglaublichen Glücksfall. Wie schnell kannst du alles für die Schwangerschaftstests und die Teratologieversuche mit Clewistons Serum auf die Beine stellen?«

Bob blinzelte rasch. »Ende März haben wir eine Zusammenkunft, damit unsere Pläne sofort umgesetzt werden können, sowie der IND bestätigt ist.«

»Den IND bekommen wir diese Woche zurück, Bob«, entgegnete Helverson und lehnte sich lächelnd zurück.

»Diese Woche?« Bobs Blick wanderte verwirrt von Helverson zu Jack Newell.

»Wir stoßen vor, sowie ihr das Zeug fertig habt. Heute nachmittag habe ich einen Termin mit Dr. Grove, wo wir alles für die Schwangerschaftstests vorbereiten wollen. Er kann seine Daten in ein, zwei Tagen erstellen, und dann halten wir eine Plenarsitzung ab.«

»Aber unser Arbeitsplan ... Es bestehen noch einige Probleme mit der Computerzeit. Wir müssen Blutproben nehmen, die Analysen durchführen ...«

Helverson erhob sich und streckte die Hand aus. Das Gespräch war beendet. »Ich weiß, daß du das schaffen kannst, Bob. Die Sache hat Vorrang vor allem anderen. Setzt Überstunden fest, veranlasse alles, was du brauchst. Dies geht vor. Wie es sich gehört«, sagte er nun mit einem Stirnrunzeln. »Denk an das Leiden, Bob, all das unnötige Leiden. Mein Gott, wenn wir für so einen armen Teufel da draußen eine Woche herausschlagen können; einen Tag früher, an dem das Leben für ihn wieder lebenswert wird, ist das die besondere Anstrengung, die es uns hier vielleicht kostet, nicht wert? Wir können das schaffen, Bob. Ich werde auf der Sitzung heute ankündigen, daß wir am fünfzehnten weitermachen. Und das schaffen wir, Bob! Das schaffen wir!«

Bob Klugman wurde zur Tür dirigiert. Einen Augenblick lang setzte er dem sanften Druck Widerstand entgegen. »Aber Anne Clewiston, Mrs. Symons, ist noch nicht zurück.«

»Deshalb zähle ich darauf, daß du sie über jeden Schritt auf dem laufenden hältst. Mein Gott, wenn ich an diese brillante junge Frau denke! Ein Genie, Bob! Eine von den wenigen Gottbegnadeten. Ich verharre vor ihrem Können in Ehrfurcht, Bob! Sie muß in den Aufsichtsrat, so wie es von Anfang an geplant war, und sobald es ihre Genesung gestattet, wird sie das auch.«

Bob Klugman stand schon jenseits des Türrahmens und blinzelte verständnislos. Er dachte an die Flasche in seinem Schreibtisch, zuckte die Achseln und stapfte davon. Neun Uhr, und er hatte schon wieder die Flasche im Kopf! Annie würde ihm den Hals umdrehen, sich zu Helverson durcharbeiten und dem ebenso den Hals umdrehen. Er dachte mit Bedauern an Clark, der es ihr würde beibringen müssen; wieder stand das Bild der Flasche vor ihm, und diesmal beschleunigte er seinen Schritt ein wenig.

Clark stand im offenen Türrahmen zu Emory Durands Büro und besah sich die Szenerie, während Emory von dem Mangel an Beachtung erzählte, den alle seiner Abteilung ihm gegenüber an den Tag legten.

Das Tierlaboratorium war der größte Einzelraum im Prather Pharmazie-Komplex. Größer sogar als die Produktionssäle im zweiten und dritten Stockwerk. Der Teil, in dem sie sich befanden, war den Kleintieren gewidmet, den Mäusen, Meerschweinchen, Ratten, sogar einigen Schlangen in Glasbehältern. Am anderen Ende außerhalb von Clarks Blickfeld befanden sich die Katzen- und Hundekäfige. Er hörte das aufgeregte Kläffen der Hunde, die gerade gefüttert wurden, und das gelegentliche Miauen der Katzen. Noch weiter entfernt standen die Primaten, Klammeraffen, Gibbons und Schimpansen, mit denen er und Anne gearbeitet hatten. Zu dieser Tageszeit wimmelte es im Labor von Geschäftigkeit, nun wurden die Tiere gefüttert, Stuhl- und Urinproben gesammelt, Blutproben entnommen. Tiere wurden von den Nachtkäfigen zu den Tagesbeobachtungen in verschiedene Gemeinschaftsanlagen verlegt. Gestalten in weißen Mänteln liefen zwischen den Tieren herum und schoben Wägelchen mit Futter, Untersuchungsgeräten und Transportkäfigen vor sich her. Das Labor glänzte fleckenlos und wies praktisch keinerlei Geruch auf.

Emory Durand war der Abteilungsleiter hier. Er war Tierarzt, und es kursierte das Gerücht, er habe diesen Posten nur übernommen, um nicht selbst Tiere umbringen zu müssen. Er selbst wohnte niemals einer Tötung oder Autopsie bei. Das ganze Laborpersonal hatte ihm im geheimen den Spitznamen Noah gegeben. Die Sauberkeit seines Labors spiegelte sich in seinem Büro und seiner Person wider. Er trug auf Hochglanz polierte, weiße Schuhe. Seine weißen Hosen hatten korrekte Bügelfalten. Sein Laborkittel wies kein Fleckchen auf. Man behauptete, Noah staube jedesmal seinen Stuhl ab, ehe er Platz nahm. Er hatte dünnes, kurzgeschnittenes aschblondes Haar und bleiche, ungesund wirkende Haut; nichtsdestotrotz fehlte er keinen Tag und klagte niemals über irgendwelche Beschwerden. Er war Vegetarier und pflegte keinerlei Laster. Insgesamt ein jämmerlicher Typ, den jeder automatisch ablehnen müßte, dachte Clark. Doch niemand lehnte Emory Durand ab. Er war einer der beliebtesten Leute in der Erdgeschoßsektion. Seine eigenen Leute fürchteten und achteten ihn und vertrauten ihm, wenn notwendig, ihre Schwierigkeiten an, und auch außerhalb seiner Abteilung wurde er bewundert und geschätzt. Anne hatte einmal gesagt, dies läge daran, weil er die Menschen mit der gleichen ernsten Höflichkeit behandle, die er seinen Tieren entgegenbrachte. Clark hatte es schlichter formuliert: er war vertrauenswürdig. Das sagte für ihn alles über Emory Durand. Emory hob seine Stimme ein wenig, was für Clark ein Zeichen war, daß er seine Aufmerksamkeit und seine Betroffenheit erregen wollte. Er hörte ihm zu.

»Ich rechne fest damit, daß eines Tages hier eine Elefantenherde auftauchen wird. ›Kümmern Sie sich darum!‹ wird irgendeiner sagen und verduften. Und ich frage dich, Clark, wie viele Tiere, meinen die eigentlich, kann man auf einem begrenzten Raum unterbringen? Wie viele?«

Noahs Arche war vollgepackt, gab Clark im stillen zu. Keiner wagte ihn aufzumuntern, da sich alle in gewissem Maß mitschuldig fühlten. Emory Durand war vermutlich von allen im Werk am schlimmsten überarbeitet. »Macht dir unser Anbau nun solche Schwierigkeiten?« fragte er.

»Der Anbau. Eure gottverdammten Affen. Und dann auch noch die Kontrollschimpansen. Können wir die nicht abschaffen?«

Clark schüttelte den Kopf. Ein Mädchen im weißen Kittel kam mit einem Wagen vorbei, auf dem ein Stapel rostfreier Stahlschüsseln, eine Waage und ein Eimer mit übelriechendem Brei, der wie Scheiße aussah, standen. Fütterungszeit für die Meerschweinchen. Clark rümpfte die Nase, trat in das Büro zurück und schloß die Tür.

»Sojabohnen und Sägemehl«, sagte Emory voller Abscheu. Die Leute von der erweiterten Abteilung arbeiteten an Sojaproteinprodukten, und ihre Angebote sahen von Tag zu Tag ekelhafter aus. Außerdem wurden die Meerschweinchen massenhaft hinweggerafft und zeigten Tendenzen, unter heftigen Zuckungen zu verenden.

»Laß uns ein paar Monate Zeit«, bat Clark, um wieder auf die Schimpansen zu sprechen zu kommen. »Vermutlich höchstens drei Monate. Der IND müßte bis dahin zurück sein, und wir werden wissen, ob sie ihn bestätigt haben.«

Emory seufzte. »Bis jetzt ist Henry Barrington der einzige, der sagt, schmeißt sie raus. Und er hat ein Dutzend weißer Mäuse im Einsatz. Ein lumpiges Dutzend weißer Mäuse. Okay, Clark. Ich habe dich fragen müssen. Nun werde ich also zum Aufsichtsrat gehen und mehr Geld, einen Anbau für mich, mehr Assistenten, mehr Geräte . . .« Seine Stimme hatte in seiner Resignation jeden Ton verloren. »Und sie werden mir den Kopf tätscheln und mir erzählen, was für einen tollen Job . . .«

Ein heiserer Aufschrei gefolgt vom Klirren zerbrechenden Glases drang in das Büro. Clark riß die Tür auf und trat aus dem Weg, als Emory hinter ihm herstürzte. Sie rannten zum gegenüberliegenden Ende des Saals.

Einer der Laborassistenten saß auf dem Fußboden und preßte einen Arm gegen die Brust. Die rote Farbe von Blut auf seinem weißen Kittel sah furchterregend aus. Dann ertönte ein leises Stöhnen, wurde lauter, verklang und hob von neuem an, immer und immer wieder. Ein langhaariges Mädchen stand regungslos da und starrte die Käfigreihe hinab. Sie war bleich und würde sogleich einen hysterischen Anfall bekommen. Clark ergriff hart ihren Arm und schüttelte sie. »Was ist passiert?«

Deena tauchte auf und knöpfte sich noch ihren Laborkittel zu. Emory kniete jetzt neben dem Verletzten, andere strömten hinzu und stellten wild durcheinander Fragen. Darüber hinaus hatten nun alle Tiere begonnen, aufgeregt zu fiepen, zu schnattern und zu jaulen. Clark schüttelte noch einmal das erstarrte Mädchen. »Was ist passiert?«

»Der Affe hat ihn gebissen! Er wollte ihn umbringen! Ich hab's gesehen! Er wollte ihn umbringen.«

»Kommen Sie zu sich!« befahl Clark, der ihren Arm immer noch viel zu fest im Griff hatte, bereit, sie nochmals zu schütteln. »Wo ist er jetzt?«

Sie wies mit dem Kopf auf die Käfigflucht, worauf er sie losließ. Sie stolperte ein paar Schritte von ihm zurück, drehte sich um und lief davon.

Clark betrachtete den Verletzten. Er schien unter Schock zu stehen. Das Wimmern hielt noch an. Emory bat jemanden, einen Arzt und eine Bahre zu holen und einen Krankenwagen zu rufen. Clark wandte sich zu der Käfigflucht um. Nicht weit entfernt erklang Deenas Stimme, ruhig, leise, besänftigend.

»Komm, Duckmore, komm her!« Sie trat zwischen zwei Käfigen hervor, den Blick zwischen den beiden gegenüberliegenden hindurchgerichtet. »Komm mit, Duckmore!«

Ein mächtiges Schimpansenmännchen tauchte auf und streckte seine Vorderpfote aus. Deena ergriff sie und trat mit ihm den Rückweg zum Schimpansenkäfig an, wobei sie ihm mit ruhiger Stimme, die den Tumult im Labor niederzuringen schien, zuredete. Clark sah zu, wie sie den Affen in den Käfig führte und die Tür verriegelte. Der Schimpanse ließ sich auf seine Hinterbacken nieder und begaffte seelenruhig die Menschentraube um den Mann, den er gerade zu töten versucht hatte.

Deena lief zu Emory hinüber und ging in die Hocke. »Kann er sprechen?«

Emory schüttelte den Kopf. Er hielt den Arm des Mannes vor dessen Brust und unterstützte ihn so. Der Assistent hatte die Augen weit aufgerissen, war jedoch blind vor Schrecken. Sogar aus seinen Lippen war alles Blut gewichen.

Deena stand wieder auf. »Hat jemand die Sache beobachtet? Was ist denn geschehen?«

Das Mädchen, das den Servierwagen mit dem Meerschweinchenfutter geschoben hatte, sagte: »Seit einer Woche hat der Schimpanse schon versucht, ihn zu erwischen. Er hat mir erzählt, der Schimpanse hasse ihn. Grundlos. Völlig grundlos. Er war immer gut zu den Tieren.«

In diesem Augenblick kam der Doktor mit dem Erste-Hilfe-Trupp an, die Umstehenden wichen zurück. Clark stand vor Deenas Büro, als nach und nach wieder Ordnung in das Tierlaboratorium zurückkehrte.

»Kannst du irgend etwas über Duckmore sagen?« fragte Clark, als Deena erschien.

»Er ist so normal wie immer, soweit ich das sagen kann«, meinte sie.

»Hat der Bursche ihn gehänselt? Ihn über längere Zeit hinweg geärgert?«

Sie schüttelte den Kopf. »Du weißt, daß wir so etwas nicht dulden würden. Nein, Pat war nett zu ihnen, er hat Tiere gern. Und sie reagieren dementsprechend auf ihn.«

»Tja . . .«, sagte Clark niedergeschlagen.

»Mach dich nicht verrückt«, wollte Deena ihn beruhigen. »Wir werden Duckmore eine Weile beobachten, ein paar Tests durchführen. Vielleicht hat er gesehen, wie Pat mit einem der jungen Schimpansen geschmust hat und ist eifersüchtig geworden. Weiß Gott, was in ihren Köpfen vorgeht.«

»Tja . . .«, sagte Clark noch einmal. »Sag, könnt ihr vielleicht gleich ein paar Blutuntersuchungen machen? Ein EEG? Was immer du für richtig hältst?«

»Schon in die Wege geleitet«, antwortete sie knapp. »Ich schick dir die Ergebnisse rüber, sobald sie vorliegen.«

Mit finsterem Blick zu Boden ging Clark zu seinem eigenen Büro zurück. Das Tierlabor nahm den gesamten Westteil des weit ausgedehnten Gebäudekomplexes ein. Durch einen breiten Korridor davon abgetrennt lagen die Forschungslaboratorien für Petrochemie, Farben, Pharmazeutik, Lebensmittelzusätze und Granulate für die Plastikindustrie. Die Pharmaabteilung war der größte, ursprüngliche Laborraum mit breiten, hohen Fenstern, altmodischen Stahlspinden und unebenem Fußboden, daß alles, was zu Boden fiel, sich an einem Fleck unter dem Wasserbecken sammelte. In der Pharmazeutik waren die Wände im ersten Jahr gelb und grün gestrichen worden, und niemals hatte man diese Farbkombination verändert. Nach der Tierabteilung wirkte dieses Labor außergewöhnlich still. Ein Dutzend Leute arbeiteten an verschiedenen Anlagen. Die übrigen saßen in ihren Büros.

Hier war es gewesen, wo der alte Prather seine ersten Einreibemittel zusammengemischt hatte, seine ersten Kopfschmerzpulver und Hustensäfte. Er hatte Eisentabletten von Talergröße gebastelt und sich dann solange angestrengt, bis sie *so* klein waren, daß eine vornehme Dame sie schlucken konnte. Wenn Geister umgingen, dann mußte Prather in diesem Labor umgegangen sein, wo alles noch war wie einst, mit Ausnahme der modernen Apparaturen aus rostfreiem Stahl, die ihn gewiß verwirrt hätten, und der Computerterminals, die ihn noch mehr verwirrt hätten. Was könnte er mit so winzigen Kortisondosen anfangen, die mit Stärke vermischt werden mußten, um fürs bloße Auge überhaupt erkennbar zu sein? Mit den zeitlich gestaffelten Kapseln, die automatisch die Dosen jeglicher benötigten Stoffe regulierten? Mit radioaktiven Stoffen in hübschen blauroten Kapseln, die von den Leuten, die sie abfüllten, nicht berührt werden durften, sondern hinter Bleitüren mit Waldos gehandhabt wurden?

Clark schüttelte den Kopf, um seine Gedanken wieder in die Gegenwart zurückzulenken, zurück zu dem Schimpansen, der sich in einem Amokläufer verwandelt hatte.

Er starrte die Wand hinter seinem Schreibtisch an, die so nahe war, daß er sie von seinem Sitzplatz aus fast berühren konnte, und überlegte. Duckmore war bösartig geworden, doch vielleicht hatte der Assistent ihn doch gereizt. Vielleicht hatte er einen sadistischen Zug, den er bislang hatte verbergen können, jedoch insgeheim an den Tieren ausgetobt hatte. Vielleicht hatte er Duckmore unnötigerweise den Arm verdreht, als er ihn von seinem Käfig in das Gemeinschaftsgehege geführt hatte. Vielleicht ... Vielleicht brachte der *pa*-Faktor, den sie Duckmore vor fast einem Jahr eingegeben hatten, persönlichkeitsverändernde Erscheinungen mit sich, die jetzt erst zutage traten. Clark rieb sich die Augen, die vom Anstarren der nackten grünen Wand zu tränen begannen. Vielleicht ...

3

Bob Klugman sah Clark verständnislos an und schüttelte den Kopf. »Das kann doch nicht Ihr Ernst sein«, sagte er zum dritten Mal. »Wir können nicht vor sechs Monaten wieder anfangen.«

»Wir können auch nicht weitermachen«, widersprach Clark ihm ungeduldig. »Wir können nicht in zwei Wochen mit den Tests bei Menschen beginnen.«

»Deena, was macht der Affe jetzt?« fragte Bob und drehte sich von Clark weg. Er spürte ein Rumpeln im Magen und wußte, daß nun bald Sodbrennen und Blähungen einsetzten, die ihm aufs Herz drücken und das Atmen schwer machen würden.

»Wie du weißt, ist es ein Schimpanse«, sagte Deena, die beim Sprechen über seine Schulter hinwegsah. Sie hatte beim Betreten des Büros Alkohol gerochen; ihr Mund war schmal und hart, ihr Blick wich seinem bewußt aus. »Duckmore wirkt ganz normal. Noch haben wir keine Testergebnisse.«

»Nun, widmen Sie ihm Ihre besondere Aufmerksamkeit. Schalten Sie alles andere möglichst aus und verfolgen Sie diese Sache durchgehend.« Klugman blickte auf seine Armbanduhr; die Aufsichtsratssitzung tagte seit einer halben Stunde; zu spät, um Helverson vor möglichen Schwierigkeiten zu warnen. Er wandte sich Emory Durand zu. »Wie verhalten sich die übrigen Tiere dieser Gruppe? Irgendwelche weiteren Schwierigkeiten?«

Emory schüttelte den Kopf. »Ich stimme jedoch Clark zu. Es wäre ein Fehler, diesen Vorfall zu ignorieren. Ich werde mit Pat reden, sobald er nicht mehr unter Beruhigungsmitteln steht, und werde in Erfahrung bringen, was, zum Teufel, eigentlich geschehen ist, aber selbst das wird nicht genügen. Wir benötigen zwei Wochen für genaue Beobachtung, danach eine Autopsie, Gehirnuntersuchung, Zellgewebestudien, die ganze Litanei. Es *ist* ein Rückschlag, Bob. Damit werden Sie sich abfinden müssen — und Helverson klarmachen, was das heißt.«

»Aber es besteht die Möglichkeit, daß es mit dem Medikament gar nichts zu tun hat. Stimmt das nicht?«

»Zum Teufel, Bob, Sie kennen die Spielregeln doch! Sie saßen zwanzig Jahre lang auf dieser Seite des Schreibtisches, verdammt noch mal. Den juckt es plötzlich weiterzumachen, dann lassen Sie ihn doch ausbrüten, was ihn antreibt. Sie und ich wissen, daß das Bundesdrogenamt uns nicht gestattet weiterzuarbeiten, solange diese Sache in der Schwebe ist. Wir müssen das nachprüfen, und das bedeutet eine Verzögerung. Selbst wenn bei der Untersuchung nichts herauskommt.« Emory sprach ruhig, doch seine Worte waren zu abgehackt, zu teilnahmslos ausgesprochen; sie straften seine Ruhe Lügen.

Einen Augenblick lang starrte Bob Klugman Emory an, dann senkte er seinen Blick und sah zu, wie seine plumpen Finger auf seiner Schreibtischplatte Kreise zogen. »Mutmaßungen«, sagte er. »Glauben Sie, daß dieser Zwischenfall etwas mit dem *pa*-Faktor zu tun haben könnte, Emory?«

»Das nehme ich nicht an«, antwortete Emory nach einer Pause. »Aber vergessen Sie nicht, das ist eine Annahme. Ich würde ungern auf einer solchen Basis weitermachen.«

»Deena?«

»Nein. Es ist zu lange her. Das *poena albumin* sinkt innerhalb von acht Stunden auf Normalwerte zurück, und so ist es seither geblieben. In den Monaten seither sind keinerlei physiologische Veränderungen aufgetreten.« Sie sah ihn nicht an; ihre Stimme klang hart, sachlich und wie aus weiter Entfernung.

»Clark?«

»Ich weiß nicht. Meinem Gefühl nach muß ich nachdrücklich nein sagen, aber ich weiß nicht.«

Bob betrachtete ihn aufmerksam. »Ich frage mich, was Anne sagen würde.« Das war keine Frage, also antwortete auch keiner. »Wie geht es Anne?«

»Sie macht gute Fortschritte.

»Wollen Sie ihr von dem Vorfall berichten?«

Clark schüttelte den Kopf. »Noch nicht. Es würde sie nur aufregen, und wir verfügen noch nicht über ausreichende Fakten. Laßt mich warten, bis wir die Laborberichte von Duckmore haben. Warten wir ab, was der Bursche über den Angriff berichtet. Vielleicht hat er den Schimpansen wirklich gereizt, vielleicht gibt er so etwas zu.« Deena schüttelte den Kopf, Emory runzelte die Stirn. Keiner von beiden glaubte, daß dem Laborassistenten irgendein Vorwurf zu machen war. Clark drehte sich wieder zu Bob Klugman um. »Ich glaube, wir sollten warten, bis Gus zurück ist, ehe wir etwas unternehmen. Er hat die Sache von Anfang an verfolgt. Warten wir ab, was er dazu sagt. Abgesehen davon hat Emory völlig recht. Der IND wird nicht bestätigt werden, ehe wir nicht alle Fragen aus diesem Unfall geklärt haben.«

»Der IND ist schon bestätigt«, erwiderte darauf Bob Klugman. »Helverson hätte mich nicht aufgefordert weiterzumachen, wüßte er nicht, daß die Genehmigung schon vorliegt. Heute trifft er Grove und am Mittwoch soll eine Besprechung stattfinden, mit der die Testphase abgeschlossen wird.«

Keiner im Büro sprach ein Wort. Clark sah zum Fenster hinüber, an dem das Wasser des anhaltenden Regens in Strömen herablief. Auf dem Land gefror der Niederschlag noch, in der Stadt jedoch war es nichts als Regen. Er überzog die Scheibe und isolierte sie so nur noch mehr von der Wirklichkeit, verwandelte die reale Welt jenseits des Fensters in eine surrealistische Plastikwelt mit verschwommenen Konturen und wabernden Oberflächen. Er begriff plötzlich: sie warteten darauf, daß er etwas sagte. Er müßte in Annes Namen protestieren, Widerspruch einlegen, explodieren, auf jeden Fall irgendwas tun. Er beobachtete weiter das Wasser, das die Scheiben hinabrann. Sie würde sich irrsinnig freuen über die Zusage des Bundesdrogenamtes nach der Überprüfung des Index Negativer Drogenversuche und wäre gleichzeitig wütend, daß man ohne sie weitermachte. Ihr gebührte ein führender Platz in dem Ausschuß, der die Versuche am Menschen überwachte; darauf hatte sie jahrelang gewartet. Manchmal wurde ihm klar, daß sie mehr von der Gesamtentwicklung verstand als er; sie verfügte über viel mehr Weitblick, als er jemals haben würde. Sie hatte bereits einige Schwierigkeiten der Humanversuche mit der ursprünglichen Konzeption des *pa*-Faktors zu einem Zeitpunkt vorausgesehen, als sie noch von einem auf den anderen Tag ihre Arbeitspläne festlegten.

Plötzlich ergriff Deena das Wort und machte erst gar nicht den Versuch, den Zorn in ihrer Stimme zu verbergen. »Anne hat diesen Teil der Experimente monatelang vorbereitet, und jeder weiß das. Sie hat noch zu Hause, als sie bereits flach lag, an den Plänen gearbeitet. Sie können ihr das nicht einfach wegnehmen, nur weil Helverson das Fell juckt.«

Es war nicht fair, dachte Bob Klugman, daß sie ihn so behandelten. Schließlich war er ihr Vorgesetzter. Sie sollten ihn mit der gleichen Achtung behandeln, wie er sie seinen Vorgesetzten gegenüber zeigen mußte. Er erhob sich. »Wir machen weiter und geben die notwendigen Tests in Planung«, sagte er und versuchte, in seine Stimme die gleiche Entschlossenheit zu legen, die Helverson ihm gegenüber demonstriert hatte. »In der Zwischenzeit werdet ihr die Laborberichte über den Affen bekommen. Wir werden sehen, ob der IND durchkommt. Deena, Sie und Clark kennen Annes Vorstellungen von den Humantests.

Ihr könnt sie vertreten.« Sie standen alle auf. Deenas Blick ruhte nun auf ihm; er wich ihm aus. Sobald sie gegangen waren, erwog er, Gus anzurufen, ihm zu sagen, daß sie einen Notfall hatten, und ihn an seinen Posten zurückzuholen. Es war unfair, daß er dies allein entscheiden sollte. Gus wußte besser als er Bescheid, was im Labor vor sich ging. Es war auf jeden Fall Gus Weinbachers Job, diese Entscheidungen zu fällen, nicht seine.

Bisweilen war sich Bob Klugman fast darüber im klaren, daß er nicht gerne der verantwortliche Direktor der Forschungs- und Entwicklungsabteilung war. Sein Wunsch war es gewesen, Chemiker der organischen Chemie zu sein, er war ein verdammt guter Chemiker gewesen, hatte verschiedene Auszeichnungen erhalten und sein Studium *summa cum laude* abgeschlossen. Als er diese Beförderung erhalten hatte, hatten er und seine Frau übermütig gefeiert. Er dachte, er bekäme nun die verdiente Anerkennung, und unternahm Streifzüge durch verschiedene Buchhandlungen, nur um seinen Namen im *Who's Who* und regionalen Biographien zu bewundern. Und was ist daraus geworden, fragte er sich ab und zu, gewöhnlich zwischen seinem dritten und fünften Glas. Irgend etwas war schiefgelaufen, und er konnte nicht begreifen, was. Alle Einwände, die er ins Feld führen konnte, waren läppisch; die Wissenschaftler, die er anzuleiten hatte, waren kindisch, anspruchsvoll, egozentrisch, jeder überzeugt, seine Arbeit sei von vorrangiger Bedeutung, und unwillens, einen Blick auf die Leistung des anderen zu werfen. Und jeder von ihnen verlangte, daß Bob Klugman ihm recht gab. Er verstand es nicht, sie unter einen Hut zu bringen, sie zu besänftigen, wenn sie erregt, sie aufzumuntern, wenn sie niedergeschlagen waren, und im Lauf der Jahre hatte er die Tuchfühlung zu den einzelnen Fachbereichen verloren, so daß er heute kaum noch ihren Argumenten folgen konnte. Manchmal träumte er von der Zeit, als er sein eigenes kleines Büro hatte, wo keiner hereinplatzen konnte, wenn er wochen-, monate-, ja einmal sogar jahrelang in seine eigenen Probleme vertieft war, als er niemanden störte und nichts verlangte als Zeit und einen Raum für seine Arbeit. Das waren noch Zeiten, dachte er.

Mit ihm war leicht zu karren gewesen, das wußte er. Er hatte bei seinen Vorgesetzten keine unmöglichen Forderungen gestellt, hatte sie respektiert, und sie hatten ihn seinerseits respektiert. Und dann wurde alles anders. Die neue Brut, dachte er bitter, hatte für die Altgedienten nur Verachtung übrig. Sie glaubten, er würde senil und man könne ihn geringschätzig behandeln, weil er alt und ausgepumpt war, weil er sich manchmal wie zerschlagen fühlte. Selbst seine Frau zeigte seiner Erschöpfung gegenüber nur Verachtung und jagte ihn von einem Arzt zum anderen. Sie würde erst zufrieden sein, wenn er nichts mehr tun konnte als dasitzen und die Wand anstarren. Wenn sie ihre Ruhe hätte. *Wenn du krank bist, dann geh zum Arzt! Wenn du nicht krank bist, hör auf zu jammern und den Kranken zu spielen!* Nur weil sie seine Krankheit nicht zu diagnostizieren fähig waren, nur weil keiner seine Qual finden, ihn heilen konnte, behauptete sie, er sei nicht organisch krank. *Dein einziges Problem ist das Saufen!*

Er schloß die Augen. Nicht wahr. Er war krank, und nichts konnte ihm helfen. Nichts. Sein Rücken schmerzte, sein Kopf tat weh, und stets drohte die Gefahr einer Herzattacke, mit seinem Magen stimmte es nicht, und er schlief schlecht . . . Er spürte Tränen aufsteigen, zog die Schreibtischschublade auf, holte die Flasche heraus und schenkte sich ein halbes Glas Scotch ein. Und jetzt das, jetzt, wo Gus nicht da war, und niemand greifbar war, der sich darum hätte kümmern können. Und sie behandelten ihn wie Dreck, schlechter als Dreck.

Er nahm den Hörer ab und bat seine Sekretärin, ihn mit Gus zu verbinden, und als sie meldete, in seinem Hotelzimmer auf Antigua antworte niemand, sagte er, sie solle es weiter versuchen, bis sie ihn an der Strippe hätte, sie solle ihn ausrufen lassen, ihn herbeischaffen. Keine Ruhe geben, bis sie ihn hätte.

Anne lehnte sich in ihrem Sessel zurück und wartete, daß Ronnie das Mittagessen brachte. Sie zog ihre Decke höher und schloß die Augen, um die Stellungnahme des Doktors Wort für Wort noch einmal durchzugehen. »Sie brauchen mehr Training, junge Frau. Sie werden schlaff. Wir werden Ihnen heute Krücken anmessen und ab nächste Woche fangen wir wieder mit dem Laufen an. Was halten Sie davon?«

Sie war gleichzeitig begeistert und voll Angst gewesen. Krükken waren häßlich, dachte sie, und ein Mensch mit Krücken ist häßlich, sein Körper hängt grotesk herum und baumelt an den Achselhöhlen, während die Beine unkoordiniert nachschleifen. Sowie ihr diese Vorstellung in den Sinn kam, fiel ihr auch eine der ersten Sitzungen mit ihrem Therapeuten ein, bei der er ihr seine Behandlungsvorschläge erläutert hatte. Nach vier bis sechs Wochen mit den Krücken, hatte er gesagt, sind sie sie so leid, daß sie sie ins Eck feuern und wieder selbst zu laufen beginnen. Sechs Wochen! Vielleicht nur vier Wochen! Sie glaubte nicht an den kürzeren Zeitraum, sie konnte ihre Verfassung gut einschätzen und glaubte nicht, daß sie in vier Wochen genügend Muskelkraft wiedererlangen konnte, um ohne Hilfsmittel zu gehen. Und sechs Wochen waren gar nichts! Nicht nach Monaten im Bett und dem verhaßten Rollstuhl. Sechs Wochen!

Der Therapeut hatte an diesem Vormittag lauter Überraschungen für sie gehabt. »Können Sie schwimmen?« hatte er gefragt. »Spielt auch keine Rolle, wenn nicht, werden Sie's lernen.«

»Ich schwimme ziemlich gut.«

»Ich habe Sie für vier Tage pro Woche im Medizinischen Bad am Cherokee Drive eingetragen. Das ist doch nur ein paar Blocks von Ihrer Wohnung entfernt, nicht wahr?«

Sie starrte ihn an. »Ich verstehe nicht ganz.«

»Sie werden schlaff. Sehen Sie sich Ihre Arme an. Schlaff! Sie werden mit zehn Minuten anfangen und sich in Nullkommanichts auf fünfundvierzig Minuten bis eine Stunde steigern. Es ist ein Warmwasserbecken.«

Sie hatte ihn immer noch angestarrt, er hatte sie bloß angelacht. Dr. Federicks war ein netter Mann; es fiel einem leicht, mit ihm zu reden, sich ihm anzuvertrauen. Groß, bullig, einer der auf angenehme Weise Scherze machte wie ein Großvater, jemandes anderen Großvater.

»Sehen Sie, Anne, Sie sind keine Invalidin auf Lebensdauer. Ihr Heilungsprozeß schreitet inzwischen sehr schön voran, alles andere, was nun kommt, ist zwangsläufige, ja langweilige Routine. Sie sollten nur eine Zeitlang noch nicht schwanger werden.«

»Sie meinen . . .«

»Anne, Sie können nun alles wieder wie normal tun. Amüsieren Sie sich. Das habe ich Ihnen doch schon vor Wochen gesagt.«

»Das hatte ich nicht verstanden.«

»Oh, Himmel! Gehen Sie nach Hause und bumsen Sie nach Herzenslust! Haben Sie es jetzt verstanden!« Und er lachte so schallend, daß sie mitlachen mußte.

Clark rief an, ehe Ronnie mit dem Essentablett erschien. »Müde?« fragte er. Seine Stimme am Telefon klang geheimnisvoll, leise, verführerischer, als wenn er ihr gegenübergestanden hätte; manchmal hatte sie das Gefühl, intime Dinge ihres Lebens mit einem Fremden zu besprechen, wenn sie mit ihrem Mann per Telefon sprach.

»Ja«, gab sie zu. »Aber ich habe gute Neuigkeiten. Ich habe Krücken angemessen bekommen. Nächste Woche sind sie fertig.«

»Holla! Dann kann ich dich ja in den Park ausführen!« Sie unterhielten sich eine Weile über die Krücken, dann, von einem unerklärlichen Unwillen befallen, ihm die übrigen Neuigkeiten zu erzählen, fragte sie statt dessen: »Gibt's bei euch irgend etwas Neues?«

Schlagartig klang seine Stimme anders. Er wußte, daß sie etwas für sich behielt, glaubte sie, schloß fest die Augen und hörte kaum hin, was er antwortete. Jetzt würde es sich albern anhören, wie eine Ausflucht, wenn sie sagen würde, ach, übrigens, morgen geh ich schwimmen, und der Doktor hat gesagt, wir sollen ruhig bumsen. Sie lockerte ihren Griff um den Hörer und versuchte, sich in dem schleppenden Gespräch wieder zurechtzufinden. Irgend etwas über die Sektionssitzung, daß er später nicht mehr anrufen könne. Sie nickte. Er begriff. Dann verabschiedeten sie sich; als sie auflegte, fühlte sie sich elend und ein Schauer durchlief sie unter ihrer Decke. Warum hatte sie es ihm nicht gesagt?

Zur Strafe, wie ihr klar wurde. Zur Strafe, daß er gesagt hatte, er wolle sie ausführen. Seine verkrüppelte Frau im Park vorzeigen, wie sie auf Krücken daherhumpelte und bei jedem Schritt spürte, wie man hinter ihr hergaffte.

Plötzlich stand ihr wieder der außer Kontrolle geratene Wagen vor Augen, der auf der regennassen Straße auf sie zuschoß, an genauso einem Tag wie dem heutigen. Clark hatte am Steuer gesessen. Clark saß immer am Steuer. Es erzeugte in ihm das Gefühl, überflüssig zu sein, wenn sie fuhr. Er wich aus, sie gerieten ins Schleudern und ein von rechts kommender Wagen fuhr auf ihrer Seite auf sie auf. Sie erinnerte sich ohne jede Regung daran, als sei es eine Filmszene, die ihr nur gerade so in den Sinn gekommen war. Ihre Erinnerung wies keine emotionalen Zwischentöne auf. Nur die Fakten, dachte sie. Nur die Fakten. Sie konnte sich an die Geräusche des Zusammenstoßes besser als an alles übrige erinnern. An das fürchterliche Knirschen von Metall auf Metall, an die quietschenden Reifen und an jenen menschlichen Schrei, den sie immer noch nicht als ihren eigenen anerkannte. Lange Zeit hindurch war sie eingeklemmt gewesen, und auch damit verbanden sich Geräusche. Jemandes Schluchzen, schmerzerfülltes Weinen und dann erneut das Kratzen von Metall auf Metall, als man den anderen Wagen wegzog, um sie zu befreien. Später hatte man ihr gesagt, daß sie einen Beckenbruch und eine mehrfache Schienbeinfraktur rechts hatte; Clark war nur durchgeschüttelt worden; er hatte leichte Prellungen und Quetschungen davongetragen. Der andere Fahrer, der an allem schuld war, blieb unverletzt.

Sie dachte an Mr. Leonard Chelsea, siebzig Jahre alt und betrunken, der in seinem Cadillac über regennasse Straßen raste, und empfand fast Mitleid mit ihm. Seine Anwälte hatten hart zu kämpfen, daß der alte Mann nicht ins Gefängnis mußte. Dies war nicht der erste Unfall, den er verschuldet hatte.

Ronnie kam mit dem Tablett herein und stellte das Mittagessen auf das Krankennachttischchen. »Na, da hat er sich aber gefreut, daß es morgen zum Schwimmen geht, was?« fragte sie. Ronnie war achtunddreißig; sie war dreimal verheiratet gewesen und lebte zur Zeit mit einem verheirateten Mann zusammen. Sie trug dies heiter und voll Gleichmut und manchmal mit einem guten Schuß Obszönität. »Versuch mal einen Vierkantschlüssel in ein Rundloch zu kriegen«, kommentierte sie gewöhnlich mit einem Blinzeln ihre Eheabenteuer, »das wird nie aufeinander passen.«

»Ich habe es ihm noch nicht erzählt«, sagte Anne. Ronnie sah sie erstaunt an. »Ich ... ich will ihn heute abend damit überraschen.«

An jenem Tag übte Anne fünfundzwanzig Minuten am Heimtrainer. Zu Beginn der Gymnastiksitzung schritt sie ohne zu stokken, die letzten zehn Minuten keuchte sie nur noch, hielt jedoch nicht inne, ehe der Wecker rappelte. Abgeschlafft. Er hatte gesagt, sie würde schlaff. Ronnie half ihr zurück in den Rollstuhl und ging, um das Badewasser einlaufen zu lassen. Dies war Teil der Tagesroutine — Gymnastik, dann zwanzig Minuten Schwitzbad. Und in sechs Wochen wieder laufen.

Harry kam, bevor sie fertig war; Ronnie führte ihn derweilen ins Wohnzimmer. Als Anne wieder im Rollstuhl verfrachtet war, vom heißen Wasser gerötet und wohlduftend von der Rückenmassage, die Ronnie ihr verabreicht hatte, wurde Harry endlich in ihr Schlafzimmer eingelassen.

Er war siebenundfünfzig, der einzige Bruder ihrer Mutter, und Anne hatte ihn nie wirklich gekannt, bis zu dem Unfall, nachdem er seine Besuche aufnahm, die inzwischen wie alles andere in ihrem Tagesablauf zur Regel geworden waren. Er war wie all ihre Verwandten mütterlicherseits groß, und wie bei ihnen allen hatte sich alles Übergewicht am Rumpf festgesetzt, als er zuzunehmen begann, Arme und Beine waren so dünn wie bei einem Halbwüchsigen geblieben. Sein Körper war massig, beinahe wie ein Faß; seine Kleidung paßte kläglich, da er sie von der Stange kaufte, wo sie kaum auf seine besondere Gewichtsproportion abgestimmt sein konnte. Seine Hosen saßen an Taille und Hüfte zu eng, baumelten dann aber schlabbrig um seine Oberschenkel, die Anne sich stets wie Besenstiele vorstellte. Sie grübelte über seine Figur nach, sah sie doch in ihm und ihrer Mutter, die von der gleichen Statur war, eine Prognose dessen, was aus ihr werden könnte, wenn sie nicht trainierte, sich fit hielt und ihre Diät beachtete.

Harry trat ein, in der Hand seine Schuhe und Socken. »Ich wollte sie lieber auf die Heizung legen«, sagte er entschuldigend. »Sie triefen vor Nässe.«

»Du nimmst dir am besten ein Paar von Clarks Socken«, empfahl Anne mit einem Blick auf seine langen, schmalen, elegant gebauten Füße. Clarks Füße waren recht kurz und breit mit hohem Rist; Harry müßte seine Füße in der Mitte zusammenklappen, wollte er in Clarks Pantoffeln schlüpfen. Socken dagegen waren dehnbar. »Die dritte Schublade«, erklärte sie und wies auf die Kommode.

»Du siehst gut und erholt aus«, sagte er, während er in der Schublade kramte, um schließlich ein Paar schwarze Socken herauszufischen. »Diese hier?«

»Ist egal. Was gibt es Neues?«

»Nichts. Tag für Tag, Jahr für Jahr die gleiche Plackerei. Heute hatte ich in Sozialkunde eine lebhafte Diskussion mit einer Zwölfjährigen.« Er betrachtete Anne und grinste. »Ich habe sie so geschockt, daß sie kein Wort mehr herausbrachte.«

»Hast du ihr eine detaillierte Schilderung vom Entjungferungsritus irgendeines esoterischen Stammes geliefert, den auf der Welt kaum einer außer dir kennt?«

Ronnie kam herein mit einem Tablett mit Kaffee, Tassen, Crakkers, Käse und Keksen. »Hallo, Harry! Ich hatte bis jetzt noch keine Minute Zeit, Sie richtig zu begrüßen. Liebe Zeit, Sie waren ja naß! Ist's jetzt besser? Trocken? Warm?«

»Prima, Ronnie, danke.« Er wandte sich wieder Anne zu und sagte: »Genaugenommen habe ich dem Kind erklärt, daß es so etwas wie Liebe nicht gibt. Es ist nur Gewohnheit, weiter nichts. Wir versuchen mit einer hehren Namengebung etwas zu glorifizieren, was eigentlich eine ziemlich groteske Angelegenheit ist.«

Ronnie stellte ihr Tablett ab, richtete sich auf und besah sich, wie ihr Werk aussah. Sie nickte Harry zu. »Wie alt ist das Gör?«

»Etwa zwölf. In dieser Klassenstufe sind alle zwölf, dreizehn.«

»Höchste Zeit, daß sie erfahren hat, wie die Tatsachen sind. Trotzdem wird sie es Ihnen nicht abkaufen. In dem Alter ist man noch zu romantisch.« Sie schlug die Richtung zur Tür ein. »Ich habe noch einiges in der Küche zu tun. Wenn ihr etwas braucht, müßt ihr nur einen Schrei ausstoßen. Okay?«

»Klar, Ronnie«, antwortete Harry. Er schenkte für Anne Kaffee ein und reichte ihr die Tasse. »Was für eine Klassefrau. Sie ist klug, praktisch, geschickt, sieht gut aus und hat keine Spur von Illusionen, keinerlei Fisematenten. Was meinst du, wie konnte das alles bei ihr so kommen?«

Anne nippte an ihrem Kaffee und setzte die Tasse auf der Armlehne ihres Sessels ab. Sie fühlte sich jetzt angenehm müde, entspannt und heiter. Es war seltsam mit Harry, dachte sie, wie sie ihm bislang über Jahre hinweg aus dem Weg gegangen war. Sie war immer überzeugt gewesen, er sei das männliche Gegenstück zu ihrer Mutter, doch abgesehen von Äußerlichkeiten waren die beiden so grundverschieden, wie zwei Menschen nur sein konnten. »Was hast du denn nun dem armen Kind in deiner Klasse *gesagt*?« fragte sie träge.

»Also, paß auf. Vom Moment der Geburt an haßt man irgendwelche Leute. Den Doktor, der einen mit Spritzen piekt. Die Mutter, wenn sie einen nicht füttert, wenn man Hunger hat, oder einen nicht wickelt, wenn man naß ist. Den Vater, wenn er zu grob ist oder nicht da, wenn man ihn braucht. Die Geschwister, wenn sie einen hänseln, weh tun und egoistisch sind. Dann überschreitet man den familiären Kreis, der Haß geht mit. Überall, wohin man kommt, ist auch jemand, den zu hassen man allen Grund hat. Kleinigkeiten, die sich zu den wichtigen Dingen addieren, die niemals aufhören, einen zu verletzen. Wir stecken alle voller Haß. Unsere symmetriebesessene Natur, unsere Liebe zur Ausgeglichenheit, unsere Überzeugung von gleichstarken Gegenstücken — schwarz und weiß, heiß und kalt, hoch und tief und so weiter — läßt den Schluß logisch erscheinen, daß es ein Gefühl geben muß, das diesen Haß ausgleicht. Ein solches Gefühl existiert nicht wirklich, genausowenig wie es Organe gibt, die ein Gegengewicht zu Herz und Leber bilden. Die Symmetrie ist eher fiktiv als real. Doch in dem Bedürfnis nach Gleichgewicht und ebenbürtigen Gegenstücken und zur Rechtfertigung unserer Fähigkeit, so inbrünstig zu hassen, erfinden wir die Liebe. Zu Beginn stellt sie für das Kleinkind ein Schild gegen den Zorn der Eltern dar. Wenn es seine Rolle akzeptiert, mindert es die elterlichen Schläge. Später, wenn sich zwischen den Beinen das sexuelle Verlangen meldet, faßt es das wieder als Liebe auf. Der Mensch weiß wohl, daß der Bulle keine Liebe zu der Kuh empfindet, die er besteigt; der Hengst empfindet keine Liebe zur Stute; der Hund steigt ab und läuft weg, man könnte die Reihe ewig fortsetzen. Aber der Mensch steht über der Natur, nicht wahr? Er hat eine unsterbliche Seele, einen freien Willen und Verstand. Wenn er ein Weibchen besteigt, muß das also mehr als ein biologischer Trieb sein. Voilà: Liebe!«

Anne brach in Lachen aus und mußte ihre Tasse festhalten, damit sie nicht überschwappte.

»Du Wahnsinniger! Du treibst es noch soweit, daß sie dich rausschmeißen!«

»Oh, ich bin nicht so sehr ins Detail gegangen. Ich sagte nur, daß es Gewohnheit sei. Ein Mann und eine Frau leben zusammen und empfinden das Bedürfnis nach dem anderen, und so lange das Bedürfnis gestillt wird, hält man die Gewohnheit aufrecht. Besteht das Bedürfnis nicht mehr, so stirbt auch diese besondere Gewohnheit ab.« Er strich Käse auf zwei Cracker, reichte einen Anne hinüber, behielt den anderen und erkundigte sich zwischen zwei Bissen: »Irgendwelche Einwände?«

»Massenhaft! Du bist zynisch und bissig, weil es seit Jahren immer nur regnet und dir deine Sozialkundeklassen zum Hals raushängen. Vielleicht steckst du einfach voller Enttäuschungen. Clark und ich lieben und haben einander seit sieben Jahren geliebt, und ich kann noch kein Ende absehen, und das ist nicht nur im biologischen Trieb oder ein unspezifiziertes Bedürfnis, das jeder x-beliebige andere auch befriedigen könnte.«

Harry nickte. »Ich bin mir völlig darüber im klaren, daß jeder zur Not bis aufs Messer eine Theoretisierung verteidigt, die ihm gestattet, eine absurde Situation aufrechtzuerhalten, die ihm Spaß macht und ihm seine Ängste nimmt.«

»Hast du Tante Marya nicht geliebt?«

»Ich habe es immer geglaubt, aber heute bin ich mir nicht mehr so sicher. Ich kann es nicht mehr sagen.«

Mit diesen Worten wechselte schlagartig die Stimmung, und die Unterhaltung verlor ihren leichten, amüsanten Charakter. Anne schauderte, sie sah durch die Miniwelt des Terrariums zum Fenster hin. Der Regen ging wieder in Graupel über. Er prasselte auf alles so stark hernieder, daß sein Trommeln noch in der Wohnung zu hören war.

»Ich weiß nicht, wie lange ich dieses Wetter noch aushalten kann«, sagte sie mit gedämpfter Stimme. »Mein Gott, wie ich mich nach Sonne und Wärme sehne. Sobald es mir wieder gut geht, werden wir in Urlaub fahren. Vielleicht auf die Bahamas.«

»Wann tritt deine Arbeit in die nächste Phase?«

»Das wird noch Monate dauern. Die Regierung hat es mit dem

IND nie eilig. Alles muß geprüft und nochmals geprüft werden, und es wird in der Fachliteratur nachgesehen, um sicherzugehen, daß noch niemand diese Versuche mit negativen Ergebnissen durchgeführt hat. So was dauert seine Zeit.«

»Und irgendwann, wenn die Zeit gekommen ist, mußt du mir erklären, was du da eigentlich geschaffen hast, vergiß das nicht.«

Anne sah ihn ruhig an. »Mutter hat eine sehr hohe Schmerzschwelle, wußtest du das? Hal ebenso, Tres auch, wenngleich vermutlich nicht ganz so hoch wie die beiden. Wallace hat im Vergleich dazu eine sehr niedrige Schmerzschwelle, meine ist wahrscheinlich noch geringer. Als wir alle noch Kinder waren, haben sie Wallace immer ›Baby‹ geschimpft, weil er weinte, wenn er sich weh tat, während Hal die gleichen Schmerzen mit einem Achselzucken abtat, ohne sie richtig zu registrieren. Aber mir tat auch alles weh, mehr als Tres. Ich hielt Hal und Tres deshalb für tapfer und Wallace und mich für Feiglinge. Mutter machte wahrscheinlich keinen Hehl daraus, daß sie uns für feige hielt. Dad auch. Aber das stimmte gar nicht. Wir litten unter Schmerzen tatsächlich stärker als sie. Unsere Schmerzschwelle war niedriger. Was meinst du, wo würdest du deine ansetzen?«

»Sehr tief«, antwortete Harry plötzlich. »Ich habe oft die Tapferkeit bewundert, mit der du die verschiedenen Verletzungen ertragen hast, und habe mich gefragt, ob ich das aushalten könnte. Ich glaube nicht.«

Anne machte eine wegwerfende Geste. »Ich habe viel darüber gegrübelt, als ich klein war, und es dann vergessen, bis ich zur Universität kam. Ein Zeitungsartikel hat mir das Ganze wieder ins Gedächtnis gerufen und mir eine Einsicht vermittelt, an der ich seither stets weitergearbeitet habe. Acht Jahre«, fuhr sie fort. »Acht verdammte, lange, harte Jahre.«

»Worum ging's in dem Artikel?«

»Es war so eine Von-Mensch-zu-Mensch-Story über ein vierjähriges Kind, das im Sterben lag. Eine von diesen herzzerreißenden Tränengeschichten. Es sieht so aus, als hätten einige Leute eine so hohe Schmerzschwelle, daß sie niemals einen schmerzlichen Reiz wahrnehmen. Sie empfinden einfach keinen Schmerz. Und gewöhnlich überleben sie deshalb ihre Kindheit nicht. Weißt du, das Kopfweh, das mit Fieber einhergeht. Den Schmerz eines gebrochenen Gliedes, der ein Kind um Hilfe schreien läßt. Halsweh und Ohrenschmerzen. Akute Blinddarmentzündung. Sie spüren nichts von alldem, und häufig sterben sie an unerkannten Krankheiten, ehe ihre Eltern überhaupt begreifen, wie krank sie wirklich sind. Oder sie sterben an Unfallverletzungen, die sie gar nie erwähnten. Und so weiter. Und ich sagte mir, sie müssen im Gegensatz zu anderen Menschen irgend etwas in sich tragen. Etwas, über das jeder in gewissem Umfang verfügt, das sie jedoch im Überfluß besitzen. Und ich habe im Chemielabor der Universität begonnen, danach zu suchen.«

Sie sprach nicht weiter, sondern hielt den Blick starr auf ihren Kaffee gesenkt, stürzte ihn dann rasch hinunter und hielt die Tasse ihrem Onkel hin.

»Dann hast du es gefunden?« fragte er, wobei er sie eingehend, ein bißchen furchtsam, fand sie, betrachtete.

Sie nickte. »Ich habe es gefunden. Und es wirkt ohne Begleiterscheinungen. Es wird billig sein und sicher. Und niemand wird jemals wieder an Schmerzen leiden müssen. Nie mehr.«

4

»Er wird damit nicht durchkommen«, meinte Deena. »Helverson hat keinen Einfluß auf das Komitee, und Bob Klugman auch nicht. Das wäre schlechter Stil. Gegen die Unternehmenspolitik. Wir werden sie überstimmen, oder?«

Benny Bobson warf Clark einen Blick zu und hob die Schultern. Benny war Veterinär, siebenundzwanzig Jahre alt. Er sah wie ein schmächtiges Kind aus, einer jener spät heranreifenden Typen, der noch mit vierzig wie ein Halbwüchsiger wirken würde. Sein Kopf war im Verhältnis zu dem zerbrechlichen Körper übermäßig groß; und weil er seine Haare nach der Mode lang und voll trug, wirkte sein Schädel geradezu riesig. Mit dem großen Kopf und der dünnen Gestalt sah er wie die Karikatur eines Wissenschaftlers aus. Niemals konnte er die Hände stillhalten, außer wenn er sich mit seinen Tieren beschäftigte, dann entspannte er sich, alles Oberflächliche wich von ihm, und was blieb, war ein kompetenter, hochintelligenter Arzt. In Deenas

Büro trat er nervös von einem Fuß auf den anderen, war er doch unfähig, so lange stillzusitzen, um den Stuhl, den sie ihm angeboten hatte, einzunehmen.

»Sicher ist, daß Gus keinerlei Eildurchmärsche zulassen wird«, sagte Clark. »Er muß die Verantwortung tragen, nicht wir.«

»Kennst du Grove?« fragte Deena.

»Ich habe ihn mal kennengelernt, das ist alles. Als Helverson zum ersten Mal seine Unterstützung zur Aufstellung der Schwangerschaftstests erreicht hatte, wurden Anne und ich in sein Büro gerufen; wir haben uns gerade so lange gesehen, daß wir uns die Hände schütteln konnten und uns von ihm anhören durften, was für eine tolle Sache wir da machten. Er ist zuerst Politiker und Arzt nur in zweiter Linie.« Er sprach voller Bitterkeit. Grove war der Direktor des Staatlichen Gesundheitsamtes. Er hatte Frauen in den Staatsgefängnissen als Versuchskaninchen rekrutiert.

Deena rümpfte voll Abscheu die Nase. »Also werden wir Gus, du, Emory, ich, Benny . . .«

Benny räusperte sich und setzte sich fahrig auf die Schreibtischkante. »Nicht so hastig, Deena«, unterbrach er sie. Seine Stimme klang zu hoch. »Klugman hat Dutzende neuer Medikamente dieses Stadiums durchlaufen sehen. Er weiß doch, was er tut.«

»Klugman ist ein Arsch. Und das kannst du ihm ausrichten, wenn du Lust dazu hast«, entfuhr es Deena. »Stehst du auf unserer Seite oder bist du übergelaufen?«

»Ich sage nur, daß du nichts überstürzen sollst.« Er wich vom Schreibtisch zurück. »Die Testergebnisse laufen schon ein, und mit Duckmore ist nichts faul. Wenn er es absegnet, gibt es keinen Grund zu warten. Clark kann Anne auf dem laufenden halten, so daß ihr immer noch ihr Stimmrecht bleibt. Die Tests werden, bei Gott, ohnehin noch lange genug laufen. Sie wird weit eher wieder hier sein, als wir damit fertig sind. Himmel noch mal, es ist ja nicht so, als wäre sie gänzlich rausgedrängt. Bis jetzt wissen wir ja noch nicht einmal, wer im Komitee sitzen wird.«

»Du Schwein!« schimpfte Deena. »Acht Jahre arbeitet sie an dieser Sache! Wenn es Medgars Medikament wäre, käme kein Mensch auf die Idee, ohne ihn weiterzumachen. Wenn es deines wäre, bekämst du einen Schreikrampf bei dem Vorschlag, man wolle in deiner Abwesenheit einen Schritt weitermachen, und was ist bei Anne? Ihr können wir ja von Zeit zu Zeit einen kleinen Zwischenbericht zukommen lassen. Hast du das sagen wollen?«

Benny schlurfte zur Tür. »Schau, du bist es, die jetzt einen Schreikrampf hat. Ich werde mich später mit dir weiterunterhalten.« Er ging hinaus.

»Dieser Waschlappen! Clark, begreifst du denn nicht, was sie vorhaben?«

»Tja«, meinte Clark, »ich weiß. Komm, gehn wir einen Kaffee trinken oder so etwas.«

»Wie? Was willst du denn in dieser Sache unternehmen?«

»Heute gar nichts mehr. Ich warte, bis Gus zurück ist. Es ist schließlich seine Abteilung. Er wird nichts durchgehen lassen, was ihr schaden könnte, und wenn sie ohne Rücksicht auf den Zwischenfall weitermachen, würde das das Ende der Abteilung bedeuten. Mit diesem Argument wird er vorgehen, nicht mit der Loyalität gegenüber Anne. Es ist das einzige Argument, das ein gewisses Gewicht hat.«

Deena nahm ihren Geldbeutel aus einer der Schubladen und stand auf. »Und was, falls sie tatsächlich beschließen weiterzumachen, Clark? Was wird Anne machen?«

Clark öffnete die Tür. »Nichts«, sagte er, ohne sich nach ihr umzudrehen. »Was könnte sie denn machen? Sie wußte von Anfang an, daß ihre Entdeckung Eigentum des Unternehmens ist. Wir alle wissen das. Theoretisch ist sie die Leiterin, doch solange sie ausgefallen ist . . . Hm, sie wird nichts tun können.«

Deena starrte auf sein breites Kreuz, und ein Schauer der Wut durchlief sie, der sie zittern machte. »Ich ließe nicht zu, daß man ihr das antut. Ihr nicht!« flüsterte sie so leise, daß er die Worte zwar nicht verstehen konnte, doch er spürte ihre Heftigkeit und wandte sich mit einem bitteren Blick um.

»Trinken wir erst mal unseren Kaffee«, meinte er nach einer Weile.

Um vier Uhr eröffnete Bob Klugman den Mitarbeitern der Forschungs- und Entwicklungsabteilung, daß man Mitte des Monats die Humantests in Angriff nehmen werde. »Sie alle wissen, was dies bedeutet in bezug auf den Computer, den Blutanalysator und die gesamte Technik«, erklärte er. »Erstellen sie ihre Arbeitspläne, um mit den Durchgängen fertig zu sein oder sie vorzubereiten. Dies hat Vorrang vor allem anderen.«

Steve Ryman vom Sojabohnenprojekt erhob sich. »Und was ist mit der Dringlichkeit unserer Experimente? Unsere Versuche sind für Juni angemeldet.«

»Die Anlagen werden euch in beschränktem Umfang zur Verfügung stehen. Ich brauche exakte Vorausplanungen, Entwürfe für die kommenden sechs Monate, sie kennen das ja alle. Gus Weinbacher wird morgen wieder da sein. Klären Sie mit ihm alles ab.«

Clark sah ihn wortlos an. Bob Klugman hatte den ganzen Tag getrunken. Sein Gesicht war rot angelaufen, und seine Worte flossen so schnoddrig wie in einer Quizsendung. Sechs Monate würden für Bob Klugman zu lang sein, dachte er. Lange vor Ablauf der sechs Monate würde er irgendwie auffallen und den Stuhl vor die Tür gesetzt bekommen. Frührente aus gesundheitlichen Gründen. Wenn dann alle weg waren, würde Gus vom Pharmaabteilungsleiter zum verantwortlichen Direktor für Forschung und Entwicklung befördert werden. Aber vielleicht auch nicht, Gus war ein Einzelgänger. Prather, der alte, hätte ihn schon längst blitzartig befördert. Der alte Prather hätte Bob Klugman nicht geduldet. Aber der alte Prather war von der Bildfläche verschwunden, und da der Juniorchef Prather keinen Deut drum gab, führte Helverson die Regie. Und Helverson machte sich für eine Fusion oder Verbindung oder einen Anschluß an einen der Giganten stark. Zwei Jahre lang hatte er still hinter den Kulissen gearbeitet, um den Verkauf auf den Tisch zu bringen, nun tat er dies offener und noch zielstrebiger. Und er benutzte Annes Entdeckung, um den bevorstehenden Zusammenschluß zu beschleunigen. Prather Pharmazeutik war ein Betrieb von mittlerer Größe, aber enormem Ansehen, und Annes Entdeckung war für Helverson die Sahne auf der Torte. Er war Geschäftsmann. Kein Wissenschaftler. Eine Verzögerung zum jetzigen Zeitpunkt könnte die Sahne leicht sauer werden lassen. Er mußte alles vorantreiben und konnte nicht zulassen, daß eine rein technische

Angelegenheit irgend etwas ins Stocken brachte. Selbst wenn sie heute die Weiterführung der Arbeit beschlössen, würde es ein Jahr dauern, ehe die Schwangerschaftsversuche und die folgenden Teratologietests abgeschlossen werden konnten. Dann war er in der Lage, seine Bedingungen zu stellen, wenn sie über den *pa*-Faktor mit den abgeschlossenen Humantests verfügten. Was immer er vom potentiellen Schwesterunternehmen oder der Gesellschaft wollte, würde er bekommen. Aufsichtsratsvorsitzender? Direktor eines Riesenkonzerns? Geschäftsanteile? Alles!

Er würde den Ruhm einheimsen, da war Clark sicher; doch wenn kein Ruhm zu ernten wäre, falls der Zwischenfall mit dem Schimpansen an diesem Vormittag nur Auftakt zu einer Reihe ähnlicher Zwischenfälle gewesen sein sollte, falls sich irgend etwas in Blut, Gehirn oder Nervensystem herausstellen sollte, dann würde Helverson seine Hände in Unschuld waschen. Dann wäre ein trunksüchtiger Direktor, der das Experiment hatte fortführen lassen, der Sündenbock. Und die Wissenschaftler, die die Tests ausgeführt hatten in dem Wissen, daß es mögliche Risiken gab. Klugman und Anne, und Gus Weinbacher vermutlich.

Mit Schrecken bemerkte er, wie Leute herumschwirrten, die sich in frustriertem, ärgerlichem oder niedergeschlagenem Ton unterhielten. Alles änderte sich mit einem Schlag, alles mußte neu festgelegt werden. Bis spät in die Nacht würden die Lichter in den Büros brennen, wenn die verschiedenen Projektgruppen ihre Pläne fürs Frühjahr revidierten.

In der Pharmaabteilung verfügte jeder Wissenschaftler über eine kleine Kabine, nicht so groß, daß man herumlaufen konnte, aber immerhin gewährte sie Ruhe und Abgeschiedenheit. War die Bürotür zu, so war kein Schlüssel notwendig. Keiner störte jemals einen Kollegen, der seine Tür hinter sich geschlossen hatte. Clark vermied eine Begegnung mit den anderen aus seiner Sektion, ging auf sein Büro zu und warf die Tür hinter sich hart ins Schloß. Ruf Anne an, dachte er, dann aber ... Er konnte die Ruf-Anne-an-Schwelle nicht überschreiten und setzte sich unentschlossen, doch dann ließ er sich mit ihr verbinden.

Sie hatte gelacht, als sie abgenommen hatte. Harry hatte ihr wohl lustige Anekdoten von seinen Schülern erzählt oder Ronnie gab das neueste Kapitel aus ihrem Sexualleben zum besten.

Er lächelte zur Wand hin und lauschte ihrer Kurzfassung von Harrys Feldzug gegen die Liebe. Während sie sprach, registrierte er einen Unterton in ihrer Stimme, den ihre Heiterkeit nicht ganz überdecken konnte. Sie versuchte eine gewisse Anspannung zu verbergen, zu schauspielern, ihm oder Harry oder sich selbst zuliebe. Er umfaßte den Hörer fester und stellte sie sich in ihrem Sessel in einem bestimmten langen, weichen, braunen Kleid vor, einen Drink oder Kaffee in der Hand, während ihre Zigarette allein im Aschenbecher vor sich hin glühte. Selten rauchte sie eine ganz auf, legte sie vielmehr ab und ließ ihre Rauchschwaden in die Luft steigen, bis der Filter brannte und sie sie eilig ausdrückte. Sie lächelte sicher. Er fragte sich, ob sie das Telefon genauso umklammerte wie er, und lockerte seinen Griff ein wenig.

Als sie mit ihrer Erzählung zu Ende war, sagte er ihr, daß er gegen sieben, halb acht zu Hause sein würde.

»Gibt es irgendwas Besonderes?« fragte sie.

Er hätte nicht sagen können, ob ihre Stimme zu leichthin klang, ob eine Frage dahinter versteckt war. »Das übliche«, antwortete er. »Klugman hält sich an die Flasche. Er ist unglücklich über die geplanten Computerzeiten, und weil die Sojabohnenjungs den Analysator blockieren und all solchen Quatsch.«

»So ein Arsch«, sagte sie vergnügt. »Regnet es bei euch draußen noch?« Als er dies bejahte, fuhr sie fort: »Ich habe Ronnie vor einer Weile nach Hause geschickt. Alles ist schon wieder mit einer Eisschicht überzogen. Wer wird dich denn heimbringen?«

»D . . . das weiß ich noch nicht«, sagte er. Er schloß die Augen. Deena machte niemals Überstunden. Sie weigerte sich, nach fünf zu bleiben, solange kein Notfall vorlag, der sie unabkömmlich machte. Ihre Tochter sollte in der Dunkelheit nicht allein sein, erklärte sie nachdrücklich. Heute abend jedoch würde Deena Überstunden machen.

»Na, versuch dich so früh wie möglich abzusetzen. Die Fahrerei wird nicht einfach sein. Ich werde Harry fragen, ob er nicht bei uns übernachten will.«

Sie schwatzten noch ein, zwei Minuten, dann hängte Clark auf. Er fühlte sich unbehaglich, reuevoll, weil er sie hatte enttäuschen müssen und wußte, daß sie diese Enttäuschung gefühlt hatte. Es würde schwer werden, sein Schweigen zu rechtfertigen, wenn die Zeit gekommen war. Er fragte sich, ob sie ihm jemals vergeben würde, jedenfalls wenn das Projekt ohne sie weiterverfolgt würde, ohne daß sie davon wußte. Was er tun sollte, sagte er sich, wäre wie von ungefähr in Klugmans Büro hinüberzuschlendern und herumzuhängen, bis Bob Klugman ihm einen Drink anbot. Statt dessen öffnete er seine Tür und fast augenblicklich erschien Wilmar Diedricks mit Janet Stacey und Ernest James im Schlepptau.

»Wir sind Ihnen zugeteilt worden«, meinte Wilmar. »Machen Sie mit uns, was Sie wollen.« Janet Stacey kicherte und Ernest James rollte erbittert die Augen.

Janet und Ernest waren Laborassistenten; Wilmar Hämatologe. Clark nickte. »Okay, gehen wir an die Arbeit. Wir beginnen morgen als erstes sogleich mit dem Abspaltungsprozeß. Wir benötigen . . .« Er rechnete rasch durch. »Vierzehnhundert Milliliter bis zum fünfzehnten. Stimmt's?«

Wilmar verschränkte die Hände hinter dem Kopf und flegelte sich in den einzigen Besuchersessel des Büros. »Nicht ganz«, sagte er. »Mindestens zwei Schichten. Wir müssen für jeden abgezogenen Milliliter sechs Liter Blut durchlaufen lassen. Das heißt, daß wir vielleicht sogar drei Schichten benötigen.«

»Setzt so viele Schichten an, wie ihr braucht«, ordnete Clark an. »Ihr habt Klugman gehört. Helverson sagt, wir könnten das.«

»Ich kann nicht gleichzeitig den Prozessor bedienen und die Spritzen aufziehen. Dafür brauch ich für jede Schicht 'nen Extraburschen.«

»Besorgen Sie sich einen«, sagte Clark. »Sehen Sie, Wilmar, ich weiß, daß jeder fallen lassen muß, was er gerade in der Hand hat. Ich habe diese Anordnung nicht getroffen. Wenn wir es verhindern können, werden wir es tun, doch in der Zwischenzeit müssen wir die Anordnungen ausführen. Also kümmert euch darum.«

Wilmar stand auf. »Ich rase nicht gerne, wenn Laufschritt ausreicht«, meinte er. »Es stinkt, Clark. Kennen Sie den Grund für die plötzliche Eile?«

»Nein. Mir sagt hier keiner was.«

Einen Augenblick lang starrten sie einander an, dann zuckte Wilmar die Schultern. »Trotzdem stinkt es. Kommt, Kinder!

Wollen mal sehen, wie wir in den nächsten Wochen reich werden. He, Ernest, erlaubt es deine Frau, nach Mitternacht außer Haus zu bleiben? Lust auf 'ne Nachtschwärmer-Schicht?«

Ernest gluckste. »Doppelter Lohn?«

»Gierschlund!« — »Selber!« — »Himmel!« bat Clark. »Haltet doch mal eine Minute den Mund, Wilmar. Ihr könnt die Spritzen jetzt noch nicht füllen. Nicht bis wir die Blutanalysen der Testpersonen vorliegen haben. Vergeßt nicht, es ist eine variable Dosis!«

Wilmar blieb an der Tür stehen und schüttelte den Kopf. Er schob die beiden Assistenten hinaus und schloß die Tür hinter ihnen. »Clark«, sagte er nochmals, »es stinkt wirklich. Hab' ich recht? Wenn Gus zurück ist, werde ich verlangen, daß ich eine Erklärung unterschreiben kann, wo ich jede Verantwortung ablehne, oder so etwas.«

»Im Ernst?« fragte Clark, der nun zu ihm an die Tür gekommen war.

Wilmar nickte. »Im Ernst.«

»Sehen Sie mal zu, daß Gus Sie mit in die Komiteesitzung nehmen kann, es wäre besser, das im Komitee zu klären.«

»Jemand sollte die Thalidomide-Akte mitbringen und Helverson unter die Nase reiben«, meinte Wilmar.

»Kommen Sie zur Komiteesitzung«, wiederholte Clark.

Wilmar nickte, ging hinaus und schloß die Tür hinter sich.

Harry bereitete in der Küche geheimnisvolle Dinge vor; nun wurden die schweren Vorhänge zugezogen und verhüllten die eisbedeckte Welt draußen; dämpften jeglichen Lärm und versetzten das Zimmer in eine Abgeschiedenheit, die der einer Raumkapsel in der Kreisbahn gleichkam. In so einem Raum war alles möglich, dachte Anne. Die Wohnung war so gut isoliert, man hätte fast sagen können schalldicht, daß nicht einmal Geräusche aus Küche und Wohnzimmer bis hierher drangen. Ruhelos schweifte ihr Blick in ihrer Raumkapsel umher: ein 60 cm hoher indischer Elefant, der mit glitzernden Diamanten, Rubinen und Smaragden (oder vielleicht auch nur bunten Glassplittern) verziert war; ein Teleskop auf seinem Gestell, ganz schwarz und silbern und verteufelt phallisch; überall Bücher und Bücherregale;

ein kleiner Sony-Fernsehapparat; ein Druck von einer Turner-Meereslandschaft; ein handgewebter Wandbehang aus Venezuela, geometrisch, grellbunt und hübsch; eine Stereoanlage mit einem Plastikdeckel, der von ihrem Sitzplatz aus wie eine Kuppel aus Rauchquarz wirkte. Das Kontrollpult, stellte sie sich vor, von dem aus sie das Schiff lenken konnte, ihren Kurs berechnen, zur Landung die Geschwindigkeit senken und den Knopf *A* zur Nahrungsausgabe betätigen ...

Sie schloß die Augen. Raumkapsel: Gefängnis. Hübsche junge Frau sieben Jahre lang gefangengehalten, ans Bett gekettet, ihr zarter Körper von alten Narben, Peitschenspuren, übersät.

Während Harry in der Küche beschäftigt war, konnte sie eigentlich ihr Tagebuch weiterführen. Er bereitete vermutlich das Abendessen vor. Irgend etwas Fantasievolles, Hobbykoch der er war, und sonst von Campbells Dosensuppen, Grahamcrackers und Käseaufstrich lebte. Und Vitaminkapseln. Sechs täglich hiervon, drei von einer anderen Sorte und zwei wieder von einer anderen. Und Eiskrem. Er hatte eine Schwäche für Eiskrem. Nur Breyers Naturaroma-Eis. Nichts Künstliches, außer seinen Vitaminkapseln und den Zusätzen in seinen Suppen und Käseaufstrichen ...

In einer Krakelschrift, die nur wenige außer ihr entziffern konnten, schrieb sie: *Mein Sexualtrieb ist ungeschmälert.* Ein Biograph, der nach ihren Tagebucheintragungen ihr Innenleben rekonstruieren wollte, würde verrückt werden, dachte sie, wenn er die Wörter entziffern müßte. Nur ihre Arbeitsniederschriften waren ausführlich und leserlich. Vermutlich kehrte sie gerne zu ihrem Gekritzel zurück, wenn sie auf ihr Privatleben zu sprechen kam, dann schrieb sie in rätselhaften Einzeilern. *Mein Sexualtrieb ist ungeschmälert.* Sie schrieb nur widerstrebend in ihr Tagebuch, wie ihr nun bewußt wurde, da sie nicht schwarz auf weiß niederlegen wollte, was sie Clark verheimlicht hatte. Obwohl sie manchmal in dem Tagebuch — und auch sonst, wie sie hinzufügte — log, empfand sie eine Abneigung, es nun zu schreiben, denn wenn er es las, würde ihn ihr Schweigen über etwas, was als gewaltiger Schritt vorwärts anzusehen war, verletzen und irritieren. Selbstverständlich las er nie in ihrem Tagebuch. Wenn er eines führen würde, so war sie überzeugt, würde sie es bei jeder

Gelegenheit ausschnüffeln und Wort für Wort lesen. Genau dies war einer der großen Unterschiede zwischen ihnen: er gestattete ihr, sie selbst, eine eigene Person zu sein, unabhängig von ihm, und darauf bestand sie auch; umgekehrt konnte sie jedoch nicht ertragen, daß er ein Leben außerhalb des ihren führte. Woran denkst du? Diese Frage stellte sie, er niemals. Was fühlst du? Was geht in deinem Kopf vor, bist du glücklich, unglücklich, keins von beidem? Erste Prüfung. Wenn sie doch nur in seine Haut schlüpfen könnte, nur einmal, um seine Gedanken zu kennen.

»Das mußt du gesehen haben«, sagte Harry von der Tür aus; er durchquerte das Zimmer mit seinem schlaksigen, fast ungeschickten Gang, als seien seine Beine unter ihm genauso eigenwillig und unkontrollierbar wie die ihren. »Schau!« empfahl er und öffnete noch einmal die Vorhänge.

Anne schob das Tagebuch in die Tasche des Rollstuhls zurück und zog sich auf den Sessel hoch. Mühselig arbeitete sie sich von da auf den Stuhl. Harry bot ihr keine Hilfe an und wartete scheinbar ungeduldig darauf, daß sie endlich neben ihm auf der Fensterbank saß. Jenseits des Fensters schienen die Straßenlaternen durch die kahlen Bäume und wurden von Millionen Eiskristallen reflektiert.

Das Haus lag fünf Meter über einer kurvenreichen Straße, die den Cherokee Park umschloß, ihre Wohnung lag weitere drei Meter über dem Vorgarten. Eine tiefverzweigte, auf Straßenhöhe gepflanzte Glyzine stand vor den Fenstern. Ihre höchsten Zweige erreichten gerade den Fenstersims. Im Sommer wogte die Baldachinkuppel gefiederter Blätter, selbst wenn kein spürbares Lüftchen ging, im Winter ein Gespinst spinnennetzfeiner Ästchen. Es sah stets viel zu empfindlich aus, um jeglichem Wetter standzuhalten. Mit dem Straßenlicht, das nun durch die Äste fiel, glitzerte jeder Zweig und jeder Ast, jeder Teil des Baumes und funkelte und strahlte in einem Eismantel, der Farben annahm, deren Quelle nicht auszumachen war. Die gelbe Straßenbeleuchtung war es gewiß nicht. Eine Million Prismen brach das Licht und verwandelte es — transzendentes Licht in reinen Spektralfarben.

»Wie im Märchenland«, sagte Harry.

Anne nickte, ohne die Augen von dem Baum zu wenden.

»Ich dachte, es wäre ein Jammer, wenn du das verpassen würdest«, meinte Harry und ging wieder zur Tür. »Hab' noch zu tun. In ein paar Minuten bin ich zurück.«

Eisskulptur. Eisschnitzerei. Alles Vertraute wurde anders und unwirklich, eine verwunschene Welt. Diese Welt zeigte ein Gesicht der Realität, das ihr spottete, als wolle es ihr höhnisch kundtun, daß alles, was sie vor wenigen Augenblicken für wahr gehalten hatte, sich plötzlich verwandeln würde. Diese Fremdartigkeit besteht, dachte sie, und nur, indem wir den Blick starr auf die Realität gerichtet halten, wie wir sie haben wollen, können wir verhindern, daß der Wandel erkennbar wird. Nichtsdestotrotz besteht er. Und nun strömte dieses Fremde, Seltsame — als wäre es durch ihre Erkenntnis erst völlig freigesetzt worden — durch die Äste des Baumes, die unter dem Eis unsichtbaren Zweigspitzen hinauf, sprang durch die Luft auf die Glasscheiben über, wo es einen Augenblick verweilte, um dann das Zimmer, ihr Gefängnis, ihre Raumkapsel, ihr Heiligtum zu durchfluten; es war nun rings um sie her. Für einen Moment fühlte sie, wie das Zimmer hinter ihr sich verwandelte, in etwas verwandelte, was sie nicht wiedererkennen würde, in etwas Erschreckendes, Bedrohliches. Sie schloß die Augen, als könne sie es so aussperren, und konzentrierte sich auf das Vertraute. Einen mit bunten Glassplittern blitzenden Elefanten, Fernrohr, Fernsehgerät, Heimtrainer, Bett . . .

Dann riß sie weit die Augen auf und empfand erstmals, daß sie begriffen hatte. Dieses andere war Realität; eine Realität, der niemand ins Auge blicken konnte, weshalb schließlich jeder um sich herum Gespinste konstruierte und untermauerte und als wirklich bezeichnete. Und diese Gebäude waren vergänglich. Alle. Nur das Fremdartige war wirklich und würde andauern.

Das Zuschlagen einer Autotür riß sie hoch. Sie sah hinaus über den schmalen Vorgarten hinweg, die Stufen zur Straße hinab; drunten in der Kurve stand ein kleiner gelber Wagen, Deenas VW. Clark stand hinabgebeugt und sprach durch das offene Seitenfenster mit Deena, wobei er dem Eisregen auf seinem Rücken gar keine Beachtung schenkte.

Anne wußte nicht, wie lange der Wagen schon da stand. Sie

hatte ihn nicht kommen hören und hatte zuvor nicht hinausgeschaut. Er war vielleicht schon da, seit Harry die Vorhänge aufgezogen hatte, vielleicht schon viel länger.

Deena, dachte sie, Deena. Es war fast acht. Sie wandte sich vom Fenster ab, und als ihr Blick wieder durch das Zimmer streifte, war ihr alles bis ins letzte Detail vertraut, und doch lauerte in den Ecken noch jenes Fremdartige, bereit, jederzeit wieder herauszuschnellen. Sie fühlte die Präsenz der Fremdartigkeit hinter der Fassade der Normalität.

5

»Anne, ich bin wieder da!« rief Clark aus dem Türrahmen zum Schlafzimmer. »Anne!«

»Hier«, rief sie zurück, doch die schwere Badezimmertür dämpfte ihre Stimme stark.

»Hallo! Ich triefe vor Nässe. Ich nehme eine kurze Dusche und komme gleich wieder.«

Er durchquerte die Diele zum Gästezimmer, wo er sich für ihre Genesungszeit einquartiert hatte. Harry tauchte sofort mit einem Drink in der Hand auf.

»Bourbon on the Rocks, wie wär's damit?«

»Hervorragend«, antwortete Clark, nahm das Glas ab und streifte mit der anderen Hand Schuhe und Socken ab. »Schön, daß du bleiben konntest, Harry. Wie geht's ihr?«

»Ordentlich, sehr ordentlich. Allmählich macht sie sich wirklich wieder. Ich finde, daß nun jede Woche eine gewaltige Besserung festzustellen ist. Lange Zeit war das nicht so.«

Clark legte seine restlichen Kleider ab, leerte das Glas und ging unter die Dusche. Er ließ sich einige Minuten lang von dem heißen Wasser wieder in das Gefühl, zu leben und Mensch zu sein, zurückholen. Seine Füße und Hände prickelten von der Kälte. Auf dem Nachhauseweg hatte er zweimal aussteigen müssen, um den winzigen Wagen auf den vereisten Straßen wieder in Fahrtrichtung zu drehen. Alle Seitenstraßen und Landstraßen wurden schnell unpassierbar. Hier in der Stadt bildete sich auf den Straßen nur Wasserglätte.

Als er seine Dusche beendet hatte, stand auf seinem Schreibtisch ein neuer Drink. Dankbar nippte er daran, zog sich an und fühlte sich nun müde und hungrig.

Harry war bei Anne im Zimmer, als er die Tür öffnete. Anne trank einen Daquiri, Harry einen Kaffee — ehemaliger Alkoholabhängiger, der er war.

Clark gab Anne einen Kuß. »Tut mir leid, daß ich so spät dran bin. Habe hierher fast eineinhalb Stunden gebraucht.«

»Ich hatte schon Angst, die Straßen könnten ganz zu sein.« Sie wirkte gespannt.

»Das sind sie auch bis morgen.«

»In zehn Minuten gibt's Essen«, kündete Harry an. Anne warf einen Blick auf den Kartentisch, der mit Zeitschriften vollgepackt war. »Nicht hier«, meinte Harry aufgedreht. »In einem winzigen, ganz romantischen Lokal, das ich entdeckt habe. Intim und ruhig. Es wird euch gefallen.« Er ließ sie allein.

»Erzähl mir, was der Doktor gesagt hat.« Clark setzte sich auf die Kante der Fensterbank, hinter ihm die eigenwillige Beleuchtung.

»Daß ich schlaff werde und mehr Bewegung brauche. Ich soll von nun an weitgehend aufbleiben. Im Wartezimmer saß heute ein komischer, kleiner Kerl . . .« Sie machte sich daran, die Geschichte zu erzählen und bauschte sie gewaltig auf.

»Das Abendessen ist serviert«, verkündete Harry von der Tür; er trug über seinen Arm säuberlich eine Serviette.

Anne lachte, und Clark schob ihren Rollstuhl durch das Zimmer, durch die Tür und den Flur hinab. Am Ende, wo die Diele links in Küche und Eßzimmer mündete, dirigierte Harry sie nach rechts ins Wohnzimmer. Drinnen angelangt, mußte Anne die Luft anhalten. Der riesige, freundliche Raum war völlig verwandelt. Im Kamin brannte ein Feuer, davor war ein Tisch mit Kerzen aufgestellt worden; als einzige zusätzliche Beleuchtung brannte in der gegenüberliegenden Ecke eine Lampe, über deren Schirm Harry irgend etwas Rotes geworfen hatte.

»Toll«, bestätigte Anne. »Wirklich toll.«

»Anderes Licht kann Wunder wirken, was?« meinte Harry mit einem Kopfnicken. »Und jetzt die Suppe.«

»Du hast doch immer behauptet, du würdest nur aus Büchsen

leben«, rief Anne nach dem ersten Kosten der dicken, cremigen Suppe aus.

»Dann hab' ich eben gelogen. Noch ein bißchen, Clark?«

Clark sollte sich später ratlos an diesen Abend erinnern, eingedenk einer gewissen Veränderung an Anne, einer gewissen Stimmungsänderung vielleicht. Sie versteifte sich zu sehr, als Harry sagte, er lüge, und ihr schneller Blick zu Clark hinüber war zu entlarvend: ohne offensichtliche Gründe wechselten ihre Stimmungen von einer zu gewaltigen Angespanntheit zurück zur Beredsamkeit und wieder zu einer straffen Gespanntheit, sowie eine Gesprächspause eintrat. Einige Male erwischte er sie dabei, wie ihr Blick durchs Zimmer wanderte, als sehe sie es zum ersten Mal, oder als suche sie etwas, das nicht an seinem gewohnten Platz stand. Clark beteiligte sich nur wenig an der Unterhaltung, zufrieden, das köstliche Essen, das Harry zubereitet hatte, zu verzehren und Müdigkeit und Anstrengung wie bei einer auslaufenden Ebbe von sich abgleiten, eine Schläfrigkeit sich Beine und Körper hinaufkriechen zu lassen, daß er schließlich nur noch den Kopf schütteln und seufzen konnte, als Harry zu gegebener Zeit Eis und Kekse anbot.

»Weißt du noch, als wir Kinder waren, hast du immer eimerweise Eis mitgebracht?« fragte Anne eine Spur zu ausgelassen.

»Immer nur Schokoladeneis. Und für mich selber irgend etwas Ausgefallenes. Pistazien-Nuß, oder Pfefferminz-Himbeere. Irgend etwas, das ihr einfältigen Gören nicht mal mit der Beißzange angefaßt hättet.«

»Ich glaube, ich hatte damals Angst vor dir. Du bist nur immer da gesessen und hast uns stumm und brütend wie ein Götze angestarrt. Ich habe nie begriffen, was du tatest, und es hat mich geängstigt.«

»Daran kann ich mich überhaupt nicht erinnern«, meinte Harry mit einem Stirnrunzeln. Dann erhellte sich sein Gesicht. »Ich weiß, worüber ich mir vielleicht Gedanken gemacht habe. Weißt du, deine Mutter ist eine verdammt clevere Frau. Wußtest du das nicht?«

Anne schüttelte den Kopf und hielt den Blick auf den Teller gesenkt.

»Anne, sei nicht albern. Sie ist sehr wohl sehr intelligent. Sie hat es niemals ausgenutzt, sich niemals gebildet, aber die Substanz ist vorhanden. Von Zeit zu Zeit habe ich die Kinder beobachtet, um Spuren ihrer Intelligenz in ihnen zu entdecken. Ich habe sie nie gefunden. Ich habe allerdings am falschen Ort gesucht. Ich habe geglaubt, es müßte bei einem der Jungen ausbrechen. Als großer Physiker, Komponist oder so etwas.«

»Was hättest du unternommen, wenn du gefunden hättest, wonach du gesucht hast?« fragte Clark. Er hatte Annes Mutter niemals als intelligent angesehen, im Gegenteil, eher als dümmlich mit ihren stechenden Augen und der scharfen Zunge, der er eine gewisse Bösartigkeit zugerechnet hatte. Annes Mutter war ganz offen eifersüchtig auf Anne, neidisch auf ihre Erfolge.

»Ich weiß es nicht, ich weiß es wirklich nicht. Damals glaubte ich, es zu wissen. Ich hätte den Kleinen bei der Hand genommen und versucht, ihm etwas Sinn für seine Bestimmung, etwas Ehrgeiz eingeflößt. Das war nämlich unser Pech, weißt du. Wir haben den Verstand, aber nicht den Ehrgeiz, ihn entsprechend einzusetzen. Bis Anne soweit war.«

Anne lachte auf, zu rasch, zu laut. »Was verzapfen wir heute abend für einen Unsinn! Aber Harry, apropos Unsinn, erinnerst du dich an das obere Stockwerk in unserem Haus an der Dewitt Street? Dort gab es eine lange, schmale Kammer, die zwei der oberen Schlafräume miteinander verband. Da bin ich immer hineingegangen und habe mir eingebildet, das sei mein privater Zugang zu einer anderen Welt. Ich frage mich, ob alle Kinder eine Tür zu einer andern Welt haben.«

»Nicht nur Kinder«, meinte Harry. »Ich habe auch noch so etwas. Bei uns in der Schule im Lehrerzimmer gibt es eine Tür, die ist und war immer verschlossen, so lange ich denken kann. Sie führt zur Besenkammer oder etwas ähnlichem, zu dem man auch von der Rückseite des Gebäudes aus gelangt. Aber ich gehe durch diese Tür wie Rauch durch ein Stück Gaze.«

»Zu einer anderen Welt«, wiederholte Anne. Sie dachte an das Terrarium, wo sie die Größe mikroskopischer Sporen haben konnte oder wie Tarzans Jane sich durch tropische Gewächse schwingen und gegen Drachen, Affenmenschen und Marsbewohner kämpfen konnte. Der Wind trieb Graupel gegen die Fenster. »Schatz, ich werde Harry beim Zusammenräumen helfen und dann dich ins Bett stecken. Okay? Ich bin wirklich fix und fertig.«

Harry lehnte jegliche Hilfe ab, scheuchte sie beide aus dem Weg, und Clark schob Annes Rollstuhl zurück in ihr Zimmer. Später, als er schon im Bett lag und merkte, daß Anne noch wach und ihrerseits noch nicht im Bett war, versuchte er die verschiedenen Eindrücke des Abends zu ordnen, doch sie gerieten stets wieder durcheinander und wollten sich nicht in die Reihe bringen lassen. Dann kam er zu dem Schluß, daß sie es vermieden hatte, ihn — zumindest direkt — anzusehen. Aber wie viele Male hatte er hochgeschaut, um zu registrieren, wie gerade da ihr Blick von ihm abschweifte? Und ihre Fröhlichkeit und gute Laune waren gespielt gewesen, zumindest zum großen Teil, doch er hätte nicht sagen können, was nun wahr und was gestellt war. Normalerweise glaubt man von Menschen mit so beweglichem Gesicht nicht, daß sie fähig seien, ihr Inneres zu verbergen, sie jedoch konnte es und tat es auch. Er hatte des öfteren Gelegenheit gehabt zu beobachten, wie sie dies vor andern tat, wie sie eine plötzliche Veränderung aufwies, die er nicht hätte benennen können, einen Richtungswechsel, nachdem sie reglos gewirkt hatte, eine Veränderung ihrer Haltung, irgend etwas dieser Art, und eine andere Anne ging daraus hervor und übernahm ihre Rolle. Doch niemals zuvor, glaubte er, hatte sie das mit ihm gemacht, so wie heute abend.

Erneut durchströmte Clark eine Welle der Dankbarkeit für Harrys Anwesenheit. Und es wurde ihm klar, daß er mit Anne nicht wirklich allein sein wollte, bis er ihr erzählen durfte, was sich im Labor zugetragen hatte. Er seufzte und drehte sich auf den Bauch, und nach wenigen Minuten war er eingeschlafen.

Anne hatte immer gewußt, daß sie mit dreißig Jahren berühmt sein wollte. Es mußte, so verschwommen dies auch in der Zwischenzeit war, etwa zwölf Jahre her sein, daß sie sich zum ersten Mal einen Termin, eine Frist gesetzt hatte. In zwölf Jahren konnte viel passieren. Doch nun schien sie immer schneller auf die Dreißig zuzugehen. Noch zwei Jahre und drei Monate. Noch blieb ihr Zeit — nicht viel allerdings, keine Zeit, die sie hätte vergeuden können. Sie hatte den entsprechenden Willen, den Ehrgeiz, das Vorstellungsvermögen und die Begabung. Vom ersten Tag an, da sie den Inhalt des Problems erfaßt und einen Weg des Herangehens erkannt hatte, hatte sie keine Zeit verloren. Keine Minute.

Sie saß vor dem Fenster zur Märchenwelt und starrte den verzauberten Baum an, das Tagebuch im Schoß, alleine, bis die Nacht vorüber sein würde.

Langsam begann sie zu schreiben:

> Sieh all die Zeit,
> die ich eingespart habe —
> Stückchen und Ecken, Zipfel und Reste —
> In Schachteln gestopft,
> Säuberlich in Regalen verwahrt,
> Gespart für den Tag,
> Da ich alt sein werde
> Und Zeit
> Der letzte Sinn des Lebens sein wird.

In welcher Form, so fragte sie sich, würden die Zinsen für angesparte Zeit ausbezahlt? Plötzlich schlug sie voll Wut die Kladde zu und feuerte sie in die Rollstuhltasche. Abstraktes Zeug, sie sorgte sich um abstraktes Zeug! Das war Harrys Schuld, der von der Liebe redete, als sei sie durch einen Akt der Vernunft zu zerstören.

Sie dachte an einen ihrer ersten Lehrer zurück, der ebenso frustriert und fehl am Platze war in einer Schule, wo in jeder Klasse von vierzig Schülern nur einer oder zwei hören wollten, was er sagte, und nur einer der beiden oder auch keiner sich später daran erinnerte. Custer, dachte sie. So hatte er geheißen: Mr. Custer. »Wir gehen die Realität am Rande an«, hatte er gesagt. »Das ist alles, was wir tun können. Der harte Kern der Wirklichkeit ist undurchdringlich.« Wieder lauter abstraktes Zeug.

Wir machen uns selbst etwas vor, spinnen uns Geschichten zusammen, dachte sie, und die Geschichten sind real, auch wenn sie die objektive Realität an keinem Punkt berühren. Die Geschichte, die sie Clark von dem alten Mann erzählt hatte, war real; sie amüsierte ihn und gestattete ihr, von ihrem Arztbesuch zu erzählen, ohne lügen zu müssen. Folglich hatte sie eine Funktion in der Wirklichkeit; sie diente der Realität auf eine Weise, wie dies die Lüge über die Therapie nie könnte. Für einen kurzen Augenblick, so dachte sie, habe ich die Dimension der Realität ein wenig erweitert.

Sie stellte sich Clark vor, wie er schlief, auf dem Bauch, ein Arm unter seinem Kopfkissen, den anderen neben sich, ohne zu schnarchen. Er schlief wie ein Kind, lange Zeit hindurch völlig lautlos, dann eine abrupte Drehung und wieder fast absolute Stille. Anne hatte einen unruhigen Schlaf, erwachte von jedem Geräusch; Gedanken, Pläne, Details ihrer Arbeit lagen stets kurz unter ihrer Bewußtseinsschwelle parat, um nach oben zu strömen und sie völlig und für den Rest der Nacht wach zu halten.

Sie begann erneut über die abschließenden Humantests nachzudenken. Fünfhundert Frauen im ersten, fünfhundert Frauen im zweiten Schwangerschaftsdrittel. Sie erinnerte sich an einen Artikel, nach dem die Frau im letzten Drittel sich auf die Seite drehen sollte, um so ihren Mann von hinten eindringen und seine sexuellen Bedürfnisse abreagieren zu lassen. Sie hatte den Artikel zweimal durchgelesen, um vielleicht eine Spur von Anhaltspunkt zu finden, was der Autor zum sexuellen Bedürfnis der Frau sagte. Vieh, dachte sie. Sie werden wie Vieh behandelt. Nicht so die Frauen in ihrer Untersuchung. Sie und Deena hatten es bis in die Einzelheiten ausgearbeitet. Sie würden jede einzelne Frau interviewen. Keine Afrikanerinnen, keine südamerikanischen Indianerinnen, keine mexikanischen Taglöhnerinnen. Amerikanische Frauen, die verstehen konnten, was für ein Experiment dies war, wie es durchgeführt wurde, was die Spritzen bewirken sollten und mit welchen Folgen zu rechnen war. Und vor allem nur Frauen mit Komplikationen, die eine Einnahme von *poena albumin* unbedingt rechtfertigten. Saubere, tadellose Arbeit, das sollte man darüber sagen können.

Clark hatte gemeint, daß sie nicht mit jeder Anwärterin persönlich ein Gespräch führen müßte, doch sie war dieser Überzeugung. Und anschließend würde eine der großen Universitäten ihr ein Angebot machen, eine Projektförderung, Forschungsmöglichkeiten, was sie nur wollte. Und das Unternehmen würde ihr ein Gegenangebot unterbreiten. Doch sie würde an die Universität gehen, um jener Maschinerie zu entrinnen, die ihr Leute wie Klugman vor die Nase setzte. Und Clark würde mitkommen. Das würde sie ihnen zu verstehen geben: wo sie hinging, ging auch er hin. Man würde sie als exzentrisch betrachten, aber das war gut so. Ein Genie konnte sich eine Exzentrik leisten, die ein Durchschnittswesen erledigt hätte. Sie jedenfalls würde Überspanntheiten gelassen zur Schau tragen.

Sie mußte an eines der Sexhandbücher denken, das sie und Clark zusammen gelesen hatten; sie hatten über die einzelnen Vorschläge gekichert, sie ausprobiert und noch mehr gekichert bei der Entdeckung, daß einige von ihnen erstaunlich wirkungsvoll waren.

Ihre Hände umspannten die Stuhllehnen zu fest, so daß sie schon weh taten. Noch schlaftrunken erwachen, um seinen steifen Penis gegen ihren Rücken gepreßt zu fühlen, seine Hände, die sie mit steigerndem Drängen liebkosten. Die Hand an ihren Brüsten, Hand, die ihren Bauch hinab zum Schambein strich, bis die anwachsende heiße, schmerzliche Lust sie voll ins Bewußtsein riß ...

Sie senkte den Kopf und wartete, daß der Moment vorbeigehen möge, und lockerte langsam den Griff um die Armlehnen, doch sie fürchtete sich gleichzeitig davor, mit ihren Händen an den Körper zu kommen; deshalb ließ sie sie zu beiden Seiten des Rollstuhls hinabbaumeln und hob letztendlich wieder den Blick, um auf die gleißende Glyzine vor ihrem Fenster hinauszusehen.

Harry, würde sie sagen, Menschen können einander wahnsinnig lieben und tun es auch. Es ist nicht nur ein körperliches Bedürfnis, wenngleich das freilich eine sehr große Rolle spielt. Natürlich. Mich überkam das auch ganz überraschend, würde sie sagen. Bei uns zu Hause, würde sie sagen, mußte man als Junge groß und stark sein und seine Arbeit tun, alles übrige war gleichgültig. Als Mädchen hatte man klein, ja zierlich zu sein, puppenhaft hübsch und artig. Gott, *artig!* Ich aber wuchs recht linkisch heran, mit Beinen, die wie aufgezogen weitermarschierten, meistens viel zu gerissen und voll Verachtung gegenüber dem, was man von mir erwartete: gegenüber Dingen, wie meine Pflicht tun und mir die Haare aufdrehen, und Papa sagen, er sei stark und mutig und ich hätte ihn am allerliebsten, weil eben beides nicht stimmte. Und außerdem log ich, und das ließ meine Mutter um mein Seelenheil bangen, als ob sie so nicht schon genug Sorgen gehabt hätte.

Du siehst, würde sie sagen, ich habe an dem Punkt angefangen, an dem du jetzt erst angelangt bist: wo man nämlich nicht an die Liebe glaubt. Als dann der Tag kam, da ich mich bei dem Gedanken überraschte, daß ich lieber sterben wollte als ohne Clark zu leben, begriff ich, wie schrecklich ein Mensch einen anderen lieben kann. Denn es war mir wirklich ernst damit, wenn ich auch zu jener Zeit noch sehr jung war. Und es ist eine fürchterliche Sache, jemanden so leidenschaftlich zu lieben, daß die eigene Person dagegen in den Hintergrund tritt. Was er auch von mir verlangt, würde sie heftig sagen, *was auch immer* er von mir will, erfülle ich, glücklich und froh, etwas über die übliche Pflichterfüllung hinaus tun zu können.

Harry, würde sie ganz ruhig ohne Scheu und Zögern sagen, wir, Clark und ich, betreiben alle Arten sexueller Abwegigkeiten. Dinge, die in den meisten Bundesstaaten sogar gegen das Gesetz verstoßen, in unserem Staat auf jeden Fall. Mir ist jedoch jede neue Perversion als Test für meine Liebe willkommen, würde sie sagen. Und, würde sie sagen, wenn wir solche Dinge tun, sind es überhaupt keine Perversionen mehr, sondern sie werden fast heilig, unsere Liebe vertieft sich damit.

Doch sie war noch nicht soweit, und sie wußte das. Noch nicht. Trotz der großen Liebe zu ihrem Mann und trotz ihres gewaltigen Bedürfnisses nach seiner Liebe war sie noch nicht bereit, nur Empfänger zu sein, passives Behältnis, in das er sich entleeren konnte. Dies würde nur Abneigungen schaffen, für die in einer glücklichen Ehe kein Platz war. Sie hatte es ihm nicht gesagt, niemanden. Gottlob hatte sie es auch Ronnie gegenüber nicht erwähnt, und sah sich nun nicht ihren Blicken und Augenzwinkern ausgesetzt. Hätte sie nur die Schwimmverordnungen vor ihr geheimgehalten, doch sie benötigte sie, um sich hinbringen und abholen zu lassen. Es bestand keine Möglichkeit, dies ohne ihr Wissen abzuwickeln.

Wenn sie Ronnie nachmittags immer gegen fünf Uhr nach Hause schickte, war ein Zusammentreffen mit Clark vielleicht zu verhindern. Und Clark würde sie einweihen, so wie die Zeit gekommen war, wenn sie es ein paar Tage lang versucht hatte und es klappte. Nicht jetzt, wo er ohnehin Probleme im Labor hatte.

Armer Clark, dachte sie, er hatte so viel zu tun mit Arbeitsplänen und Computerzeiten und dann noch dieser Arsch von Klugman mit seiner Minikrise des Monats. Es bestand einfach keinerlei Notwendigkeit, ihn gerade jetzt noch zusätzlich zu belasten. Zärtlich stellte sie ihn sich vor, erschöpft und reglos, bis sein Körper eine andere Stellung verlangte, dann ein plötzlicher Aktivitätsausbruch, und wiederum Ruhe. Er konnte jetzt keinen neuen Grund zu irgendwelcher Beunruhigung gebrauchen.

Ein knallendes Geräusch riß sie hoch, und sie fuhr verwirrt zusammen. Das Eis hat einen Zweig niedergebrochen, sagte sie sich. Die Eisschicht war dicker geworden in der Zeit, da sie vor dem Fenster gesessen war. Morgen würde die Straße voll liegen mit Zweigen und Ästen. Sie schob sich neben das Fenster und zog die Vorhänge zu, um sich dann fürs Bett fertig zu machen. Die ganze Nacht hindurch vernahm sie das Knacken von Zweigen, das ihre Träume mit Satzzeichen versah.

6

»Alles, was Sie brauchen, ist Zuversicht!« sagte Miß Westchester fröhlich. »Dr. Federicks schickt viele Patienten zu uns. Rückenwirbelbrüche, alle erdenklichen Brüche, und das Schwimmen wirkt wahre Wunder bei ihnen! Nur Mut!«

Anne hatte sie auf den ersten Blick gehaßt. Hübsch, kräftig, mit Grübchen, sah sie aus wie eine lächelnde Turnerin, lauter geschmeidige Muskeln, feste, hohe Brüste, schmale Taille und lange, goldblonde Zöpfe, die ihr den Rücken hinabbaumelten wie einer importierten Heidi. Sie strahlte Gesundheit und die Fröhlichkeit von Kindern aus.

»Wie ist es, können Sie überhaupt nicht gehen?« fragte Miß Westchester. »Geht Ihre Pflegerin mit ins Wasser? Können Sie schwimmen?«

»Ich kann schwimmen«, antwortete Anne und sah Ronnie an, die heftig den Kopf schüttelte.

»Wasser ist zum Trinken, wenn man nichts Besseres hat. Und

um ein Bad zu nehmen und Bohnen quellen zu lassen. Und damit hat sich's«, konstatierte Ronnie. »Ich werde zusehen.«

»Tut mir leid«, meinte Miß Westchester und zeigte wieder ihre Grübchen. »Wir lassen keinerlei Zuschauer zu. Wir haben hier ein kompetentes Team«, fügte sie hinzu. »Wir sind ausgebildet im Umgang mit verkrüppelten Menschen, wissen Sie.«

Anne fühlte, wie sich ihre Kiefer aufeinanderpreßten. »Können wir jetzt wohl anfangen?«

»Oh, ja, selbstverständlich. Ich bringe Sie zum Umkleideraum. Benötigen Sie einen Handlanger?« Anne warf ihr einen Blick zu, bis sie erklärte. »Jemanden, der Sie aus Ihrem Stuhl hebt, umzieht und so etwas.«

»Nein.«

»Prima, dann ist es ja gut!«

»Ich bleibe bei ihr, bis sie fertig ist, um ins Wasser zu gehen«, sagte Ronnie darauf. »Zeigen Sie uns nur den Weg!« Sie zwinkerte Anne zu, während sie das hübsche Mädchen mit dem Ellbogen vom Rollstuhl wegdrängte.

Das Wasser war lau und angenehm, und Anne konnte fast normal auf der Seite schwimmen, geruhsam und ohne Anstrengung, wobei sie die Beine gerade soweit bewegte, um sie in der Waagerechten zu halten. Sie bedauerte es, als die zehn Minuten so rasch verstrichen waren.

»Na, war das nicht fein?« strahlte Miß Westchester Anne vom gegenüberliegenden Beckenrand an. »Die Zeit ist um!«

Einen Augenblick lang stellte sich Anne dieses hübsche Frätzchen zwischen ihren Händen unter Wasser vor, mit offenem Mund und vor Panik aufgerissenen Augen. Das Bild stand in einer Deutlichkeit vor ihr, die ihr Furcht einflößte, und sie drehte sich rasch von dem Mädchen weg und schwamm auf den Stuhllift zu, der sie aus dem Wasser heben sollte.

Anschließend bekam sie eine Sauna und Bestrahlung, ehe sie wieder auf dem Nachhauseweg im Wagen durch die schlammigen Straßen neben Ronnie saß. Sie fühlte sich entspannt, müde und zufrieden, wie immer nach dem Schwimmen. Ronnies Stimme leierte pausenlos dahin.

Ich habe den Wunsch gehabt, das Mädchen umzubringen, sagte sich Anne, wenn auch nur auf Distanz, vermutlich wollte jeder sie umbringen. Vermutlich würde man sie eines Tages mit Würgemalen am Hals auf dem Grund des Beckens finden. Sie schüttelte den Kopf, denn das genügte nicht. Es genügte nicht, daß irgendeiner es tat, sie selbst wollte es vollbringen. Ronnie bog in die Allee hinter dem Apartmenthaus, schlammiges Wasser spritzte hoch und klatschte gegen die Autoscheibe.

»Scheußliches Wetter«, meinte Ronnie. »Dein Rollstuhl ist ein wahrer Jammer. Sobald du drinnen bist, werde ich ihn mal auf die Veranda schieben und putzen.«

Anne nickte. Niemals zuvor hatte sie jemanden so sehr gehaßt. Ein spontaner Haß, der ein Ventil an Gewalttätigkeit brauchte. Es störte sie, daß sie so grob auf das Mädchen reagiert hatte, die schließlich einfach nur dümmlich, nicht aber bösartig war. Sie reagierte überempfindlich auf Situationen, die sie früher allenfalls amüsiert hätten, sofern sie sie überhaupt registriert hätte. Vor ein paar Monaten, so dachte sie mit einer gewissen Unruhe, hätte das Mädchen überhaupt nicht an sie herankommen können. Die lange Gefangenschaft hatte ihren Schutzschild beeinträchtigt; ihr Wall gegen die Welt war durchlöchert worden.

Ronnie stellte den Wagen unter dem Vordach der Parkfläche ab und holte den Rollstuhl aus dem Kofferraum, während Anne begann, sich aus dem Autositz hochzuarbeiten. Ronnie wußte, wann sie ihr zu Hilfe kommen und wann nur in Bereitschaft stehen und warten sollte. Nun wartete sie, stets aufmerksam, doch in keiner Weise drängend, nicht so, als habe sie kein Vertrauen in Annes Verantwortungsbewußtsein. Sie wartete mit der gleichen guten Laune und Geduld, die sie immer an den Tag legte. Anne ließ sich in den Stuhl fallen und atmete tief ein.

»Geschafft«, sagte Ronnie und schob sie auf den Hintereingang und die Rampe zu, die Clark an ihrer rückseitigen Veranda hatte installieren lassen. »Nächstes Mal werde ich die Göre ins Becken schubsen, was meinst du dazu?«

»Wenn du es nicht tust, tu' ich's«, meinte Anne, und beide mußten lachen.

Gus Weinbacher besah sich verdrossen die Schar, die sich in seinem Büro eingefunden hatte. Gus war Einssechzig groß, von seinem einwöchigen Urlaub auf Antigua tief gebräunt, aber häßlich. Sein Gesicht wirkte durch tausend Pigmentflecken älter, und sein schlanker Körper wirkte zerbrechlich, doch dies war eine Täuschung, denn er war recht muskulös. Insgesamt jedoch machte seine Erscheinung einen alten und zarten Eindruck, dem wiederum sein strahlendes Gebiß und sein dichtes, glänzendes dunkelbraunes Haar widersprachen, ganz zu schweigen davon, wenn er seiner Energie freien Lauf ließ. Er bewegte sich schneller als die meisten Leute, leistete in kürzester Zeit mehr als irgendein anderer in der Pharmaabteilung und konnte größeren Belastungen über längere Zeiträume hinweg standhalten. Er hatte den Bogen raus, alles Unwesentliche schnell abzuhandeln, um zum Kern eines Problems zu gelangen, und seine scharfen, blauen Augen schienen all jene zu verspotten, die noch nicht erkannt hatten, was er anschließend ausbreiten konnte.

Da er nicht bereit war, Bob Klugman Glauben zu schenken, der ohnehin alle naselang eine Katastrophe kommen sah, hatte er in der vorangegangenen Nacht Emory Durand angerufen und anschließend die nächste Maschine genommen. Er hatte seine Frau Elaine mit dem Versprechen, die Dinge auszubügeln und so schnell wie möglich zurückzukommen, für die folgenden zwei Wochen in der goldenen Urlaubssonne zurückgelassen. Sie hatten einen schweren Winter hinter sich, dachte er: Rickie hatte mit seinen zwanzig Jahren schon geheiratet, Jud hatte das Physikum nicht geschafft und die verschiedenen Aufregungen hatten bei Elaine Asthmaanfälle und Allergien ausgelöst. Er hatte keinerlei Lust, an diesem trüben Morgen in seinem Büro zu sitzen. Er hatte keinerlei Lust, sich mit irgendeinem Problem von Annes Entdeckung herumzuschlagen. Und am wenigsten wollte er zulassen, daß Helverson die Dinge zu entschieden und zu schnell vorantrieb.

Er hatte Verständnis für Helverson, der eine Schule durchgemacht hatte, wonach es besser war, rasch eine — und sei es irgendeine — Entscheidung zu treffen, als die Dinge in der Schwebe zu belassen. Ein Glücksspieler. Bei Helverson hatte das funktioniert. Solange er es bei seinen Entscheidungen mit Bilanzen und Papierarbeit zu tun hatte, würde diese Arbeitsweise vermutlich auch weiter funktionieren, zumindest so lange, um ihn auf den Posten zu katapultieren, den er anstrebte. Wenn seine Entscheidungen jedoch voreilige Versuche an Menschen betrafen, das wußte Gus, mußte Helverson Einhalt geboten werden. Bob Klugman hielt sich aus allem heraus. Niemals im Leben traf er eine Entscheidung, die er an jemand anderen weiterdelegieren konnte. Sein augenblicklicher Posten war das Resultat zäher Langlebigkeit und der Tatsache, daß er sehr qualifizierte Leute unter sich hatte. Heute war Bob zu Hause geblieben, um eine Halsentzündung zu pflegen, Grippe wahrscheinlich, wie er zuvor telefonisch angekündigt hatte. Er würde erfahrungsgemäß so lange ausbleiben, bis die Dinge geregelt waren.

Also blieb es an ihm hängen, darüber war sich Gus im klaren. Er befürchtete, daß es sich nicht in ein, zwei Tagen abwickeln ließ. Gestern hatte er zwischen Korallenriffen getaucht; heute unterwegs auf schmierigen, vereisten Straßen und ein Krankenhausbesuch, der zu absolvieren war.

»Wir vier werden Pat besuchen«, kündigte er an. »Clark, fährst du mit mir?«

Clark nickte, und Gus fuhr fort. »Deena, gelegentlich, sobald du es schaffen kannst, möchte ich eine Zusammenfassung deiner Verhaltensdiagramme. Vermerke alles irgendwie Außergewöhnliche, selbst wenn du es für eher unwesentlich hältst. Okay? Und Emory, genauso brauche ich eine Liste von den medizinischen Untersuchungen. Vorläufig mal nur eine Zusammenfassung. Eventuell werden wir Tag um Tag alles durchgehen müssen, aber jetzt noch nicht. Was machen die anderen Schimpansen. Wie verhält sich Duckmore heute früh?«

»Offensichtlich normal«, antwortete Emory. »Ich habe beschlossen, ihren Tagesablauf nicht zu ändern, jedoch für alle Transportkäfige verwenden zu lassen, um keine Gelegenheit für einen möglichen weiteren Angriff zu bieten.«

Gus nickte. »Richtig. Dann wollen wir jetzt gehen.«

Gus fuhr zügig und wie gewöhnlich eine Spur zu schnell. »Wenn wir Helverson bremsen müssen«, sagte er zu Clark, »werde ich deine Unterstützung brauchen. Ich wollte bei Gott, Anne wäre hier. Hast du es ihr schon gesagt?«

»Noch nicht. Zu wenig konkrete Anhaltspunkte bisher.«

»Richtig. Jedenfalls, wenn ich gegen Helverson antreten muß, möchte ich dich dabei haben. Wenn du, der dem Faktor seinen Namen gibt, gegen voreilige Tests protestierst, wird er das akzeptieren müssen. Du und ich wissen das zwar, aber ich bezweifle, ob Helverson das weiß. Wir müssen ihn überzeugen. Er könnte die ganze Angelegenheit ziemlich ungemütlich machen.«

Clark nickte. »Ich verstehe nicht, wie er eine Weiterarbeit in Erwägung ziehen konnte, solange irgendein Zweifel der Sicherheit des Medikaments besteht«, meinte er.

»Er ist ein Spieler. Vermutlich hat er in deinem Fall sogar recht. Das ist keine übliche Reaktion — die Zeit stimmt nicht und auch nicht die Art der Reaktion. Soweit ist alles in Ordnung, daß wir weiterarbeiten. Vermutlich könnte er in ein oder zwei Jahren einen Erfolg vorweisen und uns auslachen, weil wir uns Sorgen gemacht haben.«

»Vermutlich. Wie stehen die Chancen?«

»Weiß Gott! Hundert zu eins. Ich weiß nicht. Ich glaube, man kann das nicht in Verhältniszahlen ausdrücken.«

»Weißt du schon, daß Grove schon Freiwillige in den Frauengefängnissen rekrutiert hat?«

»Ich weiß. Aber erst mal der Reihe nach. Wo ist denn das gottverdammte Hospital?« Er hatte die Straße, in die er hätte einbiegen müssen, überfahren. Er führte eine Volldrehung aus, schleuderte, und reihte sich in den langsam dahinfließenden Verkehr auf der rechten Spur ein.

Sie kamen vor den anderen am Krankenhaus an; nachdem Gus der Oberschwester ihren Besuch erklärt hatte, warteten sie. »Es ist sinnlos, den Jungen zweimal auszuquetschen«, erklärte Gus, während er in dem winzigen, mit Kunststoffmöbeln ausgestatteten Raum auf und ab ging. »Er ist zwanzig, Abendstudent, möchte Tierarzt werden. Nächstes Jahr will er voll ins Studium einsteigen, und sein Bruder nimmt das Abendstudium auf und jobbt tagsüber. Sie sind drei Jungs zu Hause, die Mutter ist herzkrank. Sie haben alles durchgeplant, damit jeder eine qualifizierte Ausbildung erhält, die Mutter ernährt wird, der jüngste auf der Schule bleiben kann und sie Arbeitsplätze haben. Hab' ihn selber eingestellt, als Überraschung für Emory.«

Clark nickte. Gus kannte jeden aus der Tier- und Pharmaabteilung persönlich, zumeist bis ins Familiäre hinein. Es sah ihm ähnlich, jemanden für zwei Jahre eingestellt, Geld und Zeit in seine Ausbildung gesteckt zu haben, wohl wissend, daß dieser schon lange weg sein würde, ehe sich die Investition bezahlt gemacht hätte. Er handelte nicht nach Unternehmensaspekten; vielmehr: menschlich.

Dann stießen Deena und Emory zu ihnen, und sie machten sich alle zusammen zu Pats Zimmer auf. Der Junge war blaß, er hatte den in sich gekehrten Blick eines Patienten, dem man Beruhigungsmittel gegeben hatte; nicht schlafend, aber auch nicht voll bei Bewußtsein.

»Pat, erzähl uns einfach, was passiert ist. Ja?« bat Gus, nachdem er die Stirn des Jungen auf eine Weise berührt hatte, die fast schon eine Liebkosung war. Pat trug einen Arm in Gips, der andere war von der Schulter bis zu den Fingerspitzen schwer bandagiert.

»Ich bin es ein paarmal durchgegangen«, sagte er mit schwach werdender Stimme. Er räusperte sich und begann von vorn. »Ich bin es ein paarmal durchgegangen, zur Vorbereitung. Ich hatte Soupy und Chum schon zum Gemeinschaftskäfig gebracht; als ich dann Duckmores Käfig aufgemacht habe, kam er nicht heraus. Ich dachte, er wollte mit mir spielen. Ich rief ihn noch einmal, aber er rührte sich immer noch nicht. Also streckte ich meine Hand hinein, ohne ihn aber zu necken oder so etwas. Das ist eine Geste, die sie kennen. Ich denke, sie sehen dann, daß man keine Waffe hat, so was in der Art, und gewöhnlich nehmen sie einen dann einfach bei der Hand und kommen mit. Duckmore ist immer so mit mir zum Gemeinschaftskäfig gegangen. Hand in Hand, wissen Sie. Gestern aber . . .« Er schloß die Augen und schluckte, doch seine Stimme war unverändert, als er weitersprach. ». . . Er packte meinen Arm am Handgelenk, sprang aus dem Käfig und drehte mir dabei den Arm um. Es ging zu schnell. Ich konnte nichts tun. Ich glaube, ich habe geschrien. Und ich sah, wie er die Zähne fletschte und auf mein Gesicht oder meine Kehle zukam. Ich bin mir jetzt nicht mehr ganz sicher. Ich riß meinen anderen Arm hoch, um ihn abzuwehren, da hat er mich gebissen. Ich glaube, ich bin gestürzt und habe mir etwas gebrochen. Am Rücken hatte ich eine Schnittverletzung von irgend etwas. Von was, weiß ich nicht. Sonst kann ich mich an nichts mehr erinnern. Ich weiß nicht, ob er mich dann in Ruhe gelassen oder was er gemacht hat. Das ist alles.« Seine Medikamentation ließ kein Entsetzen in seiner Stimme aufkommen und hielt ihn so ruhig, daß er seine Erzählung auf Fakten beschränkte; Clark jedoch empfand, als er ihm lauschte, ein Gruseln, das ihm die Haare auf den Armen und im Nacken zu Berge stehen ließ.

»Gut, gut«, meinte Gus und erhob sich, um in dem kleinen Zimmer herumzuwandern, wobei er über Füße steigen und Stühle umgehen mußte, die die anderen herangezogen hatten. »Nun, Pat, einer hat erzählt, eines der Mädchen hätte gesagt, du hättest kürzlich eine Veränderung bei Duckmore festgestellt. Kannst du etwas dazu sagen?«

»Ich bin mir in dieser Sache nicht ganz sicher«, schränkte Pat ein. »Es war nichts wirklich Greifbares. Sie wissen, daß er immer lieb, neugierig und ruhig war. Das wissen Sie ja. Sehr ruhig und anhänglich. Aber vor kurzem hatte ich das Gefühl, daß er mich anders ansah. Ich habe Dr. Wells Bescheid gesagt, doch niemand anders konnte etwas Ähnliches feststellen. Ich habe ihn dann hinter einem Käfig hervor oder von außerhalb seines Blickfeldes beobachtet, und da er sich sonst gegen keinen derart verhielt, kam ich zu dem Schluß, daß er aus irgendeinem Grund sich gegen mich gewandt hatte. Und das auch nicht immer. Ich kann es wirklich nicht besser erklären. Manchmal kam er mir feindselig und mißtrauisch mir gegenüber vor, aber nicht grundsätzlich. Gestern morgen konnte ich keinerlei Vorwarnung registrieren. Gar nichts.«

»Das hast du gut dargestellt.« Gus tätschelte erneut die Stirn des Jungen. »Mach dir keinerlei Sorgen, während du hier bist. Du weißt ja, daß Leuten, die bei Experimenten zu Schaden kommen, bis zu ihrer Genesung das volle Gehalt zusteht. Also mach dir keine Gedanken.«

Er stand neben dem Bett und runzelte die Stirn ins Leere. »Was ist mit den übrigen Schimpansen? Irgend etwas Ungewöhnliches bei einem von ihnen?«

»Ich glaube nicht, jedenfalls kann ich nichts Konkretes sagen. Nachdem ich Duckmore etwas näher beobachtete, bekam ich den Eindruck, daß Fannie sich möglicherweise ebenfalls seltsam benahm, aber ich bin nicht sicher.« Seine Augen sahen allmählich glasig aus und seine Worte brachen in großen Abständen aus ihm heraus, als ob ihm das Sprechen gewaltige Anstrengung kostete. »Ich weiß nicht, wie ich es beschreiben soll«, grübelte er. »Etwas ... ich kann mich nicht erinnern.«

»Okay. Du ruhst dich nun aus. Wir werden dich alle von Zeit zu Zeit besuchen und sehen, wie es dir geht. Falls dir noch irgend etwas einfällt, laß mich durch eine der Schwestern anrufen. Okay?« — »Ja. Okay«, bestätigte Pat.

Gus begriff, daß nicht die Medikamente, sondern Schmerzen seine Augen verschleierten: die Wirkung der Medikamente und Beruhigungsmittel, was immer sie ihm verordnet hatten, verflog, und der Schmerz schwächte seine Stimme und verstärkte seine Blässe. »Wir werden uns jetzt verkrümeln. Ich werde die Schwester bitten, hereinzukommen und nach dir zu sehen, mein Sohn«, sagte er. Einen Augenblick lang sah es so aus, als wolle er sich hinabbeugen, um dem Jungen einen Kuß zu geben, doch er strich ihm nur nochmals übers Haar, und sie drehten sich alle um und gingen hinaus.

»Er hätte es mir sagen sollen«, fauchte Deena, als sie auf den Fahrstuhl warteten. »Dieser Idiot hätte mir das *sagen* sollen!«

»Hätte er«, stimmte Gus zu. »Aber ich verstehe schon, warum ihm das widerstrebte. Es war zu unpräzise. Du brauchst augenfälligere Verhaltensmerkmale, als Duckmore sie aufgewiesen hat.«

»Er hätte es mir sagen müssen«, brummte Deena nochmals.

Keiner von ihnen erwähnte Fannie, deren Verhalten vielleicht auch seltsam war. Keiner von ihnen erwähnte, daß sie, wenn sie Schwierigkeiten mit einem weiteren Schimpansen bekämen, auf Schwierigkeiten beim *poena albumin* schließen mußten.

Anne machte nach dem Mittagessen ein Nickerchen. Sie befand sich in der Miniwelt des Terrariums, wo die Blätter so groß waren wie Dächer und das Licht, das durch sie hindurchschimmerte, von sanftem Grün, die Luft reich und voll vom Duft fruchtbarer Erde und lebendigen Pflanzen. Sie lief einen moosbewachsenen Pfad entlang und gelangte an eine Stelle, die sie nie zuvor gesehen hatte. Vor ihr erstreckte sich ein tiefer Teich, dessen reglose Oberfläche die Blätter und die blassen Orchideen widerspiegelten, die sich in den Bäumen um den Teich rankten. Sie streifte ihre Kleider ab und glitt in das Wasser. Sie tauchte unter die Oberfläche, dort von jadegrünen Schwaden in mitternachtsblaue, von einer blassen, milchigblauen Strömung zurück ins Jadegrün. Voll Freude stellte sie fest, daß ihr Körper sich verwandelt hatte: sie war nun eine schillernde Seejungfrau, deren glitzernder, goldblinkender Hinterleib das Wasser mühelos schlug, und sie schneller und schneller durch das verzauberte Wasser vorwärtswirbelte.

Ein Aufprall zog vibrierend durchs Wasser, und sie wußte, daß dies Clark war, der sie einzufangen versuchte, der ungeschickte, tapsige Clark, der nun Schlickwolken aufwühlte, die ihr die Sicht nahmen. Das Geräusch steigerte sich zum Lärm, der sie erneut traf, bis sie abrupt aus ihrem Traum gerissen erwachte und einen Augenblick brauchte, um sich zurechtzufinden. Sie griff nach dem Telefon, zog dann aber die Hand wieder zurück und steckte sie unter die Decke. Das gedämpfte Klingeln brach ab. Als Ronnie einige Augenblicke später in das Zimmer schaute, hielt Anne die Augen geschlossen, und Ronnie zog sich wieder zurück.

Anne versuchte, wieder einzuschlafen, in ihren Traum zurückzufinden, aber es gelang ihr nicht. Falls Clark später sagen würde: »Ronnie hat mir erzählt, du wärst vom Schwimmen so kaputt gewesen«, würde sie antworten: »Sie hat gelogen. Oder dich auf den Arm genommen. Bei Ronnie weiß man nie, woran man ist.«

Sie mußte Ronnie loswerden, dachte sie. Sie war zu familiär geworden und maßte sich schon bald selbst eine Vermittlerrolle zwischen Anne und Clark an, indem sie Nachrichten in die eine oder andere Richtung weitergab und ungebetene Ratschläge erteilte.

7

Deena saß mit dem Notizblock auf den Knien, kaute gedankenlos an einem Thunfischsandwich und beobachtete konzentriert das Schimpansenweibchen Fannie. Der Gemeinschaftskäfig war weiträumig und bot den dreiundzwanzig Testtieren und acht Jungen genügend Platz. Genau der gleiche Käfig stand noch einmal für die Kontrollgruppe von Schimpansen zur Verfügung. Deena saß für die Tiere unsichtbar hinter einer Einwegtrennscheibe, die ihr Einblick in den Käfig und durch diesen ins restliche Labor bot, das jetzt zur Mittagszeit fast leer war. Die Schimpansen saßen an der Wand; einige schaukelten träge an aufgehängten Autoreifen; die kleinen purzelten miteinander am Boden herum. Fannie saß mit ihrem Jungen, einem schelmischen drei Monate alten Männchen, abseits. Fannie war schorfig und häßlich und eine hingebungsvolle Mutter. Während ihr Kleines trank, behielt sie die anderen Schimpansen scharf im Auge. Soweit nichts Außergewöhnliches, dachte Deena und bemerkte, daß sie ihr Sandwich aufgegessen hatte. Ihr Kaffee war lau geworden, doch sie trank ihn trotzdem und begann, an einem Zukkerwürfel zu knabbern. Sie war fast schon bereit, in ihr Büro zurückzukehren und die vor ihr ausgebreiteten Tabellen zusammenzupacken, als sie sich interessiert aufrichtete und über Fannie hinweg ins Labor blickte. Fannie fletschte die Zähne und preßte ihr Kind so fest an sich, daß es empört aufquiekte. Sie starrte beharrlich zwischen den Käfigstangen hindurch. Einige Assistenten waren vom Essen zurückgekehrt — drei Frauen und ein junger Mann.

Fannie sprang auf die Füße und rannte die Reihe der Plattformen zur höchsten hinauf, wo verschiedene andere Weibchen kauerten und einander lausten. Fannie schenkte den Eingetroffenen keine Beachtung mehr.

Deena hielt ihre Namen fest. Eddie und Helen befaßten sich niemals mit den Schimpansen, dessen war sie sich sicher. Sie arbeiteten mit dem Projektteam. Thelma Pendleton arbeitete manchmal mit den Schimpansen und Jane Lyndstrom hatte regelmäßig mit ihnen zu tun. Deena verließ ihren Hochsitz und ging an der Rückwand des Käfigs entlang, wo die Affen sie nicht sehen konnten, und kehrte in ihr Büro zurück.

Das erste Namensschild, das man an Deenas Tür angebracht hatte, hatte besagt: »Edwina Wells«. Sie hatte es zurückgeschickt, und nun stand dort zu lesen: »Dr. Edwina Wells«. Sie warf nur noch selten einen Blick darauf, aber sie hatte seinerzeit großen Wert darauf gelegt, daß das Namensschild stimmte, und das tat sie auch heute noch. Ihr Büro wirkte aufgeräumt und unpersönlich. Der einzige nichtfunktionale Gegenstand darin war ein Bild ihrer Tochter, das im vorangegangenen Jahr bei der Entlassung aus der Grundschule aufgenommen worden war. Es war ein unauffälliges Kind mit großen, dunklen Augen, langen, glatten Haaren, das seinen Mund zusammenpreßte, um die Zahnklammer zu verbergen. Sie würde sehr hübsch sein, wenn das Pausbäckige erst einmal aus ihrem Gesicht gewichen und die Zahnspangen nur mehr eine Erinnerung sein würden. Manchmal überraschte Deena sich dabei, wie sie das Bild studierte und sich über das Kind und seine Zukunft Gedanken machte. Und eine gewisse Besorgnis erfüllte sie bei dem Gedanken, wie selten die Kleine ihre eigene Mutter zu Gesicht bekam.

Ihre Mutter, dessen war sie sich bewußt, war ganz anders gewesen. Ihre Liberalität war so sehr mit Nachlässigkeit und Indifferenz verwoben gewesen, daß es für sie gerade so war, als wachse sie völlig ohne Mutter auf. So wollte sie niemals mit Marcie umgehen. Sie kannte jedes intime Detail aus dem Leben ihrer Tochter; sie war immer aufgeschlossen, mehr zu erfahren, und Marcie wußte das, wußte, daß sie ihrer Mutter vertrauen konnte. Sie hielt nichts vor ihr geheim. Deena würde wissen, worauf sie zu achten hatte, würde aus einigen Anzeichen wie aus einem Buch lesen können. Und falls Marcie jemals die ersten Anhaltspunkte für jene Art Wildheit aufweisen würde, die Deenas spätere Teenagerjahre gekennzeichnet hatte, würde sie wissen, was zu tun wäre. An ihre eigene Jugendzeit dachte sie heute mit Abscheu zurück. Der Elternberater hatte sie als Nymphomanin bezeichnet und ihrer Mutter dringend empfohlen, sie behandeln oder analysieren oder so etwas zu lassen.

So ein Idiot, dachte sie. Ein völliger Ignorant. Band sie in Freudianische Knoten und trieb sie nur noch weiter von ihrer Mutter weg, direkt in Rogers Arme. Und als es mit Roger schiefging, wie es mit jedem anderen schiefgegangen war, hatte sie selber den Weg zur Psychologie eingeschlagen in der Gewißheit, daß hier Antworten zu finden waren, und mit der Überzeugung, daß sie selbst über genügend Grips verfügte, diese ohne die Hilfe bornierter Psychiater zu finden, die Freud für den Herrgott persönlich hielten. Ihr Vater war gestorben, als sie zwölf Jahre alt gewesen war, und ihre Mutter hatte sie vernachlässigt; natürlicherweise hatte sie anderswo nach Geborgenheit gesucht. Sie hatte sie niemals gefunden, bis sie ihre eigene Tochter bekam, die sie ohne Wenn und Aber, uneigennützig und schrankenlos liebte. Und Deena hatte es geschafft, ihre ewige Suche aufzugeben, und war lange Jahre glücklich, mit ihrer Tochter zu leben, ihre Arbeit zu haben und die Anerkennung ihrer Kollegen. Daß sie einen Doktor in Psychologie gebaut und es vorgezogen hatte, mit Tieren statt mit Menschen zu arbeiten, hatte ihr niemals Kopfzerbrechen bereitet. Sie hielt nicht allzu viel von den Menschen.

Besondere Abneigung empfand sie gegen die sexbesessenen Mädchen, die im Labor arbeiteten und ihre Hüften vor den Nasen der männlichen Assistenten schwenkten. Sie hatte dies in ihrem eigenen Team angesprochen und war darüber mit Sheila Warren in einen scharfen Wortwechsel geraten. Es gehörte jedoch zu ihrer Pflicht, sie zu erziehen, nicht sie anzuschwärzen. Aber sie hörten sie gar nicht an. Eine hatte sich sogar bei Emory über sie beschwert, worauf sie ihre Bemühungen aufgegeben hatte. Sie würden schon noch auf die gleiche schmerzliche Art wie sie erfahren, daß kein männliches Wesen ihnen Erfüllung schenken konnte. Sie mußten selbst, auf sich allein gestellt, für ihre Erfüllung sorgen, dann könnten sie vielleicht eine tiefe Beziehung zu einem Mann aufbauen. Vielleicht. Sie glaubte selbst nicht daran, doch war sie nicht so verbohrt, die Möglichkeit nicht zumindest theoretisch offenzuhalten. Man mußte es in der Praxis erleben. Marcie würde jedenfalls ohne irgendwelche Illusionen aufwachsen.

Deena setzte sich an ihren Schreibtisch und sah Marcies Foto an, ohne es wirklich zu betrachten. Nach einer Weile begann sie Notizen zu machen, ein paar Sekunden später streckte sie den Arm aus und drehte — ohne darüber nachzudenken — das Foto ein wenig, daß die großen fragenden Augen nicht mehr auf sie gerichtet waren. Der Schreibtisch wies schon Kratzspuren auf, wo das Foto stand, denn sobald sie bemerkte, daß jemand es herumgedreht hatte, stellte sie es wieder zurecht, und im Laufe des Tages stand das Bild mal der Wand, mal ihr, mal dem Fenster zugewandt, immer im Kreis. Als sie ihre Notizen abgeschlossen hatte, rief sie Jane Lyndstrom und Thelma Pendelton in ihr Büro.

Um vier Uhr gingen Gus und Clark die Tabellen durch, die Emory Durand zusammengestellt hatte. »Keine Veränderung in der Enzyminduktion«, konstatierte Gus, »und keinerlei Veränderung der Anzahl der weißen und roten Blutkörperchen. Nur diese leichte Abweichung des *pa*-Werts. Was meinst du dazu, Clark?«

»Es ist zu geringfügig, um von Bedeutung zu sein«, sagte Clark. »Die Werte schwanken auch mit den verschiedenen Kontrolltieren.«

»Ich werde es Jay zusammen mit den übrigen Daten mal durch den Computer jagen lassen, mal sehen, ob sich hier wesentliche Unterschiede herausstellen.« Gus seufzte und schaukelte mit seinem Stuhl zurück. Sein Büro sah wie ein Schlachtfeld aus, ein halboffener Aktenschrank, an dessen Ecken unordentliche Stapel herausquollen; über seinen Schreibtisch verstreut lagen Berge von Berichten und Tabellen; an seinem Anschlagbrett steckten sowohl die aktuellen wie auch die langfristigen Arbeitsprogramme. In der Mitte des Anschlagbretts hing eine Zielscheibe, um deren Schwarzes herum eine Reihe Pfeile steckten. Jahrelang hatte Gus Papierflieger geworfen, bis ihm seine Sekretärin einmal zu Weihnachten das Pfeilwurfspiel geschenkt hatte.

»Wenn irgendein Zusammenhang zwischen diesen Kurven und denen auf den Verhaltenstabellen besteht, müssen wir mit den Tierversuchen ganz von vorne beginnen, nicht wahr?« fragte Clark. Er hatte dies bei anderen Teams miterlebt.

»Das wird für Anne ein schwerer Schlag sein«, meinte Gus mit dem Blick zur Decke, wobei sein Stuhl sich schon in gefährlichem Winkel neigte. Eines Tages würde er sich dabei das Genick brechen.

»Wie lange können wir die Autopsie hinauszögern?«

»Keine Ahnung. Helverson treffe ich heute vormittag. Er will mit Bob und mir eine Mitarbeiterbesprechung durchführen. Wenn ich kann, werde ich dich dazuholen.«

»Bob wird schlappmachen.«

»Ich weiß.«

»Wenn wir die Opferhandlung nur drei Wochen aufschieben können, kann Anne zurück sein. Nächste Woche bekommt sie Krücken. Zwei weitere Wochen, um ihre Handhabung einzuüben und ein bißchen Kraft wiederzuerlangen. Sie sollte dabei sein, Gus.«

»Ich weiß. Ich glaube, kein zweiter hat das nötige Gespür für die Sache. Sie wird wissen, worauf man zu achten hat. Sie ist erstklassig, Clark. Das weißt du.«

»Ich weiß.«

»Ich werde mein Bestes tun.«

Clark nickte und stand auf. Von der Tür erklang ein Klopfen, dann trat Jay Ullman ein. Er war der Computerfachmann. Clark verließ das Zimmer, während Gus erklärte, was sie wollten und welche Vergleiche sie benötigten.

Clark fand Deena auf dem Hochsitz hinter dem Gemeinschaftskäfig der Schimpansen gekauert. »Ich weiß noch nicht«, beantwortete sie seine noch unausgesprochene Frage. »Ich probiere etwas aus.«

Sie brachten die Schimpansen in ihre Nachtkäfige zurück. Clark sah zu, wie eine Laborassistentin den Transportkäfig zur Tür des Gemeinschaftskäfigs schob und beide Türen öffnete. Das Mädchen hielt eine Ranke Weintrauben in den kleinrädrigen Karren und rief dann: »Soupy! Komm, Soupy!« Eines der Schimpansenweibchen schlenderte auf den Transportkäfig zu, schlurfte hinein, hockte sich nieder und machte sich daran, die Trauben abzupflücken und zu essen. Ein anderes Mädchen brachte einen weiteren Transportkäfig in Position und begann die gleiche Prozedur. Sie rief Chum, der sich genauso lieb und folgsam wie zuvor Soupy benahm. Clark wollte etwas sagen, doch Deena zischte ihm zu: »Warte!«

Das erste Mädchen war zurückgekehrt. Diesmal rief sie Fannie. Die Schimpansin rührte sich nicht, sondern starrte das Mädchen an und preßte sich ihr Junges an die Brust. »Komm, Fannie! Komm her!« Fannie blieb regungslos sitzen. Man hätte glauben können, sie sei taubstumm. Nur ihr von kleinem Blinzeln gestörter Blick verriet sie; sie wußte, daß sie gerufen wurde. Clark spürte einen Hauch von Erregung beim Anblick des Schimpansen, der sich zwar nicht offen feindselig, aber auch nicht normal betrug. Das Mädchen sprach weiter auf die Tiere ein. »In Ordnung, Fannie, dann warte halt noch. Komm, Finch! Hierher, Finch.« Ein junges Männchen, das über der Tür gehangelt hatte, kletterte in den Käfig und aß gierig die Trauben. Darauf rief das andere Mädchen Fannie, sie erhob sich und ging, ohne auch nur einen Augenblick zu zögern.

»Sie verhält sich gegenüber allen außer Jane normal«, erklärte Deena. »Du hast gesehen, was für eine gute Hand Jane mit den Tieren hat. Sie ist gut zu ihnen.« Sie glitt von dem Stuhl herab und machte sich, gefolgt von Clark, auf den Weg in ihr Büro. »Ich werde weiterhin ein wachsames Auge auf sie und Duckmore haben«, sagte sie über die Schulter hinweg. »Das Verhalten ist, wie Pat gesagt hat, nicht ganz normal, aber weicht auch nicht soweit vom üblichen ab, daß man Alarm geben wollte.«

»Kommst du heute abend vorbei, Anne einen Besuch abzustatten?«

»Ich weiß nicht recht«, zögerte Deena. »Wann hast du vor, es ihr zu erzählen?« Sie traten in ihr Büro, das nur unbedeutend größer war als das von Clark.

»Nicht vor der morgigen Mitarbeiterbesprechung.« Clark ließ sich auf einen Stuhl fallen und zündete sich eine Zigarette an. »Das Ganze ist verdammte Scheiße, Deena. Ich glaube, sie hat irgendeinen Verdacht. Vielleicht wäre es das beste, reinen Tisch mit ihr zu machen.«

»In ihrem oder in deinem Interesse?« fragte Deena scharf.

»Ich weiß nicht.«

»Dann denk gefälligst an sie! Sie kann überhaupt nichts tun. Alles, was getan werden kann, wird schon getan. Du und Gus, ihr werdet Helverson im Zaum halten müssen. Du weißt, wie sehr sie der Gedanke aufregen würde, daß alles wieder in der Schwebe ist, besonders in einem Augenblick, wo sie so hilflos ist. Wenn du meinst, daß sie wegen deiner finsteren Miene etwas vermutet, dann erzähl ihr irgendein Märchen. Sag ihr, daß du schwer Hämorrhoiden hast oder sonst etwas. Sag ihr, Bob sei seit einer Woche betrunken im Dienst und hätte alle unsere Aufzeichnungen vollgekotzt. Sag ihr diesmal alles außer der Wahrheit.«

»Sie zu ihrem eigenen Besten wie ein Kind behandeln, meinst du das?«

»Genau. Sieh mal, Clark. Ich rede jetzt als Fachpsychologin mit dir. Ich kenne Anne. Ich kenne ihre Ungeduld. Ich kenne ihre Verachtung für fast alle im Labor. Es stimmt, sie ist besser als die meisten, sie kann sich ein gewisses Maß an Exzentrik leisten. Doch gerade jetzt, in ihrer aktuellen Hilflosigkeit, könnte diese Exzentrik sich in etwas anderes verkehren. Begreifst du nicht, wie sie zu der Überzeugung gelangen würde, daß ihr alle ihre Arbeit vernichten wollt? Der Keim jeder neuen Idee, jedes großen Gedankens, kommt aus der Eingebung. Sie weiß das. Und sie würde wissen, daß keine zwei Menschen die gleichen Intuitionen haben können. Sie sind so individuell wie Fingerabdrücke. Alles, was irgend jemand unternehmen kann, ist die ermüdende schwerfällige Folgearbeit, und die Sorge, es könne bei einem Notfall, wenn sie nicht da ist, alles vermurkst werden, brächte sie wieder ins Krankenhaus. Laß uns diese ermüdende Folgearbeit selber machen und dann, wenn sie in der Lage ist, wieder mitzuarbeiten, wenn keine Gefahr eines weiteren Rückfalls mehr besteht, dann wollen wir ihr erzählen, was passiert ist. Sie wird explodieren, darauf kannst du Gift nehmen! Aber lieber dann als jetzt. Wenn sie jetzt explodiert, könnte ihr das schaden. Später wird es nur eine Ventilfunktion haben. In beiden Fällen wirst du der Sündenbock sein. Verstehst du?«

»Tja«, meinte Clark. »Du kommst also nicht vorbei?«

»Nein. Es ist schon schlimm genug, daß sie dir nicht recht traut. Wenn ich noch auftauche und Unsinn rede, wird sie überzeugt sein, daß etwas nicht stimmt. Ich werde sie anrufen und sagen, Marcie hätte die Grippe bekommen oder so etwas. Vielleicht komm ich nach der morgigen Besprechung vorbei. Ich werde sie gleich anrufen.«

Nachdenklich legte Anne nach Deenas Anruf den Hörer wieder auf. Clark hatte gesagt, daß er wieder spät nach Hause kommen würde, daß es die ganze Woche vermutlich spät werden würde. Deena und Clark? Sie schüttelte den Kopf. Nein, nicht die beiden. Clark vielleicht, er war sicherlich verzweifelt genug, aber Deena niemals. Anne machte sich nicht die Mühe, alle Gründe für diese Gewißheit durchzugehen. Also keine Liebschaft. Irgend etwas an der Arbeit. Sie begriff nun, daß sie dies am Abend zuvor schon irgendwie geahnt, sich aber dagegen gesträubt hatte, darüber sich Gedanken zu machen. Deena machte Überstunden? Also ein echter Notfall. Offensichtlich irgend etwas mit ihrer eigenen Arbeit, sonst hätten sie ihr erzählt, worum es sich handelte.

»Bist du okay?«

Ronnie stand ein paar Meter von ihr entfernt; sie schaute besorgt drein. Anne nickte. »Wieso fragst du?«

»Ich habe dich ein paarmal angesprochen, während du hier saßest; du hast nicht reagiert.«

»Entschuldige. Weißt du, Ronnie, Clark hat die ganze Woche abends zu tun. Wie wär's, wenn du mir irgendeine Kleinigkeit richtest, ein Sandwich oder so was und Kaffee und dann nach Hause gehst? Was hältst du davon?«

»Es macht mir nichts aus, noch zu bleiben, Schätzchen. Das weißt du doch.«

»Ich weiß, Ronnie. Du bist ein Schatz. Aber das ist nicht nötig. Und ich habe ohnehin zu arbeiten.«

Ronnie war nicht begeistert, stimmte aber schließlich zu; kurz vor fünf brachte sie ein Tablett herein und stöpselte die Kaffeemaschine ein. »Milch ist in der Warmhaltekanne«, erklärte sie. »Meinst du wirklich, ich soll gehen?«

Anne lächelte ihr zu, alle feindseligen Gedanken von vorher waren nun wie weggeblasen. »Mach, daß du zu deinem alten Sexprotz nach Hause kommst!« Ihr Blick schweifte über den Tisch. »Oh, nur noch eines! Kannst du den Mist hier aufräumen und mir die Notizhefte vom Nachtschränkchen bringen?«

Ronnie benötigte ein, zwei Minuten dafür, dann war sie auch schon weg, und Stille erfüllte die Wohnung. Anne saß lange Zeit im Sessel und ging in Gedanken ihre Aufzeichnungen durch, ohne irgend etwas anzusehen. Im Augenblick spielte es keine Rolle, daß sie die Schimpansen nicht beobachten konnte. Die Tabellen gaben mehr her als direkte Beobachtung. Hormonmenge. Blutwerte. Stoffwechselgrundumsatzlisten. Enzyminduktionstabellen. Die Schwankungen der *pa*-Werte. Sie sah fast bildlich ihre eigenen Worte vor sich, die sie vor einem Monat, irgendwann im

Januar, notiert hatte: *Nachprüfen: Streß mindert die pa-Menge im Blut. Wird es ausgeschieden oder woanders konzentriert?* Woanders hieße im Gehirn, dachte sie. Ihre Theorie besagte, daß das Albumin sich im Gehirn zusammenballte und sich dabei an die verschiedenen Rezeptoren heftete, so daß Schmerzstimuli nicht registriert wurden. Unter Streßbedingungen reduzierten sich die Schmerzsymptome, wenn man eine ansteigende Ballung voraussetzte.

Bei den Albuminwerten hatten sich Abweichungen herausgestellt, das wußte sie, doch dies galt auch für die Kontrollschimpansen, also durfte man annehmen, daß Abweichungen die Regel waren. Sie blinzelte und rieb sich fest die Augen. Das nützte nichts. Sie mußte erfahren, was geschehen war. Vielleicht hatte das Drogenamt weitere Unterlagen angefordert. Vielleicht hatte sich ein Konflikt mit einem anderen Forscher irgendwo ergeben, der an der gleichen Entwicklung arbeitete. Vielleicht hatte Bob Klugman das Labor mit allen Unterlagen niedergebrannt. Vielleicht . . .

Vielleicht hatte es auch gar nichts mit ihrer Arbeit zu tun. Vielleicht machte das Team vom Sojabohnenlabor Ärger. Jeder hatte vorausgesagt, daß es mit ihnen Ärger geben würde. Jede Abteilung hielt sich für die einzige, die einer finanziellen Unterstützung würdig sei — verständlicherweise —, sie jedoch hatten ständig höhere Geldsummen, mehr Computerzeit, Ausrüstung und Personal angefordert. Vielleicht hatten sie eine Party gegeben und alle vergiftet.

Sie bahnte sich ihren Weg aus dem Sessel in den Rollstuhl und fuhr zum Tisch. Ihre Unterlagen waren vollständig, ihre Tabellen und Karteikarten genau so, wie sie sie erstellt hätte, wäre sie jene vergangenen Monate persönlich im Büro gewesen. Sie hatte hier alle erdenklichen Unterlagen, die sie nur hier haben konnte — Kopien von allen Aufzeichnungen aus Deenas Verhaltensforschungsabteilung, aus Emorys medizinischer Abteilung und keine, die nicht in Ordnung gewesen wäre. Noch bis vor einer Woche hatte es nichts gegeben, das nicht gestimmt hätte. Gar nichts!

Sie knabberte an dem Sandwich, das Ronnie ihr gerichtet hatte, und verzehrte Salat und Kuchen. Noch lagen die vielen

Notizblöcke vor ihr, doch sie stellte fest, daß sie zu müde war, um sich in einen davon wirklich vertiefen zu wollen. Das Schwimmen tat seine Wirkung. Zehn Minuten ungewohnter Aktivität, und schon saß sie da wie ein Klotz, unfähig, sich länger als ein oder zwei Minuten mit irgendeiner Sache zu befassen. Und ausgerechnet jetzt pfuschten sie an ihrer Arbeit herum.

Der Gedanke ängstigte sie. Sie verdrängte ihn. Sie goß Kaffee ein und fuhr mit ihrem Rollstuhl um den Tisch herum, von wo aus sie durchs Fenster schauen konnte. Das Eis war abgetaut, es war schon dunkel, nur wenig Verkehr vor dem Haus. Wenn sie über die Krone der Glyzine hinweg ganz geradeaus blickte, so gab es gar nichts zu sehen, das Dunkel des Parks, tiefe Schwärze im dichten Nadelgehölz an dieser Seite des Parks. Kein Stern am düsteren Himmel, nur hie und da ein Glimmen der fast unkenntlichen Straßenbeleuchtung, schattenwerfende Lichter, fast völlig verschlungen, die nur blasse Löcher in der Dunkelheit zurückließen, wie schwache Flecken von Stellen, da man in das Dunkel eintauchen konnte, um auf der Gegenseite ganz woanders herauszukommen.

Captain! Wir rasen auf ein Schwarzes Loch zu, aus dem noch kein Mann, keine Frau jemals wiedergekehrt ist. — Mut, Mut! Es muß eine Möglichkeit geben, ein Schiff zu wenden, das mit Lichtgeschwindigkeit dem sicheren Untergang entgegenschießt. Nur Mut! Versenkt euch wieder in euren Kälteschlaf, während ich, euer Captain, mit den Mächten der Dunkelheit ringe, die uns unwiderstehlich und auf ewig in diesen tödlichen Sog zu reißen drohen.

Sie fragte sich, ob jene Männer, die auf dem Mond herumgewandert waren, sich so nackt gefühlt hatten, wie sie es sich vorstellte, da sie doch jenen schwarzen Abgründen so viel näher waren, die alles verschlingen, oder waren sie mit ihrer Hardware, ihren Aufzeichnungen und den Mechanismen zu ihrer Lebenserhaltung zu beschäftigt, um sich darüber Gedanken zu machen?

Entschlossen wandte sie sich vom Fenster wieder dem vollgepackten Tisch zu und öffnete ihr Tagebuch. Sie schrieb: »Seit Tagen beschäftigen mich seltsame Gedanken, doch ist dies wohl ein Symptom meiner fortschreitenden Genesung. Mich treibt die Ungeduld, wieder an die Arbeit zu kommen. Mein Kopf ist voller Ideen, doch mein Körper ist noch zu schwach, sie in die Tat umzusetzen. Ich sehe kommen, daß die Abwegigkeit meiner Einfälle noch solange zunimmt, bis ich wieder täglich ins Labor kann.«

Und bald, dachte sie, würde sie eine vernünftige Aussprache mit Clark führen, um herauszufinden, wie und warum er sich in den letzten Wochen so verändert hatte. Sie hatte das Gefühl, die Veränderung geradezu beobachten zu können. Irgendwie wurde er schwerfälliger, tapsiger, mit einer Tendenz zur Trägheit. Mit Dingen, die er auf Anhieb packen müßte, hatte er zur Zeit ordentlich zu fummeln, und er begriff sie erst, wenn sie sie ihm Schritt für Schritt erklärte. So war er nicht gewesen, als sie sich kennengelernt hatten, und auch noch nicht vor einem Jahr. Sie fürchtete, eine Art Kräfteverfall von Midlife-Crisis bemächtigte sich bereits seiner geistigen Fähigkeiten, dabei war er erst einunddreißig.

Vielleicht hat Clark im Labor Probleme, dachte sie. Und das konnte sie ruhig glauben. Sie mußten ebenfalls die Veränderung an ihm bemerkt haben. Gus war ein so guter Beobachter, daß er auch eine leichte Minderung seiner Leistung erkennen würde. Sie würden begreifen, daß die eigentliche Initiative von ihr ausgegangen war, daß sie die treibende und führende Kraft war, daß Clark nur ein Mitläufer gewesen war, ihr Mitläufer. Er konnte nicht erwarten, daß sie ihn ewig mitschleppte. Er mußte sich selbst über Wasser halten können oder untergehen. Das Gesetz des Dschungels oder der Wüste oder so ähnlich. Jedenfalls das Gesetz der Miniwelt.

Sie erinnerte sich an den klaren Teich der Miniwelt mit seinen wechselnden Farben und bedauerte es, daß sie diesen Traum nicht zurückrufen konnte. Doch ihr Leben war voll von Träumen und Ereignissen, die sich nicht zurückholen ließen. In dem Jahr, als sie und Clark beschlossen hatten zu heiraten, hatten sie eine Motorradtour durch die südwestlichen Staaten unternommen, im Zelt übernachtet und tagsüber den starken, ungezähmten Fahrtwind gegen ihre Gesichter peitschen lassen. Manchmal hatten sie sich zerklüftete Flecken in seltsamen Felsformationen oder an Quellen und Strömen gesucht, nur um in einer neuen Wildnis sexuell zusammenzusein. Vorbei. Hinabgerutscht in eines der Schwarzen Löcher, um nur Erinnerungen zurückzulassen, die ihr ein Kribbeln in Magengrube und Scheide hervorriefen, eine so ausschließlich sexuelle Erregung, die nichts mit der Wirklichkeit hier und jetzt gemein hatte. Hier und jetzt erschien ihr Clark nicht begehrenswert; nur die Erinnerung an die frühere Erregung war es, die sie noch hochtrieb.

Sie dachte an seine dicken Hände auf ihrem Körper und konnte verstehen, wie manche Leute Sex und Gewalt gleichsetzen. Plötzlich begann sie zu weinen, ohne zu begreifen, warum.

Dieses Zimmer, dachte sie, als der Sturm sich gelegt hatte, dieses Zimmer, diese Gefängniszelle bringt mich noch um den Verstand! Sie rollte ins Badezimmer, wusch sich das Gesicht ab und konnte nun endlich klar das Experiment konzipieren, das sie Clark beschreiben wollte. Sie fuhr zum Tisch zurück und begann in feiner, säuberlicher Schrift zu schreiben, detaillierte die Arbeit schrittweise und schloß mit den Ergebnissen, die sie von dem Versuch erwartete. Clark trat ein, als sie noch damit beschäftigt war.

»Liebling!« sagte sie. »Du siehst ja völlig erschöpft aus. Mein Gott, es ist neun Uhr. Kein Wunder! Hast du schon gegessen?«

Er hatte, in der Cafeteria. Anne zog ein Gesicht. »Ronnie hat dir gutes Roastbeef für Sandwiches zurückgelegt und einen Salat, die Soße steht in einem Töpfchen dabei. Schüttle sie aber erst. Kaffee hab' ich hier.«

»Bin gleich zurück«, antwortete Clark. Er gab ihr einen Kuß, hielt einen Augenblick inne; diesen Augenblick lang preßte sie sich an ihn. So wie er zurückkommen würde, dachte sie, sobald er etwas getrunken und gegessen hatte, würde sie sagen: Komm, laß uns ins Bett gehen. Der Doktor sagt, ich darf. Und ich will dich, Clark. Mein Gott, *ich will dich!*

Als er mit seinem Teller zurückkehrte, war dieser Moment vorüber, und sie begann ihm von dem Experiment zu erzählen, das er für sie durchführen sollte.

»Das Neue wird diesmal der Streß sein«, erklärte Anne. »Gebt ihnen den *pa*-Faktor, erhöht den Blutdruck und setzt sie dann Streß aus. Wir wissen, daß die Droge und *pa* zusammen harmlos sind und keinerlei Wechselwirkung gezeigt haben, doch unter wachsender Belastung könnte sich ein Unterschied ergeben.«

Clark sah ihre Notizen durch. »Ich würde nur eines gern noch ergänzen. Ich würde gerne einem der Schimpansen aus der Testgruppe kein zusätzliches *pa* verabreichen, sondern nur seinen Blutdruck erhöhen und ihn unter Streß setzen.«

Anne dachte einen Augenblick lang darüber nach. »Das ist gut. Ich hätte daran denken müssen. Manchmal glaube ich, daß mein Gehirn auch einen Bruch davongetragen hat.«

»Kein anderer hat bisher an dieses besondere Experiment gedacht«, sagte Clark.

»Lola wäre gut«, erwog Anne. »Und Hermione aus der Kontrollgruppe. Sie haben an zwei aufeinanderfolgenden Tagen Junge zur Welt gebracht, und ihre *pa*-Werte sind ungefähr die gleichen. Welchen nehmen wir als anderen Testschimpansen? Hast du Zeit, die Sache einzuleiten, Clark?«

Er nickte. »Ich werde es morgen als erstes veranlassen.«

Er sah die Tabellen der beiden von ihr ausgewählten Schimpansen durch. Lola war der Faktor dreimal in den letzten beiden Monaten ihrer Schwangerschaft verabreicht worden; der Kontrollschimpanse hatte selbstverständlich nichts bekommen. Die Geburten vor sieben Monaten waren normal verlaufen, zwei weibliche Junge waren zur Welt gekommen. Alles, was mit den beiden Schimpansen überprüft werden konnte, war normal erschienen. Er war froh, daß sie nicht Fannie ausgesucht hatte. Aber sieben Monate alte Junge nahmen bei einer Trennung nicht so leicht Schaden wie ein drei Monate altes. Sie brauchten nicht mehr so viel gefüttert werden; sie ernährten sich hinfort selbst und würden für die Dauer des Experiments einander Gesellschaft leisten.

»Lilith«, schlug er schließlich vor. »Ihr Kleiner ist erst sechs Monate, aber sie ist die nächste, die in Frage kommt. Wenn du mit den Resultaten recht hast«, sagte er, »weißt du, daß es eine

Kontraindikation für Leute mit Streßerkrankungen — hohem Blutdruck, Arteriosklerose und ähnlichem — bedeutet?«

»Ich weiß. Ich nehme an, daß dies der Fall ist.«

»In Ordnung.« Er blickte von den Notizen auf, um festzustellen, daß Anne ihn intensiv musterte. Sie wandte den Blick ab und gähnte. »Schatz, du bist müde. Du solltest ins Bett.«

Ohne ihn anzusehen, fragte Anne: »Was ist mit Klugman? Um was für ein Problem handelt es sich nun diesmal?«

Das Ärgerliche, fand Clark, bestand darin, daß es keine Möglichkeit gab, ihr nur einen Teil zu erzählen. Wenn er ihr von der Freigabe des IND erzählte, würde sie das mit seinen Überstunden in Verbindung bringen und zu dem Schluß kommen, daß sie die Arbeit ohne sie fortführten. Was die Humantests betraf, so waren sie der bedeutendste Teil der Arbeit, der noch zu leisten war. Und sie hatte erfolgreich darum gekämpft, diese Phase von Anfang bis Ende zu überwachen. Deena hatte recht; Anne konnte keine dieser Teilwahrheiten ertragen, solange sie nicht in der Lage war, sich selbst darum zu kümmern. Er war froh, daß sie sich das Streßexperiment ausgedacht hatte. Dies konnte er sich zunutze machen, um seine Überstunden zu erklären; sie konnten darüber diskutieren. Er wäre nicht gezwungen, mit einer vollständigen Lüge zu leben. Dies alles ging ihm durch den Kopf, während er sich eine Zigarette anzündete und seinen Kaffee austrank. Dann sagte er: »Ach, Bob hat die Grippe. Ein paar andere fehlen wegen Halsentzündungen. All so 'n Mist. Ein paar Unfälle, lauter solches Zeug. Das übliche.« Er lenkte ab. »Die Meerschweinchen sterben jetzt massenhaft, die Sojabohnen-Sägemehl-Diät ist eine echte Hinrichtung.«

Nun lächelte sie. »Beschlagnahmen sie immer noch alles?«

»Schlimmer denn je! Sie brauchen den Computer wie immer 26 Stunden täglich.«

Sie lachte. »Du weißt ja, wie das weitergeht. Sie werden alles nach und nach in Beschlag nehmen und aus dem Unternehmen wird eine Super-Popcorn-Fabrik.«

»Am Montag haben sie in der Cafeteria ein Tablett mit Keksen spendiert. Keiner hat sie angerührt. Kein einziger!«

Sie kräuselte die Nase. »Die große weiße Hoffnung der Welt. Bäh!«

Clark stand auf und raffte die Zeitung am anderen Ende des Tisches zusammen. »Bin in zehn Minuten wieder da«, sagte er.

Er würde fünfzehn bis zwanzig Minuten im Badezimmer bleiben, dann wäre es elf. Er würde ein paarmal gähnen, irgendwelches Zeug in die Küche zurückbringen und dann zu Bett gehen und sie hier sitzen lassen. Besuchszeit vorüber, alle Mann zurück in den Zellenblock. Auf, marsch, marsch! Oder: schiebt ab!

Sie klappte die Notizhefte zu und faltete ihre Karten zusammen. Die Kaffeekanne war noch halbvoll. Sie goß sich noch eine Tasse ein und schlug ein Buch auf, dem sie dann aber keine Beachtung schenkte.

Das war das Leben, wie es die meisten Frauen führten, die nicht irgendeine Arbeit hatten. Zu Hause auf den Mann warten, bereit, für was immer er vorschlägt, um sich dann widerspruchslos zurückzuziehen, wenn er seinen Willen gehabt hat. Selbst ihre gefängnisartigen Lebensbedingungen waren besser als die der meisten Frauen, dachte sie. Zumindest konnte sie mit Clark ab und zu in echte Kommunikation treten. Wie heute abend, als sie eine Stunde lang ihr Experiment ausarbeiteten. Es hatte sie kurze Zeit einander nahegebracht, hatte ihnen einen Berührungspunkt verschafft, der sogar noch bedeutender war als die körperliche Berührung, nach der es sie gar nicht mehr verlangte. Er hatte konzentriert zugehört, ihre Pläne studiert, kurze Zeit war ihr Denken eins geworden, dann war es auch schon vorüber gewesen, und nun hockte er auf dem Klosett, las die Zeitung, dachte müde Gedanken und sehnte sich nach der Erlösung körperlicher Liebe und grollte ihr vermutlich, sie ihm nicht gewähren zu können oder zu wollen.

Wie lange, so fragte sie sich, würde es dauern, bis er mit jemandem ins Bett stieg. Noch eine Woche? Einen Monat? Oh, du guter und getreuer Ehemann, such dir doch eine Hure, dachte sie bitter. Früher oder später würde es doch so weit kommen, dann konnte es genausogut früher sein.

Clark brauchte an diesem Abend lange, bis er Schlaf fand. Er dachte an ihren Körper, anfänglich kühl und glatt unter seinen Händen, an seinen Schenkeln, daran, wie ihre kühlen festen Brüste allmählich wärmer wurden, heiß dann und schweißglänzend, wenn das Bett unter ihnen feucht wurde. Er döste und träumte davon, wie sie die Beine vor ihm spreizte, die Arme ausbreitete, ihn zu umfangen, den Mund öffnete ... Jedesmal, ehe er sie endlich zu fassen bekam, schlug eine Tür zu, und er stand draußen im kalten Wind, stand vor einer konturlosen Mauer. Er erwachte und mußte husten und dachte daran, wie weich und glatt die Innenseite ihrer Schenkel war und die Unterseite ihrer Brüste. Sie befanden sich in einem protzigen Hotelzimmer mit Plüschmöbeln und einer Armatur für Klimaanlage, Bedienung, Beleuchtung, Radio und allem, was man sich denken kann. Das Bett hatte einen Motor, der es zum Vibrieren bringen konnte. Die ganze Nacht über, zumindest mehrere Stunden lang hatten sie die Maschine mit Münzen gefüttert und auf dem bebenden Bett gebumst. Und unter der Dusche. Und unter dem Sternenhimmel in der Wüste, wo die Lufttemperatur alle zwanzig Minuten um fünf Grad sank, was sie erst bemerkten, als ihr Atem frostigweiß zu sehen war.

Er träumte, sie befände sich hier in seinem Zimmer, gleite wie eine Wolke völlig lautlos auf ihn zu, wobei ihre Augen liebevoll schimmerten und ihre Arme sich schon für seine Umarmung ausgebreitet hatten. Sie hielt inne, und diesmal schlug keine Tür zu. Er kämpfte gegen den Schlaf an, sog ihren schwachen Duft ein und war gewiß, daß sie diesmal auf ihn wartete, daß sie diesmal wirklich da war. Als er die Augen aufschlug und sich in der Dunkelheit aufsetzte, war das Zimmer leer.

Clark erläuterte seinen beiden Assistenten das Experiment. »Wir werden die Muttertiere heute isoliert lassen und ihnen einmal stündlich eine Bandaufnahme mit dem Ruf ihrer Jungen vorspielen. Nach vier und nach acht Stunden werden wir ihnen jeweils Blutproben entnehmen und die *pa*-Werte messen. Nach dem Vierstundenintervall werden wir ihnen nur kurz zum Säugen die Jungen geben. Am Abend bekommen sie sie ganz zurück. Morgen wiederholen wir den Versuch, sperren die Jungen aber nachtsüber und den ganzen Freitag aus. Okay?«

»Und Sie wünschen ständige Beobachtung?«

»Ja. Die Blutproben werde ich selbst abnehmen. Ihr beide sollt tagsüber auf Beobachtungsposten sein. Wenn einer weggeht, sagt er dem anderen Bescheid.«

Virginia Sudsbury und Phil Rudolf waren zwei der nettesten Laborassistenten. Vom Beginn der Primatenversuche an hatten sie eng mit Clark und Anne zusammengearbeitet. Bei der Aussicht auf den langweiligen Job, der sie nun erwartete, sahen beide resigniert drein, protestierten aber nicht. Phil arbeitete seit zweiundzwanzig Jahren als Laborassistent. Er hatte bereits mit dem alten Prather zusammengearbeitet und war damals der Beste gewesen, und er war heute noch der Beste für jene detaillierten, ermüdenden Beobachtungen, auf die sich die meisten Versuche stützten. Er war fünfzig, unendlich geduldig, und keiner hatte ihn je sprechen gehört, wenn er nicht gefragt war. Virginia war einundzwanzig und rundlich, mit schwarzem Haar, das ihr weit über die Schultern den Rücken hinabreichte. Bei der Arbeit hielt sie es mit einem Tuch, einem Band oder nur einer Kordel zurückgebunden, doch sobald ihr Arbeitstag beendet war, ließ sie es herunterfallen und es schimmerte wie ein dunkler Strom, dem sprühende Lichtfunken Leben verliehen. Anne hatte einmal gemeint, daß sie es wohl jeden Abend waschen müßte, damit es so glänzte. Und sie hatte auch gehässig hinzugefügt, daß, wenn man eine Meinungsumfrage durchführen würde, jeder Mann im Haus den Wunsch hegen dürfte, ihr einmal ihre Haarflut zu durchwühlen. Virginia trug eine goldgerahmte Brille mit kreisrunden Gläsern, so rund wie ihr hübsches Gesicht. Auch ihre Augen waren rund, wie Clark bemerkte, und ihr Blick erwies, daß sie sofort begriff, was man von ihr verlangte.

»Morgen stecken wir sie ein paar Stunden in die Gemeinschaftskäfige«, ergänzte Clark. »Das bringt die Sache vielleicht etwas in Schwung.«

Die Jungen spielten und zeigten keine Anzeichen, durch die Trennung beunruhigt zu sein. Zuerst nahmen auch die Schimpansenweibchen die Trennung ohne Bestürzung oder sogar mit scheinbarem Einverständnis hin. Als jedoch das Band abgespielt wurde und sie das schmerzliche Geschrei ihrer Kleinen hörten, erregten sich alle drei. Lola, die Testschimpansin, die an diesem Vormittag den *pa*-Faktor bekommen hatte, versuchte, die Gitterstäbe auseinanderzurütteln, dann ans Schloß zu kommen, und als beides nicht gelang, hockte sie sich auf ihre Keulen, starrte in den Laborbereich, den sie im Blickfeld hatte, und fletschte von Zeit zu Zeit die Zähne. Der andere Testschimpanse und das Kontrolltier reagierten ganz genauso, wurden jedoch rascher ihrer Wache müde und beschlossen, sich dem Fressen und der Erkundung ihrer neuen Käfige zuzuwenden.

Gus traf Clark vor dem Einzelkäfig und berichtete von seiner Besprechung mit Helverson. »Wir haben eine Woche zur Verfügung, um irgendwelche Beweise zu liefern, wenn nicht, können wir den Vorfall in den Wind schreiben und die Arbeit wie geplant fortführen«, kommentierte Gus. »Gibt's hier was Neues?«

»Ich weiß nicht. Lola ist aufgeregter als Hermione und Lilita, aber das kann auch eine Folge ihres natürlichen Temperaments sein. Ich werde in einer Stunde Blutproben abnehmen.«

»Weiß Anne Bescheid?«

»Ich weiß nicht. Sie ahnt irgend etwas. Aber sie trägt sich schon über einen Monat mit solchen Gedanken. Ich habe ihre Aufzeichnungen gelesen. Etwas an der Fluktuationsweise der *pa*-Werte hat in ihr die Vermutung wachgerufen, daß die Ursache mit Streß verbunden sein könnte.«

»Sie ist Klasse«, meinte Gus wie schon am Vortag. »Ich wünschte bei Gott, sie wäre hier.«

»Wie ist es denn mit Helverson gelaufen?«

»Er will sich natürlich an die Spitze setzen. Er kann nicht glauben, daß nach so langer Zeit noch eine Reaktion auftreten soll. Das fällt mir ja selbst schwer zu glauben. Aber ... ich habe ihn überzeugt, daß dies ohne weitere Nachforschungen gefährlich werden könnte. Ich glaube, ich habe ihn überzeugt. Zumindest soweit, daß er uns eine Woche gegeben hat, und dann werde ich erneut versuchen, ihn zu überzeugen.«

Clark schüttelte den Kopf. »So geht das nicht«, sagte er mürrisch.

»In dieser der besten aller Welten ist es die einzige Art, wie es gehen kann«, erklärte Gus. Er legte einen Augenblick lang Clark seine Hand auf die Schulter und schlurfte dann weg.

Nach dem Zwischenfall mit Duckmore wollten sie kein Risiko mit irgendeinem Schimpansen eingehen. Die Tiere wurden stets mit den Transportkäfigen zum Untersuchungstisch gebracht, wo Gurte sie so lange sicher festhielten, bis die Blutproben genommen waren, dann kamen sie zurück in die Einzelkäfige. Jeder von ihnen mußte genau gleich behandelt und genau den gleichen Streßanforderungen ausgesetzt werden. Clark ließ die Laborassistenten allein und ging in sein Büro zurück, wo sich erste Berichte über Duckmore und Fannie häuften.

Um ein Uhr holte Deena ihn zum Essen ab. Er hatte es ganz vergessen. Gegen drei Uhr zeigte Lola heftige Anzeichen von Beunruhigung, und er sah sie sich selbst an, als ihr das Band vorgespielt wurde. Sie krümmte sich, sah verzweifelt umher und rüttelte an den Stäben und gab auch noch keine Ruhe, als das Weinen verklungen war. Sie rannte in dem schmalen Käfig auf und ab, zog sich am Sims hoch und schwang sich an die gegenüberliegende Wand. Sie stürzte sich auf eine Banane, klatschte sie gegen die Wand und lief immer wieder auf und ab. Auch Liliths Besorgnis und die der Kontrollschimpansin hielten an, doch sie saßen nur und hielten die Gitterstäbe umklammert, schauten ins Labor hinaus und gaben ab und zu maunzende Klagelaute von sich.

Um 16.30 Uhr fand in Clarks Büro eine Besprechung statt. »Können wir innerhalb einer Woche soviel in Erfahrung bringen, um Gewißheit zu haben?« fragte Gus in die Runde. Den ganzen Tag schon hatte er seine Arbeit und die von Bob Klugman getan. Es hatte Streit über die Computerzeit gegeben. Die Kosmetikabteilung war für diesen Nachmittag angemeldet gewesen, er hatte das annulliert und statt dessen Sarah Zeller eingesetzt. Zweimal hatte der Blutanalysator gestreikt und der Kundendienst hatte auf sich warten lassen. Er hatte mit dem Leiter der Finanzabteilung und dem Lohnbüro herumgefochten, damit Pat seine Krankenzeit voll bezahlt bekam. Er hatte Kopfschmerzen, und mehr denn je wünschte er sich, am goldenen Strand zu liegen, dem Murmeln der Wellen zu lauschen und dem seiner Frau, große kühle Getränke, in denen Obststücke schwammen, zu trinken und exotische Gerichte in exotischer Umgebung zu genießen.

»Ich glaube, daß eine Art Verhaltensmuster vorliegt«, erklärte Deena knapp. »Ich habe Duckmores Abweichungen vom Normalverhalten vom Augenblick an, da Pat es bemerkte, auf eine

Karte aufgezeichnet. Er hat sehr gut Buch geführt, übrigens. Sie können sehen, wie es hier ansteigt und hier wieder. Bis es schließlich zu der Attacke kam.« Sie zeigte auf eine Linie, die sie gezeichnet hatte — lauter steile Anstiege und Ebenen, die ständig aufwärts führten. »Hier ist nun Fannies Karte. Sie ist fast identisch«, erläuterte sie und legte die Papiere beiseite. »Keiner der anderen weist eine solche Verhaltenslinie auf. Manche haben steilere Steigungen als andere, aber keiner so wie sie. Wenn dies stimmt, wird Fannie nach zwei weiteren unbedeutenden Zwischenfällen einen Ausbruch von Gewalttätigkeit haben.«

Emory nickte. Er und Deena arbeiteten seit elf Jahren zusammen. Er schenkte ihren Karten ebensoviel Vertrauen wie sie selbst. Gus runzelte die Stirn. »Inwieweit hast du Karten für die Kontrolltiere angelegt?«

»Wie es aussieht, habe ich keine Zeit gehabt, es für mehr als die zwei zu tun«, sagte Deena giftig. »Ich hoffe aber, zumindest die kommende Woche daran arbeiten zu können.«

»Was bezeichnest du als unbedeutende Zwischenfälle?« fragte Gus, ohne auf ihre Bissigkeit einzugehen.

»Dinge, wie sie heute vorgefallen sind. Fannie zeigte ohne erkennbaren Grund Feindseligkeiten. Völlig unmotivierte Feindseligkeiten gegen einen Laborangestellten.«

»Okay. Halt dich dran! Wir machen wie geplant mit den Bluttests weiter. Wenn wir in den nächsten Wochen nicht anfangen können, sitzen wir ganz schön in der Scheiße. Clark, wie lange bleibt es wirksam und unter welchen Bedingungen?«

»Wir meinen, daß es sich bei Zimmertemperatur gut hält, haben es aber kühlgestellt, bis wir die Temperaturkontrolltests durchlaufen lassen. Das gefrorene Protein hält sich monatelang, wir konnten keine Beschränkung feststellen, aber die Versuche sind noch nicht abgeschlossen.«

»Das müssen wir jetzt.« Gus seufzte. »Treib alle Leute zur Eile an«, sagte er ruhig. »Wer kann mit den Versuchen beginnen?«

»Ich finde schon jemanden«, antwortete Clark. »Oder ich mach es selbst.«

»Nicht du. Teufel noch mal, gerade jetzt brauchen wir dich für andere Dinge. Was ist mit Virginia? Kann sie so etwas?«

»Ja. Ich habe sie zur Beobachtung von Lola eingesetzt, aber da kann ich jemand anderen dranlassen. Ich brauche zwei Leute zusätzlich. Das ist ein Versuch, der rund um die Uhr läuft.«

»Nimm dir, wen du willst.«

Deena stand auf. »Gus, eine Sache noch, dann gehe ich. Ich kann meine Arbeit im Augenblick genausogut zu Hause machen wie hier. Ich möchte Marcie nicht öfter allein lassen als unbedingt notwendig.« Sie holte Luft. »Falls Fannie weiterhin die gleiche Verhaltenslinie wie Duckmore nimmt, wird sie jemanden anfallen, und wenn keiner greifbar ist, wird sie ihre Gewalttätigkeit gegen einen der anderen Schimpansen richten.«

»Du meinst also, man sollte sie isolieren?«

»Nein! Sonst muß sie ihr Junges angreifen. Versteht ihr nicht? Hier liegt eine Unausweichlichkeit vor, die beängstigend ist. Falls ich recht habe.«

»In Ordnung«, meinte Gus. »Wir wissen alle, daß die Daten bis jetzt echt unzureichend sind, um irgend etwas unausweichlich zu nennen, aber sagen wir, es besteht eine große Wahrscheinlichkeit, daß sie einen von den anderen Schimpansen angreift. Sie ist klein und verhältnismäßig schwach, nicht wahr? Sie wird sich eine gewaltige Abreibung einhandeln. Was dann?«

»Das weiß ich eben auch nicht«, gestand Deena. »Das ist es auch, was mir Sorgen macht. Duckmore hat zugeschlagen und seinen Gegner bezwungen. Zumindest ist er für Duckmore nicht mehr sichtbar. Er wirkt nun völlig normal, außer diesem ständigen Absinken des *pa*-Faktors. Wie aber wird Fannie sich verhalten, wenn sie besiegt wird und der Feind noch da ist?«

»Was meinst du?«

»Entweder stürzt sie sich dann auf einen erwachsenen Schimpansen nach dem anderen oder sie wendet sich gegen das Junge.«

Einige Sekunden lang herrschte Schweigen in dem Büro, als sie darüber nachdachten. Clark schüttelte den Kopf. »Ich kauf das einfach nicht ab«, sagte er schließlich. »Warum sollte sie?«

»Warum, weiß ich auch nicht. Ich weiß nur, daß Verhalten, wenn es bis zu einem bestimmten Punkt vorhersehbar ist, es dies gewöhnlich auch über diesen Punkt hinaus ist. Es kommt ein Punkt, wo sich sicher sagen läßt, weil dies geschah, wird jenes geschehen.«

»Statistisch gesehen ja, individuell nein«, meinte Clark.

»Wart es ab!«

»Wie lange?«

»Vermutlich keine zwei Wochen; vielleicht etwas länger, aber ich bezweifle das.«

Clark erhob sich; da das kleine Büro jedoch keinen Raum bot, wo er hätte auf- und abgehen können, setzte er sich wieder. »Das ist zu lange.«

»Ich kann nichts dran ändern. Wenn ihr mich nun also nicht mehr braucht, Gus, gehe ich nach Hause. Clark, gehst du jetzt heim, dann kannst du mit mir fahren?«

»Ich finde schon eine Mitfahrgelegenheit«, murmelte er, ohne sie anzusehen.

»Okay. Bis morgen dann.« Sie ging mit ihren Karten unter dem Arm hinaus.

»Die Frau bringt mich noch auf die Palme«, meinte Clark. »Was macht sie nur immer so verflucht selbstsicher?«

»Der Erfolg zum Beispiel«, erklärte Emory sanft.

»Du solltest mit Virginia reden, ehe sie nach Hause geht«, empfahl Gus. Er ging zu der Zielscheibe, zog die Pfeile heraus und stapfte mit ihnen zur gegenüberliegenden Wand.

Clark nickte. »Sie wartet auf mich, daß ich sie an Lolas Käfig ablöse. Ich werde es ihr gleich sagen.« Als er die Tür hinter sich schloß, hörte er, wie der erste Pfeil aufschlug.

Virginia machte Notizen, als er an Lolas Käfig trat. Das Mädchen blickte zu ihm auf und lächelte. »Noch mehr gute Neuigkeiten, Doktor?«

»Tja.« Er betrachtete Lola. Sie nahm jetzt eine andere Haltung ein. Nun saß sie da, starrte mit gefletschten Zähnen ins Labor, klammerte sich an die Gitter, ließ sie los, klammerte sich wieder fest, ließ wieder los. Hinter ihr lagen alle zerbrechlichen Gegenstände zerschmettert herum, Wasser war verschüttet, Futter überall im Käfig verstreut worden. »Wie lange treibt sie das schon?«

»Seit etwa einer Stunde. Ich glaube, sie meint, ich könne sie nicht sehen. Bevor sie sich da hingesetzt hat, hat sie versucht, um die Ecke zu fassen.«

Clark nickte. »Haben Sie jemals einen Qualitätsminderungstemperaturtest durchgeführt?«

»Ja, Sir. Mehrere für Dr. Diedricks.«

»Können Sie die Versuchsanordnungen aufstellen?«

»Ja, Sir.«

»Prima. Wir brauchen die Versuche vom *pa*-Faktor. Ich ziehe Sie und Phil hier ab und hole noch jemanden dazu, der zuvor mit Ihnen daran gearbeitet hat.«

»Das war Ernest James, aber ich glaube, er ist im Augenblick von Dr. Diedricks schwer mit Beschlag belegt.«

»Okay. Dann holen wir Brighton dazu. Sie arbeiten die Pläne aus. Sie können mein Büro benutzen. Ich werde es mir ansehen, ehe ich gehe.« Er warf einen Blick auf die Uhr über der hinteren Tür und fluchte. »Machen wir das als erstes morgen früh. Es ist ohnehin schon längst Feierabend.«

»Ich kann es schon noch machen«, meinte Virginia. »Finde ich Sie hier?«

»Hier oder irgendwo.« Er sah ihr nach, wie sie wegging, angenehm berührt, daß sie keine unnötigen Fragen gestellt, nicht wegen der späten Uhrzeit protestiert, keinerlei Sonderwünsche geäußert hatte. Ein nettes Mädchen, dachte er und drehte sich mit suchendem Blick nach dem Transportkäfig um. Zeit für die Blutproben an den Schimpansen, dann mußten die Jungen zu ihren Müttern zurückgebracht, die Proben analysiert, Beobachtungen notiert werden ...

9

Harry hatte um vier Uhr angerufen und gefragt, ob er später vorbeischauen könnte; jetzt war es sieben, und er stand mit einem halbwüchsigen grau getigerten Kater im Schlafzimmer.

»Ich kann ihn nicht behalten«, sagte er, während er das Tier streichelte.

»Was hast du mit ihm vor?« fragte Anne.

»Ihn dir zu schenken.«

»Du bist wohl nicht bei Trost. Wir dürfen hier keine Katze halten.«

»Dürft ihr wohl. Ich habe beim Hauseigentümer angerufen und gefragt. Er ist ein sehr hübscher Kater, Anne, drei Monate alt schätzungsweise. Und stubenrein.«

»Aber wo hast du ihn denn her?«

»Eine Schülerin hat ihn mir anonym in einer Schachtel auf den Pult gestellt mit einem Zettel, daß ihr Vater ihn nicht behalten wollte und er ins Tierheim müßte.«

Anne betrachtete den Kater. Er war hübsch, mit mandelförmigen grünen Augen und einem hübschen Schwanz, den er die ganze Zeit ohne erkennbaren Grund steil in die Höhe gereckt hielt.

»Ich habe noch nie eine Tigerkatze mit so dichtem Fell gesehen«, erklärte Harry. »Horch, er schnurrt.«

»Ach, Harry, nein. Wir wollen keine Katze. Er wäre den ganzen Tag allein und in die Wohnung eingesperrt. Das ist doch kein Leben für ein Tier.«

»Genau das mögen sie am liebsten«, widersprach Harry. »In ein paar Tagen werde ich ein Katzenfenster einbauen, daß er alleine raus und rein kann, und du wirst ihn gar nicht bemerken, es sei denn, daß er mal spielen oder schmusen will.«

Er setzte den Kater Anne in den Schoß, augenblicklich hielt der kleine schnurrende Motor inne und begann sofort wieder, als ihre Hände ihn automatisch zu kraulen anfingen. Er war ein außergewöhnlich sanfter Kater.

»Ich habe einen Katzenkorb und Katzenstreu, Futter, eine Futterschüssel und einen Wassernapf mitgebracht — alles was er braucht.«

»Du bist doch der Katzennarr«, meinte Anne und streichelte das Tier. »Warum behältst du ihn nicht?«

»Bei uns im Block wohnt jetzt einer, der Katzen vergiftet.«

Das Katerchen begann nach der Kordel an Annes Bluse zu greifen. Sie zog leicht an dem Kordelende, der Kater hüpfte danach. »Also gut, für ein paar Tage«, stimmte sie zu. »Aber du mußt dich schon um eine endgültige Bleibe für ihn bemühen. Wie heißt er denn?«

»Soviel ich weiß, hat er noch keinen Namen.«

»In der Kanne ist noch Kaffee«, bot Anne an, während sie immer noch dem Kater zusah, der Expeditionen in ihrem Haar unternahm. Er versuchte, das Rad des Rollstuhls zu fassen zu bekommen, rutschte zu Boden, sprang senkrecht — alle viere steif von sich gestreckt — in die Luft, landete wieder und lief, als sei er auf glühenden Kohlen niedergegangen.

»Was für ein Spinner!« Anne lachte.

»Er hat seine verrückten fünf Minuten«, meinte Harry. Er goß Kaffee ein und nahm ihr gegenüber Platz. »Du magst ihn, stimmt's?«

»Wie sollte man einen kleinen Kater nicht mögen?« Sie sah ihn streng an. »Aber nur für ein paar Tage.«

»Hat Clark noch im Werk zu tun?«

»Ja. Sie haben irgendeine dringliche Sache. Er wird diese Woche jeden Tag länger bleiben müssen.«

»Ich habe über dein Experiment nachgedacht, Anne, und bin zu dem Schluß gekommen, daß du es nicht durchführen kannst, ohne von ethischen Idealen Abstriche machen zu müssen.«

»Harry! Um Gottes willen!«

Er sah sie, verwirrt von ihrem scharfen Ton, einen Augenblick lang durchdringend an. »Nun, nicht du persönlich; ich habe das Problem von der Ethik her durchdacht. Als philosophischen Gegenstand.«

»Ich hätte meinen Mund halten sollen.«

»So solltest du das nicht sehen«, bat Harry. »Ich bin sehr glücklich, daß du es mir erzählt hast. Ich habe dieser Sache zuvor niemals viel Beachtung geschenkt, aber hier liegt doch ein echtes Dilemma vor, oder? Wenn es mit jemandem zu Ende geht, mit dem man zuvor alles probiert hat, dann wirft es keinerlei Probleme auf, ihm ein Versuchsmedikament, ein Serum oder was auch immer, anzubieten. Einem Ertrinkenden wirft man jedes noch so schwache Seil zu in der Hoffnung, daß es hält. Daran ist nichts Verwerfliches. Aber bei einer Person, die verhältnismäßig wohlauf ist? Bei der man weiß, daß die Schmerzen zeitlich beschränkt sind? Und um den Vergleich vielleicht zu weit zu treiben: hieße das nicht, das gleiche unsichere Seil einem Menschen in einem auf den Wellen schwankenden Boot zuwerfen? Einem Boot, dessen Schaukeln zwar ein gewisses Unbehagen hervorruft, das aber doch die ganze Zeit aufs Ufer zutreibt, das schon in Sicht ist? Was mich beunruhigt ist die Frage, warum dieser

Mensch mit dem Ufer vor Augen oder dem Geruch von Land in der Nase ein vergammeltes oder zumindest unsicheres Seil pakken sollte?«

»Wenn du nur die leiseste Ahnung von den einzelnen Schritten hättest, die wir vollzogen haben«, sagte Anne bedauernd, »von den Tests, Diskussionen, den langen Wartezeiten, bis aus den Versuchsergebnissen Schlüsse gezogen werden durften, ehe wir den nächsten Schritt in Angriff nehmen konnten ...« Sie deutete auf den Tisch mit den Arbeitsblöcken. »Ich denke mir immer noch neue Versuche aus. Jetzt sind wir bei den Tests an Primaten. Schimpansen. Ihre Reaktionen auf so etwas sind fast menschlich, so menschlich sie nur zu bekommen sind, wenn man Männer und Frauen noch nicht einbeziehen will. Und soweit ist alles überprüft, ausprobiert und als richtig erwiesen. Acht Jahre hat das gedauert!«

»Von einem Dutzend Schimpansen kann man vielleicht auf ein-, zweihundert schließen ... Wie viele Frauen werdet ihr brauchen?«

»Tausend. Fünfhundert werden mit dem Stoff behandelt, die übrigen nicht. Sie werden nicht wissen, zu welcher Gruppe sie gehören; auch die Ärzte, die das Projekt durchführen, nicht. Erst wenn Phase 1 abgeschlossen ist, werden die Aufzeichnungen offengelegt, welche Frauen den Faktor bekommen haben.«

»Also kann man von einer Handvoll Schimpansen über tausend Frauen, oder zumindest fünfhundert, auf über zweihundert Millionen Menschen schließen?«

»Genau so muß es laufen. Es bestehen Gesetze, die neue Medikamente, Seren, all diese Dinge kontrollieren. Nach dieser Phase kommt der Anwendungstest, bei dem die Ärzte das Medikament bestimmten Patienten verschreiben und ihre Reaktionen festhalten. Erst wenn von ihnen Erfolge vermeldet werden, wird die neue Droge oder das Serum für den Allgemeingebrauch zugelassen. Das dauert mindestens weitere zwei bis drei Jahre.«

Harry schüttelte den Kopf. »Welche Frau würde die Unversehrtheit ihres Kindes für ein Versuchsmedikament aufs Spiel setzen? Das kann ich überhaupt nicht verstehen.«

»In der Fachliteratur gibt es Studien dazu«, erklärte Anne verärgert, nun die Rolle des advocatus diaboli übernehmen zu müssen. »Manche Leute haben, so seltsam das auch erscheinen mag, uneigennützige Beweggründe.«

»Ich wette, das sind weniger als ein Zehntel von einem Prozent.«

»Außerdem sind wir seiner Unschädlichkeit so sicher, daß wir ihnen bestätigen können, daß ein Risiko unendlich winzig ist.«

»Frauen in Gefängnissen, in Kliniken von der Wohlfahrt, in Krankenhäusern, die ärmsten und schlechtest gebildeten Frauen unserer Gesellschaft.«

Anne schüttelte den Kopf. »Nicht so bei meinem Experiment«, sagte sie. »So wird es eben nicht laufen.«

»Aha. Du siehst also durchaus das ethische Problem, auf das ich hinweise. Du hattest es die ganze Zeit über im Blick.«

»Harry, weißt du, daß du mich verrückt machst? Warum meinst du, daß du mich immer in irgendein sokratisches Zwiegespräch verwickeln mußt?«

»Weil ich möchte, daß du ein Mensch bleibst, Liebes.« Die Katze lauerte dem Schatten eines Tischbeins auf. Sie beobachtete sie. Harry begann in seinen Taschen zu wühlen und brachte ein Garnknäuel zum Vorschein. Es war rot und an einem Ende ganz ausgefranst. Er lehnte sich zu Annes Rollstuhl hinüber und band ein Ende an der Armlehne fest. »Als nächstes wirst du mir eröffnen, daß du vorhast, den Stoff an dir selbst zu erproben, ehe du Phase 1 startest. Hab' ich recht?«

»Ja«, stieß sie hervor.

»Das dachte ich mir.« Er wollte sich aufrichten, beugte sich statt dessen vor und küßte sie auf die Stirn. »Hab' ich dir jemals gesagt, wie stolz ich auf dich bin, Schatz? Ich hab' dir mein kleines Haus mit seinem Garten, meine Bücher und alles vermacht. Ich dachte, es würde dich freuen, das zu wissen.«

Anne mußte blinzeln, weil ihr plötzlich Tränen in die Augen stiegen. »Du bist so bekloppt wie der Kater«, sagte sie. »Einfach völlig bekloppt.«

»Ja, wahrscheinlich.«

»Ich werde ihn Tyger nennen«, erklärte sie. »Mit einem Ypsilon.« Sie warf das kleine Garnknäuel, und sie und Harry mußten lachen, als Tyger sich wild darauf stürzte.

Harry blieb nicht allzu lange. Er hatte Hefte zu korrigieren, wie er sagte. Er versprach, in ein paar Tagen wiederzukommen, um nach der Katze zu sehen; in Wirklichkeit jedoch wollte er nach ihr sehen, dachte Anne, denn es war ihm zuwider, daß sie so viel alleine war. Sie schaltete das Fernsehen ein und gleich wieder aus. Sie nahm sich niemals die Zeit, sich richtig hineinzufinden, und die wenigen Dinge, die sie sehen wollte, schienen sich immer zu den ungeschicktesten Zeiten zu häufen. Sie betrachtete den Tisch mit ihren Papieren und Notizblöcken, rührte sie jedoch nicht an. Sie hatte verlockende Pläne zur Weiterführung der Streßexperimente entworfen, doch sie wollte sich auf keinen davon fixieren, solange sie nicht einige Ergebnisse hatte. Später.

Das Katerchen hatte mit den Fransen des Bettüberwurfs gespielt, nun raste es zur Tür und rannte in seinem verrückten Galopp den Flur hinunter. Anne schob ihren Rollstuhl zum Türrahmen und hielt Ausschau nach ihm. Sie durchquerte den Flur zum Arbeitszimmer, dann zu Clarks Zimmer, wo sie eine Pause einlegte. Die Bettcouch war aufgeschlagen; die Schreibplatten an der gegenüberliegenden Wand wirkten öd, insbesondere ihre, seit alles Zubehör auf die andere Seite des Flurs gebracht worden war. Der Kater befand sich nicht in dem Zimmer. Sie kehrte in die Diele zurück, sah hinauf und hinab und begann sich, anstatt in ihr Zimmer zurückzukehren, durch den Flur zu fahren.

Alles war besser, als ständig da drinnen zu bleiben, dachte sie. Selbst der Flur war, schmal und nackt wie er war, besser als das. Sie sehnte sich danach, wie der Kater frei herumspringen und spielen zu können, ohne jedes Bewußtsein der eigenen Persönlichkeit. Laufen wie der Wind. Wenn sie nur in die Küche gelangen könnte, dachte sie, ein wenig im Kühlschrank kramen. Vielleicht ein Glas Milch oder Saft holen. Der Katze in einer Untertasse ein bißchen Milch geben, zusehen, wie sie es aufschlappte. Nur in Schränken stöbern. Alles, bloß nicht länger in diesem Zimmer bleiben. Die Wohnung war durch den Flur von der Eingangstür her unterteilt, mit den beiden Schlafräumen zu jeder Seite, dann eine Wende, wo nach rechts hin das Wohnzimmer abging und ein schmalerer Durchlaß zu Küche und Eßzimmer. Die Kurve hatte sich als unpassierbar erwiesen, nicht daß sie zu eng gewesen wäre, denn Ronnie oder Clark schoben ihren Rollstuhl ohne größere Schwierigkeiten durch, sondern weil der dicke Teppichboden ein Manövrieren des Rollstuhls gewaltig erschwerte und Anne für eine Kurve die Räder selbst anschieben mußte. Und bei diesem Anschieben von außen statt von oben zerschrammte sie sich an dieser Ecke die Fingerknöchel. Sie schob sich bis dahin und hielt nachdenklich inne. Im Wohnzimmer gab es nichts, was sie hätte locken können. Selbst in den besten Zeiten benutzten sie es selten. Sie zogen die Bibliothek oder sogar ihr Schlafzimmer mit seiner heiteren Einrichtung vor. Darüber hinaus stellte der Zottelteppich im Wohnzimmer ein unüberwindliches Dickicht für sie dar.

Wenn sie nur lange genug stehen könnte, dachte sie, um den Stuhl zu drehen, und langsam erhob sie sich, gestützt gegen die Mauerecke und stand wacklig, wobei sie ihr gesamtes Gewicht auf dem linken Bein ruhen ließ, aber jetzt konnte sie sich überhaupt nicht rühren.

Sie tastete hinter sich nach dem Stuhl. Er hatte sich an der Ecke festgefahren. Verzweifelt zerrte sie daran und erreichte nur, ihn noch weiter von sich zu schieben. Sie dachte an ihre Beckenknochen, die unter dem ungewohnten Gewicht weich wurden, und sie dachte an die lange Narbe an ihrem Unterschenkel, die nun zog und zog, rot wurde und suppte . . . Sie schloß energisch die Augen. Falsch! In diesem fortgeschrittenen Stadium konnte sie sich nicht mehr bemitleiden. Es war eine Frage der Kraft und des Selbstvertrauens, genau wie die dumme, hübschlarvige Ignorantin gesagt hatte. Das Selbstvertrauen, das rechte Bein zu heben und wieder abzusetzen. Sie konnte es nicht.

Wie rauh sich die Wand unter ihren Händen anfühlte! Sie war so zart wie ein Baby geworden. Wenn sie die Wand hinab und zum Boden und von dort aus zum Stuhl rutschen konnte, sich wieder hineinhieven . . . Sie brach zusammen, registrierte sie verwundert. Wie eine erschöpfte Papierfigur, die sich einfach in der Mitte zusammenfaltete; sie konnte es nicht verhindern. Und was, so fragte sie sich ernst, wirst du mit diesem blöden Bein anfangen, wenn es an der Zeit ist, gebeugt zu werden? Wie sich herausstellte, fing sie gar nichts damit an; ihr Bein beugte sich einfach am Knie, und sie fand sich auf dem Flurboden ausgestreckt wieder. Sie stellte fest, daß sie nicht gefallen war. Sie war hinabgeschmolzen. In der merkwürdigen Atmosphäre der Wohnung in den letzten Tagen – sie konnte nicht sicher sein, wann diese Fremdartigkeit zum ersten Mal aufgetreten war, jedenfalls nicht an dem Abend mit dem eisigen Wind, da hatte sie sie nur erstmals erkannt – seither jedenfalls war alles möglich geworden, einschließlich einer dahingeschmolzenen Frau. Und es war in Wirklichkeit gut so, sie war auf diese Weise beweglicher. Sie konnte sich auf ein Knie heben und so tatsächlich gut kriechen.

Sie konnte sich jetzt also bewegen, doch eine Zeitlang blieb sie reglos liegen, wobei ihre Wange auf ihrem am Boden liegenden Arm ruhte. Tyger versuchte, mit einem einzigen Satz über sie hinwegzuspringen, es glückte ihm nicht, und er landete auf ihrem Bauch, wo er sich erschreckt festkrallte. Anne machte den Kater los, worauf er herantapste, ihr Gesicht zu beschnüffeln, um dann zur Verfolgung einer Beute, die nur er sah, wegzuspringen. Sie mußte hochkommen, in den Rollstuhl gelangen, in die Küche oder in ihr Zimmer, irgend etwas in der Art. Sie konnte nicht hier liegenbleiben, obwohl es ein sehr angenehmes Gefühl war, gar nicht den Versuch zu unternehmen, irgendwohin zu kommen. Was, wenn Clark nun nach Hause käme?

Tyger rannte wieder – diesmal von der anderen Seite – auf sie zu. Sie lächelte und erwog, was sie als nächstes tun konnte. Sie drehte sich um, setzte sich erneut den Rollstuhl und ihr Schlafzimmer am anderen Ende der Diele zum Ziel; als sie jedoch versuchte, den Stuhl zu sich heranzuziehen, stellte sie fest, daß sie die Bremse nicht zu fassen bekam, und anderweitig konnte sie nicht wieder hineinklettern. Schließlich machte sie sich daran, den Weg durch den Flur hinabzukriechen, indem sie ihr rechtes Bein anzog und den Stuhl vor sich herschob, bis sie das Ende und die Wohnungstür erreichte, wo der Stuhl genügend Halt bekam, daß sie sich emporziehen konnte.

Eine ganze Weile rührte sie sich nicht vom Fleck, glücklich, nur in dem gegen die Eingangstür gestützten Rollstuhl zu sitzen mit dem Blick auf die Diele. Nun gut, sie hatte ihr kleines Abenteuer gehabt, dachte sie wehmütig, und als Beweis blieb ihr ein aufgekratztes Knie und ein wundgescheuertes Bein, wo sie es über den Teppichboden geschleift hatte, dessen Samtweiche trügerisch war.

Schließlich seufzte sie und fuhr ins Schlafzimmer zurück; Tyger saß auf dem Bett mit vor Angst weitaufgerissenen Augen. Sie nickte ihm zu. »Sag's bloß niemandem weiter!« flüsterte sie. »Und lach mich nicht aus. Ich könnte es nicht ertragen, wenn du mich auslachen würdest, weil ich wie ein Baby herumgekrochen bin.«

Sie hatte einen Versuch unternommen, dachte sie, als sie aufs Badezimmer zusteuerte, um sich zu säubern. Sie hatte schwer geatmet, ihre Hände fühlten sich sandig an, und ihre Beine, dessen war sie gewiß, waren schmutzig. Sie hatte einen Versuch unternommen. Und würde es wieder tun, nicht zu bald, wie sie hinzufügte, als sie ihr rotes Knie untersuchte. Nicht so bald.

Gus stand im Türrahmen zu Clarks Büro und beobachtete ihn eine Minute lang, ehe er zu sprechen begann. Clark war in eine ausgedruckte Computeranalyse vertieft.

»Das hat auch morgen noch Zeit, Clark«, sagte Gus.

Clark sah hoch. Er schien einige Schwierigkeiten zu haben, ehe er Gus erkannte.

»Geh nach Hause«, empfahl Gus. »Deine Augen sind schon ganz glasig.«

»Ich fühle mich durch und durch glasig. Ich fürchte, Deena hat wohl recht. Fannie nimmt die gleiche Entwicklung wie Duckmore.«

»Hm.« Gus zündete sich eine Zigarette an. »Komm mit, ich geb dir einen Drink aus, oder 'nen Kaffee oder 'nen Krapfen. Hölle, ich hatte bloß ein miserables Putersandwich in der Cafeteria. Seither hab' ich pausenlos Sodbrennen. Hunger?«

Clark begann die Papiere auf seinem Schreibtisch aufzustapeln. »Ich hab' irgendein Sandwich gegessen. Meinst du, die Jungs vom Sojabohnenprojekt haben sich bei den Köchen breitgemacht?«

»Wenn das eintritt, bring ich sie um.« Er sah wie ein alter, erschöpfter, brauner Gnom aus mit seiner schmutzigen, zerknitterten Anzugjacke, zu der die Hosen überhaupt nicht paßten; die Farben bissen sich — blau zur dunkelgrünen Jacke, die Hosen waren außerdem zu kurz und gaben den Blick auf seine gelbbraunen Socken und die abgetretenen Schuhe frei. Clark sah genauso wenig vertrauenswürdig aus in seiner abgewetzten Hose und der alten Cordsamtjacke, an der ein Knopf fehlte. Ein Paar

Laborpenner, dachte er, als er das Licht ausdrehte und Gus durch das schwachbeleuchtete Labor folgte, das um diese Zeit der Nacht wie ein Szenario aus einem zweitklassigen Horrorfilm anmutete.

Beim Verlassen des Labors begegneten sie dem Nachtwächter. Er winkte ihnen zu und setzte seine Runde fort. Er sah ordentlicher und besser gekleidet als jeder von ihnen beiden aus. Clark benötigte dringend eine Rasur. Gegen Abend schimmerte sein Bart stets dunkel, und um diese Zeit, zehn Uhr, bemühte er sich offensichtlich, Stoppeln zustande zu bringen. Wenn ein fremder Nachtwächter sie im Gebäude erwischte, würde er die Polizei rufen, dachte Clark grinsend.

»Laß uns noch einen Blick zu Fannie reinwerfen«, bat er fast entschuldigend.

Abends wirkte die Tierabteilung seltsam friedlich, und obwohl insbesondere die Katzen wachsam schienen, gaben sie keinen Laut von sich, als die beiden Männer die Abteilung zu jener Käfigreihe hinabschritten, wo die Einzelkäfige der Schimpansen für die Nacht standen.

Duckmore sah sie an, als sie an seinem Käfig vorübergingen. Er hätte schlafen müssen und nicht aufwachen dürfen angesichts etwas so Alltäglichem wie einem vorbeischlendernden Menschen. Der Nachtwächter ging seine Runden periodisch ab; er war angehalten, jedes ungewöhnliche Verhalten zu berichten, und dies schloß wache Schimpansen ein. Ein solcher Bericht lag nicht vor. Fannie stieg, als sie vor ihrem Käfig Halt machten, von ihrer Sitzstange auf eine höher gelegene und beobachtete sie. Keiner der übrigen Schimpansen machte ein Auge auf.

»Streßsymptome«, flüsterte Clark. »Wachzustand und Ruhelosigkeit bei Nacht.«

»Stimmt.« Gus tippte auf seinen Arm und machte sich wieder auf den Weg zur Tür. »Morgen«, sagte er noch einmal.

Sie fuhren zu ›Bei Al‹ und bestellten sich Steakbrötchen und Bier, und Gus erzählte von seiner Frau und ihren beiden Söhnen. »Lustig«, kommentierte er. »Man setzt so verdammt hohe Erwartungen in sie, weißt du? Man erkennt die Anlagen, wenn sie noch in den Windeln liegen, sieht sie sich entwickeln, weiß, daß man richtig liegt mit seiner Einschätzung, was sie alles vermögen, wenn sie nur wollen. Und dann wollen sie halt einfach nicht. Lustig!«

»Das lassen sie auch wieder hinter sich«, meinte Clark. »Ein Haufen Jungen in ihrem Alter wissen noch nicht, was sie eigentlich wollen.«

»Sieh dir Virginia an«, fuhr Gus fort, ohne auf ihn einzugehen. »Ein Köpfchen, wie man es sich nur wünschen kann. Sie hätte weiter zur Schule gehen und jetzt ihren Doktor machen müssen, anstatt sich an einen Job wie den ihren festnageln zu lassen.«

»Du bist nur müde.«

»Nein. Sieh dich an. Sie verpfuschen, was ein großartiges Stück Arbeit hätte sein sollen, und wir können nicht einmal *so* viel dagegen tun. Nicht *so* viel!«

Gus seufzte und hob die Hand, um noch ein Bier zu bestellen.

»Ich werde es tun«, beschloß Gus. Als Clark protestieren wollte, legte er seine Hand auf Clarks Arm. »Vergiß nicht, das ist meine Sache. Ich bin derjenige, der ihr so oder so von Grove und seinen Versuchspersonen erzählen muß. Wenn die Zeit kommt, werde ich reinen Tisch mit ihr machen.«

»Und ihre herrliche Traumwelt in tausend Stücke zerschlagen«, sagte Clark. »Du weißt, daß sie und Deena diese Phase ausgearbeitet haben, wie die Versuchspersonen anzuwerben seien, was ihnen zu erklären wäre, das Aufklärungsprogramm, das sie für sie entwickelt haben. Deena hätte sie nicht ermutigen dürfen. Denna weiß, daß es so nicht läuft.«

»Sie glaubte wirklich, Anne könnte es durchziehen«, beschwichtigte Gus, der eine Hand auf Clarks Arm legte. Er tätschelte den Arm und wich dann zur Seite, um der Serviererin Platz zu machen, die zwei weitere Krüge Bier brachte. »Deena glaubt, Anne könne Berge versetzen, Flüsse zum Versiegen bringen und das Rote Meer teilen — was immer sie sich vornimmt. Wenn der Unfall nicht passiert wäre, hätte sie es wohl nach ihren Vorstellungen durchgeführt. Bob hat höllische Angst vor ihr, und Helverson fürchtet, sie könnte mitsamt ihrem gescheiten Kopf anderswo hingehen.«

Clark fühlte, wie er selbst auf Distanz ging, und vermochte nicht, einer gewissen Steifheit in seiner Stimme Herr zu werden, als er sagte: »Ich weiß. Und eines Tages wird sie mich ansehen und im stillen denken: Alles nur deinetwegen! Und an jenem Tag wird alles den Bach hinunterschwimmen.«

»Um Himmels willen, Clark! Sei kein Idiot. Das Mädchen ist doch ganz wild nach dir.«

»Solange ich in ihren Traum passe«, sagte Clark. »Keinen Tag länger.«

Sie hatten alle Angst vor ihr, dachte Clark. Die Assistenten, die Geschäftsleitung, alle. Selbst er, ihr Ehemann, hatte ein bißchen Angst vor ihr. Das lag an ihrer alleinigen geistigen Ausrichtung auf diese eine Sache, das war ihm klar. Jeder konnte eine solche Triebkraft erkennen, selbst wenn er ihr zum ersten Mal begegnete. Es war, als trüge sie auf der Stirn ein Wappen mit der Aufschrift: Ich habe mir hier ein Ziel gesetzt, komm mir nicht in die Quere! Und niemand wollte derjenige sein, der ihr in die Quere kam.

Seine eigene Angst war gleichzeitig stärker und geringer als die der anderen. Er wußte, er konnte niemals derjenige sein, der ihr in die Quere käme, doch tief in ihm steckte die Furcht, er könnte sie irgendwie verlieren. Und diese Furcht war schlimmer als die andere. Daß es ihm überhaupt in den Sinn kam, sie zu verlieren, traf ihn so heftig, als habe er intuitiv erfaßt, daß er etwas Falsches sagen oder tun könnte, etwas, das so schrecklich wäre, daß es sich — einmal gesagt oder getan — niemals ungeschehen machen ließe. Er kannte den Ursprung dieser Unsicherheit, die er nun immer wieder an die Oberfläche steigen spürte, nicht; niemals zuvor war er so unsicher gewesen, und dieses Zeichen eines grundlegenden Bedürfnisses meldete sich nicht häufig, aber wenn es zutage trat, dann lähmte es ihn fast vor Furcht.

Nun mußte ihr irgend jemand klarmachen, daß ein schwacher Punkt aufgetreten war und sie von vorne beginnen mußten, daß sie letztendlich aber weibliche Gefangene nehmen konnten ... Gus' Stimme erschreckte ihn. Er hatte ihn völlig vergessen.

». . . gehn schlafen. Wir haben eine höllische Woche vor uns.« Gus hatte die Rechnung schon bezahlt. Sie verließen das Lokal, und Gus fuhr ihn nach Hause.

10

Den ganzen Donnerstag lang saß Lola, die Testschimpansin, auf ihren Hinterkeulen und starrte durchs Käfiggitter ins Labor. Die beiden anderen Schimpansen hatten ihre Lebensbedingungen offenbar akzeptiert; eine saß hin- und herschwingend auf einer Schaukel, die andere putzte sich. Wenn um fünf Uhr die Jungen gebracht wurden, trat der Unterschied noch auffälliger zutage. Hermione lauschte auf das Wimmern des Kleinen, noch ehe es in Sicht war; sie raste aufgeregt in ihrem Käfig umher, polterte gegen die Wände, hielt an den Gitterstäben inne und rüttelte daran. Sobald das Junge in ihren Käfig eingelassen wurde, riß sie es an die Brust und zog sich mit ihm auf den höchsten Sims zurück, wo sie ihn säugte. Lilith gab die gleiche Vorstellung. Lola verharrte niedergekauert, beobachtete weiter den großen Raum und nahm keine Notiz davon, daß ihr Kind zum Käfig gebracht wurde, bis es schließlich drinnen und die kleine Eingangsluke wieder verriegelt war. Dann packte sie es grob und schwang sich auf eine Sitzstange. Das Kleine versuchte, an ihre Brustwarzen zu gelangen, doch zuerst betrachtete sie es genau, ohne auf sein Geschrei zu achten. Als es schließlich zu saugen begann, wandte sie ihren Blick wieder dem Laboratorium zu und setzte ihre Wache fort.

»Mir läuft es kalt über den Rücken, wenn ich ihr zusehe«, gestand Deena und schlang ihre Arme um sich. »Genau wie Duckmore und Fannie, nur in rascherem Tempo.«

Clark konnte in Lolas Blickrichtung niemand bestimmten erkennen. Dort befanden sich weitere Tierkäfige, Leute, die zwischen den Käfigreihen auftauchten und verschwanden; Emory ging seinem Dienst nach, kam und ging vorbei; doch das Tier starrte nur immer geradeaus.

»Es wird noch was ganz anderes geben, wenn man die Babys wieder wegholt«, prophezeite Deena.

Beruhigungsmittel wollten sie nur als letzten Ausweg benutzen. Die Käfige waren mit verschiebbaren Seitenwänden ausgerüstet, und bislang war es ihnen gelungen, die Tiere in die Ecke bei der Tür zu manövrieren, die Jungen dann mit Leckerbissen zu locken und die Tür nur soweit zu öffnen, daß die Kleinen herausschlüpfen konnten, es für die Mütter jedoch zu schmal war. Diese Strategie klappte bei Hermione und ihrem Kleinen, das ohne einen Blick zurückzuwerfen durch die schmale Türöffnung hüpfte, noch einmal. Hermione streckte die Pfote nach ihm aus, wurde aber von einer Weintraube und den Gittern, die an ihren Ausgangsort zurückrollten, abgelenkt. Sie begann Traubenbeeren abzupflücken und zu essen, sah dem Transportkäfig nach, als er weggetragen wurde, um sich dann gleich wieder dem Essen zuzuwenden. Lilith gab wimmernde Laute von sich, während sie den Abtransport ihres Babys verfolgte, dann machte auch sie sich ans Essen.

Lola umklammerte ihr Kleines fest, zu fest. Es stieß einen empörten Schmerzensschrei aus, sie versuchte daraufhin, mit ihm eine höhere Leiste zu erklimmen. Die Gitterwand schob sich unaufhaltsam näher und drängte sie von der Bank herab zur Tür. Wieder schrie das Kleine auf. Sie versuchte es wieder an ihre Zitze zu zwingen, doch es wollte aus ihren Armen klettern und sich frei machen. Die Gitterwand berührte sie nun und schob sie Zentimeter um Zentimeter beiseite. Sie fletschte die Zähne und gab einen tiefen, grollenden Laut von sich. Sie packte einen Gitterstab und versuchte ihn zu schütteln, während sie Stück für Stück zurückwich. Endlich saß sie an der richtigen Stelle, der Transportkäfig wurde vorne festgehakt, die kleine Tür wurde ein Stückchen aufgeschoben. Sie umfaßte ihr Kind noch enger, das sich nun wehrte, bis sie es energisch gegen den Kopf knufte. Das Baby gab seine Gegenwehr auf und wimmerte nur noch leise.

Clark hielt die Beruhigungsspritze in Bereitschaft. Rasch lief er zur Käfigseite, wo Lolas Körper dicht an die Gitterstäbe gepreßt war. Sie drehte den Kopf, um nach ihm zu schauen, konnte sich jedoch zwischen den beiden Gitterreihen nicht bewegen. Er setzte ihr die Spritze an der Hüfte; innerhalb von Sekunden lokkerte sich ihr Griff um das Kleine, das nun in die Geborgenheit des Transportkäfigs hüpfte und sich in den Hintergrund kauerte, angstvoll nach der Mutter schielend, als ihr Kopf heruntersackte und nur die Stäbe ihr noch Halt gaben.

»Ich werde jetzt die Blutprobe entnehmen«, entschied Clark, und augenblicklich erschien Virginia mit einem Tablett mit der notwendigen Ausrüstung. Die bewegliche Wand wurde zurückgeschoben, damit Clark durch die große Tür hineinkonnte. Er nahm das Blut ab und zog sich zurück. Schon zuckte Lola, und noch ehe die Tür wieder verriegelt war, durchliefen sie lange, schleppende Schauer, als sie wieder zu Bewußtsein kam. Ein Assistent schob das Kleine weg, da zog Lola sich vom Boden hoch. Einen Augenblick lang sah sie benommen drein, dann richtete sie sich auf und hüpfte zur Tür. Als sie nicht nachgab, heulte sie vor Wut auf. Mit wahnsinnigen Schreien rannte sie in ihrem Käfig auf und ab, donnerte gegen die Wände, sprang in die Luft gegen das Sims, um sich wieder in die Gitterstäbe zu schwingen. Ihre Raserei brach so plötzlich ab, wie sie eingesetzt hatte. Dann setzte sie sich auf die Hinterbacken, dicht an die Vorderseite gedrängt, ihr schwerer Atem hob ihren ganzen Körper an. Schaum stand ihr vor dem Maul, ihr Blick war wild, Clark war an der Vorderfront des Käfigs stehengeblieben, ihr Blick heftete sich nun an ihn, ihre Augen suchten seine, sie starrte ihn an, bleckte breit das Gebiß, die offene, aggressive Herausforderung, wie sie gewöhnlich nur männliche Tiere und untereinander zeigten.

Einen Moment lang teilte Clark das volle Ausmaß ihrer ohnmächtigen Wut, ihrer Verzweiflung, ihres Wahnsinns, ihres Hasses. Er hörte, wie Virginia neben ihm schnell und tief Luft holte. »Sie sollten besser hier weg«, empfahl sie.

Er drehte sich um und ging. Deena hatte ihn eingeholt, noch ehe er die Tierabteilung hinter sich hatte. »So etwas habe ich noch nie erlebt«, meinte sie.

Clark blieb stehen und sah sie an. »Wirst du mich für verrückt erklären, wenn ich dir etwas sage?«

Sie schüttelte den Kopf.

»Diese verdammte Schimpansin hat mir gerade mitgeteilt, daß sie mich bei der nächstbesten Gelegenheit umbringen wird. Ich habe richtig gefühlt, wie diese Botschaft von ihr ausging.«

»Das glaube ich«, gestand Deena. »Mein Gott, ich habe es ja selbst fühlen können!«

Virginia, immer noch das Tablett in den Händen, stieß zu ihnen. »Wollen Sie das selbst durchlaufen lassen, Dr. Symons? Oder soll ich jemanden damit beauftragen?«

»Sie sind immer noch mit dem Temperaturtest beschäftigt, wie?«

»Ja. Ich hatte gerade eine freie Minute zwischen zwei Durchläufen. Da wollte ich mir Lola mal selbst ansehen.« Sie schauderte. Clark nahm ihr das Tablett ab. »An Ihrer Stelle«, sagte sie, »würde ich zusehen, keinen Augenblick lang je mit ihr zusammen in einem Raum zu sein.«

»Hm, ich weiß. Danke, daß Sie an das Tablett gedacht haben, ich werde es selbst durchlaufen lassen.«

Um acht Uhr klopfte Virginia an seine Tür. Als er erschöpft antwortete, schaute sie herein und sagte: »Haben Sie schon gegessen? Ich bin gerade auf dem Weg zur Cafeteria. Ich kann Ihnen ja etwas mitbringen.«

Clark stand auf und streckte sich. »Gütiger Himmel!« fluchte er. »Ich bin steif wie ein Toter.« Ungläubig schaute er auf seine Armbanduhr. »Ich komme mit.«

Unterwegs sprachen sie über die Temperaturtests. Nichts Unvorhergesehenes, soweit jedenfalls, urteilte Clark.

Sie hatten angenommen, daß der *pa*-Faktor sich bei Temperaturen über achtzig Grad als nicht mehr haltbar erweisen würde. Die Tests würden fortgesetzt, bis sie genau voraussagen konnten, wie lange genau er bei achtzig, siebzig Grad und so weiter lagerfähig war, dann würden sie es noch weiter eingrenzen. So viele Stunden bei dreiundsiebzig oder zweiundsechzig Grad. Das würde Zeit in Anspruch nehmen. Alles nahm Zeit in Anspruch. Und ihnen war alle Zeit genommen worden. Einfach so — keine Zeit mehr. Meine Damen und Herren, wir haben eine Ankündigung zu machen. Fürderhin gibt es keine Zeit mehr . . .

Sie trafen Deena, die gerade aus der Cafeteria kam. Sie machte kehrt und begleitete sie wieder hinein. »Schinken oder Puter würde ich heute nicht empfehlen«, sagte sie und schnitt eine Grimasse. »Mein Gott, wenn sie hier mit uns herumexperimentieren, dann jag ich dieses gottverdammte Sojabohnenprojekt in die Luft!«

Die Cafeteria war nur schwach besetzt, ein paar Leute aus dem harten Kern der Forschungsabteilung, die in zwei Schichten arbeiteten, um einen Regierungsauftrag fertigzustellen, und eine Handvoll Leute aus der Werbeabteilung, die eine Kampagne vorbereiteten zur Einführung einer neuen Kosmetikserie für empfindliche Haut. Drei von ihnen hingen hier bei Kaffee und Kuchen herum, Skizzen und Fotos lagen wirr auf ihrem Tisch ausgebreitet. Einer von den Wachleuten machte Pause. Die Cafeteria hallte mit so wenigen Leuten in dem höhlenartigen Raum düster wider.

»Ich habe Marcie vorläufig zu meiner Mutter geschickt«, erzählte Deena, als Clark und Virginia mit ihren Tabletts wieder bei ihr am Tisch waren. Sie trank noch einen Kaffee.

»Irgendwas Neues?« fragte Clark, der nicht einmal mehr den Versuch machte, seine Müdigkeit zu verbergen.

»Ich bin mir noch nicht sicher. Ich werde es euch erzählen, wenn ich genaueres weiß. Wie ist die letzte Blutanalyse ausgefallen?«

»Niedrig. Kein deutlicher Abfall, aber niedrig. Ich habe Anne angerufen, und ihr erzählt, was geschehen ist, daß ich hierbleibe und um zehn einen weiteren Bluttest durchziehe.«

Deena nickte und nippte an ihrem Kaffee. Anne war wohl kaum überrascht, vermutete sie. Anne mußte sich das auf dem Papier schon ausgemalt haben; es als Test zu veranlassen war lediglich zur Bestätigung dessen, was sie bereits erkannt hatte. Ihr wurde bewußt, daß sie Anne falsch eingeschätzt hatte, alle hatten sie falsch eingeschätzt. Sie blickte von ihrer Tasse auf, um gerade noch zu sehen, wie Virginia Clark betrachtete. Unter ihrem Blick überströmte tiefe Röte Virginias Gesicht bis zum Hals hinab. Sie erhob sich. »Ich werde wohl besser wieder zurückgehen«, sagte sie und machte sich sehr schnell davon.

Clark wirkte verwirrt, sah ihr nach, wie sie sich entfernte, dann zuckte er die Achseln und schubste sein Essen lustlos auf dem Teller herum.

Deena sah zu, wie das Mädchen wegging, und die hart aufrechterhaltene Indifferenz, mit der sie Clark betrachtete, bäumte sich unter dem farblos schmerzlichen Feuer von Haß. Er wußte, was Virginia quälte, und er genoß es. Man weiß immer, wenn man jemandem auf diese Weise weh tat. Für ihn und sein Selbstbewußtsein war es eine Runde Berg- und Talbahn; für Virginia dagegen ein langsames Abgleiten in die Schatten der Verzweiflung. Deena rührte ihren Kaffee, bis ein Sog entstand, und sah hinein, bis der Wirbel sich legte und die Oberfläche wieder ganz ruhig war. Erst dann schaute sie Clark wieder an, ihr Gesicht verschlossen, das Feuer eingedämmt.

»Samstag abend sind wir zum Essen bei meinen Eltern eingeladen«, berichtete Clark, »und ich will verflucht sein, wenn ich das für solchen Mist hier schleifen lasse. Ganz egal, was sich hier in der Zwischenzeit tun sollte.«

»Teufelskerl!« murmelte Deena. Sie zündete eine Zigarette an und sagte nachdenklich: »Wir sollten Anne alles erzählen«.

Clark seufzte. »Ich komme darauf zurück. Ich würde es jetzt tun, wenn sie an der ganzen Scheiße irgend etwas ändern könnte. Das kann sie aber nicht. Helverson, Grove, die Humantests ... es würde sie um den Verstand bringen.«

»Sie müßte es erfahren«, wiederholte Deena. »Laß sie mit ihrer Intuition an die Sache ran, und dann wollen wir sehen, was dabei herauskommt. Mir genügen diese Streßexperimente als Beweis. Sie hängt drin. Dann soll sie sich auch mit den wirklichen Problemen befassen.«

»Schau, Deena, sie hat jeden Tag ein bestimmtes Behandlungsprogramm. Dafür ist sie mehrere Stunden außer Haus. Wenn sie nach Hause kommt, ist sie erschöpft. Nach einer Ruhepause übt sie am Heimtrainer, dann soll sie ein Schwitzbad nehmen und massiert werden. Das ist schon eine Ganztagsbeschäftigung, allein das Bemühen, wieder zu Kräften zu kommen und wieder Laufen zu lernen. Was davon sollte sie denn aufgeben?«

Darauf hatte Deena im Augenblick keine Antwort parat. Erst viel später, zu Hause, als sie wach im Bett lag, nachdem sie bis nach zwei Uhr gearbeitet hatte, zu angespannt und erschöpft, um schlafen zu können, fiel ihr das Gegenargument ein. Anne konnte schließlich denken, während ihr Körper mit dem Training beschäftigt war. Sie konnte nachdenken und Clark mitteilen, was zu tun sei, wenn sie auch kein Fetzchen davon selbst tun konnte. Das würde sie Clark morgen sagen, heute vielmehr, es war ja schon Freitag, dachte sie schläfrig. Doch am Freitag überstürzten sich zu viele Dinge auf einmal, daß sie es vergaß.

Und um zwei saß Anne in ihrem Rollstuhl und betrachtete die Dieffenbachia, die ihr und dem Zimmer den Rücken zugedreht hatte. Sie wollte ihr daraus keinen Vorwurf machen, dachte sie.

Wenn sie könnte, würde sie diesem Raum auch den Rücken drehen und ihn nie wieder sehen wollen.

Ihr Bett war durcheinander, das Leintuch zu einem hoffnungslosen Tau gedreht, der Aschenbecher neben dem Bett war voll, vor dem Bett lagen Zeitschriften kreuz und quer. Auch ihr Tagebuch lag auf dem Fußboden. Sie hatte es lange Zeit angesehen und sich gefragt, ob sie es wohl aufheben könnte; sie war zu dem Schluß gekommen, daß sie es nicht konnte, und war statt dessen ans Fenster gefahren.

Wie düster der Park nachts immer war! Sie dachte an einen kleinen Hügel auf der anderen Seite des Parks, die Liebespärchenecke, wo sie als Teenager manchen Abend bei Necking und Petting zugebracht hatte. Wie unschuldig das alles gewesen war, dachte sie und erinnerte sich an ihre Angst, von einem Streifenpolizisten erwischt zu werden, den hellen Lichtkegel der Taschenlampe auf ihr Gesicht gerichtet zu fühlen und zu hören, wie eine höhnische, haßerfüllte Stimme sie anheischte, anderswohin pimpern zu gehen.

Dabei hatten sie nicht mehr gemacht als höchstens ein bißchen Petting. Nicht einmal genug, um ihre noch schlafende Libido zu wecken. Dazu war es erst später im College gekommen.

Sie müßte Clark dankbar sein, dachte sie nüchtern, daß er ihr diese Gelegenheit verschafft hatte, zu entdecken, wie unausgefüllt sie war. Was war geblieben, nachdem er ihr ihre Arbeit genommen hatte? »Nichts«, konstatierte sie. Sie war ein leerer Kasten, vollgestopft mit Arbeit. Sie empfand das Bedürfnis, sich in den Arm zu kneifen, um zu sehen, ob ihre Finger aufeinandertreffen würden, weil dazwischen ja nichts mehr war, was ihnen Widerstand hätte leisten können.

Die Gummireifen ihrer Räder hinterließen schwache Spuren auf dem Parkettboden ihres Schlafzimmers. Die Spuren hielten nicht lange an, dies war überhaupt das erste Mal, daß sie sie bemerkt hatte. Es muß an der Beleuchtung liegen, dachte sie. Es brannte nur ein Nachtlämpchen, an der Wand dicht über ihrem Bett; es warf einen schwachen Schimmer über den Boden. Sie studierte die Spuren. Wie sie Zickzack verliefen. Sie versuchte ein Muster zu erkennen. Zur Tür, Kehrtwendung, zum Fenster, Kehrtwendung, zum Bett, zur Badezimmertür, Kehrtwendung, zum Fenster . . . In der Mitte des Zimmers liefen die Linien zusammen wie im Zentrum eines Spinngewebes.

Und ebenso unsichtbar und unhörbar wie eine Spinne konnte sie in der Wohnung umherrollen, in die Diele, die nun dunkel und unvertraut aussah, da nur eine Andeutung von Licht von ihrem Zimmer her zu sehen war. Wie ein Höhleneingang, schoß es ihr durch den Kopf, und sie versuchte zu sehen, ob die Spuren erkennbar waren. Es war zu dunkel. Sie fuhr in Clarks Zimmer. Ihre Augen hatten sich dem schummrigen Licht angepaßt, daß sie seine Umrisse auf dem Bett erkennen konnte, mehr auch nicht. Ein Umriß, den ihr Bewußtsein sofort als Clark identifizierte. Sie beobachtete ihn, wie er schlief.

»Natürlich ist es noch ohne Beweiskraft«, sagte sie beim Frühstück zu Clark. Er sah sehr müde aus. »Man müßte einen Gesamttest durchführen; aber es weist zumindest auf einen wunden Punkt hin.«

»Ein wunder Punkt ist es auf jeden Fall«, antwortete Clark. »Ich wünschte, du hättest die Schimpansin gestern abend erlebt, als sie begriff, daß ich auf sie zukam. Wenn sie ein Gewehr gehabt hätte, sie hätte mich eiskalt abgeknallt.«

Anne nickte. »Haben Schimpansen von Natur aus eigentlich einen hohen Blutdruck?«

»Ich weiß nicht.«

»Würdest du bitte Emory fragen? Wir wissen zwar, daß wir hohen Blutdruck nicht ohne Schwierigkeiten medikamentös auslösen können, was ist aber mit Tieren, die Überdruck haben? Gibt es da einen Anpassungsprozeß über eine lange Zeit hinweg? Wir müssen das herausfinden.«

»Ich werde sehen, ob Emory uns weiterhelfen kann. Sonst noch was?«

»Ich weiß nicht. Irgendwo hakt es, aber bis jetzt war ich noch nicht in der Lage, meinen Finger auf die entsprechende Stelle zu legen. Bist du sicher, daß mit Lilith alles in Ordnung ist?«

»Hm.«

»Gibt es noch andere Medikamente, die man zu Erhöhung des Blutdrucks verwendet? Manche könnten unterschiedliche Wirkungen hervorrufen. Wir sollten sie alle durchtesten, unter den gleichen Bedingungen. Medikament, Streßzustand hervorrufen, abwarten. Clark«, sagte sie mit nach innen gewandtem Blick, »das könnte eine Verzögerung bedeuten, nicht wahr? Wir müssen uns darauf gefaßt machen.« Sie schüttelte den Kopf. »Nach all der langen Zeit.«

»Mach dir keine Gedanken darum, Schatz. Okay? Gerate bloß darüber nicht ins Schwitzen. Falls dir noch etwas anderes einfällt, ruf mich an. Es wird heute abend wieder später werden.«

Anne fuhr an diesem Tag wieder zum Schwimmen, diesmal war sie hinterher schon weniger erschöpft. Sie war sogar fähig, die lächelnde Ziege links liegenzulassen, wie ihr auf der Heimfahrt klarwurde. Miß Westchester hatte sie überhaupt nicht nerven können. Die Sonne schien, Ronnie nahm den Rückweg durch den Park und hielt am Seeufer an, daß sie ein paar Minuten lang einer Schar Eiderenten zusehen konnte. Anne mochte die Art und Weise, wie sie im Wasser auf- und untertauchten. Die Wasseroberfläche war trüb; die Enten sahen wie Spielzeuge aus, die mit Magneten von der Unterseite her bewegt werden. Als sie schließlich wieder in die Wohnung zurückkehrten, hatte sie das Gefühl, hinausschreien zu müssen. Sie saß am Fenster und hatte den Eindruck, daß sich die Wand auf sie zuschob, näher, immer näher, und sie an ihrem Platz festnagelte und reglos hielt, während der Experimentator gerade einen neuen Versuch vorbereitete.

11

Die Käfige waren nicht sehr geräumig, sie konnten zwei oder auch drei Schimpansen beherbergen, dies jedoch nicht sehr behaglich und nicht für längere Zeit. Ein Schimpanse hatte ausreichend Platz, sich von der Sitzfläche aus auf und ab zu schwingen, vier Schritte zur Vorderseite des Käfigs zu machen, vier von einer Seite zur anderen und zurück zur Sitzstange. Die Gitterstäbe standen zu eng beieinander, als daß ein Schimpanse hätte die Hand hindurchstrecken können.

Fannie saß an diesem Freitag morgen im hinteren Teil ihres Käfigs, als der Wachmann seine Runde drehte. Sie hatte ihre Lippen straff zurückgezogen, kein Blinzeln störte ihren unverwandten Blick, wie sie ihn so ansah. Er verschwand. Sie starrte weiter in das vor ihr liegende Labor. Eng an ihren Bauch gekrallt, nahm das Kleine nun eine andere Lage ein, als es hungrig erwachte. Es versuchte, an eine ihrer Brüste zu kommen. Fannie knurrte. Einen Augenblick lang zögerte das Junge, dann begann es wieder, mit seinem Mäulchen herumzusuchen. Fannie zog es weg und setzte es auf den Sims neben sich, ohne es anzusehen. Das Kleine krabbelte zu ihr zurück, rutschte fast von der Mauer ab, wimmerte und fand schließlich das Gleichgewicht wieder. Es mußte über ihr Bein klettern, um an ihren Bauch zu gelangen. Fannie beobachtete nach wie vor das Labor. Wieder knurrte sie und wieder schob sie das Kind von sich, das diesmal auf den Fußboden fiel.

Dort blieb es eine Minute lang still liegen, dann begann es, lauter zu wimmern, krabbelte herum und suchte nach einem Rückweg auf den Sims. Ein Hund bellte, worauf das Schimpansenjunge, als habe es dieses lebendige Geräusch ermutigt, jammerte und zu seiner Mutter emporsah. Fannie starrte geradeaus, doch als das Baby weinend hin- und herkroch, wandte sich ihr Blick seiner dunklen Silhouette zu, und sie starrte nun das Kleine an. Ihre Zähne blieben gefletscht, sie knurrte. Das Baby schrie und versuchte an den Stäben der Seitenwand des Käfigs emporzuklettern.

Plötzlich sprang Fannie von dem Sims, packte das Junge an einem Bein und begann lautlos, im Käfig umherzurasen, wobei sie es hinter sich herzog. Sie raste die Gitterstäbe hinauf, sprang auf den Sims, zum Boden zurück, an die Seitenstäbe ... Immer und immer wieder im Kreis, im Hüpfen und Klettern, erst in einer Richtung, dann in die andere. Dann schlug der Schädel des Kleinen auf das Sims auf; dann wurde sein Rücken gegen die Stäbe geschmettert, dann wurde es zu Boden geschleudert. Es schrie und wehrte sich kurze Zeit, um schließlich schlaff zu werden wie ein Lappen, der über irgendwelche Gegenstände gewischt wurde, wobei es eine Spur von Kot und Blut hinterließ.

Die Raserei versetzte andere Tiere in Aufregung; eine Katze schrie; ein Hund bellte, ein anderer knurrte unablässig, eine weitere Katze miaute kläglich. Die anderen Schimpansen schnatterten ängstlich und aufgeregt. Getöse erhob sich und schwoll tumultartig an.

Der Nachtwächter stach seine Personalkarte um sieben, ohne noch einmal in die Tierabteilung zurückgekehrt zu sein. Der Wachmann von der Tagesschicht hängte seinen Mantel auf und zündete sich eine Zigarette an, hustete lang und heftig und machte sich auf seine erste Runde. Vor der Tierabteilung blieb er stehen. Er trat mit dem Fuß seine Zigarette aus, etwas, das er in den vierzehn Jahren, die er hier arbeitete, noch nie getan hatte, und stürzte in den Raum. Wenige Augenblicke später rief er Emory Durand an.

»Klar«, sagte Clark. »Sie werden verrückt. Jetzt haben wir also zwei psychotische Tiere. Die einzige Frage, die sich meinerseits nun stellt, ist die, welches wir nun opfern.«

»Drei«, entgegnete Deena. »Lola ist in ihrem Verfall keinen Schritt hinter Fannie zurück.«

»Lola nicht«, sagte Clark schnell.

Emory nickte. »Fannie, würde ich sagen«, meinte er. »Sie weist noch Symptome auf, wohingegen Duckmore wieder völlig normal erscheint.«

»Fannie«, stimmte Clark zu. »Sofort.« Er sah zu Emory hinüber, der seinem Blick auswich. »Wirst du mir helfen?«

Emory zuckte hilflos die Achseln. »Gewiß.«

»Ich möchte, daß jedes Fetzchen von ihrem Gehirn untersucht wird«, forderte Clark.

»Willst du Lola ihr Kleines heute früh wiedergeben?« fragte Deena.

»Ja. Jetzt gleich. Die Blutabnahme kann jemand anders machen. Ich untersuche es später.«

Auf ein Klopfen an der Tür trat Gus ein. »Darf ich hereinkommen?« Er stand schon im Zimmer. »Hast du genügend Leute zur Verfügung, Clark?«

»Nein, zum Teufel!«

»Wir werden sie beschaffen«, beruhigte Gus ihn und fügte hinzu: »Diese Sache hat ersten Vorrang, erinnerst du dich?«

Sie unterhielten sich zehn Minuten lang über Verfahrensfragen, dann gingen sie alle, um Lolas Verhalten zu beobachten, wenn man ihr das Baby brachte. Es spielte sich genau die gleiche Szene wie am Vortag ab. Clark stieß einen Seufzer der Erleichterung aus, als ihr das Baby wieder abgenommen wurde.

»Wir sind jederzeit bereit, mit Fannie anzufangen«, erklärte Emory, nachdem er sich mit einem der Veterinäre des Teams besprochen hatte.

Clark rauchte zuerst eine Zigarette, dann ging er zum Operationssaal und sezierte das Gehirn des frisch getöteten Schimpansen.

Das Sonnenlicht, das durch die bunten Glasscheiben fiel, warf rosa und blaue Schatten in die Miniwelt des Terrariums. Anne betrachtete die breiten Blätter einer Efeupflanze, die sich an einem Zweig emporrankte, um ihn bald völlig zu überwuchern. Das Efeu trug die Farben Blau, Grün und Rosa.

Sie hatten früher oft ein Spiel gespielt, sie und Clark. Ein Kennenlernspiel hatten sie es genannt. Es hatte sich aus einer Äußerung von einem von ihnen beiden ergeben. Aus etwas wie: Ich verabscheue Pflaumen. Nach und nach waren daraus die Regeln erwachsen, und sie hatten sie behutsam ausgebaut.

Die Spielregeln waren einfach — darauf hatte Clark schon geachtet. Er haßte Kompliziertheit, wenn es auch einfach ging.

»Wir werden der Reihe nach«, hatte er vorgeschlagen, »Dinge aufzählen, die wir hassen. Persönlich hassen. Keine Begriffe wie den Krieg oder den Schmerz. Okay?«

»Okay. Aber Aha-Reaktionen sind nicht zulässig!«

»In Ordnung. Und wenn jeder zehn genannt hat, picken wir eines dieser Dinge vom anderen heraus und versuchen, die Abneigung zu erklären. Ich will versuchen zu erklären, warum du Rosen verabscheust, und du sagst mir, warum ich Konservengemüse hasse.«

»Und wenn ich recht habe, mußt du es zugeben«, hatte sie hinzugefügt. »Und wenn ich falsch liege, mußt du es selber erklären.«

»Wenn ich kann«, hatte er eingeschränkt.

»Ich fange an«, entschied Anne. »Ich hasse Baseball.«

Clark nickte. »Artischocken.«

Anne überlegte und nickte widerwillig. »Wir können natürlich zehnmal verschiedene Nahrungsmittel aufzählen.« Sie dachte nach. »Schmutziges Geschirr vom Vorabend.«

»Musicals.«

»Unrecht zu haben.«

Clark sah erstaunt drein. Dann: »Parfüm.«

Anne warf ihm schnell einen Blick zu, kam zu dem Schluß, daß er es ernst meinte, und sagte: »Seife, an der Haare kleben.«

»Verschwitzte oder schmutzige Füße.«

Anne hatte in folgender Reihenfolge weiter benannt: Einen Kamm zu verleihen, oder eine Haar- oder gar Zahnbürste. Familienfeiern. Die Menstruation. Kitschfilme. Männer über Einsachtzig. Hamburger in allen Varianten.

Clarks Liste enthielt: Aspikspeisen, Aufsätze oder andere Schriften zu verfassen. Stegreifkomödien. Schwule. Schmuddelige Besoffene. Betrüger.

Sie hatten in ganz ausgelassener Stimmung begonnen, jeder in der Absicht, aufrichtig zu sein und den anderen aufrichtig sein zu lassen. Als sie mit ihrer Aufzählung zum Schluß gelangt waren, waren sie beide gedämpft und ernst.

»Möchtest du, daß wir aufhören?« erkundigte sich Clark.

»Nein! Warum denn? Du vielleicht?«

Er schüttelte den Kopf.

»Diesmal fängst du an«, meinte Anne. »Erklär mir einen von meinen Punkten.«

»Männer über Einsachtzig«, begann Clark. »Für ein Mädchen bist du ziemlich groß. Du fühlst dich überlegen, bis du neben einem Mann über einsachtzig stehst, dann fühlst du dich wieder klein. Stimmt's?«

»Falsch. Männer über einsachtzig sind darauf abgerichtet, Körpergröße mit Männlichkeit gleichzusetzen, zu glauben, äußere Größe bedeutete irgendwie innere Größe; dabei sind sie meiner Erfahrung nach innerlich meist recht klein. Klein und krumm wie unbedeutende Würmer, sie fürchten stets, jemand könnte ihnen auf die Schliche kommen; also entwickeln sie eine gewaltige Großmäuligkeit, und sie stellen jedem ein Bein, der in ihre Nähe kommt. Wenn sie glauben, daß man sie erkannt hat, werden sie zu groben Kerlen.« — Clark holte tief Luft und sagte: »*Wau!* Die hast du aber gefressen, was?«

»Ja. Jetzt bin ich dran.« Sie schloß die Augen und versuchte sich zu erinnern, was er alles genannt hatte. »Parfüm. Deine erste Freundin hat Parfüm benutzt, und sie hat dich für einen Scheißkerl sitzenlassen.«

Clark lachte. »Falsch. Als kleines Kind habe ich mal das Parfüm von meiner Mutter ausgetrunken. Junge, war mir schlecht!«

»Du hast das Parfüm deiner Mutter ausgetrunken. Aha!« rief Anne und schlug sich auch gleich mit der Hand auf den Mund. Sie hatten miteinander gerangelt, und er hatte sie geküßt, und sie hatte ihn wiedergeküßt, und später hatten sie beide zugegeben, daß dies ein Augenblick gewesen war, in dem sie wußten, daß alles stimmte.

Sie dachte an ihre Brüder und ihren Vater, die alle über einsachtzig groß und alle grobe Kerle waren. Komm, spiel mit uns, hatten sie ihr zugegrölt, du bist doch groß und stark genug. Das traf wohl beides zu, nichtsdestotrotz hatten sie ihr weh getan. Sie machten Picknicks und grillten im Freien Hamburger, sie gingen gern zu Ballspielen und anderen harmlosen Raufereien, bei denen stets irgend etwas zu Bruch ging. Ihrer Schwester, die diese Wachstumsveranlagung nicht mitbekommen hatte und die klein und zierlich war, taten sie nie weh. Ihr gegenüber erwiesen sie sich vielmehr als sehr vorsichtig und beschützten sie stets.

Clarks Familie war so ganz anders. Er war das einzige Kind, wurde von Mutter und Vater zärtlich geliebt und liebte sie seinerseits. Hier gab es keine Feindseligkeit, keine Erinnerungen an scheußliche Dinge aus der Vergangenheit, hier kannte man nur guten Willen und gegenseitige Achtung. Sie hatten ihn ohne Schwierigkeiten die Lösung vom Elternhaus vollziehen lassen, und er dankte es ihnen, indem er sie niemals ganz verließ. Das Wissen darum, daß man jederzeit gehen kann, dämmt das Bedürfnis, auszubrechen, dachte sie. Sie hatten sie freundlich aufgenommen, natürlich mit einer gewissen Zurückhaltung, aber keinesfalls unverhohlen unfreundlich. Sie waren etwas unsicher, wie sie sie behandeln sollten, das hatte sie früh begriffen. Sie war ihrem Sohn, den sie anbeteten, offensichtlich ebenbürtig. Sie reagierten auf sie mit unbehaglicher Höflichkeit. Seine Mutter hätte sie lieber gemocht, dachte sie plötzlich, wenn sie eine schwarze Bürgerrechtlerin gewesen wäre. Dann hätte sie sie bei ihren Freunden vorzeigen können. Dann wäre Anne eine Angelegenheit für sie geworden.

Maggie Symons war eine Liberale, die Angelegenheiten und Antiquitäten sammelte und sich bemühte, beides zu verkaufen. Anne graute es vor dem Tag, da ihre Eltern, konservative Republikaner, sich mit Maggie Symons über Politik in die Haare geraten würden. Maggie würde sie vernichten. Mr. Symons war ein lieber Mann, Direktor einer Bank, Aufsichtsratsvorsitzender eines Krankenhauses, Mitglied verschiedener weiterer Aufsichtsräte und Gründer eines Jugendlagers. Anne nahm an, daß sie sehr reich waren. Sie nahm an, daß auch Clark eines Tages sehr reich sein würde. Falls sie ein Kind bekämen, würde dies sehr reich sein. Dies war ihr stets völlig unwesentlich erschienen.

Wenn sie sie nicht gerade besuchten oder in naher Zukunft einen Besuch bei ihnen vorhatten, kamen ihr die Symons immer ganz unwirklich vor. Sie gehörten zu jener Sorte Leute, die in einer Welt zu Hause waren, deren Realität stets nur kurz und sporadisch die Realität jener Welt streifte, die Anne kannte.

Es war ein Wunder, daß sie Clark nicht übermäßig verwöhnt hatten, sann sie nach, doch dann wurde ihr bewußt, daß sie gar nicht wußte, ob Clark verwöhnt war oder nicht. Das findet man nur heraus, wenn man in Widerspruch zu jemanden gerät, dachte sie. Und sie war niemals in Widerspruch zu ihm geraten. Ihre Ziele hatten von Anfang an übereingestimmt. Keiner von beiden hatte auch nur jemals etwas angestrebt, was der andere nicht ebenfalls gewollt hatte oder das dem anderen nicht zumindest so gleichgültig war, daß er kein Interesse hatte, sich zu widersetzen. Wenn ich nun nein sagen würde, wenn er ja sagt, und ich darauf beharrte, so fragte sie sich, was würde er dann tun? Sie wußte es nicht.

Wenn etwas schieflief, dachte Gus, war jeder in der Abteilung betroffen. Francis Kirkpatrick und Ronald Medgars befehdeten sich wegen eines Laborassistenten. Nun würde ständig von überallher Personal abgezogen, um ab sofort unter Clark zu arbeiten. Steve Ryman und Bert Cheezem hatten um eine Unterredung gebeten, Gus hatte sie sich vom Leib gehalten. Mehr Computerbelegzeit für ihre Sojabohnendurchgänge. Er wußte schon, was sie wollten, was sie verlangten. Der verdammte Bob Klugman, dachte er, wenn auch ohne sich zu ereifern. Bob am Arbeitsplatz würde mehr Ärger bedeuten als Bob krank oder besoffen zu Hause. Hier würde er zu jedem ja sagen, nimm dir, was du brauchst, Planzeit für den Analysator, oder Computer oder was auch immer, und er würde es an Ort und Stelle austragen lassen, wenn drei Leute gleichzeitig auftauchen würden. Und was das Teuflische an der Sache war, das wußte Gus, jeder einzelne war in Arbeiten von vitaler Bedeutung und Dringlichkeit verwickelt. Alle Laborfreaks sind von gleichem Rang, dachte er, als er seiner Sekretärin Zeichen gab, Walter Orne vorzulassen; einige jedoch sind gleicher, weil das, was sie tun, dem Unternehmen Millionen Dollar bringen wird.

»Was liegt vor, Walt?« fragte er den gedrungenen Mann, der in sein Büro geschlurft kam und ihn mit einem scheelen Blick musterte, der niemals auf sein Gesicht konzentriert zu sein schien, sich vielmehr an sein Ohr, seine Schläfe oder seinen Adamsapfel heftete.

»Es handelt sich um meine Kapsel«, sagte Walter Orne. Sein Blick durchstreifte das Zimmer, als suche er nach etwas. »Ich glaube, ich habe es nun soweit, daß die Versuche mit der 24-Stunden-Kapsel nun anlaufen können.«

Jeder andere hätte ein Freudenfest veranstaltet, dachte Gus, und zu jeder anderen Zeit hätte er bei diesem Freudenfest mitgefeiert. Eine 24-Stunden-Kapsel für Aspirin, für Abführmittel, für was sie auch hineinfüllen wollten. Und da stand nun Walter Orne vor ihm und entschuldigte sich praktisch dafür, daß er ihn damit behelligte. Er legte Enthusiasmus in seine Stimme. »Walt, das ist ja Spitze! Lieber Gott, wir sind die ersten! Stell die Versuchsreihen zusammen! Sobald du damit fertig bist, werden wir anfangen!«

Walters Augen blieben nun an seinem Hemdenkragen hängen und schlossen damit ihren Streifzug durch das kleine Büro ab. Er hatte sich nicht hingesetzt. Jetzt drehte er sich um und ging in seinem Watschelgang zur Tür zurück. »Es ist schon alles soweit.«

Gus seufzte. »Setz dich, Walt! Hast du deine Notizen bei dir?« Im Geiste sah er Clark, wie er Schnitt um Schnitt durch das Gehirn des Affen legte, und neue Objektträger vorbereitete. Sie könnten sie mit dem Elektronenmikroskop fotografieren und die Fotos zur Analyse in den Computer eingeben. Clark mußte sich natürlich die Augen ruinieren, indem er sie persönlich untersuchte. Das Problem bestand darin, als er mit Walter Orne dessen ausführliche Aufzeichnungen durchsprach, daß er sich keinen Deut darum scheren würde, ob die restliche Welt alle Stunde oder nur einmal am Tag oder gar nie eine Erkältungstablette nehmen mußte. Ihn interessierte allein diese Autopsie und ihre Ergebnisse. Nach und nach legte er die Worte und ihre Bedeutung zurecht, und nach und nach verblaßte Clark, und er schenkte seine volle Aufmerksamkeit nun Walter Orne und seiner 24-Stunden-Kapsel.

»Was meiner Meinung nach eintritt«, murmelte Clark Emory Durand zu, »ist eine Verklumpung an den Nervenenden. Und das exakt festzustellen, darauf lege ich den größten Wert.« Fannie war seziert, und ihre Organe waren für zukünftige Studien präpariert worden. Ihr tiefgefrorenes Gehirn, dem elektrischen Skalpell preisgegeben, wurde nun säuberlich in Scheiben geschnitten, und lag wie die vielen Blätter eines Buches ausgebreitet, um vom Computer gelesen zu werden.

»Zu dumm, daß man nicht ein, zwei Stücke vor der Verabreichung des *pa*-Faktors bekommen kann«, überlegte Emory laut. »Weißt du, für eine Vorher-Nachher-Untersuchung.«

Der Obduktionsraum war so modern wie der OP eines Krankenhauses mit seinen hochglänzenden Stahlgeräten, den blaßgrünen Kitteln für die Angestellten und der Guckscheibe in der Tür für Zuschauer. Nun tauchte Gus' Gesicht in der Öffnung auf. Er trug keinen Kittel und betrat auch nicht den Raum. Es war 15.30 Uhr.

»Das genügt«, sagte Clark fast eine Stunde später schließlich. Seine Beine schmerzten, sein Rücken und sein Kopf taten weh. Er wußte, daß er rotentzündete Augen hatte, und jetzt, da er beschlossen hatte aufzuhören, quälten ihn plötzlich Magenkrämpfe. »Ich lad dich zu einem Kaffee ein«, sagte er zu Emory, als sie aus der Operationskleidung schlüpften und sich die Hände schrubbten.

»Also auf deine Rechnung.«

Als sie sich auf den Weg zum Restaurant machten, war Emory so makellos wie ein kamerabereiter Dressman; Clark fühlte sich schmutzig neben ihm. »Was du da vorhin gesagt hast, über den Vorher-Nachher-Vergleich«, begann er. »Sag mal, kennst du dich mit der getrennten Großhirnhälften-Technik aus?«

»Nicht richtig. Ich habe darüber gelesen. Wird bei schweren Fällen von Epilepsie oder Gehirnverletzungen angewandt, nicht wahr?«

»Gewöhnlich ja. Für uns wäre jedoch wesentlich, daß jemand schwere Gehirnoperationen überstehen kann und dies auch tut. Wir könnten also eine Vorher-Nachher-Untersuchung durchführen. Einen Teil der linken Großhirnhälfte herausnehmen; nach der Genesung den *pa*-Faktor verabreichen und später eine Untersuchung der rechten Großhirnhälfte vornehmen.«

Sie waren an einem kleinen französischen Restaurant angekommen und über dem Essen machten sie ihre Pläne für den Versuch. Ihre Bedienung stand hinter der Theke, sah ihnen zu und schauderte bei dem Gedanken, wie sie gleichzeitig essen und über solche Dinge reden konnten.

»Es ist das gleiche wie bei allen anderen Unterschieden der Körper«, meinte Clark. »Jene, die mit hohen *pa*-Werten geboren werden, passen sich dem in früherem Alter an. Auch bei ihnen treten Verklumpungen im Gehirn auf, aber sie können sie verkraften. Falls die Werte zu hoch sind, überleben die Betreffenden die Kindheit zumeist nicht. Wenn wir den *pa*-Wert künstlich erhöhen, findet im Gehirn die gleiche Verklumpung statt, die ein Registrieren der Schmerzstimuli verhindert. Nach sechs bis acht Stunden sind die Werte wieder auf Normalstand gesunken, keine Verklumpung mehr, der Schmerz wird wieder empfunden. Woran Anne nun gearbeitet hat, ist die Wirkung des *pa*-Faktors bei gleichzeitiger Erhöhung chemischer Laktate im Blut bei Furcht, hohem Blutdruck und so weiter. Ich weiß nicht, ob irgendein Zusammenhang mit den anderen Phänomenen besteht, die wir beobachtet haben, aber es ist eine Spur. Und wir können bei Gott jede Spur gebrauchen, auf die wir stoßen. Ich werde mit Gus über eine Vorher-Nachher-Untersuchung reden, sowie wir zurück sind. Danke, Emory. Großartige Idee.«

Trotzdem lehnte Gus es rundweg ab. »Clark, wer sollte das denn durchführen? Bist du dir darüber im klaren, daß wir in dieser Angelegenheit siebzehn Leute mehr oder weniger voll beschäftigen? Wobei die eine Hälfte so vorgeht, als nähmen wir nächste Woche die Humantests in Angriff, und die andere Hälfte herauszufinden versucht, wo der Fehler liegt. Ich kann niemand mehr anderswo für diese Arbeit abziehen.«

»Dann mach ich es.«

»Wann? Du arbeitest ja jetzt schon in Doppelschichten. Es ist eine gute Idee, du kannst sie ausführen, aber nicht jetzt.«

»Wir brauchen die Ergebnisse aber jetzt!«

»Clark, setz dich!« Gus ging zu der Zielscheibe und zog die Pfeile heraus. Er kehrte mit ihnen an seinen Schreibtisch zurück. »Das ist dein erster Rückschlag, nicht wahr? Bis jetzt lief alles großartig.« Er warf in weitem Bogen den ersten Pfeil, fast über das Ziel hinaus. »Verdammt. Nun, es geht mich nichts an. Ich habe Dutzende von Experimenten nach langen Jahren fehlschlagen sehen. Beruhige dich. Du mußt damit leben.« Ein zweiter Pfeil bohrte sich in die Scheibe, diesmal ins Schwarze. »Wir können nichts weiter tun, als das, was wir bereits machen. Falls Helverson einer Verschiebung zustimmt, werden wir mehr Zeit zur Verfügung haben, aber erst dann.«

»Was meinst du mit ›falls‹? Wir können jetzt auf keinen Fall mit den Humantests beginnen! Nicht angesichts dieser neuen Entwicklung.«

»Beruhige dich, Clark. Nimm's nicht so schwer.« Wieder warf er einen Pfeil und wieder fluchte er. »Verfehlt«, sagte er. »Es ist mal so, mal so. An einem Tag alle ins Schwarze, am nächsten kein einziger Treffer.« Er betrachtete den Pfeil, sah Clark an und meinte: »Ich kann Helverson vielleicht überzeugen, wenn ich ihm das verständlich mache, vielleicht aber auch nicht.« Er blickte wieder auf den Pfeil hinab, und warf ihn, ohne diesmal hinzuschauen, wo er landete. »Wenn es mir nicht gelingt, Clark, zähle ich auf dich, daß du uns mit dem, was wir jetzt haben, die Sache so narrensicher wie möglich machst. Keine Hypertoniefälle, Gegenindikationen dieser Art. Kannst du das?«

Clark schüttelte den Kopf. »Da werde ich nicht mitmachen, Gus. Ich kann nicht.«

Gus stützte sich auf seine Ellbogen und studierte Clarks Miene. »Du kannst«, entschied er. »Und ich kann auch. Wir machen es so sicher, wie es in unserem Wissen liegt, und machen auf dieser Grundlage weiter. Das ist alles, was wir tun können, oder aber aussteigen, wenn der kritische Moment eintritt. Und der kann schon nächste Woche eintreten. Wenn du es nicht machst, macht es ein anderer. Da ist es mir lieber, wenn du es bist.« — »Ist das ein Ultimatum, Gus?« — »Ich glaube wohl. Wie immer du es nennen willst, Clark, es ist auf keinen Fall ausreichend Zeit vorhanden, um sicherzugehen, daß es immer hundertprozentig okay ist. Niemals. Du kannst immer nur dein Bestes geben.«

»Selbst wenn man weiß, daß es nicht sicher ist?«

»Selbst dann. Gewisse Kategorien von Leuten wird man als Verbraucher ausschließen müssen. Die läßt du vorläufig beiseite. Die Testphase läuft weiter; du versuchst, die Beweise zu schaffen, die Gründe zu finden, die jene Ausschlüsse notwendig machen. Vielleicht findest du sie, vielleicht auch nicht. In der Zwischenzeit machst du weiter.«

»Oder haust in den Sack«, fügte Clark bitter hinzu.

»Oder haust in den Sack«, stimmte Gus zu. »Früher oder später tritt dieser Punkt bei jedem neuen Medikament, jedem Serum, bei allem ein, man macht sich Gedanken, und die muß man sich machen, aber man führt die Sache weiter. Ich werde wie ein Wilder kämpfen, um mehr Zeit herauszuschinden, aber wenn ich es nicht schaffe . . .«

»Und was sagen wir den Frauen, wenn sie das gleiche wie Fannie oder Duckmore durchmachen, Gus?«

»Kein Sterbenswörtchen«, antwortete Gus. Er warf wieder einen Pfeil. Voll ins Schwarze. »Wir begreifen nicht, woher es kommt und was draus wird«, sagte er, den Blick auf seinen Pfeil gerichtet.

Clark erhob sich, starrte ihn einen Augenblick lang an, drehte sich dann um und ging hinaus. Gus sah lange die Tür an, ohne jetzt noch seine Pfeile zu beachten. Er zog das Telefon zu sich heran und meldete ein Gespräch mit seiner Frau an; es war das dritte Mal an diesem Tag, und während er darauf wartete, daß es durchkam, starrte er die Tür an, bis ihm die Augen weh taten.

12

Anne sah zu, wie Ronnie mit dem kleinen Kater spielte, und lächelte. Ronnie mochte Tiere und Kinder gern und konnte sehr gut mit ihnen umgehen. Sie zog an einer Schnur, an die ein Streifen schweren Plastikmaterials geknotet war. Die Klauen des Katerchens konnten sich nicht in den Plastikstreifen krallen, und immer wieder sah er frustriert zu, wie der eingefangene Kunststoffstreifen unter seinen Pfoten hervorglitt. Er kauerte sich in Lauerstellung nieder, sein Schwanz schlug unkontrolliert hin und her, er hieb wieder zu und wieder erwischte er den Plastikstreifen nicht. Ronnie lachte herzlich über ihn.

»Er ist eine wahre Schönheit, nicht wahr?« sagte sie. »Harry ist ein guter Kerl, daß er ihn vorbeigebracht hat. Er wird dir noch eine Menge Gesellschaft leisten. Das wird er ganz bestimmt.«

Tyger verlor das Interesse an dem unzuverlässigen Kunststoffstreifen und begann seinen Schwanz zu putzen. Es war ein hübscher Schwanz, lang, dicht behaart, an der Unterseite weiß, an der Oberseite grau. Ronnie lachte über ihn und zerrte wieder an der Schnur. Tyger hieb sofort wieder mit den Krallen zu.

»Einen alten Katzenmeister wie mich kannst du doch nicht verschaukeln«, lachte Ronie. »Ich kenne deine Tricks.« Sie knüpfte die Schnur an die Armlehne von Annes Sessel, so daß diese zusehen konnte, wie der Kater damit spielte. »Ich werde nur noch das Essen fertig machen und die verrückte Katze füttern«, sagte sie. »Ich bin in einer Minute zurück.«

Um sechs Uhr war Ronnie fertig, das Haus zu verlassen. »Schätzchen, bist du wirklich sicher, daß ich nicht warten soll, bis Clark nach Hause kommt? Es würde mir überhaupt nichts ausmachen. Wirklich nicht.«

»Es ist schon gut«, sagte Anne. »Er wird heute nicht sehr spät kommen, und ich brauche dich eher morgen früh, um mich zum Schwimmen zu fahren. Macht dir das irgendwelche Schwierigkeiten?«

»Ach, ich habe mich schon gefragt, ob ich mir nicht dort Schwimmunterricht erteilen lassen soll. Ich sollte Stunden nehmen, denn ich fürchte mich tödlich vor dem Wasser. Ich habe gehört, daß man diese Furcht verliert, wenn man Unterricht nimmt.

Aber ich habe ja schon Angst, überhaupt Unterrichtsstunden zu nehmen. So geht das, nicht wahr?« Sie streifte ihren Mantel über und knotete sich einen Schal über ihr Haar. »Gleich wird es wieder regnen«, sagte sie. »Die Luft riecht schon nach Regen. Gott, wie mir dieses Wetter zum Hals heraushängt.« Sie warf noch einen Blick durch den Raum, nickte und winkte. »Bis morgen früh dann. Guter Gott, Tyger! Man wird dich noch flacher als einen Pfannkuchen treten, wenn du nicht lernst, daß Füße ganz schön gefährlich sind.«

Anne konnte noch ihr gutgemeintes Schelten hören, als sie den Flur zum Hinterausgang hinunterging. Doch gleich war Ronnie wieder zurück.

»Schätzchen, dieser verdammte Kater ist hinausgelaufen, als ich die Tür geöffnet habe. Ich werde versuchen, ihn wiederzufinden und ihn zurückbringen, aber er ist hinausgesaust, als ob sein Schwanz in Flammen stünde.«

»Er sitzt vermutlich in der Krone von einem dieser Ahornbäume«, meinte Anne. »Mach dir keine Sorgen um ihn. Wenn er seinen Weg nach Hause nicht finden kann, ist das sein Pech. Laß doch einfach das Wohnzimmerfenster ein bißchen für ihn auf.«

»Verfluchter Kater. Er rannte hinaus wie der Blitz. Sein erstes großes Abenteuer. Genau wie ein Kind — zack, weg!«

Anne winkte ihr auf Wiedersehen zu. »Vergiß das Fenster nicht.«

»Richtig. Ich konnte gar nicht so schnell sehen, wie er . . .« Ihre Stimme verklang, während sie zum zweiten Mal hinausging.

Anne drehte das Fernsehgerät an, schaltete es aber nach einigen Minuten wieder aus, um statt dessen die Miniwelt zu betrachten. Sie lächelte verträumt. Im Schwimmbad hatte sie mit Erfolg alle anderen aus dem Becken vertrieben und war allein umhergeschwommen, gerade so wie in ihrer Miniwelt, wo das Wasser in getrennten Farbstreifen, die nicht ineinander flossen, verlief, die sich kein bißchen verwischten, sondern vielmehr smaragdgrün, jadefarben, blaßblau, und tiefkönigsblau blieben . . . Wenn sie sich im Wasser in ihrer vollen Länge ausstreckte, so waren ihre Fingerspitzen blaßblau, ihre Zehen smaragdgrün und ihr Körper von einem tiefen, fast schwarzen Blau.

Wenn sie von einer Zone in die andere schwamm, konnte sie den Wechsel des Wassers fühlen. Das Smaragdgrün war am schönsten. Es ließ sie von kühlen Schauern erotischer Lust erbeben. Sie konnte sich umdrehen, dem Smaragdgrün folgen und ganz innerhalb dieses Farbstreifens bleiben. Aber sie konnte nicht lange dort verweilen. Es war zu sinnlich und zu erregend, und die Lust wurde schmerzlich und zu einem Bedürfnis. Da tauchte sie in das Mitternachtsblau, und das ganze Gefühl verging, und sie spürte einzig und allein noch das seidige Wasser auf ihrer Haut.

Plötzlich schreckte sie hoch. Sie mußte mit dem Blick auf das Terrarium eingedöst sein. Es war acht Uhr. Wieder vernahm sie das Geräusch, das sie geweckt hatte. Eine Katze schrie. Tyger!

Irgendwie schaffte sie es, ihren Rollstuhl den Flur hinab zu der Ecke zu manövrieren, um die sie nicht herumkam. »Also Tyger! Komm her, mein Kleiner!«

Nun schrie er kläglich. Sie rief ihn wieder und immer wieder. Sie fuhr ihren Stuhl zurück und versuchte, um die Ecke zu kommen, schrammte Gips und Anstrich von der Ecke, um schließlich doch steckenzubleiben. Bei dem Bemühen, ihren Stuhl freizubekommen, zerkratzte sie sich beide Hände; sie war sich dessen kaum bewußt, gab den Rädern einen letzten Stoß, gelangte so um die Ecke und fuhr auf Küche und Eßzimmer zu.

Tyger saß am Boden, atmete in harten, japsenden Keuchlauten, die hohl klangen. Er schrie nun nicht mehr. Seine Augen waren geschlossen. Sie rollte näher an ihn heran, und er kam auf die Füße und taumelte von ihrem Stuhl weg.

»Tyger! Komm her. Tyger!«

Blindlings versuchte der kleine Kater, vor ihr wegzulaufen. Er begann zu bluten. Anne quälte sich aus ihrem Stuhl und kroch auf dem Boden hinter ihm her. Jetzt endlich erwischte sie ihn. Er wehrte sich heftig, um freizukommen, und zerkratzte ihren Arm, bis sie ihn fallen ließ. Er taumelte rasch ein paar Schritte, blieb stehen, stürzte in einer Zuckung zu Boden und starb.

Anne starrte erschreckt und ungläubig auf den kleinen Kater, dann erbrach sie sich, und es schien, als drehe sich der ganze Raum schneller und immer schneller um sie, und sie hatte das Gefühl, einen tiefen Abgrund hinabzustürzen.

Eine ganze Weile später erst machte sie sich daran, sich wieder in ihren Rollstuhl zu ziehen und den Flur hinabzufahren zu der Ecke. Dort hielt sie an, sie wußte, daß sie von dieser Seite nicht um die Ecke kommen konnte. Dieses Stück Flur war schmaler als der Hauptteil der Diele. Es bestand keine Möglichkeit, wie sie von hier aus den Stuhl hätte drehen können. Einige Minuten lang blieb sie ruhig sitzen, dann ließ sie sich von ihrem Rollstuhl auf den Boden sinken und kroch den Flur hinab, wobei sie das rechte Bein nachzog; so gelangte sie bis in ihr Zimmer, bis ins Bad. Sie versuchte erst gar nicht aufzustehen, sondern wusch sich unter dem Wasserhahn der Badewanne Hände und Gesicht und spülte sich den Mund aus. Ohne daß sie dem hätte Einhalt gebieten können, überlief sie ein Schauer nach dem anderen, und sie fühlte sich heiß an, als ob sie fieberte.

Ihre Kleider waren blutverschmiert. Sie zog sie aus und ließ sie liegen, wo sie zu Boden fielen. Der Geruch von Erbrochenem hing in der Luft. Sie fühlte, wie das Bad um sie zu kreisen begann, und legte den Kopf an den Rand der Wanne, bis alles wieder seinen festen Stand hatte. In Slip und Büstenhalter zog sie sich bis neben das Bett und zerrte das Telefon auf den Fußboden, ohne darauf zu achten, ob es bei dem Sturz zerbrach oder nicht. Sie wählte die Nummer von Clarks Büro. Niemand nahm ab. Sie zitterte zu sehr, um erneut zu wählen. Sie zerrte ihr Kleid vom Fußende des Bettes heran, um es sich über die Schulter zu legen. Sie hörte, wie ein heftiger Regenschauer gegen die Fenster trommelte. Sie dachte, er würde die Fenster zerschlagen. Sie sollte die Vorhänge zuziehen, daß er nicht hereinpeitschen konnte.

Ihre Finger bebten, als sie von neuem wählte, diesmal die Nummer des Labors. Nachdem es ein halbes dutzendmal geklingelt hatte, antwortete eine Frauenstimme. Virginia Sudsburg: »Dr. Symons ist nicht hier«, sagte sie. »Ich glaube, er hat das Haus verlassen, um zum Abendessen zu gehen. Vermutlich in die Cafeteria. Ich kann mich für Sie erkundigen.«

»Bitte tun Sie das«, bat Anne, die versuchte, die aufsteigende Hysterie niederzukämpfen. Sie versuchte ihre Stimme so ruhig zu halten wie die des Mädchens. »Gleich jetzt. Bitte.«

»Ich werde in ein paar Minuten zurückrufen«, sagte Virginia. »Ist bei Ihnen alles in Ordnung?«

»Machen Sie ihn ausfindig!« schrie Anne und biß sich auf die Lippen. »Bitte, suchen Sie ihn.«

Zehn Minuten später rief Virginia zurück. »Es tut mir leid, ich kann ihn nicht finden. Ich glaube, er ist mit Dr. Wells und ein paar anderen zum Abendessen gegangen. Sobald sie zurück sind, werde ich ihm sagen, daß er Sie anrufen soll. Kann ich irgend etwas für Sie tun?«

Tränen standen nun in Annes Augen. Sie schüttelte den Kopf. »Nein. *Nein!* Sagen Sie ihm nur, daß er anrufen soll!« Dann legte sie den Hörer auf, Tränen liefen ihr die Wangen hinab.

Das war nun die Wirklichkeit, dachte sie. Der Fußboden war kalt und hart, und sie war zu schwach, um ins Bett zu klettern, zu benommen, und fühlte sich zu übel, um zu versuchen, in den Sessel zu gelangen. Alles, was sie tun konnte, war, hier auf dem kalten, harten Fußboden zu sitzen und darauf zu warten, daß ihr Ehemann nach Hause kam und etwas unternahm. Donner grollte in der Ferne, und der Regen trommelte wie wahnsinnig an die Scheiben. In einer Minute, dachte sie, würde sie versuchen, sich selbst ins Bett zu ziehen, unter die Decken zu kriechen, warm zu werden. In einer Minute.

Sie dachte an die bösen oder hartherzigen Dinge, die sie getan hatte. Aber sie war nicht böse gewesen, nicht wirklich böse, nicht so, daß man ihr vor Gericht hätte daraus einen Vorwurf machen können. Sie hatte niemals jemandem Schaden zugefügt, zumindest nicht absichtlich. Sie hatte ein wenig gelogen, aber niemals bösartig. Sie hatte Gott nicht geleugnet. Schließlich hatte es niemals einen Gott gegeben, den sie hätte verleugnen können. Sie hatte dies einfach nicht verdient, dachte sie, während sie so weinte. Die Schmerzen nach dem Unfall, die Operationen, die langen Monate der Gefangenschaft in diesem Raum und jetzt die Einzelhaft und die Vernichtung des einzigen Wesens, das ihr diese Einzelhaft hatte erleichtern sollen.

Endlich konnte sie aufhören zu weinen und wischte ihr Gesicht am Laken ab. »Ach ja«, sagte sie zu sich selbst, »Weinen bringt kein Feuer in Gang.« Ihre Großmutter hatte das immer gesagt, wie sie sich erinnerte. Ihre Großmutter starb, als Anne erst sechs Jahre alt war; seltsam, daß sie sich gerade nun an sie erinnerte. Sehr alt und dunkelhäutig, mit silbergrauem Haar und fröhlichen blauen Augen und einer schnellen Zunge, das war ihre Großmutter gewesen. Selbst als sie zu schwach geworden war, das Bett zu verlassen, waren ihr Geist wach und ihre Zunge scharf geblieben. »Vom Quengeln fährt der Zug nicht schneller«, pflegte sie zu sagen, wenn die Kinder herumzappelten, um etwas Bestimmtes zu tun oder zu bekommen. Anne dachte an ihre Großmutter, als sie sich mit dem Telefon in der Hand ins Bett hocharbeitete.

Es war nach neun Uhr, als Clark anrief, und inzwischen war sie ruhig geworden. Sie mußte das Bild des kleinen, grauen, blutigen Fellbündels verdrängen; immer und immer wieder gelang es ihr, es zu verdrängen.

»Clark, ich brauche dich«, sagte sie und war erstaunt, als ihre Stimme nicht versagte.

»Ist mit dir alles in Ordnung?« Dagegen klang seine Stimme fast schrill vor Aufregung.

»Ja. Bitte komm nach Hause. Ich kann nicht darüber reden, nicht am Telefon.« Kein Wort mehr, dachte sie. Kein Wort mehr jetzt, oder ich breche zusammen, und das wird ihn zu sehr erschrecken. Kein Wort mehr.

»Ich fahre sofort los«, sagte er.

Sie schloß die Augen, versuchte das liebliche Wasser zurückzurufen und sah statt dessen, wie das winzige Tierchen blindlings versuchte, seiner Verletzung zu entgehen. Er würde zwanzig Minuten brauchen, vielleicht noch mehr bei diesem Regen. Eine halbe Stunde. Das Gewitter kam näher und brach mit den heftigen, lauten Explosionen eines Sommergewitters herein. Vermutlich gab man draußen Sturmwarnung. Maiwetter. Jemand mußte ihn in der Parkzone angefahren haben, und er hatte sich ins Appartement zurückgeschleppt, durch das offene Fenster, um dort zu sterben. Deena würde Clark nach Hause fahren, vielleicht mit ihm hereinkommen. Falls nichts zwischen Clark und Deena lief, würde sie hereinkommen; andererseits mußten sie so tun, als ob nichts verändert sei, alle taten nur so als ob, schauspielerten. Deena würde sie aus den Augenwinkeln heraus ansehen und sich dabei fragen, ob sie einen Verdacht hegte. Clark würde es unbehaglich sein, da er täglich länger und länger im Labor blieb ...

Er kam zweiundzwanzig Minuten nach ihrem Anruf zu Hause an. Sie erzählte ihm, was geschehen war. Ihre Hände waren unter den Decken so eng ineinandergekrallt, daß sie sich wie gelähmt anfühlten, als sie versuchte, ihre Finger zu öffnen. Clarks Gesicht nahm den gleichen Ausdruck an wie immer, wenn er schlechte Nachrichten erhielt. Ein Fremder mochte denken, daß er überhaupt nicht reagierte, aber sie wußte, daß er erschrocken war, mehr als erschrocken, ihn erfüllte der gleiche Horror, den sie empfunden hatte.

»Oh, mein Gott«, murmelte er leise. Er ging hinaus, kam sehr schnell zurück, und setzte sich auf die Bettkante, um sie in den Arm zu nehmen. »Es muß schrecklich für dich gewesen sein. Geht es dir soweit gut? Brauchst du irgend etwas? Soll ich dir einen Kaffee, einen Drink zurechtmachen?«

»Kaffee«, entschied sie.

Er brachte ihn und ging dann wieder hinaus, um im Eßzimmer aufzuwischen. Er war sehr blaß, als er zum zweiten Mal zurückkam. Er brachte ihren Rollstuhl mit.

»Ich werde dir ein Bad einlassen«, empfahl er. Er ging hinaus und kam mit einem großen Drink wieder, offenbar ein purer Whisky mit einem einzigen Eiswürfel darin. Er trank in tiefen Schlucken, dann drehte er ihr das Badewasser auf, während sie sich in den Rollstuhl setzte.

Clark hob sie in die Wanne und wusch ihr den Rücken. Er betrachtete die langen Kratzspuren auf ihrem Arm, und als sie abgetrocknet war, strich er eine Heilsalbe darauf und klebte ein Pflaster über ihre Knöchel, wo sie sich an der Mauerecke aufgeschrammt hatte. Keiner von ihnen sprach ein Wort, bis er ihre Hand emporhob und ihre Finger küßte.

»Oh, Clark, bitte nicht, oder ich muß wieder anfangen zu weinen.« Er nahm sie eine Weile fest in die Arme und brachte sie dann zurück ins Schlafzimmer, an den Tisch vor dem Erkerfenster. Er schloß die Vorhänge, wodurch das Gewitter leiser zu werden schien, nicht mehr so bedrohlich war, das Zimmer wurde wieder zu dem Hafen, der es gewesen war, und sie fühlte sich trocken, warm und wieder geborgen. Clarks Anwesenheit war zu stark, als daß die Fremdartigkeit präsent hätte sein können, dachte sie. Wenn er da war, war alles normal.

Er hatte fast seinen Drink geleert, der seine Wirkung in Schläfrigkeit zeigte, die von seinem Gesicht Besitz ergriff, seinen Ausdruck weicher machte und die Worte ein bißchen abschliff, wenn er sprach. »Anne, das bringt es nicht«, sagte er in einer anderen, mehr nach dem Süden klingenden Stimme. Eigentlich hatte er seinen Akzent verloren, doch wenn er ein wenig müde oder ein wenig betrunken war, klang er wieder durch, und nun war er beides.

»Ich verstehe nicht, was du meinst«, meinte sie.

»Du kannst hier nicht länger allein bleiben. Ich weiß nicht, wie, zum Teufel, du von der Diele in dieses Zimmer zurückgelangt bist, aber was, wenn du nicht dazu in der Lage gewesen wärst? Was, wenn du irgendwo steckengeblieben wärst und hättest für Stunden und noch länger so liegen bleiben müssen? Wo, zum Teufel, ist Ronnie? Ich dachte, sie könnte hier bleiben, bis ich nach Hause komme?«

»Sie braucht ja auch ein bißchen Freizeit«, entschuldigte sie Anne. »Sie muß morgen hier sein, vielleicht sogar am Sonntag. Du kannst nicht verlangen, daß sie Tag und Nacht bleibt.«

Clark schloß die Augen. »Wir werden jemanden besorgen, um sie abzulösen«, entschied er. Sein Akzent wurde nun noch auffälliger. Es war fast zwölf Uhr, und er würde auf der Stelle einschlafen, wenn er nicht bald ins Bett kam, dachte er. Er schüttelte sich und stand auf. »Morgen. Möchtest du die Agentur anrufen, oder soll ich das tun?«

»Laß uns darüber morgen früh reden«, bat Anne. »Du bist so müde. Geh ins Bett! Soll ich deine Eltern anrufen und ihnen sagen, daß wir morgen abend nicht kommen können?«

Er schüttelte den Kopf. »Ich habe Gus schon gesagt, daß ich morgen abend nicht länger bleibe.« Er lehnte sich vor, um ihr einen Kuß zu geben, und einen Moment lang verharrte er, seine Wange gegen die ihre gelehnt. Er hatte eine Rasur nötig. Dann seufzte er und erhob sich. »Soll ich dir helfen, ins Bett zu kommen?«

»Noch nicht. Ich werde noch ein bißchen aufbleiben?« Sie wartete, ob die Fremdartigkeit in seiner Abwesenheit zurückkehren würde. Das tat sie aber nicht; hat wohl Angst, dachte sie. Er würde vermutlich eine Dusche nehmen, vielleicht einen zweiten

Drink, ein wenig herumstöbern. Um ein Uhr, so wußte sie, würde er im Bett sein, wahrscheinlich schon schlafen, und sie konnte fühlen, wie die andere Realität aus den Ecken des Zimmers, wo sie sich inzwischen verkrochen hatte, hervorkam. Nun war sie am Bug eines Schiffes, sie war der Kapitän, der in den Sturm hinausstarrte, der sie alle zum Kentern zu bringen drohte. »Eine Frau als Kapitän! Beim Teufel, kein Wunder, daß wir untergehen!« Und sie, der Kapitän, kämpfte am Steuerrad und fühlte die Gewalt der Wellen und war eins mit dem Schiff unter ihren Füßen. Sie lächelte, und das Zimmer verschwamm erneut, wurde wieder zu ihrem Schlafzimmer, mit seinem Elefanten, der mit seltenen und kostbaren Juwelen besetzt war, und dann schaukelte sie auch schon im Rhythmus des gemessenen Gangs des Elefanten, und zu jeder Seite hörte sie das aufgeregte Murmeln der Boys, als sie sich dem Killertiger näherten. Sie allein mit ihrem angeborenen Sinn für Gefahr konnte sich ausmalen, daß der Tiger nun in der Nähe war, zum Sprung bereit, den Tod in seinem bösen Herzen tragend. Sie konnte fühlen, wie er immer näher kam, immer näher. Der Elefant wußte es ebenfalls. Er schnaubte. (Schnauben Elefanten? fragte sie sich.) Er schnaubte und schüttelte seinen Rüssel. (Ihre Kleider flogen nach allen Richtungen.) Sie seufzte und verdrängte die Szene, aber das Gefühl hielt an. Der Tiger in ihrem Rücken, zum Sprung bereit ... Nun sprang er. Flog durch die Luft ... Sie drehte sich in ihrem Sitz um und schoß und wußte auch gleich, daß sie verfehlt hatte. Sie schrie auf und versuchte, den Schrei mit beiden Händen zu dämpfen.

Zitternd wartete sie, daß Clark auftauchen würde, um zu fragen, was geschehen sei. Sie konnte noch hören, wie ihr Schrei an die Wände schlug, vom Boden zurückschallte, von der Decke herunter und auf sie niederprasselte, wie der Regen gegen die Fenster getrommelt hatte, und so langsam verebbte, daß es schien, er hielte für Stunden, ja sogar für Tage an. Minuten verstrichen, Clark erschien nicht, und allmählich entspannte sie sich wieder. Er hatte sie nicht gehört. Man könnte sie hier in ihrem Zimmer umbringen, und er würde nicht einmal ihre Hilfeschreie hören.

Ich habe halluziniert, dachte sie verwundert, als sie sich ins

Bett legte. Richtig halluziniert. Das Gefühl eines Tigers im Rükken war real gewesen, die Angst war real gewesen. Sie lachte beinahe auf. Gegen ihren eigenen Willen war sie imstande gewesen, einen Zustand transzendentaler Meditation zu erreichen. Es lag an der Isolierung und an der Ruhe, dachte sie. An dem Mangel sinnlicher Eindrücke. Der Geist schaffte sich seine eigenen Zerstreuungen, wenn ihm keine von der Außenwelt geboten werden. Und ihr Geist funktionierte in dieser Beziehung perfekt.

Sie schlief ein und träumte, daß Tyger auf ihrem Bett spielte, und jedesmal, wenn sie ihn zu streicheln versuchte, kratzte er sie.

13

Maggie Symons stand im Türrahmen ihres Wohnzimmers und sah in die Eingangshalle hinaus, dann zurück ins Zimmer. Die Eingangshalle war an sich ein ziemlich großer Raum, wenn es auch nicht den Anschein hatte. 4,80 m breit, sechs Meter lang, so sah doch der Raum wie ein Möbellager aus, mit engen Durchgängen, einem zur Diele, einem anderen zum Treppenhaus und diesem hier, der in das Wohnzimmer führte. Es war genug Platz für Annes Rollstuhl, so hoffte sie, aber vermutlich auch kein Stückchen mehr. Sie breitete die Arme aus und schritt durch die Halle, blieb neben einem geschnitzten Garderobenständer stehen und runzelte bei seinem Anblick die Stirn, zog ihre Hände ein paar Zentimeter zusammen und ging dann weiter zur Tür.

Maggie Symons war nur 1,55 m groß, und mit den Jahren hatte sie zugenommen, ein Pfund pro Jahr. Sie hatte oft verwundert darüber nachgedacht, wie diese Pfunde zusammengekommen waren. Sie war so lange zierlich gewesen, daß sie sich immer noch für zierlich hielt, bis sie eines Tages bei einem Blick in den Spiegel eine kurze, stämmige Frau mit hübschem Gesicht und naturgelocktem braunem Haar sah, die wirklich mindestens zwanzig Pfund, besser noch fünfundzwanzig Pfund, abnehmen müßte. Aber sie hatte sich ihr hübsches Gesicht, ihr Haar und ihre Zähne erhalten. In dieser Beziehung gefiel sie sich noch immer, und sie wußte, daß ihr Gewicht keine so große Rolle spielte.

Es gab schließlich geschickt geschnittene Kleider, und sie war immerhin über Fünfzig. Ihr Lächeln würde breiter werden und sie ebenfalls, aber Joseph mochte sie gerne pummelig.

Es hatte in ihrer Ehe zwei Krisen gegeben. Die erste trat ein, als Clark ein Baby war, und sie zu der Erkenntnis kam, daß ihr Leben aus Haushalt und Kind bestand und aus einem Ehemann, der häufiger als notwendig abwesend war, der länger arbeitete als nötig und der ganze Wochenenden bei Golfkursen oder Reisen zu Treffen mit anderen Geschäftsleuten oder ähnlichem vergeudete. Die anderen jungen Ehefrauen hatten die gleichen Klagen, aber es machte ihnen nicht so viel aus. Sie hatte darunter gelitten und hatte schließlich Trost gefunden. Drei Jahre lang stand ihre Ehe auf der Kippe. Dann hatte er ohne jegliche Erklärung begonnen, ihr wieder den Hof zu machen. Er hatte ihr Geschenke geschickt — Blumen, Pralinen, eine Nerzstola, einen Wochenendausflug nach New York. Keiner von beiden hatte diese drei verlorenen Jahre jemals erwähnt. Und es war gutgegangen, bis Clark zur Schule aus dem Haus ging.

Maggie wußte, wer das Mädchen gewesen war, wie lange die Sache dauerte, wohin sie gingen, was er ihr kaufte. Diesmal war sie es, die wartete, und als die Zeit gekommen war, sandte sie ihm ein Geschenk — eine alte Taschenuhr, reich mit Gold verziert, mit einer Beule im Deckel, die ihm angeblich von einem Glücksspieler in Samit, Kalifornien, zugefügt worden war, als dieser mit der Pistole sein Recht fordern mußte, weil ein Verlierer ihn zu betrügen trachtete.

Sie konnte sich etwas schmerzlich, aber heute auch mit einem gewissen Amüsement, an den Ausdruck in seinem Gesicht erinnern, als er nach Hause kam, die Uhr in der Hand. Er war im Türrahmen ihres Schlafzimmers stehengeblieben und hatte etwas völlig Nichtiges gesagt, das sie nicht hatte verstehen können. Seither war alles gut gewesen, um genau zu sein, sogar hervorragend. Und sie glaubte ihm, wenn er ihr sagte, daß sie nun hübscher wäre als bei ihrer Heirat. Sie wußte, er glaubte es.

Clark war wie sie, dachte wie sie. Clark war leidenschaftlich, sinnlich.

Sie schreckte vor der Vorstellung zurück, ihn mit Anne zusammen zu sehen, die immer sehr kühl erschien, zu beherrscht und zu rational. Sie schüttelte sich und betrachtete erneut die vollgestopfte Eingangshalle.

»Was meinst du?« fragte Maggie, als sie wieder das Wohnzimmer betrat. Sie nahm auf einem rosa Samtzweisitzer aus dem Jahre 1848 Platz und wandte sich an ihren Ehemann, der in einem dicken Ledersessel spanischer Herkunft saß.

»Wozu?« fragte er zurück und sah sie an. Er versuchte gerade, die Zeitung zu lesen, und er wußte, es würde ihm nicht vergönnt sein.

»Bekommt Clark ihren Rollstuhl durch die Halle? Ich habe sie von Edgar schon ein wenig aufräumen lassen, aber du weißt, wie er ist. Er meint es gut, aber man muß ständig hinter ihm stehen, ihm alles zeigen und mit deutlichen Worten erklären, immer und immer wieder.«

»Sie werden schon durchkommen.«

»Aber hast du wirklich darauf geachtet, als du hereingekommen bist?«

»Ich hätte es bemerkt, wenn ich nicht durchgekommen wäre«, sagte er und wollte sich wieder seiner Zeitung zuwenden.

»Bitte wirf doch gerade mal einen Blick hinaus, ja, Schatz? Nur um sicherzugehen. Es wäre so peinlich für Anne, wenn wir beginnen müßten, die Möbel herumzuschieben, wenn sie hier ankommen. Sie ist so empfindlich.«

Er seufzte nicht einmal, als er sich erhob und zur Vordertür ging, genau wie sie es getan hatte. Er war keine 1,80 m groß, doch fühlte er sich immer viel größer und machte auch diesen Eindruck. Sein Haar war weiß, und er trug es ziemlich lang. Er sah wie ein erfolgreicher Banker aus. Er setzte sich wieder. »Es ist in Ordnung. Mach dich nicht verrückt.«

»Ich mache mich nicht verrückt. Ich glaube nur nicht, daß sie glaubt, wir mögen sie besonders gern, das ist alles. Ich möchte ihre Gefühle nicht verletzen. Clark wäre sehr verärgert. Dann würden sie wahrscheinlich monatelang nicht wiederkommen. Ich kann dieses Mädchen einfach nicht verstehen. Du denn?«

Er schüttelte den Kopf. »Da gibt es nichts zu verstehen. Sie ist genau wie Clark. Wenn du ihn verstehen kannst, kannst du sie verstehen. Gerade so.«

»Das ist ja das Problem«, sagte Maggie mit einem leisen Seufzer. »Ich verstehe ihn nicht ein bißchen, und irgendwie erscheint es mir nicht gut, daß sie ihm so ähnlich ist. Ich glaube wirklich, er wäre besser gefahren mit jemand, der ganz anders ist. So wie es bei uns ist. Ich habe keine Ahnung von deinem Geschäft, und ich interessiere mich auch nicht dafür. Wie wäre das denn bloß, wenn wir aufstünden, frühstückten und zusammen zur Arbeit gingen, mit den gleichen Leuten jeden Tag Mittag essen würden und zusammen nach Hause kämen? Über was sollten wir dann noch reden?« Sie machte eine Pause und versuchte, sich ein solches Verhältnis vorzustellen. »Sie hat keine blasse Ahnung von Kunst oder Musik oder irgend etwas anderem außer ihrer Arbeit, vermute ich.«

»Genausowenig wie er«, ergänzte ihr Mann und wandte sich der Witzseite zu.

»Das ist der springende Punkt. Sie sollte irgend etwas wissen, fähig sein, ihn anzuleiten oder für ihn einzuspringen, weißt du. So wie ich für dich einspringe, wenn jemand auf das Thema Oper zu sprechen kommt.«

»Maggie, nicht jeder muß ein Opernfan sein.«

»Glaubst du, daß sie die ganze Zeit über Käfer, Mikroskope und so etwas reden?« Er antwortete nicht, und sogleich fügte sie hinzu: »Ich wette, sie reden eine Menge über Sex. Vermutlich bringen sie eine Menge Zeit im Bett zu. In ihrer Wohnung liegen Sexbücher herum. Ich habe sie gesehen.«

Joseph Symons holte hinter seiner Zeitung tief und unhörbar Luft. Jetzt würde sie gleich sagen, ich frage mich, ob sie ein Kind haben möchte . . .

». . . bei einer Frau wie ihr, weiß man nie. Ich frage mich, ob sie Kinder bekommen kann. Ich glaube, sie beschäftigen sich so viel mit den Wissenschaften, weil sie wissen, vielleicht auch nur intuitiv, daß sie keine Kinder haben werden. Dabei wäre Clark ein so guter Vater. Ich kann ihn mir vorstellen, wie er mit seinem Sohn einen Drachen steigen läßt. Genau, wie du mit ihm.«

Joseph Symons kicherte über die Karikaturen. Er blätterte die Zeitung zum Lokalteil weiter.

»Ich frage mich, ob ich ihr ihr Geschenk zuerst geben soll«, überlegte Maggie nach einer Pause. »Wenn ich Clark mit nach oben nehme, um ihm zuerst die chinesische Truhe zu zeigen, fühlt sie sich vielleicht ausgeschlossen und ist beleidigt. Ich hätte Edgar bitten sollen, das Schränkchen für sie hier hereinzuschaffen. Dann hätte ich es ihr geben können und anschließend Clark ... Joseph, hörst du mir überhaupt zu?«

»Nein«, murmelte er.

Maggie runzelte die Stirn in seine Richtung, jedoch nicht direkt zu ihm hin. Sie sah ihn nicht einmal. »Ich glaube, ich werde Estell bitten, mir zu helfen, sie beide hier hereinzuholen«, sagte sie. Sie stand auf, um sich gleich wieder zu setzen. »Aber dann bekommt er ihren Rollstuhl nicht mehr herein«, seufzte sie.

Joseph Symons mochte das langbeinige Mädchen, das sein Sohn geheiratet hatte. Er mochte die Art, wie sie einander ansahen, und er dachte, daß sie vermutlich eine Menge Zeit im Bett zubrachten. Er mochte ihre Zurückhaltung, die Art, wie sie mit den Augen zwinkerte, bevor sie den Kopf einzog, wenn Maggie etwas besonders Lächerliches sagte, wie etwa ihre Methode, Bildung rasch an den Mann zu bringen.

»Siehst du«, sagte Maggie, »es ist so einfach. Heutzutage erwartet man von jedem, daß er von allem etwas versteht. Und es gibt immer wieder irgend jemanden, der einen daraufhin überprüft, also muß man immer irgend etwas parat haben; so sollte man etwa vier verschiedene Komponisten und besondere Kompositionen kennen, und wenn die Rede auf Musik kommt, dann kann man sagen, mein Lieblingsstück ist ... Hm, sagen wir, Glieres *Red Poppy* oder die Bernstein-Messe zum Beispiel. Du siehst, also nichts vom Üblichen. Nicht etwa Beethovens Fünfte Symphonie.« Sie deutete auf Clark, aber sie hielt ihre kleine Lektion für Anne ab, die ihren Kopf gesenkt hatte, um sich auf ihren Salat zu konzentrieren.

Joseph grinste und sagte: »Ich erzähle ihnen immer, daß meine Lieblingsmusik Countrymusik ist.«

»Und da lügst du«, fügte Maggie ruhig hinzu. »In Wirklichkeit hat er am liebsten unflätige Seemannslieder. Überhaupt keine Melodie, nur zotiges Gegröle.«

Joseph kicherte.

»Und man sollte einen Lieblingsfilmemacher haben«, ergänzte Clark. »Nicht Cecil B. DeMille, irgend jemanden ganz obskuren, von dem, außer einem selbst, nur allenfalls drei Leute jemals gehört haben.«

»Und ein Lieblingsgericht«, meinte Joseph Symons. »Nichts so Stinkgewöhnliches wie Chili con carne — was ja wirklich im übrigen köstlich ist —, sondern etwas Exotisches, etwas wie Schnecken mit Schalotten und Trüffeln gespickt, in Champagnersoße serviert, wie ihn der Chef Jobert in irgendeinem fantastischen Hotel drunten in New Orleans zubereitet.« Er schmatzte mit den Lippen.

»Und eine kleine Lieblingskreuzfahrt«, ergänzte Clark lachend. »Nicht so etwas Gewöhnliches wie auf dem Atlantik oder in der Karibik. Ein kleiner, außergewöhnlicher Ozean wie vielleicht das Kaspische Meer, und dann auf diesem kleinen, hübschen Dampfer, der jeden Dienstag pünktlich um zehn Uhr lostuckert.«

Einen Augenblick lang preßte Maggie die Lippen zusammen, aber dann brach sie in Lachen aus, und nachdem sie wieder Luft bekam, meinte sie zu Anne: »Mein Gott, denk bloß, wie verlogen ich wäre, wenn ich nicht die beiden hätte!«

Auf dem Nachhauseweg sagte Anne: »Ich bin so froh, daß wir hingegangen sind. Es war so lustig. Ich beneide dich wirklich um deine Eltern, weißt du.«

»Ich weiß. Dabei ist es so dumm. Du fällst darauf herein wie alle anderen. Hast du denn nicht gesehen, wie sie mich behandeln? Sobald ich durch die Tür komme, bin ich wieder siebzehn. Mutter versucht mich zu erziehen, liebevoll und niemals direkt; aber sie versucht immer noch, einen sauberen Sohn aus mir zu machen. Dad ... nun ja, Dad ist, wie er ist. Ich habe in Wirklichkeit niemals begriffen, wie er wirklich ist.«

»Aber sie haben dich beide sehr lieb. Das springt einem in die Augen.«

»Aber nicht mich, so wie ich geworden bin. Sie sehen mich nicht einmal. Sie haben das ungeschickte Kind vor Augen, das von der Schule nach Hause kommt, und sie haben einen Raum mit einem schrecklichen Durcheinander vor Augen, in dem ein Mikroskop steht und eine Insektensammlung herumliegt und Chemikalien, vor denen sie sich schrecklich fürchten. Sie haben den Blick für mich verloren, nachdem ich dieser Phase entwachsen war.«

Anne schwieg. Er verstand sie überhaupt nicht. Es war so einfach bei seinen Eltern. Sie wollten ihm Freude machen. Seine Mutter und die Geschenke, die sie nicht widerstehen konnte für Clark und Anne zu kaufen. Es machte ihr Freude, sie zu kaufen und zu schenken.

»Ich gehe hin, weil es ab und zu ganz hübsch ist, wieder ein Kind zu sein«, sagte Clark sanft. »Es ist hübsch, auch nur für ein paar Stunden das Gefühl zu haben, daß jemand anders verantwortlich ist. Man verlangt von mir keine bestimmten Taten, keine Verhaltensweisen, man verlangt nur, daß ich da bin, daß ich bereit bin, sie wieder auf den Arm zu nehmen oder mich auf den Arm nehmen zu lassen.«

Anne lachte. »Und als du gesagt hast, du würdest in dieser Truhe dein Opium und LSD und dein Kokain aufbewahren, habe ich gedacht, ich muß zusammenbrechen. Hast du ihr Gesicht gesehen?«

Clark lachte. »Ich weiß, daß ich dies ihnen eigentlich nicht hätte antun sollen, aber es kam einfach so über mich. Was, zum Teufel, soll ich eigentlich mit einer verrückten chinesischen Truhe anfangen, die fünfhundert Dollar kostet und so zerbrechlich ist, daß man nicht einmal eine Schnapsflasche darin aufbewahren kann?«

»Bewahre doch deine Fossilien darin auf. Du kannst sie schließlich nicht in meinen Schmuckkasten tun!« Anne lachte, bis sie müde war. »Das war das Grauenhafteste, was du ihr erzählen konntest. Sie hält uns ohnehin für Barbaren, und du erzählst ihr so etwas.«

Wie er Anne diesen Abend ansah, weit weg vom Dämmerlicht des Labors, wie er mit ihr und seinen Eltern lachte, empfand Clark eine Spur von Vertrauen zurückkehren. Er konnte ihr von der Bestätigung des IND erzählen, dachte er. Es käme ihr niemals in den Sinn, daß irgend jemand die Arbeit vorantreiben wollte, im Licht der Schwierigkeiten, die ihr eigenes Streßexperiment hervorgerufen hatte. Sie würde glauben, daß sie dies überprüften, um nach wie vor so vorsichtig zu sein, wie sie es von Anfang an gewesen waren. Er dachte an ihre früheren Erfolge und fühlte, wie sein Herz einen Sprung machte. Es würde wie in alten Zeiten sein, dachte er, genau wie früher. Er war ohne nachzudenken zum Vordereingang des Hauses gefahren. Er drehte den Motor ab und langte mit der Hand zu ihr hinüber.

»Schatz, hör mal, ich platze fast schon den ganzen Abend vor einer Neuigkeit. Ich konnte es dir vor ihnen nicht erzählen. Wir haben die IND-Bestätigung bekommen!«

Sie rührte sich nicht. Sie schien den Atem anzuhalten. Dann sagte sie: »Ist das dein Ernst? Ist sie wirklich gekommen? So schnell?«

»Ja, sie ist gekommen.«

»Clark! Sie haben sie bestätigt? Eine Bestätigung?«

Sie lachte und weinte in einem und stellte Fragen, ohne die Antwort abzuwarten, um wieder neue Fragen zu stellen. Und es schien, als stiege ihr nun all der Wein, den sie zum Essen getrunken hatte, und der Brandy nach dem Essen zu Kopf, sie fühlte sich schwindelig und taumelnd und durcheinander. Clark trug ihren Rollstuhl zur Wohnungstür, dann kehrte er zurück, um sie zu holen. Er küßte sie, als er sie aufhob, und er küßte sie wieder, als er sie in ihrem Stuhl absetzte.

»Und meine Neuigkeiten«, sagte sie. »Ich dachte, du warst die ganze Woche so müde, hast so lange gearbeitet, daß es mir nicht die rechte Zeit schien, es zu erwähnen. Ich bin diese Woche jeden Tag geschwommen!«

»Lieber Gott!« schrie Clark und schwenkte ihren Stuhl herum. Wieder küßte er sie. »Du hast es nicht erwähnt! Du Narr!«

»Mister Symons, ist alles in Ordnung?« fragte eine Stimme aus dem Treppenhaus. Anne sah über Clarks Schulter hinweg die kleine, spinnenhafte Mrs. Ochs, die zu ihnen herunterschielte.

»Alles ist bestens!« rief Clark zurück. Er öffnete die Wohnungstür und schob Annes Rollstuhl hinein. Die Wohnung lag im Dunkeln; sie hatten vergessen, in der Diele ein Licht brennen zu lassen. Lachend schob Clark ihren Rollstuhl durch die Schlafzimmertür und tappte nach dem Lichtschalter.

Ich bin betrunken, dachte Anne. Alkohol vermischt mit dem Adrenalin, das ich vor Aufregung ausgestoßen habe, die Erlösung von der Anspannung, alles gleichzeitig; ich bin völlig betrunken. Das Zimmer drehte sich, die Raumkapsel neigte sich in einem bedrohlichen Winkel. »Mach das Licht nicht an«, flüsterte sie, während sie ihren Blick gerade rückte. Jetzt war er bei ihr, diesmal konnten sie das merkwürdige Zimmer gemeinsam ertragen.

»Ich habe keine große Wahl«, meinte Clark, der immer noch lachte. »Ich kann den Scheißschalter nicht finden.«

Allmählich wich die Dunkelheit einem Schummerlicht, das durch die Glyzine gedämpft ins Schlafzimmer fiel und die Wände in einige Entfernung rückte und das Bett sehr groß erscheinen ließ. Clark trug Anne ins Bett, und sie ließ sich genüßlich hinsinken. Freier Fall, dachte sie. Obwohl das Bett sanft hin- und herschaukeln konnte, ja sogar die Gefahr bot umzukippen, fühlte sie sich dort sicher. Keine Höhen, keine Tiefen; sie fühlte, wie das Bett nachgab, als Clark sich über sie beugte, um sie zu küssen. Jetzt, dachte sie. Jetzt sollte sie ihm den anderen Teil der guten Neuigkeit erzählen. *Der Doktor hat gesagt, amüsiert euch, bumst miteinander.*

Sie öffnete die Augen und sah ihn über sich. Sein Gesicht hatte einen zielstrebigen Ausdruck angenommen, und er war merkwürdig offen, als ob eine Maske heruntergefallen sei, die nun sein Gesicht freigab, das fast vor Schmerz und Begierde verzerrt war. Hier gab es kein Verstecken, keine Schauspielerei, nur Schmerz und Begierde. Und was konnte er schon sehen, wenn er sie ansah? Einen zerbrochenen Körper, narbig, entstellt, verkrüppelt. Sie sah sich einen Augenblick lang vor sich, von Fesseln gehalten, reglos, während er sie bumste, und als seine Lippen die ihren berührten, schreckte sie zusammen und versuchte, sich von ihm wegzudrehen.

Clark küßte sie fest. Er wußte, wann der Augenblick gekommen war, als sie sich angstvoll vor ihm zurückzog, und er konnte die Anspannung ihres Körpers fühlen, als seine Hände auf ihr hinabglitten, ihre Bluse aufknöpften, ihr Hemd hinaufschoben. Sie war steif vor Angst. Er küßte ihre Kehle und flüsterte: »Es ist alles in Ordnung, Anne. Es ist alles in Ordnung. Dein Arzt hat gesagt, es ist alles in Ordnung. Ich werde dir nicht weh tun. Ich werde ganz sanft sein.« Er küßte ihr Schlüsselbein und dann ihre Brüste, und seine Hand glitt über ihren Magen, hielt einen Moment auf ihrem scharf sich abzeichnenden Hüftknochen inne und fuhr dann weiter zu ihrem Schenkel hinab. Sie versuchte, seine Hand festzuhalten, versuchte, sie wegzuschieben, und er küßte ihre Handfläche, ihre Fingerspitzen, legte dann ihre Hand in seine linke und hielt sie fest. Während er sie küßte, flüsterte er: »Du bist so wunderschön! Ich liebe dich so sehr!«

Sie zitterte heftig und versuchte, ihm ihre Hand zu entwinden, doch vergeblich. »Nein!« stöhnte sie. »Clark, nicht . . . ?«

»Ich werde dir nicht weh tun«, flüsterte er ihr ins Ohr, dann glitt sein Mund wieder zu ihrer Brustwarze hinab, und seine Hand lag auf ihrem Schambein. »Hab' keine Angst«, wisperte er. »Es ist alles in Ordnung.«

»Nein!« schrie sie und schüttelte den Kopf. »Nein! Tu's nicht!«

Sie zog ihre Hand unter ihm hervor und versuchte ihn wegzustoßen, doch er flüsterte weiter und küßte sie, und seine Hand fand ihre Klitoris, und keines ihrer Worte tat mehr irgendwelche Wirkung.

Sie hörte nicht, was er sagte, was sie sagte, genausowenig wie er.

Er wußte, daß sie ihn so sehr wollte wie er sie, ihr Bedürfnis war genauso groß wie seines. Er hatte gefühlt, wie es von ihr zu ihm überströmte, wie es stärker wurde. Es war in der ganzen Wohnung fühlbar geworden. Er wußte, daß er sie nicht verletzen würde, ihr nicht weh tun würde, und sie würde dies auch begreifen, und sie wären endlich wieder zusammen. »Nicht nur mir zuliebe«, meinte er heiser. »Wir brauchen es beide. Du auch.« Und, immer und immer wieder: »Ich liebe dich so sehr!« Und: »Ich werde ganz vorsichtig sein. Ich werde zart sein. Bitte, hab' keine Angst, ich werde dir nicht weh tun. Ich verspreche dir, ich werde dir nicht weh tun.«

Sie wußte, daß er es nun tun würde, und sie kämpfte härter gegen ihn an, hielt dann inne. Sie konnte sich nicht rühren. Ein langer Schauder durchlief sie, und sie war nicht einmal mehr imstande, ihn zu fühlen. Tränen der Wut und des Selbstmitleides und der Hilflosigkeit brannten in ihren Augen.

Ein neuer Rhythmus klopfte nun in Clarks Ohren. *Jetzt! Jetzt! Jetzt!* So vorsichtig, so sanft, wie er konnte, drehte er sie auf die Seite und legte sich hinter sie.

Sie war trocken, sein Eindringen schmerzlich, plötzlich begann sie, unter Zuckungen zu weinen, und er ejakulierte. Einige Minuten lang sprach keiner ein Wort oder rührte sich, dann zog er sich zurück und ging hinaus. Sie grapschte nach Kleenex-Tüchern und wischte sich und dann das Bettuch unter sich ab, schließlich schob sie sich unter die Bettdecke. Sie war nicht in der Lage, mit Weinen aufzuhören.

Als Clark zurückkehrte, hatte er seinen Bademantel und Hausschuhe an, trug ein Tablett mit Kaffee und Tassen. Er sagte nun, wie er mit dem Rücken zu ihr vor dem kleinen Tisch am Erkerfenster stand: »Anne, vergib mir. Wenn ich dir weh getan habe . . .«

»Du hast mir nicht weh getan.«

Er kam an die Bettkante und wollte sich hinsetzen. Sie drehte den Kopf weg, und er ging zu einem Stuhl am Tisch zurück.

»Es hat mich einfach verrückt gemacht«, sagte er nach einem Augenblick. »Wie ich dich Tag für Tag im Bett gesehen habe, wie du ständig hübscher aussahst, da habe ich dich einfach so unheimlich begehrt. Ich habe von uns geträumt, wie wir im Bett waren. Im Labor kam es wie ein Schock über mich, die Illusion, mit dir zusammen zu sein. Und heute abend . . . Ich habe dich noch niemals so hübsch gesehen wie heute abend. Anne, ich schwöre bei Gott, ich dachte, du wolltest mich auch! Ich dachte, du hättest Angst. Ich dachte, daß du nachher sehen würdest, daß es dir nicht mehr weh tut.«

»Einmal«, sagte Anne und sah starr geradeaus, »haben wir miteinander geschlafen; es war eine unserer guten Nächte am Anfang, und dann geschah irgend etwas, und später sagtest du, wir wären niemals so sehr außer Rhythmus gewesen. Erinnerst du dich?« Ihre Stimme war tonlos, tot. Sie wartete nicht auf seine Antwort. »Ich weiß, was geschehen ist. Es war vor einem Jahr oder so. Ich hatte meine Beine fast flach und du lagst über mir, und es kam und kam bis zu einem langsamen herrlichen Orgasmus, und plötzlich kamst du auf die Idee, ich läge besser mit angezogenen Beinen, ich habe protestiert, nicht lange und nicht heftig, aber ich habe mich gewehrt, und alles war weg. Es mußte nach deinem Kopf gehen. Du weißt immer, was das beste für mich sein wird, nicht wahr, und so muß ich es dann auch machen. Wenn mir die Beine weh tun oder ich einen Krampf im

Schenkel bekomme oder was auch immer, es muß nach deinem Kopf gehen. Mir zuliebe, natürlich.«

Clark räusperte sich. »Du hättest mir nur ein Zeichen geben müssen, irgend etwas sagen . . . Liebe Zeit, Anne, wenn wir doch eines miteinander hatten, so ist es sexuelle Freiheit gewesen.«

»Nein«, sagte sie. »Ich hielt es für unumstößlich, daß wir in jeder Beziehung gleichberechtigt wären. Bei der Arbeit, hier zu Hause. Überall. Aber ich habe mir selbst etwas vorgemacht. Alles was ich tun müßte, ist irgend etwas zu sagen. Heute abend habe ich etwas gesagt, und du hast trotzdem weitergemacht. Immer nach deinem Kopf. Du weißt das am besten. Wenn wir irgend etwas unternehmen, was dir nicht gefällt, was dir keinen Spaß macht, dann ist es ganz einfach, dann veranlaßt du das einfach nicht mehr, und wenn ich es möchte, ignorierst du das. Es muß nach deinem Kopf gehen. Wenn es irgend etwas gibt, was ich nicht leiden kann, so muß ich es dir nur sagen, dich bitten, es nicht mehr zu tun, versuchen, es zu erklären, wie ich mich fühle, erklären, daß ich nicht dich ablehne, sondern nur eine kleine bestimmte Sache. Und du hörst dann auf oder? Du hörst dann auf wie heute abend!«

»Was willst du denn? Sag mir um Himmels willen, was du willst!«

»Verstehst du nicht, was ich dir sage?« schrie sie. »Ich will kein Bittsteller sein! Ich möchte nicht mit dir argumentieren müssen, suchen, mich dir zu erklären, dich bitten müssen.«

»Lieber Gott! Ich erwarte doch gar nicht, daß du argumentierst oder bettelst. Du sollst es mir einfach sagen.« Clark begann im Zimmer auf und ab zu gehen. Er ging zum Bett, und als sie weiter geradeaus und durch ihn hindurchsah, jetzt ohne zu weinen, griff er hinab und drehte ihr Gesicht zu sich hin, wobei er ihr an den Wangen weh tat, und er wußte, daß er ihr weh tat. »Anne, du weißt, daß es heute abend das erste Mal war, daß ich mich in irgendeiner Weise dir aufgezwungen habe, und das war ein Fehler. Ich dachte, daß es so sein müßte, um dir zu zeigen, daß jetzt alles wieder in Ordnung ist. Ich habe mich getäuscht. Wir hätten zuerst darüber reden müssen. Anne, ich schwöre dir, ich dachte, du wolltest es auch.«

Nun sah sie ihn an, und ein Zittern durchlief sie. Er zog seine

Hand zurück, als ob er sie verbrannt hätte. Er schaute sie erschreckt an. »Anne, ich glaube, ich habe dich wirklich verletzt. Ich habe nicht gedacht, daß es diese Wirkung auf dich haben könnte. Anne, um Gottes willen, es tut mir leid!«

Sie starrte ihn an. »Es spielt keine Rolle mehr«, meinte sie. »Es spielt überhaupt keine Rolle mehr.«

»Anne! Mach doch nicht so ein Gesicht. Sag nicht so etwas. Was ist denn mit dir los?«

»Ich weiß es nicht«, sagte sie mit der gleichen leblosen Stimme wie zuvor. »Es spielt überhaupt keine Rolle mehr.«

Clark ließ sich aufs Bett fallen und versuchte, seine Arme um sie zu schlingen. Sie protestierte nicht, leistete keinen Widerstand, und nachdem er sie eine Weile gehalten hatte, sagte sie noch einmal: »Es spielt überhaupt keine Rolle mehr. Bitte bring mir meinen Rollstuhl her.«

»Anne, ich kann dich doch jetzt nicht so alleine lassen. Irgend etwas läuft hier völlig schief. Du hast einen Schock oder so etwas. Leg dich hin, versuch dich zu entspannen. Ich werde dir einen Drink holen.«

»Ich möchte nichts. Nur meinen Rollstuhl. Und dann geh ins Bett und laß mich allein.«

Clark packte sie bei den Schultern und schüttelte sie. »Hör auf! Laß das sein!«

»Nimm deine Hände von mir weg!« schrie sie mit gedämpfter Stimme, die fast ein Schluchzen war. »Faß mich nicht wieder an! Ich möchte ins Badezimmer und mich waschen. Ich fühle mich schmutzig, gebraucht! Ich fühle mich wie eine Hure, die den miesesten Kerl der Welt sich an ihr hat abwichsen lassen. Ich kann es auf meinen Beinen fühlen, auf dem Leintuch unter mir, daß ich am liebsten kotzen möchte! Bin ich also einfach bloß noch eine Fotze, in die du dich entleeren kannst! Warum bist du nicht abgehauen und hast dir irgendeine gekauft? Warum hast du dich nicht abgewichst? Du hast alles kaputtgemacht! Begreifst du nicht, es ist tot, vorbei, und alles, was ich noch fühle, ist, daß ich *schmutzig* bin. Bei dem Gedanken, du könntest mich noch einmal anfassen, wird mir schlecht. Und jetzt verschwinde hier! Hau ab!«

14

Clark fuhr bis kurz vor drei Uhr durch die Gegend. Er war hinausgegangen, um den Wagen wegzustellen, statt dessen war er durch den Park gefahren, auf der anderen Seite hinaus und immer weiter. Er hatte an roten Ampeln und Stoppschildern angehalten, dann war er mitten auf einer Kreuzung stehengeblieben, und als ein Fahrer hinter ihm wütend auf die Hupe drückte, war er zu sich gekommen wie aus einem tiefen Schlaf, hatte gewendet und war zur Wohnung zurückgefahren. Er konnte sich nicht erinnern, was er während der zweieinhalb Stunden, die er unterwegs gewesen war, gedacht hatte. Er fror und war müde, die feuchte Februarnacht hing in seinen Kleidern, in seinem Haar; er fühlte sich durch und durch klamm.

In ihrem Zimmer brannte immer noch Licht. Ihre Tür war geschlossen. Es war das erste Mal seit ihrer Heirat, daß eine Tür zwischen ihnen absichtlich geschlossen war. Ehe er zu ihr hineinging, nahm er ein heißes Bad, machte zwei Drinks zurecht und trat ein.

»Bist du soweit in Ordnung?« fragte er. Sie saß am Fenster, dessen Gardinen nun aufgezogen waren. Dick hing Zigarettenrauch im Raum. Sie sah ihn nicht an, antwortete ihm nicht.

»Sieh mal, Anne, ich habe dir gesagt, daß es mir leid tut. Es tut mir wirklich leid. Willst du nicht wieder mit mir reden?«

Noch immer antwortete sie nicht. Er stellte ihren Drink auf den Tisch in ihre Reichweite, leerte den Aschenbecher und setzte sich ihr gegenüber hin. »Anne, bitte tu das doch nicht. Versuch es zu sehen, so wie ich es gesehen habe. Wir waren glücklich, haben zwei unheimlich gute Neuigkeiten gefeiert. Du hast gesagt, dreh nicht das Licht an. Du lagst da, und hast gelächelt, so wie du es immer tust, wenn du mich aufforderst, mein Gott, und ich wollte dich halt.« Sie rührte sich nicht. Er lehnte sich ihr entgegen und sagte: »Anne, ich habe seit einem Monat gewußt, daß du wieder sexuelle Beziehungen haben konntest. Ich habe mit deinem Arzt gesprochen, er hat es mir erzählt. Er hat gesagt, du hättest Angst, aber es gäbe nichts, das uns davon abhalten könnte, unser sexuelles Leben wiederaufzunehmen. Er hat gesagt, du würdest deine Kraft wiedergewinnen und deine Furcht auf natürliche Weise verlieren. Das wäre nichts, worüber man sich Sorgen machen müßte. Ich dachte vorhin, du wolltest mir sagen, daß du nun bereit wärst.«

Nun sah sie ihn an und ihre Augen waren sehr dunkel, fast schwarz. Sie wirkte verwirrt, krank. »Du hast mir also hinter meinem Rücken nachspioniert?«

»Nein! So war das nicht«, sagte er. »Ich habe mit Dr. Radimer seit dem Unfall häufig gesprochen. Anfänglich rief ich ihn alle paar Tage an. Jetzt vielleicht einmal im Monat. Mein Gott, Anne, ich war völlig außer mir, dich so zu sehen, so verwundet, so hilflos. Wenn ich imstande gewesen wäre, selbst etwas zu unternehmen, wäre es nicht so schlimm gewesen; aber das Bewußtsein, nichts tun zu können . . . Ich mußte einfach wissen, wie es dir wirklich geht. Ich mußte mit ihm reden.«

Sie sah ihn weiter an, und der Blick war der einer Fremden, die von dem Anblick, der sich ihr bot, nicht erfreut war.

»Anne, er hat gesagt, du wärst bereit! Ich hätte dich nicht angefaßt, wenn ich das nicht gewußt hätte!«

»Es war nicht seine Sache, diese Entscheidung zu treffen«, sagte sie aus weiter Ferne. »Und genau so wenig war es deine Sache.« Sie sah wieder zum Fenster hinaus. »Du hast mich vergewaltigt. Noch so viel Geschwätz wird daran nichts ändern. Geh ins Bett! Laß mich allein!«

Sie empfand lediglich Ungeduld, daß er zurückgekommen war, ihre Gedanken unterbrochen hatte und sie dazu zwang, ihm Aufmerksamkeit zu schenken. Es war ihr gelungen, weit weg von dem Raum, von dem Zimmer zu gelangen, eine große Distanz zwischen sich und alles zu legen, und er hatte sie nun zurückgeholt; sie wollte nur wieder allein sein. Sie beachtete kaum, daß er ging.

So kam es immer, dachte sie. Sie war eine Frau, sie gehörte ihm, konnte von ihm benutzt werden oder nicht, und alles übrige war nur Täuschung. Solang ihre Wünsche übereinstimmten, hatte sie glauben können, sie wäre frei; sie hatte dies gänzlich geglaubt, ohne den geringsten Zweifel zu hegen. Genau das war geschehen. Dies ist auch der Grund, warum Frauen eines Tages beginnen, Geschirr zu zerschmeißen, einen Haushalt zu zertrümmern, diese Einsicht traf jede von ihnen potentiell irgendwann, und wenn sie es auch nicht artikulieren oder durchdenken konnten, so wie sie es getan hatte, so lag doch diese Erkenntnis wie ein Stein auf ihren Seelen. Oder ihren Lenden.

Sie können nicht darüber reden, dachte sie, also reden sie über alles andere — Jobs, die Gebundenheit durch die Kinder, kein Geld für sich selbst zur Verfügung zu haben. Aber letztendlich war es das: wenn er irgend etwas wollte, tat er es; wenn er nicht wollte, tat er es nicht. Wenn sie es wollte, so mußte sie bitten oder erklären; wenn sie nicht wollte, so mußte sie kämpfen, betteln, eine Stellung verwerfen, ohne die Person abzuweisen, oder er konnte seine Potenz einbüßen oder vorzeitig zum Samenerguß kommen.

All diese Kleinigkeiten hatte sie übersehen, entschuldigt, weil ihr Sexualtrieb befriedigt worden war. Die Male, die sie sich lächerlich fühlte, als ihre langen Beine in der Luft umherruderten, die Male, als er ihre Stellung verändert hatte, wenn es ihr gerade Spaß machte und sie sie nicht hatte verändern wollen. Ihm einfach sagen, dachte sie bitter. Wann? Wenn sie gerade auf einen Orgasmus zusteuerte? Anschließend, wenn sie entspannt dahintrieb? Am nächsten Tag? Als sie einmal versucht hatte, es nach ihrem Willen zu gestalten, ein einziges Mal, war alles vorbeigewesen, es war ungeschickt und unerfreulich und frustrierend für sie beide gewesen. Was veranlaßte ihn eigentlich zu dem Gedanken, er wüßte mit gottähnlicher Gewißheit, wie es ihr am besten gefiel? Was veranlaßte diesen Arzt zu dem Gedanken, mit gottähnlicher Gewißheit zu beurteilen, daß sie bereit war, ihr Sexualleben wiederaufzunehmen?«

»Sieh mal, sieh mal, ist es so nicht Klasse?« Das war ihre Haltung danach. Und danach hatte sie sich auch gut gefühlt; unerwähnte Klagen wären kindisch, das egoistische Schreien eines verwöhnten Balgs, der auch weiteraß, obwohl es ihm schlecht werden konnte, oder der eine Leckerei ablehnen würde, nur um seine Eltern zu verletzen.

Sie war um dieser einen Klage willen in sich gekehrt, dachte sie, und sie hatte diese winzige, fast unsichtbare Tür zum richtigen Abteil entdeckt. Als sie die Tür aufgestoßen hatte, entdeckte sie zu ihrem Erstaunen, daß der Raum sich in alle Richtungen weithin erstreckte; er war grenzenlos, und es warteten dort, damit sie sie erkennen möge, all die kleineren Klagen, die sie über die Jahre angesammelt hatte. Jede einzelne von ihnen war verniedlicht worden, ihre Vehemenz durch ihre große Bereitschaft, die Ergebnisse anzunehmen, gemildert und durch ihren Glauben an die eigene Freiheit, der unerwiesen und unerprobt geblieben war.

Dieser Glaube war nun zerstört, sie fühlte sich fremd, als sei sie jemand anders geworden. Als sei sie eine Person, die sie erst ergründen mußte, die zu akzeptieren sie viel Zeit benötigte. Sie glaubte nicht, daß sie die Person, die sie entdeckt hatte, besonders mochte. Es schien ihr dringlich, so viel Distanz wie möglich zwischen sich und dieser Person aufrechtzuerhalten, bis sie sie besser verstand, und es war ihr gelungen, diese Trennung zu vollziehen, als Clark vorhin außer Haus gewesen war. Er hatte sie zurückgezwungen, die Verwirrung hatte von neuem eingesetzt.

Sie begriff, daß sie von Clark so wenig wußte, wie sie von sich selbst gewußt hatte, und diese Entdeckung erschien ihr genauso verblüffend wie die erste. Sie rollte quer durch die Halle zu seinem Zimmer hinüber. Sie rollte nahe zu dem Bett, wo er schlief, und lange Zeit saß sie reglos und betrachtete ihn in dem Dämmerlicht, das von der Diele hereindrang. Sie schüttelte den Kopf. Sie kannte ihn überhaupt nicht.

Am Sonntag fuhr Clark ins Labor, um die Schimpansen unter dem Streßexperiment zu beobachten. Hermione und Lilith hatten sich an den neuen Tagesablauf gewöhnt. Sie begrüßten ihre Kinder mit überschwenglicher Freude, säugten und putzten sie, und begannen sich ohne äußeres Anzeichen von Verwirrung wieder ihrem eigenen Futter zuzuwenden, sobald die Babys herausgenommen waren. Lolas Junges wurde nun erst gebracht, nachdem die anderen wieder in den Käfig der Kleinen zurückgebracht worden waren. Lola saß da und umklammerte die Käfiggitter, starrte hinaus ins Labor. Sie richtete ihren reglosen Blick auf Clark, sobald dieser sich näherte. Ein leises Stöhnen schien ihr ungewollt zu entweichen, sie fletschte die Zähne, bewegte sich jedoch sonst nicht. Clark empfand die gleichen Schauder, die er früher unter ihrem starren Blick gefühlt hatte. Er veranlaßte den Assistenten, das Junge zu bringen, und tat einen Schritt aus dem Weg, zur Seite hin, von wo aus er Lola mit dem Beruhigungsgewehr treffen konnte, falls es nötig wurde.

Er warf einen Blick auf die beiden Assistenten, die Dienst hatten, John Lincoln und Frank Egleston, die beide recht gut waren, allerdings nicht von dem Kaliber Virginia Sudsburys oder Bob Brightons. Keiner von beiden hatte in dieser Woche mit den Schimpansen gearbeitet. Seine Spannung wuchs, als Lola nun ihren Blick auf den Transportkäfig heftete, der in Position gebracht wurde, um das Junge einzulassen. Irgend etwas ... irgend etwas ... er wußte nicht, was es war, aber irgend etwas war falsch, auf üble und gefährliche Weise falsch. Dann wurde die Käfigtür hochgezogen, und er erkannte plötzlich, was es war. Frank hatte den Transportkäfig nicht an seinem Platz festgeklammert. Er erhob sein Gewehr, im gleichen Augenblick schnappte Lola ihr Baby und warf es über ihren Kopf, raste auf die Öffnung zu; ihr langer Arm schnellte heraus, schob den Käfig auf seinen Rädern weg. Ihre Hand packte Franks Labormantel und riß daran. Clarks erster Schuß streifte die Schimpansin lediglich, die sich wie rasend bewegte. Er feuerte erneut, als sie sich ins Freie flüchtete, um sich auf Frank zu stürzen. Schon halb außerhalb des Käfigs sackte sie zusammen, ihr Arm baumelte über den Rand. Frank war auf die Knie gestürzt, sein Arm blutete, seine Augen waren von Schock und Furcht weit aufgerissen.

Mit raschen Bewegungen klinkte Clark die große Tür auf, zog sie hoch, und huschte in den Käfig, um das verletzte Baby herauszuholen. Er übergab es John Lincoln und zerrte an Lola, um sie ganz in den Käfig zu bekommen, damit sie die kleine Tür wieder schließen konnten. Sie rührte sich, rollte sich herum und schlug heftig nach Clark. Ihre Pfote traf ihn so hart am Schenkel, daß er auf Hände und Knie niederstürzte. Lola versuchte hochzukommen, wurde von konvulsivischen Zuckungen geschüttelt, und ehe sie sich wieder aufrappeln konnte, zog Clark sich zur Tür und rollte sich hinaus. Einen Augenblick lang glaubte er, sie hätte ihm das Bein gebrochen. John Lincoln warf die Tür ins Schloß und verriegelte sie. Die kleine Tür hatte er bereits geschlossen und verriegelt. Lola warf ihren Kopf von einer Seite zur anderen. Sie stand jetzt, da die Wirkung des Beruhigungsmittels nachließ, schwankend auf und begann zu schreien.

»Bei Ihnen alles in Ordnung, Sir?« fragte John, als er Clark auf die Beine half.

»Ja. Was ist mit ihm?« er machte eine Kopfbewegung zu Frank.

»Er ist soweit auch in Ordnung. Hat einen ziemlich tiefen Kratzer am Arm, das ist alles.«

»Gut. Bringen Sie ihn zum Krankenzimmer, ja? Fährt er mit dem Auto zur Arbeit?«

John Lincoln schüttelte den Kopf. »Mit dem Bus.«

»Sagen Sie der Krankenschwester, daß sie ihn mit einem Taxi nach Hause schicken und ihm ein Unfallformular ausfüllen soll. Die werden dort schon Bescheid wissen.«

»Sicher«, meinte John. Er führte Frank aus der Tierabteilung hinaus.

»Du Mistvieh«, murmelte Clark mit dem Blick auf die Schimpansin, die ihr Geschrei aufgegeben hatte und ihn nun wieder anstarrte. »Du verdammtes Mistvieh. Du wolltest mich umbringen, wie?«

Er betrachtete das Schimpansenbaby im Transportkäfig und seufzte. Es atmete noch. Er machte sich daran, den Käfig zum Tierbehandlungszimmer zu schieben, und stöhnte auf. Sein Bein würde ihm eine ganz schöne Weile weh tun. Er blieb stehen und sah nochmals zu Lola zurück. Sie starrte immer noch hinter ihm her.

Ich muß die Blutproben bekommen, dachte er, während er das verletzte Baby zum Tierarzt fuhr. Er mußte die Temperaturtests nachsehen. Er mußte sich um die Fortschritte bei den Autopsiepräparaten kümmern, die nun durchs Elektronenmikroskop fotografiert wurden. Sein Kopf tat ihm weh, und sein Bein schmerzte bei jedem Schritt.

Dr. Jerry Levy hatte an diesem Tag Dienst. Er betrachtete das Schimpansenbaby und schüttelte den Kopf. »Den Hals gebrochen, glaube ich«, urteilte er.

»Retten Sie es, wenn Sie können«, meinte Clark und ging hinaus. Noch ein totes Junges. Noch eine verrückte Schimpansin.

Er nahm sich die Blutproben vor, so schnell er konnte, sah bei den anderen vorbei, die daran arbeiteten, und ging dann nach Hause. Er würde zur Sechs-Uhr-Fütterung zurück sein, versprach er John Lincoln.

Anne sprach immer noch nicht mit ihm, und er war zu müde und hatte zu viele Sorgen, um sich darum Gedanken zu machen. Er hatte an einem Feinkostgeschäft angehalten, um Sandwiches mitzunehmen, und als sie nicht einmal einen Blick auf die ihren warf, zuckte er die Achseln und ließ sie auf dem Tisch liegen, wo sie sie sich später nehmen konnte.

»Ich muß gegen sechs noch mal hin«, erklärte er. »Ich werd' uns ein Steak machen, wenn ich zurück bin. Ist noch Kaffee in der Kanne?«

Sie nickte.

»Ich werde versuchen, mich eine Stunde hinzulegen.«

Er träumte, sie ließen im Park Drachen steigen, es war wunderbar in der Sonne, die auf ihre Gesichter herunterbrannte, und dem heftigen und frischen Wind. Da stürzte sein Drache plötzlich kopfüber herunter und zerschellte. Dann hatte er einen anderen, diesmal war es ein gelbroter Drache, der elegant dahinglitt. Annes Drachen stieg höher und höher, er war ganz weiß, wie ein riesiger Vogel, der dem Mond entgegenfliegt. Sein prunkvoller Drache begann ebenfalls den Aufstieg, dann stürzte auch er kopfüber herunter. Er besah sich die Überreste und schluchzte wie ein Kind, wachte auf, schweißbedeckt, als ob er einen Alptraum gehabt hätte. Einen Augenblick lang konnte er sich nicht erinnern, wo er sich befand, daß es Sonntag nachmittag war, nichts wußte er mehr. Er setzte sich auf und knipste die Lampe an, das Licht tat ihm in den Augen weh. Er hatte eineinhalb Stunden geschlafen. Er blieb für einen Moment auf der Bettkante sitzen, fühlte, daß ihm sein Bein weh tat, der Kopf schmerzte, sein Rücken ganz steif war. Dann entdeckte er die Spuren auf dem Bodenbelag. Parallele Linien von der Tür zum Bett. Sie waren nur zu erkennen, wenn man in einem ganz bestimmten Winkel gegen das Licht blickte; er konnte die schwachen Schatten sehen, die der Druck der Räder hinterlassen hatte.

Bilder tauchten vor seinen Augen auf: das überfahrene Kätzchen; das tote Schimpansenkind; Fannys Blick, der immer bösartiger geworden war; Lolas verletztes Kleines; die Art, wie Anne ihn mit den Augen einer Fremden angesehen hatte; die Schimpansen, die ihre normalen Kontakte aufgegeben hatten; Anne, die sich zurückgezogen hatte, ihr Schweigen, und vor allem die vielen Male, die er in letzter Zeit zurückgekehrt war, um sie vorzufinden, wie sie den Blick abwandte, als hätte sie gerade stundenlang vor sich hin gestarrt ...

Er schüttelte den Kopf, der dumpfe Schmerz flackerte erneut auf. Sie war hereingefahren, hatte angehalten, umgedreht, mit den Rädern einen Bogen gefahren, gewendet und war wieder hinausgefahren, lautlos, ohne ihn zu berühren, ohne das leiseste Geräusch zu machen, das seinen Schlaf hätte stören können. Wie lange mochte sie da gesessen haben, den Blick starr auf ihn gerichtet? Warum hatte sie dagesessen, den Blick starr auf ihn gerichtet?

Sie hatte mit ihm sprechen wollen, hatte gesehen, daß er schlief, war wieder gegangen. Er nickte. Sie wollte sich versöhnen. Dieser dumme Streit hatte sie beide aufgebracht, und sie wollte sich nun versöhnen. Er stand auf und verzerrte das Gesicht, als der Schmerz ihm stechend ins Bein fuhr. Nun konnte er die Spuren ihres Rollstuhls nicht mehr erkennen. Auf dem Weg zum Bad blieb er stehen und schaute zurück. Keine Spur mehr von ihnen. Wie viele Male hatte sie das schon gemacht? Kam sie jede Nacht und betrachtete ihn, wie er schlief?

Eilig wusch er sich das Gesicht und kämmte das Haar. Er hatte eine Rasur nötig, aber nicht jetzt. Zuerst wollten sie miteinander reden, diese gespannte Atmosphäre bereinigen, die so giftig wie ein Gas über dem Appartement lag.

Anne saß im Sessel, ein Buch auf dem Schoß. Sie sah nicht hoch, als er das Schlafzimmer betrat. Das Sandwich war unberührt. Clark goß Kaffee ein und setzte sich.

»Geht's dir gut?«

»Ja.«

Der Kaffee war stark und bitter. Er setzte seine Tasse ab. Er zog den Stecker der Kaffeemaschine aus der Steckdose, räumte Tassen und Zucker, Sahne und das Sandwich zusammen. Der Tisch mußte abgewischt werden. Er würde daran denken, ein Spültuch mitzubringen und dies zu tun. Als er Anne wieder ansah, stellte er fest, daß sie ihn mit unergründlichem Gesichtsausdruck anstarrte. Sie blickte wieder auf ihr Buch hinunter. Clark fühlte einen eiskalten Schauder.

15

Clark fand sich auf der Rampe wieder, die zur Hintertür der Wohnung führte. Er hatte die Rampe am Tag vor Annes Entlassung aus dem Krankenhaus anlegen lassen. Sie führte auf einen Weg zur Parkzone, deren einer Teil für die Hausbewohner überdacht, der für die Besucher dagegen offen war.

Der Regen hatte alles reingewaschen. Dieser gottverdammte hämmernde, strömende, pausenlose, alles abschwemmende Regen. Er untersuchte erneut den Fenstersims. Nichts. Nichts auch auf der Rampe. Nichts auf dem Weg. Nichts unter dem Parkdach. Nichts bei den offenen Parkbuchten. Nichts.

Er lehnte sich gegen das Geländer der kleinen Veranda. Es konnte dort unten angefahren worden sein, mochte sich selbst die Rampe hinaufgeschleppt haben bis zu dem niedrigen offengelassenen Fenster. Das war möglich.

Unter dem Fenster auf dem Teppichboden war Blut gewesen. Keines jedoch auf der Fensterbank. Es hatte also noch nicht zu bluten begonnen. Es hustete, schrie auf und begann dann erst zu bluten.

Er ging hinein und suchte jeden Zentimeter der Fensterbank und der Wand darunter ab. Nichts. Er setzte sich an den Eßzimmertisch und starrte die Wand an.

Er könnte die anderen Hausbewohner fragen, ob jemand von ihnen die kleine Katze angefahren hatte oder eine verletzte Katze gesehen hatte. Die spinnenhafte Mrs. Ochs würde sagen: »Oh, ja, selbstverständlich habe ich sie angefahren.« Er rieb sich die Augen. Die Katze würde im Regen gegen den dunklen Straßenbelag der Parkbuchten nicht zu erkennen gewesen sein.

Bilder: Anne, die absolut reglos dalag, totenbleich, mit viel zu geringen Lebenszeichen. Die Schmerzstiller, die sie einen nach dem anderen anwandten, beeinflußten ihren Kreislauf viel zu sehr, waren gefährlich für sie. Niedriger Blutdruck, schlechte Atmung. Dr. Radimer: »Ich glaube, sie wird weniger Schmerzen haben, wenn Sie sie nach Hause nehmen. Die psychologischen Auswirkungen des Krankenhausaufenthaltes auf dem Höhepunkt ihrer Medikamentenunverträglichkeit behindert ihre Genesung. Nehmen Sie sie mit nach Hause, Clark. Wollen wir abwarten, ob das hilft. Wir können sie jederzeit wieder einliefern, falls es notwendig wird.«

Zu Hause mit einer Betreuung rund um die Uhr verschwand der Schmerz auf fast wunderbare Weise oder zumindest jeglicher Ausdruck von Schmerz. Nachdem sie nach Hause gekommen war, hatte sie sich nie mehr beklagt.

Aber wie sollte es geschehen sein? Eine der Schwestern? Er mußte das nachprüfen. Wenn sie den Stoff in der Wohnung hatte, so hatte sie ihn, wenn sie über eine Spritze verfügte, selbst einnehmen können.

Die Wenns und Abers waren zu groß. Er stieß sich vom Tisch ab und ging in ihr Zimmer zurück. Anne saß noch da, wie er sie zurückgelassen hatte, ein Buch im Schoß, das sie hochnahm, als er auftauchte.

»Du solltest etwas essen«, empfahl er. »Ich werde Rühreier machen. Wirst du sie essen?«

Sie schüttelte den Kopf.

»Dann werde ich Harry holen. Er kann dir was zurechtmachen. Ich werde in der Cafeteria einen Happen zu mir nehmen.«

Sie gab keine Antwort, und er drehte sich um und ging hinaus.

Als Harry eintrat, sah Anne ihn überrascht an. Sie hatte vergessen, daß Clark angekündigt hatte, er wolle ihn holen. »Das Kätzchen ist überfahren worden«, sagte sie.

Harry nickte. »Clark hat es mir erzählt. Er hat gesagt, du würdest dich nicht wohl fühlen.«

»Mir geht es schon ganz gut. Ich möchte nicht, daß du bleibst. Bitte.« Sie hielt inne und bemerkte erstaunt, daß sie den Tränen nahe war. Es war seltsam. Plötzlich hatte sie einen Kloß in der Kehle, und ihre Augen brannten. Sie nahm das Buch hoch.

»Ich werde nicht bleiben. Ich mach dir nur etwas zu essen. Du brauchst ja nicht zu reden, wenn du nicht magst. Ich werde auch kein Wort sprechen.«

Sie sah ihm nach, wie er hinausging, eine fast groteske Figur mit seinen zu engen und zu weiten Hosen, die um seine Hüften spannten und um seine Knöchel schlabberten. Eine rechte Vogelscheuche, dachte sie, und sobald er außer Sicht war, vergaß sie ihn auch schon wieder.

Sie wollten nicht aufhören, sie zurückzuholen, und es war jedesmal wieder so schwer, wegzukommen. Sie sah mit Sehnsucht nach der Miniwelt. Sie war nicht in der Lage gewesen, dort hineinzuflüchten. Die Glaswände waren inzwischen unendlich hoch und undurchdringbar. Sie war darum herumgelaufen, hatte versucht, sich über die Glaswände zu erheben, es war ihr jedesmal mißlungen. Ihr einziger Zufluchtsort war verloren. Sie fühlte, wie sie sich selbst aus der reglosen Gestalt im Rollstuhl zurückzog, bis sie in so großer Entfernung war, daß sie die andere Person vollständig im Blick hatte, dann erst konnte sie wieder denken.

Sie dachte über Freiheit nach, nicht als einen abstrakten Begriff, sondern über ihre eigene Freiheit. Ein leeres Wort. So hatten sie sie betrogen. Sie hatten ihr vorgegaukelt, sie wäre frei, jede Entscheidung zu wählen, alles zu nehmen, und das stimmte nicht. Alles hatte seinen festen Ort, und man ging zwischen den Stücken umher und glaubte, man hätte sie so plaziert, wie man es selbst gewählt hatte. Ihre Gedanken schweiften wieder ab, nun sah sie sich mit Clark auf dessen Motorrad, die Arme fest um ihn geschlungen, als sie die blitzende weiße Betonstraße, die sich so gerade erstreckte, wie ein Seil zwischen zwei Pfosten, hinabdonnerten. Die Luft war so heiß gewesen, daß ihre Haut sich später geschält hatte. Verbrannt vom Wind, verbrannt von der Sonne.

Wie zufällig fand seine Hand ihre Brust, betastete sie, preßte sie. Wie zufällig streifte ihre Hand seinen Unterleib. Manchmal führte er ihre Hand sanft weg, als ob er sagen wollte, nicht jetzt. Sie hatte niemals seine Hand von ihrer Brust oder von ihren Pobacken weggeführt. »Das ist ja auch anders«, hatte er einmal gesagt. Und sie hatte dies akzeptiert. Ihre Berührung hätte ihn hochtreiben können. Sie jedoch wohl nicht, da zumindest nichts zu sehen war. Noch einmal wurde sie gestört, als Harry auftauchte und ein Tablett hereintrug. Sie schüttelte sich. »Ich muß eingenickt sein«, sagte sie schwach.

Er nickte und deckte den Tisch. »Ein spanisches Omelett mit Salat. Ist es dir recht?«

»Ja. Danke.«

»Anne . . . Nein, nichts. Komm und iß!«

Das Omelett schmeckte gut, und sie war hungrig. Harry sah beifällig zu, wie sie es aufaß. »Ich habe ein paar Himbeeren aufgetaut, sie müssen gleich soweit sein. Magst sonst noch irgend etwas?«

Sie schüttelte den Kopf. »Harry, ich denke immer noch an Großmutter, deine Mutter. Ich war noch so klein, als sie gestorben ist. Und doch möchte ich noch heute um sie weinen.«

»Du hast sie sehr gern gemocht. Und sie hat dich auch sehr gern gehabt. Du warst ihr Liebling. Als sie starb, dachte jeder, du wärst herzlos, weil du vorgabst, nicht glauben zu wollen, daß sie tot war. Ich habe das damals auch nicht verstanden.«

Annes Blick war auf die kleine Tischplatte gerichtet, auf der Schüsseln umherstanden. Sie hätte sie am liebsten alle auf den Boden gefegt oder aus dem Fenster geworfen. »Meine Mutter hat mir den Hintern versohlt, weil ich am Tag ihrer Beerdigung gespielt habe. Ich habe den ganzen Nachmittag Himmel und Hölle gespielt und gesungen.«

»Du warst ungefähr sechs Jahre«, erinnerte sich Harry. »Sechs. Ein Baby. Kinder können Trauer oder Entsetzen noch nicht ausdrücken; sie sind einfach physisch dazu noch nicht in der Lage; und ein Verständnis ist ihnen nicht möglich. Sie glauben, daß die Person nur weggegangen ist, daß sie oder er wiederkehren wird. Oder sie glauben, daß sie dadurch für irgend etwas, das sie gesagt oder getan haben, bestraft werden. Worunter sie tatsächlich leiden, das ist das Alleingelassensein. Ganz egoistisch und ganz normal. Das ist die Natur des kleinen Wesens. Wenige Leute verstehen das, und das Kind trägt daran wie an einem Riesensack dicker Bohnen, sein ganzes Leben lang, an der Schuld, die unter mächtigen Schichten von Schamgefühl verborgen liegt und bereit ist, dann wieder aufzutauchen, wenn man es am wenigsten erwartet. Anne, eine Gefahr erwächst erst dann daraus, wenn du zuläßt, daß dieser frühere Tod und die damit verbundenen Gefühle für irgend etwas ganz anderes aus der Gegenwart den Ersatz bilden. Wenn du die Schmerzen des Verlusts empfindest, so nicht um deine Großmutter, Schätzchen. Damit mußt du dich abfinden.« Er stand auf, eine plumpe, unattraktive Gestalt, mit zu langen Armen und Beinen, und er sagte: »Ich werde mal nach den Himbeeren sehen und dieses Zeug hier abräumen.«

Er räumte den Tisch ab und ging hinaus. Aber sie wollte wirklich um ihre Großmutter weinen, dachte sie. Sie hatte damals nicht geweint, aber nun empfand sie das Bedürfnis.

Sie aßen die Himbeeren mit Schlagsahne und tranken hinterher einen Kaffee. Harry sagte: »Das Sonntagabend-Konzert hat gerade begonnen. Hast du was dagegen, wenn ich es einschalte?« Sie schüttelte den Kopf. Er drehte das Radio an und nahm wieder Platz. Er schloß die Augen. »Gluck«, murmelte er. »Darauf habe ich die ganze Zeit gewartet.«

Anne fühlte sich von der Musik mitgerissen und stellte fest, daß sie sich mit ihr leichter von allem lösen konnte. Sie schloß ebenfalls die Augen, und nun gab es nur noch die Musik, die die ganze Wohnung durchflutete.

Anne schickte Harry kurz nach zehn, als das Konzert vorüber war, nach Hause. »Es war gut, daß du da warst«, sagte sie. »Du bist ein guter Mann, nicht wahr? Ich habe niemals sehr viel darüber nachgedacht, aber es gibt in Wirklichkeit nicht viele gute, wirklich gute Männer. Ich danke dir.«

»Jetzt wirst du aber gefühlsduselig«, sagte Harry lachend. »Bist du sicher, daß es dir nicht lieber ist, wenn ich noch ein Weilchen bleibe?«

»Ich muß nachdenken«, antwortete sie. »Das fällt mir allein leichter.«

Er nickte. »Dann bis in ein oder zwei Tagen.«

Sie machte Clark keinen Vorwurf, dachte sie. Es war nicht sein Fehler. Es war ihrer. Es war jedermanns Fehler oder niemandes. Sie hatte eine Haltung akzeptiert, ohne sie zu hinterfragen, und sie hatte ebenso ihre Rolle akzeptiert, ohne darüber nachzudenken. Nun konnten sie darüber nachdenken, darüber reden. Vielleicht. Jetzt noch nicht. Aber daß dies als Möglichkeit durchschimmerte, ließ hoffen. Daß sie darüber nachgedacht hatte, ließ hoffen. Es war wie ein Trauerfall; sie wunderte sich über Harry, wie er das wissen konnte. Wie ein schmerzlicher Verlust, über den man jetzt noch nicht sprechen konnte. Sie war den Tränen noch zu nahe; sie würde weinen und alles dadurch verderben, daß sie unlogisch wurde in einem Augenblick, da vernünftige Überlegung vonnöten war, daß sie emotional wurde in einem

Augenblick, da es notwendig war, in ihm ein Verständnis nicht seiner Reflexe zu erzeugen, die sie insgeheim gern wieder gemocht hätte, sondern seiner Ratio. Er mußte verstehen, was sie gerade entdeckte, er mußte sie mit anderen Augen sehen, genau wie sie ihn mit anderen Augen betrachtete. Falls sie durch diese Neuentdeckung des anderen verlieren würden, was sie einmal besessen hatten, so mußte man dem ins Auge sehen. Wenn sie nichts Neues aufbauen konnten, so mußten sie sich damit abfinden. Aber später. Nicht solange sie ihre eigenen Standpunkte noch nicht gründlich durchdacht hatte, ihre Anpassung, die Gründe, warum sie sich angepaßt hatte. Nicht solange sie nur unter Tränen sprechen konnte.

Als Clark um zwölf Uhr nach Hause kam, sah er verhärmt aus. Er benötigte dringend eine Rasur, und seine Kleidung war zerknittert und schmuddelig. Er stand in der Nähe der Tür und starrte sie eindringlich an. »Anne, hast du irgend etwas von dem *pa*-Faktor vor dem Unfall nach Hause gebracht?«

»Was ist los?«

»Antworte mir!« Seine Stimme klang rauh. Er zitterte.

»Ja. Was ist los?«

»Wo ist es?«

»Ich habe es weggeworfen.«

Clark rieb sich die Augen und kam mit schleppenden Schritten weiter ins Zimmer, wie trunken, nicht von Alkohol, sondern vor Müdigkeit. »Anne, um Himmels willen, lüg mich in dieser Angelegenheit nicht an. Wie hast du es wegwerfen können? Wo war es?«

Anne schüttelte den Kopf. »Kein Wort mehr. Du erzählst mir zuerst, was das alles bedeuten soll.«

Clark setzte sich nieder und legte sein Gesicht in die Hände. Einen Augenblick lang glaubte sie, er würde weinen, und in diesem Augenblick hätte sie wohl, wenn sie dazu imstande gewesen wäre, ihn in den Arm genommen, um ihn zu trösten. Sie wollte gerade ihren Rollstuhl in Gang setzen, da hob er das Gesicht und starrte sie an. Seine Augen waren blutunterlaufen.

»Irgend etwas stimmt damit nicht. Drei Schimpansen sind verrückt geworden. Zwei Junge wurden getötet. Drei von dreiundzwanzig! Und seit heute nacht zeigt Lilith die gleichen Symptome wie die anderen. Es sind nicht nur die Schimpansen von dem Streßexperiment. Auch andere.«

»Nein!« schrie sie. »Nein!« Sie fuhr umher, ohne sich bewußt zu sein, wohin sie die Räder drehte. »Du lügst mich an! Du möchtest es mir heimzahlen! Du willst mich nur quälen!«

»Anne, hör auf! Um Himmels willen, du weißt, ich würde dich in dieser Angelegenheit nie anlügen.«

»Ich glaube dir nicht! Was hast du denn dort gemacht? Wer hat das alles verpfuscht?«

»Es begann eigentlich am Montag«, sagte er. »Duckmore griff einen Laborassistenten an, so daß er ins Krankenhaus gebracht werden mußte. Dann hat Fanny ihr Junges umgebracht. Lola hat ihres heute verletzt, vermutlich wird es noch heute nacht sterben. Es zeigt jetzt schon kaum noch Lebenszeichen.«

Das Rad ihres Rollstuhls stieß an seinen Fuß, er zog ihn schnell zurück. Sie starrte auf seinen Fuß hinab, dann hob sie den Blick, um ihn direkt anzusehen. »Und du glaubst, ich . . . weil ich der Ansicht bin, vergewaltigt worden zu sein, glaubst du, ich werde verrückt!« Ihre Stimme wurde schrill, zu schrill. Sie hätte am liebsten geschrien.

Sie drehte ihren Stuhl von ihm weg. Er packte ihn und schwenkte ihn zurück. »Laß sofort los! Wage es nicht, mich zu berühren!«

»Du kannst es nicht so abtun«, sagte Clark verzweifelt. »Anne, wenn du es genommen hast, so sag es mir!«

»Ich habe es dir gesagt, und du hast dich dafür entschieden, mir nicht zu glauben!«

»Sag mir, wo es geblieben ist, wer hat dir geholfen?«

»Eine von den Nachtschwestern. Die erste, Ruth Gorman. Ich habe sie gebeten, mir das Päckchen aus dem Eisschrank zu geben. Ich sah das Zeug an, wickelte es ein und warf es in den Abfalleimer neben dem Bett. Ich hatte Angst, es würde sich nicht so lange halten, bis ich es an mir selbst erproben konnte.«

Clark stöhnte und schüttelte den Kopf. »Nachdem du aus dem Krankenhaus nach Hause gekommen warst, hast du aufgehört, vor Schmerzen zu jammern. Im Krankenhaus hattest du ständig Schmerzen.«

»Ich hatte hier auch ständig Schmerzen«, sagte sie wütend.

»Wie hätte ich denn jammern sollen! Du hättest mich ja nur zurückgebracht!«

»Anne, das ist nicht wahr. Ich wollte doch nicht, daß du im Krankenhaus bist!«

»Du wolltest mich vor allem nicht leiden sehen. Es war leichter für dich, wenn ich das irgendwo anders tat. Ich weiß, daß du dagegen protestiert hast, daß ich zu früh nach Hause komme. Sie haben es mir erzählt.«

»Weil ich Angst hatte.«

»Nein. Weil du es nicht sehen wolltest! Du hast mich ins Krankenhaus gebracht, und du wolltest alles übrige nicht miterleben.« Noch immer hielt er das Rad ihres Rollstuhls fest, um zu verhindern, daß sie sich zurückzog. Brutal stieß sie hervor: »Du weißt, daß alles nur deine Schuld war. Du hast den Zusammenstoß verursacht, aus mir einen Krüppel gemacht. Du wußtest, wieviel Schmerzen ich litt, und nun, da du dein Gewissen erleichtern kannst, indem du glaubst, ich hätte das *poena albumin* genommen, um diese Schmerzen zu lindern, springst du bereitwillig darauf an, nicht wahr?«

Clark stand auf und strich sich übers Haar. Er tat einen Schritt vorwärts. Als er den Rollstuhl losließ, rollte er leicht zurück. »Du hast also die ganze Zeit gedacht, daß es meine Schuld war?« Er schüttelte den Kopf. Sein Gesicht war aschfahl. »Es war ein Unfall! Ich habe nichts tun können, um ihn zu verhindern.«

»Wenn du einen kühlen Kopf behalten hättest, wäre es gar nicht passiert! Du hast die Kontrolle über dich und den Wagen verloren; du hast zu stark gebremst, zu stark beschleunigt, bist zu stark ausgeschert. Du bist schuld, daß wir ins Schleudern geraten sind und dadurch ermöglicht haben, daß uns der andere Irre an der Breitseite erwischen konnte. Auf meiner Seite. Du weißt das. Ich weiß es. Und vermutlich weiß es das arme Schwein, das wir angezeigt haben, auch. Und wir werden es alle immer und ewig wissen!«

Clark schüttelte heftig den Kopf. »Es war ein Unfall. Die ermittelnden Polizeibeamten haben auch gesagt, daß ich nichts hätte tun können.«

Anne wandte sich voller Abscheu ab. »Es ist spät. Geh ins Bett!« Sie zitterte und konnte nicht aufhören. Sie klammerte ihre

Hände in die Speichen der Räder und preßte ihre Knie zusammen, um die Spasmen unter Kontrolle zu bekommen.

»Anne, wir müssen darüber heute nacht reden. Ich weiß, daß du vorhattest, den Stoff zuerst an dir selbst auszuprobieren. Ich hatte vor, dies auch zu tun, wenn du es einnehmen würdest. Ich erinnere mich an den Tag, da du unsere Blutanalysen hast durchlaufen lassen, um unsere *pa*-Werte zu bekommen. Deiner war ungefähr so niedrig, wie es überhaupt geht, erinnerst du dich? Besteht eine Möglichkeit, daß du es benutzt haben könntest und es nicht mehr weißt? Du bekamst damals noch verschiedene Medikamente. Eines davon könnte deine Erinnerung beeinflußt haben.«

»Frag doch Dr. Radimer.«

»Wäre das möglich?«

»Nein! Ich habe es dir doch gesagt. Ich habe es weggeworfen.«

Sie sah ihn nicht wieder an.

»Um Gottes willen!« murmelte er nach einer Weile. »Oh, lieber Gott!«

Sie dachte an den kleinen Kater und wirbelte ihren Stuhl herum, um ihn ungläubig und wütend anzustarren. »Hau hier ab!« schrie sie. »Um Gottes willen, hau bloß hier ab!«

Keiner von ihnen rührte sich. Clark starrte sie an, und sie starrte ihn an, und jeder war dem anderen fremd. Nach einem Augenblick richtete Clark seinen Stuhl wieder auf, setzte sich, wobei er die Hände zwischen den Knien baumeln ließ.

»Anne, laß mich einfach mal erzählen, was seit Montag vorgefallen ist.« Er wartete ihre Antwort erst gar nicht ab, sondern begann mit der Erklärung, daß der IND bestätigt worden war und Helversons Anordnungen für die Humantests. Er sah sie nicht an, während er sprach. Seine Stimme war fast ein Singsang, er betonte nichts, ließ auch nichts aus.

Sie begriff, daß auch er genug hatte. Er hatte alle Verletzlichkeit zurückgestellt, alles was ihn verletzt hatte, weit zurück, wo es sicher war, wo es nicht mit Füßen getreten werden konnte. Was übrigblieb, war die detaillierte Schilderung einer langen, schrecklichen Woche, war gefühllos, tonlos, wie der Bericht einer Maschine. Und sie, die zusah und zuhörte, auch sie war eine Maschine. Sie hätten einander töten können, aber keiner von ihnen hätte geblutet, und wenn sie sich berührt hätten, so hätte diese Berührung den anderen nicht gewärmt. Metall auf Metall. Ihr Blick glitt über ihn hinaus, um an der Miniwelt hängen zu bleiben. Kühle, vernebelte Welt ohne Schmerz, ohne Qualen, ohne Anschuldigungen und Schuld . . .

»Anne, hörst du mir überhaupt zu?«

»Natürlich. Bist du fertig?«

»Ich habe dich gefragt, warum du dieses Streßexperiment ausgedacht hast? Was hat dich dazu veranlaßt, diese Ergebnisse zu vermuten?«

»Ich weiß es nicht. Ein Tagtraum. Ein Artikel in einer Zeitschrift.«

»Versuch dich zu erinnern.«

»Warum?«

»Anne, versetz dich in meine Lage. Wenn ich derjenige hier im Raum wäre, der sich wie du verhalten hat, und du wüßtest, daß ich Zugang zu *pa* hatte, als ich es verzweifelt nötig brauchte, würdest du dann nicht auf ähnliche Gedanken kommen? Würdest du es dann nicht herausfinden müssen?«

»Aber ich habe es dir doch schon gesagt.« Sie lächelte fast, angesichts des vernünftigen Tons, den sie nun beide anschlugen. Die Rückkehr zur süßen Vernunft, dachte sie, wie beruhigend, wie einschmeichelnd, wie falsch.

Clarks Gesicht rötete sich, er wandte den Blick von ihr ab. Anne fühlte sich fast selbstzufrieden. Er könnte die Trennung nicht so lange ertragen wie sie.

»Ich bin sehr müde«, meinte sie. »Ich habe morgen viel vor. Wenn es dir nichts ausmacht . . .«

Als er zur Tür ging, hatten seine Beine ihren Schwung verloren, seine Füße schienen sich fast dahinzuschleppen. Er wandte sich um und sah sie verwirrt und mit unglücklichen Augen von der Tür her an; er sagte nichts mehr.

Seine Gedanken zogen sich enger und enger, als er duschte. Anne nackt in seinen Armen, wie sie ihm zulachte. Anne im Krankenhaus, ihr Gesicht grau vor Schmerzen, Tränen in den Augen, die rotumrändert waren und tief in ihren Höhlen lagen. Anne kühl und distanziert, irgendwie arrogant, in ihrem Rollstuhl, wie sie durch ihn hindurchsah, wobei ihr Mund nicht ganz zu einem Lächeln verzogen war. Anne neben seinem Bett, wie sie auf ihn herabstarrte, während er schlief. Das tote Kätzchen. Das tote Schimpansenbaby. Anne, wie sie ihn mit unergründlichem Ausdruck ansah, mit dem Ausdruck eines Fremden. Immer und immer wieder ging er dies durch, ein Bild jagte das andere, ehe sich Konturen abzeichneten. Er saß auf der Bettkante und wußte, daß er nicht würde schlafen können. Er ging zurück ins Bad und suchte die Schlaftabletten heraus, die dort für den Notfall, wie Anne einmal vor Jahren gesagt hatte, lagen, und nun war der Notfall gekommen. Er nahm zwei davon und ging wieder zum Bett, doch erneut blieb er stehen, um schließlich zur Tür zu gehen und sie zu verschließen. Lange Zeit stand er, die Stirn fest gegen den Türrahmen gepreßt, seine Augen brannten.

16

»Wie geht's Anne?« fragte Deena, als Clark in ihren gelben VW einstieg.

»Ihr geht's gut . . . Deena, ich muß mit dir und Gus reden, sobald ich diese Blutproben geprüft habe. In seinem Büro.«

»Ja doch. Über den *pa*?«

»Über die ganze verdammte Scheiße.« Er sah aus dem Fenster, ohne etwas zu erkennen, und Deena fragte nicht weiter nach.

Sie saßen in Gus' Büro, dessen Tür nun geschlossen war. »Ich glaube, daß Anne den Stoff an sich selber vor Weihnachten ausprobiert hat«, sagte Clark heiser. »Sie verleugnet es.« Gus stieß langsam die Luft aus und griff nach seinen Pfeilen. Er warf sie nicht, hielt sie nur, drehte sie von einer Hand in die andere.

»Aber sie ist doch nicht dumm«, meinte Deena mit einem Stirnrunzeln. »Ich kann nicht glauben, daß sie es unter diesen Umständen tun würde.«

»Ich möchte es ja auch nicht glauben«, sagte Clark immer noch zu rauh und zu heftig. Er fühlte sich alt und müde und wußte, daß er alt und müde aussah. Er hatte von den Schlaftabletten noch mehr Kopfweh bekommen, als er am Tag zuvor hatte, und sein Mund war taub und fuselig. Er blickte zu Deena hinüber und sagte nun ruhiger: »Ich bin gereizt, entschuldige bitte. Ich habe die Unterlagen gestern abend durchgesehen. Sie hat mehr entnommen, als sie für zwei Wochen benötigt hätte. Sie hatte es sich schon lange vorgenommen. Für uns beide«, fügte er hinzu.

»Lieber Gott!« seufzte Gus. »Fang weiter vorn an, Clark. Warum bist du die Unterlagen durchgegangen?«

»Richtig. Seit einigen Wochen verhält sie sich merkwürdig. In sich zurückgezogen, vermeidet sie jeglichen persönlichen Kontakt, schickt Ronnie zu früh nach Hause, bleibt zu viel allein. Ich weiß nicht. Es ist einfach nicht sie, nicht so wie sie gewesen ist. Und dann brachte Harry, ihr Onkel, ein Kätzchen für sie mit, das fast ausgewachsen war. Freitag abend rief sie mich nach Hause. Virginia sagte, sie wäre am Telefon kurz vor der Hysterie gestanden. Als ich dort ankam, war sie völlig normal, sehr ruhig, bedächtig. Sie sagte mir, daß der Kater draußen im Eßzimmer gestorben wäre. Ihr Rollstuhl stand in der Diele, nahe bei der Küche. Sie war nicht in der Lage gewesen, ihn wieder um die Ecke zu bekommen, um ins Schlafzimmer zurück zu gelangen. Ich weiß nicht einmal, wie sie ihr Zimmer verließ.« Er schluckte hart, dann sprach er rasch weiter. »Ich ging hinein und fand den Kater. Er war überfahren worden, hatte aus Mund und Nase geblutet. Sie hatte sich nahe dabei im Eßzimmer erbrochen. Sie sagte, er muß wohl von einem Wagen in der Parkzone angefahren worden sein, sich selbst durch das offene Fenster geschleppt haben, um in der Wohnung zu sterben. Ich glaubte ihr.« Er konnte selbst hören, wie heiser seine Stimme wurde, war jedoch nicht fähig, etwas daran zu ändern. Er räusperte sich und zündete eine Zigarette an. »Samstag abend gingen wir zu meinen Eltern zum Essen und anschließend erzählte sie mir, daß sie schon die ganze Woche Schwimmtherapie bekommen hätte. Ich erzählte ihr, daß der IND bestätigt worden sei. Wir waren glücklich, haben gelacht, waren beide ein bißchen betrunken. Dann war sie plötzlich völlig aufgelöst, wurde hysterisch, äußerte Anschuldigungen. Sie verlor völlig die Kontrolle. Und seither ist sie entweder gänzlich in sich zurückgezogen oder aber aggressiv. Sie sitzt da und beobachtet mich. Genau wie Fanny. Genau wie Lola. Ich habe Spuren von den Rädern ihres Rollstuhls auf dem Teppichboden in meinem Schlafzimmer entdeckt, als ich aufgewacht bin. Sie muß dagewesen sein und mich beobachtet haben.«

Gus schüttelte den Kopf, als Clark zu Ende war. »Um Gottes willen, mir klingt das ganz normal«, meinte er. »Ich kann mir vorstellen, wie es mir ginge, wenn ich wie sie monatelang eingepfercht wäre. Da wäre auch ich die meiste Zeit wütend.«

»Hör zu, Gus! Glaubst du, ich wüßte nicht, wie sich das anhört? Ihr Schmerzschwellenindex auf der Skala, die sie selbst ausgearbeitet hat, beträgt 2,4 auf einer Skala mit zehn Einheiten. Meiner ist 6,3, ein wenig höher als normal. Gus, sie leidet Schmerzen, wenn sie sich nur den Arm am Türrahmen stößt. Ihr *pa*-Stand ist ein halbes Tausendstel pro Liter, meiner vierzehn Tausendstel. Ein Zehntausendstel ist der niedrigste, den wir überhaupt jemals gefunden haben. Und als sie vom Krankenhaus nach Hause kam, hatte sie wirklich unerträgliche Schmerzen. Du erinnerst dich, sie vertrug keines der Medikamente mehr, die man ihr gab. Und innerhalb von wenigen Tagen hörte sie auf zu jammern. Sie begann sich wieder für ihre Aufzeichnungen zu interessieren. Sie verhielt sich, als ob sie keine Schmerzen hätte.«

»Nun aber halt verdammt noch mal die Schnauze!« herrschte Deena ihn an. »Ich war damals viel mit ihr beisammen, wenn du dich erinnerst. Sie hatte wahnsinnige Angst, daß sie ins Krankenhaus zurück müßte, und sie haßte es leidenschaftlich. Mehr als das, sie war einer Krankenhausphobie nahe. Sie befürchtete, eine dumme oder bösartige Krankenschwester könnte ihr eine falsche Spritze geben oder so etwas. Sie assoziierte mit Krankenhäusern Leute, die sterben, und nicht Leute, die gesund werden. Sie hat mir erzählt, wenn sie weiterhin solche Schmerzen hätte, würde man sie wieder hineinstecken. Unter diesen Bedingungen hätte sie lieber einen Schmerzschock in Kauf genommen, ehe sie dies zugelassen hätte.«

»Ihr Index ist 2,4!« antwortete Clark, der nun beinahe brüllte. »2,4, Deena! Wie hätte sie da die Schmerzen verbergen sollen?«

»Vielleicht hast du es bloß nicht sehen wollen!«

Clark starrte sie an. Déjà vu, dachte er. Schon wieder. Er sagte: »Ich kann mich getäuscht haben. Gott weiß, daß ich hoffe, mich getäuscht zu haben. Was aber, wenn nicht?«

»Du hast ihr erzählt, was vorgefallen ist, nehme ich an?« erkundigte sich Gus.

Clark nickte. »Sie meint, daß wir ihre Arbeit verpfuschen.«

Gus nickte. »Da kann ich ihr keinen Vorwurf machen. Hast du ihr die Symptome geschildert, die die Schimpansen gezeigt haben, ehe sie verrückt wurden?«

»Ich habe ihr alles geschildert«, sagte Clark ungeduldig. »Gus, was soll ich tun?«

»Ich will verdammt sein, wenn ich das weiß«, meinte Gus, der mit seinen Pfeilen spielte, die Federn betrachtete. »Gibt es noch weitere Beobachtungen?«

»Ich habe immer noch ihre Hände und Arme vor Augen, die aufgekratzt waren und geblutet haben. Ein Knie blutete ebenfalls. Blut klebte in ihrem Haar, auf ihrem Kleid . . . Gus, sie ist jeden Tag mit Ronnie stundenlang allein. Was, wenn . . .?«

»Wer ist Ronnie?«

»Das ist die Pflegerin, die wir engagiert haben. Sie hat Anweisung, solange zu bleiben, bis ich nach Hause komme, aber Anne schickt sie nicht später als fünf Uhr nach Hause, aber selbst dann sind die beiden von neun bis fünf Uhr allein in dieser Wohnung.«

Deena stand auf, ihr Gesicht war rötlich angelaufen, ihre Augen glitzerten. »Ich meine, du redest einen Haufen Mist. Ich gehe rüber, um Anne mal zu besuchen.«

»Sie ist heute früh beim Arzt, um sich ihre Krücken abzuholen«, erklärte Clark. »Sie wird gegen elf Uhr zurück sein. Warte am besten bis nach dem Mittagessen.«

Gus sah Clark an, stand dann auf und machte Deena Zeichen, zu gehen. Sie warf einen Blick auf Clark, zuckte die Achseln und ging hinaus.

»Was soll ich nur tun?« fragte Clark wieder, diesmal brach seine Stimme, er vergrub seinen Kopf in seinen Armen, sein Körper zuckte.

Gus zielte und warf den ersten Pfeil. Zehn Punkte, fast ins Schwarze. Er warf wieder und immer wieder und holte die Pfeile sogleich zurück, um von neuem zu beginnen. Sein Punktestand betrug 410, als das Telefon klingelte. »Keine Anrufe jetzt«, sagte er, dann hörte er zu. »Sagen Sie ihm, daß Sie mich nicht finden können. Ich werde zurückrufen, wenn ich die Gelegenheit habe.« Er warf wieder einen Pfeil und sagte ohne Clark anzusehen, der inzwischen ruhiger geworden war: »Helverson. Er hat Wind bekommen von möglichen Schwierigkeiten. Das dritte Mal heute vormittag, daß er mit mir sprechen will. Armer Teufel. Da hatte er schon die Zunge draußen, um an der Schokolade zu lecken, und dann nimmt man ihm den Löffel weg.«

Clark stand auf und ging ans Fenster; er blieb mit dem Rücken zu Gus dort stehen. »Ich habe Angst«, sagte er. »Ich habe wirklich Angst. Und ich weiß nicht, was ich tun soll.«

»Entweder sie hat es getan, oder sie hat es nicht getan«, kommentierte Gus. »Ich kann ihr Verhalten als normal einstufen, als Auswirkung des Unfalls, ihrer Untätigkeit und all dem übrigen. Es wird schwieriger, wenn man irgendwie das Ende in Sicht hat. Mit Kindern ist das genau das gleiche. Solange sie wirklich krank sind, sind sie unheimlich lieb, aber sobald sie sich erholen, geht das Tohuwabohu los.«

Clark schüttelte den Kopf. »Und wenn sie das Zeug genommen hat?«

»Das ist eine harte Nuß. Aber du hast recht, wir müssen es in Erfahrung bringen. Glaubst du, sie würde Deena irgend etwas erzählen?«

»Ich weiß es nicht. Mit mir wird sie nicht sprechen.«

»Was hat sie so aufgeregt, Clark? Irgend etwas muß das alles doch ausgelöst haben?«

»Ich habe mit ihr geschlafen. Der Arzt hatte mir gesagt, sie wäre in Ordnung. Aber sie nennt es Vergewaltigung. Vielleicht war es das auch. Ich weiß es nicht.«

Gus seufzte und zielte mit einem anderen Pfeil. Er warf ihn jedoch nicht. Er legte ihn auf seinen Schreibtisch und fragte: »Sie hat mich doch immer ganz gern gemocht, nicht wahr?«

»Ja, das weißt du.«

»Ich werde sie besuchen gehen.«

»Aber Deena lieber nicht«, meinte Clark. »Sie würde nur bestätigen, daß es eine Vergewaltigung war.«

Keiner von beiden fügte dem etwas hinzu.

»Ich werde jetzt gleich gehen. Sie müßte in der Zeit, die ich dorthin brauche, auch zu Hause sein. Wenn nicht, werde ich warten.« Er blieb an der Tür noch mal stehen. »Du hast höllisch viel zu tun, Clark. Wenn jemand nach mir fragt, sag nur, ich wäre nur irgendwo unterwegs. Und ich werde bald zurück sein.«

Clark sah aus dem Fenster auf den hinteren Parkplatz, bis sein Blick wieder klar und er wieder fähig war, einzelne Wagen zu unterscheiden, dann ging er zur Tür, doch er verließ den Raum noch nicht. Er ging zu dem Stuhl zurück und nahm Platz. Gus hatte in jeder Beziehung recht, was die Arbeit betraf, sie mußte getan werden, und Gus wußte, daß es Clark, wenn er erst wieder einmal bis über beide Ohren drinsteckte, besser gehen würde. Doch er war noch nicht dazu in der Lage. Was keiner, nicht einmal Anne, verstand, war, daß er sie liebte. Es war richtig, er war nicht fähig gewesen, sie leiden zu sehen. Es hatte ihn weinen gemacht, und er hatte das nicht unter Kontrolle bringen können. Er hatte ständig den Doktor heimgesucht, ihn gedrängt, etwas zu tun, irgend etwas, um ihr zu helfen. Und er hatte ihm vorgeworfen, sie zu früh nach Hause entlassen zu haben, da er seine eigene Hilflosigkeit erkannt hatte.

Er liebte ihren langen geschmeidigen Körper, ihr sexuelles Verhalten. Sie war die sexuell aktivste Frau, die er jemals gekannt hatte; bevor er ihr begegnet war, hatte er nicht begriffen, daß eine Frau so intensiv reagieren konnte. Er hatte die Vorstellung gemocht, daß selbst wenn ihr Sexualleben nach einiger Zeit abflauen würde, sie immer noch alles andere gemeinsam hätten: ihre Arbeit, all ihre Interessen, ihre Freunde. Er, der niemals zuvor ein Romantiker gewesen war, war zu der Überzeugung gekommen, daß es für jeden Menschen einen idealen Partner gab, einen anderen Menschen, der die perfekte Ergänzung zu einem bildete. Als jemand, der ständig auf der Suche nach Neuem war, war sie ungeduldig mit Details. Er hatte unendliche Geduld für Details. Es war, als sähe sie die Welt durch ein Panoramafenster, das ihr den Blick auf breite Horizonte freigab, und er sah durch ein Guckloch, das einen sehr kleinen Ausschnitt in voller Schönheit zeigte, so daß sie, wenn sie ihr Wissen ergänzten, und das taten sie immer, die Welt auf eine Weise erleben konnten wie kein anderer. Die Wirklichkeit, wie sie sie gemeinsam erfaßten, kannte eine Breite und Tiefe, die nur wenige andere Menschen sich vorstellen konnten. Sie hatten einmal über ihre Ähnlichkeiten und Unterschiede gesprochen, wobei sie alles folgendermaßen zusammengefaßt hatte: »Wo ich hineingehe, kommst du heraus.« Und das war keineswegs eine scherzhafte Bemerkung gewesen. Sie besagte alles. Sie waren wie zwei Weinranken geworden, die sich umeinander schlangen, um dem Sonnenlicht entgegenzuklettern, so daß es, wenn man ein Blatt abriß, unmöglich war zu sagen, von welchem Rebstock es nun stammte. Und sie hatte es Vergewaltigung genannt. Er wußte, er würde das nie vergessen, er würde es ihr nie verzeihen. Nichts von dem übrigen, das sie gesagt hatte, spielte im Grunde eine Rolle, er konnte sich nicht einmal daran erinnern, was sie sonst noch gesagt hatte, aber dies war zu bewußt verletzend geäußert worden. Dieses eine Wort hatte sie auseinandergerissen, hatte sie beide verstümmelt, und nun standen sie da mit dieser Mauer zwischen ihnen, zwei getrennte Wesen, die nun weder für sich allein selbständig noch in der Lage waren, den Schaden, den ein Wort verursacht hatte, ungeschehen zu machen.

Wenn sie jedoch den *pa*-Faktor genommen hatte, dachte er, dann war sie nicht verantwortlich, genausowenig wie Fanny oder Lola. Wieder sah er den Blick voll Schrecken und Haß in ihren Augen, hörte ihre Stimme sagen: »Wenn ich mir vorstelle, daß du mich wieder anfassen würdest, ich müßte kotzen.« Und da wußte er, daß sie den *pa*-Faktor genommen hatte. Es gab keinen Zweifel.

Gus war niedergeschmettert von Annes Anblick. Sie lag im Bett, sehr blaß, mit tiefen dunklen Rändern unter den Augen, die ihr ein eulenhaftes Aussehen gaben.

»Mein Arzt ist ein Dummkopf«, sagte sie mit schwachem Lächeln, ehe er seine Reaktion auf ihren Zustand verbergen konnte. »Und wir haben hier einige Nächte lang nicht allzuviel geschlafen. Clark hat dich geschickt, nicht wahr?«

Gus setzte sich auf die Bettkante und hielt einen Augenblick lang ihre Hand. »Keiner hat mich geschickt. Ich bin gekommen. Okay?« Er stand auf und zog sich einen Stuhl heran.

»Einem Quacksalber, der mich in solchem Zustand nach Hause schickt, würde ich den Laufpaß geben.«

»Wir haben heute vormittag angestrengt gearbeitet. Verstehst du?« Sie deutete auf die neuen Krücken. Sie waren aus Aluminium und ihre dreifüßigen Enden waren mit schwarzem Gummi überzogen. »Sie sind mehr fürs Gleichgewicht als zur wirklichen

Stütze, sagte der Arzt. Ich glaube das. Wer hat jemals solche scheußlichen Dinger gesehen?«

Ihre Stimme klang angespannt. Es mußte eine schwere Sitzung gewesen sein, dachte Gus. »Und hast du mit ihnen gehen können?«

»Er hätte mich nicht nach Hause gelassen, ehe ich mit ihnen umgehen konnte.« Ihre Stimme wurde nun lebhafter. »Du kannst dir nicht vorstellen, wie verteufelt müde ich es bin, wie ein Gegenstand behandelt zu werden. Tu dies, laß jenes, versuch's noch einmal, du darfst dich nicht hinsetzen, heb deinen Fuß, paß auf, wie du ihn hinsetzt ... Einen Computer programmieren oder so etwas, so ist das, wie sie mit mir umgehen.«

»Alles, was nicht Pflicht ist, ist verboten«, sagte Gus und grinste sie an. Sie nickte, jedoch ohne eine Spur von Lächeln. »Kann ein guter Junge hier irgendwo einen Kaffee bekommen?«

»Du hast doch Ronnie kennengelernt, nicht wahr? Sie ist draußen und macht Mittagessen. Sag es ihr. Ich hätte auch gerne einen.«

Er nickte und ging zur Küche.

»Sie wissen, wer ich bin, Ronnie?« fragte er.

»Sicher. Sie sind der Boß, wie? Sie hat von Zeit zu Zeit über Sie geredet.« Ronnie besah ihn sich und nickte dann. »Okay, was kann ich für Sie tun?«

»Wir hätten beide gern Kaffee, wenn es Ihnen nicht zuviel Mühe macht.« Wieder nickte sie. »Ronnie, es kann sein, daß es mit Annes Medikament Schwierigkeiten gibt. Zeug, das sie vor Monaten eingenommen hat. Es ist möglich, daß dies nun Auswirkungen auf ihr Verhalten zeigt. Wir sind uns nicht sicher, aber es wäre möglich. Haben Sie irgend etwas festgestellt? Irgend etwas Ungewöhnliches?«

Ronnies heiteres, offenes Gesicht verschloß sich, und sie wurde sehr sachlich, sehr distanziert. »Tut mir leid, Dr. Weinbacher, aber seit wann sind Sie ihr Arzt?«

»Ich bin Wissenschaftler, Ronnie, und ein Freund von den beiden. Hat ihr Arzt Sie empfohlen?« Sie nickte. »Wenn Sie irgend etwas an ihrem Verhalten feststellen, so ist es Ihre Pflicht, ihm das zu berichten. Sie wissen das. Ich rede nicht von ihrem körperlichen Zustand, Ronnie. Ich meine eine Veränderung ihrer

Haltung, ihrer Ansichten, ihres Appetits, irgend etwas in dieser Art. Es könnte gefährlich für sie werden.«

»Ich verstehe meine Arbeit.« Ronnie drehte ihm den Rücken zu, um etwas in einer Pfanne umzurühren. »Ich werde Ihnen gleich etwas Kaffee bringen.«

Gus zögerte, dann zuckte er die Achseln und ging hinaus. Selbst unter Peitschenhieben würde sie nichts sagen, aber er glaubte, daß sie wachsam genug für Veränderungen war und jegliche Veränderung Annes Arzt berichten würde. Sie würden direkt mit ihm in Kontakt treten und eine Liste der Medikamente erstellen müssen, die sie eingenommen hatte.

»In einer Minute«, kündigte er Anne an, als er das Zimmer wieder betrat. Anne hatte die Augen geschlossen. Sie öffnete sie und machte eine Handbewegung, daß er sich wieder setzen sollte. »Möchtest du reden?« fragte Gus.

»Nein. Eigentlich nicht. Er glaubt, ich sei verrückt. Hat er dir erzählt, ich hätte eine kleine Katze erwürgt, oder mit meinem Rollstuhl überfahren? Ich begann mich zu fragen, wie er sich vorstellte, daß ich das getan haben könnte.«

»Er hat es nicht erzählt.«

»Wie wirst du das Problem lösen, Gus? Ich sage, ich habe es nicht getan, er sagt, ich hätte es getan. Wie wirst du das lösen?«

»Ich wollte, ich wüßte es.«

»Ein Test auf Zurechnungsfähigkeit? Ich würde mich keinem unterziehen. Ich glaube, es kann schon sein, daß ich jetzt ein bißchen daneben bin, und ich möchte mir das nicht unbedingt offiziell bestätigen lassen. Das sind schwarze Punkte für die Personalakte.«

Gus grinste sie an. »Du bist ein schlauer Fuchs, Anne. Was hast du dir sonst noch ausgedacht?«

»Eine Trennung. Ich möchte im Moment nicht mit ihm zusammenleben. Er hat Angst vor mir. Letzte Nacht hat er seine Tür verriegelt.« Sie lächelte, ein frostiges, bitteres Lächeln. »Ich habe nur nachgesehen, um mich zu überzeugen. Bis dahin wollte ich es nicht glauben, was er gesagt hat, meine ich. Dann habe ich es geglaubt.«

»Es macht ihn fix und fertig, Anne«, sagte Gus. »Der Wissenschaftler in ihm weiß, was er zu tun hat, der Mann, der dich liebt, will es nicht tun. Er befindet sich genau dazwischen.«

»Aber es ist der Mann, der denkt, daß ich verrückt bin«, murmelte Anne. Sie erhob sich auf ihren Ellbogen, ihr Gesicht wurde angespannter und härter. »Von nun an wird alles, was ich tun werde, eine doppelte Bedeutung haben. Ich habe darüber nachgedacht. Wenn du dem Gesicht des Wahnsinns aus dem Weg gehen willst, so mache einen Bogen um alle Spiegel, Gus. Dort wirst du es nämlich zum ersten Mal sehen.« Sie langte nach einer Zigarette. Gus gab ihr Feuer. Dann fuhr sie fort: »Ich möchte alle Unterlagen durchgehen, alles, was in den letzten Wochen und direkt vor den Vorfällen geschehen ist. So etwas taucht nicht einfach über Nacht auf. Es muß vorher Fingerzeige, Hinweise gegeben haben. Keiner hat sie beachtet.«

»Ich werde dir heute nachmittag alles rüberschicken«, stimmte Gus zu. »Hast du denn Lust für diese Arbeit?«

»Besser als herumzuliegen und darüber nachzudenken, wie man nicht verrückt erscheint gegenüber jemandem, der nach Symptomen sucht.« Nun veränderte sie sich ein wenig, sie sah ihn mit einem Ausdruck an, der gleichzeitig scheu und hinterhältig wirkte. »Glaubst du, ganz theoretisch, daß ein Mann seine Frau vergewaltigen kann?« Gus fuhr sich durchs Haar. »Er hat es mir gesagt. Theoretisch würde ich sagen, nur unter bestimmten Bedingungen. Wenn sie getrennt waren. Wenn sie versucht hat, etwas zu verkaufen, von dem er glaubt, das gäbe es umsonst. Wenn es zu einer Waffe geworden ist. All solche Dinge könnten vorkommen.«

Anne nickte und lehnte sich zurück. Sie sah zu der Miniwelt hinüber und sehnte sich nach der Einsamkeit.

»Anne, dieser Mann betet dich an. Du weißt das.« Der Faden war gerissen, Gus wußte es. Sie war wieder in sich zurückgezogen und beachtete ihn kaum. Ihre Finger arbeiteten im Flauschstoff ihrer Decke und rollten ihn zu kleinen festgedrehten Bällchen.

»Anne, sieh mich an. Ich muß dich fragen. Du weißt, daß ich die Frage stellen muß. Hast du es an dir selbst ausprobiert?«

Sie blickte ihn an, dann wieder weg. »Nein. Armer Gus, du hättest auf Bob Klugman hören sollen. Er wollte kein Ehepaar als

Team anstellen, nicht wahr? Er hat von Anfang an Schwierigkeiten vorausgesagt. Du hättest auf ihn hören sollen.«

Gus stand auf und ging zum Fenster. Er drehte die Diffenbachie herum. Wie wundervoll ihre Blätter geworden sind, dachte sie, mit ihren weißen, hell- und dunkelgrünen Streifen. Armes Ding, da hatte sie so lange gearbeitet, um zu entkommen, und war nun doch wieder durch eine unachtsame Geste gefangen worden.

»Bob hat sich getäuscht«, sagte Gus. »Du und Clark sind die besten Leute, die ich habe. Als Team seid ihr unschlagbar, und das weißt du verdammt gut.« Er sah sie an und sagte deutlich: »Ich möchte eine Blutprobe von dir. Ich möchte jemanden schikken, der mit dir redet oder dich beobachtet, ganz wie du willst. Du kannst nach weiblicher Art hysterisch darauf reagieren oder du akzeptierst es rational in der Erkenntnis, daß es notwendig ist.«

Sie schüttelte den Kopf. »Du verlangst zuviel. Du schickst mir die Unterlagen, und von da ab machen wir weiter.«

»Du bist also nicht zur Mitarbeit bereit?«

»Du bist also nicht bereit, mir zu glauben?«

Sie starrten einander, wie es ihnen beiden vorkam, eine lange Zeit an, bis Gus die Achseln zuckte. »Für diesmal«, sagte er, da erschien Ronnie mit einem Tablett. Gus setzte sich wieder hin und tätschelte Annes Hand. »Wir schaffen das schon«, sagte er.

»Immer noch fix und fertig?« fragte Ronnie. Sie zwinkerte Gus zu. »Ich dachte, sie würde den Doktor erschlagen, als er das letzte Mal sagte, ›noch einmal, dann haben Sie es geschafft‹.«

Sie macht sich über mich lustig, dachte Gus. Sieh zu, wie du das verdaust, sagte sie ihm. Er grinste zurück. »Aluminium ist zu leicht. Sie sollte für so etwas einen Schraubenschlüssel bei sich haben.«

Ronnie stellte das Zubehör für den Kaffee auf dem Nachttisch zurecht. »In zwanzig Minuten gibt es was zu essen. Sie bleiben doch, Doc?« Sie war schon wieder bei der Tür.

»Kann leider nicht«, antwortete er.

»Verdammt schade«, rief sie über die Schulter zurück.

Anne lachte. »Du mußt sie in der Küche wohl in den Po gezwickt haben oder so etwas. Sie mag dich.«

»Das ist nur mein unwiderstehlicher Charme. Die Frauen fallen in Heerscharen vor mir auf die Knie.«

Anne lehnte es ab, das Gespräch wieder auf sie kommen zu lassen. Sie stellte Fragen über seine Frau, ihre Pläne für die nächsten Ferien, und er versprach, das Material am gleichen Nachmittag zu schicken, und ging unverrichteterdinge anschließend wieder weg.

Sie sah schrecklich aus, nicht nur müde, sondern fast gehetzt. Sie hatte einen Blick, der irgendwie anders war, der einen Rückzug, Wachsamkeit und das Wissen von irgend etwas Entsetzlichem, einen Blick, den er noch nie an ihr gesehen hatte. Er hatte Anne immer für schrecklich jung, so jung gehalten, und hatte sich bei seiner Frau beklagt, daß er in ihrer Anwesenheit das Gefühl hatte, aufpassen zu müssen, was er redete. Sie hatte einen Blick, in dem Unschuld lag. Und heute hatte er das überhaupt nicht mehr so empfunden.

17

»Ich könnte ihre Mutter bitten, zu kommen«, erwog Clark. Er und Gus nahmen gerade in der Cafeteria ihr Mittagessen zu sich. »Obwohl die beiden nicht gut miteinander klarkommen.«

Gus schüttelte den Kopf. »Ich habe mit ihrem Arzt gesprochen. Ein Botenjunge wird uns heute nachmittag die Liste der Medikamente bringen, die sie bekommen hatte. Die Schwester wird mich anrufen, sobald sie mit ihrem Dienst fertig ist, so gegen drei. Wir haben alles getan, was wir konnten, Clark. Versuche dich zu beruhigen. Falls es dir irgend etwas hilft, ich glaube ihr. Ich glaube nicht, daß sie es genommen hat.«

»Hat sie wirklich gesagt, daß sie eine Trennung möchte?« Clarks Stimme klang dumpf. Er hatte nichts gegessen und trank nun seine dritte Tasse Kaffee.

»Das hat sie gesagt«, gab Gus zu. »Aber ihr seid beide ziemlich nervös jetzt. Ach Gott, warum kann einen gerade derjenige verletzen, den man liebt, und der einen liebt? Helene versteht es, mich fertigzumachen, ohne sich dabei besondere Mühe zu geben, gerade so aus dem Handgelenk. Sie weiß mit einer bewundernswerten Präzision, wo mein wunder Punkt ist und wie tief man darin bohren muß.«

Clark grinste. »Du bist ein Hundesohn, Gus. Aber du hast recht, es ist unser erster richtiger Streit, und wir machen beide ein großes Theater darum. Ich könnte das ja noch ertragen, wenn die andere Sache uns nicht so auf den Nägeln brennen würde. Und es beängstigt mich. Heute morgen hat Duckmore begonnen, sich wieder zurückzuziehen. Er ist launisch, reizbar, wachsam. Bereitet er sich auf einen neuen Ausbruch vor? Und dieses Mal weiß ich haargenau, daß nichts ihn aufgeregt hat. Wir haben ihn mit Samthandschuhen behandelt.«

Gus warf einen Blick auf seine Uhr. »Ich muß zu Helverson«, sagte er. »Ich werde später wieder vorbeischauen.«

Gus hatte vorgehabt, noch einmal in sein Büro zu gehen, um dort seine Jacke und Krawatte zu holen, er vergaß es jedoch, und es fiel ihm erst wieder ein, als er in Helversons Büro stand. Bob Klugman war schon anwesend, natürlich in Jacke und Schlips, wirkte nervös und sah aus, als ob er sich in seiner Haut nicht wohl fühlte. Helverson war wie immer elegant gekleidet.

Helverson kam um seinen Schreibtisch herum, um ihm die Hand zu schütteln und ihn sanft zu der kleinen Ledercouch an der Wand zu geleiten. Er setzte sich in einen der Sessel, Bob Klugman in den anderen.

»Gus, worin liegt die Schwierigkeit?«

»Das zu beurteilen, ist ein bißchen zu früh.« Gus wartete. Bob Klugman zuckte noch mehr als gewöhnlich und vermied es, Gus in die Augen zu sehen.

Helverson nickte. »Bob hat mir gesagt, daß es auf jene Schimpansen beschränkt ist, die Anzeichen von hohem Blutdruck haben oder aber auf eine Behandlung gesetzt sind, bei der der Blutdruck künstlich erhöht wird. Es scheint mir doch eine ziemlich einfache Angelegenheit zu sein, diese Bedingungen als Kontraindikationen aufzuführen.«

»Wir bekommen jetzt erst die Computerdaten«, sagte Gus. »Das Albumin weist eine Tendenz auf, sich an verschiedenen Nervensträngen im Gehirn zu verklumpen. Das kann verantwortlich für die Psychosen sein, aber wir sind bisher noch nicht sicher. Wir wissen nicht, warum gerade diese Schimpansen Auswirkungen zeigen und die anderen nicht, oder ob die anderen auch noch befallen werden. Keiner der Schimpansen hatte auf jeden Fall zu Beginn hohen Blutdruck.«

Helverson runzelte die Stirn und tippte mit seinen langen, schlanken Fingern auf die Armlehne seines Sessels. »Gus«, meinte er, »ich frage mich, ob du dir der Bedeutung dieser Entdeckung bewußt bist. Sie bedeutet das Ende sinnlosen Leidens, den Traum der Menschheit seit jeher. Es ist unsere Pflicht, Gus, dies der Menschheit so schnell wie möglich zugänglich zu machen. Ich bin kein Wissenschaftler, aber ich glaube, ich kann die Behutsamkeit eines Wissenschaftlers begreifen. Ich arbeite seit vielen Jahren mit Wissenschaftlern zusammen, und ich respektiere diese Behutsamkeit. Aber es gibt Zeiten, Gus, wo die Sache außerhalb des Labors nicht die gleiche ist wie innerhalb. So wie ich die Sache sehe, bestehen doch nur im Fall des einen Schimpansen Zweifel, im Fall des Männchens. Wunderst du dich über die Weibchen, über ihr Verhalten mit den Jungen angesichts ihrer Gefangenschaft und unter den erhöhten Streßbedingungen? Natürlich benehmen sie sich merkwürdig. Es ist eine so normale, fast menschliche Reaktion, wenn ich einmal so sagen darf. Und das Männchen. Kannst du ohne jeden Zweifel behaupten, daß der Laborassistent nicht einen Angriff provoziert hat? Natürlich nicht. Es ist allgemein bekannt, wie Tiere in Gefangenschaft gegen ihre Wärter Groll hegen. Das wurde immer wieder dokumentiert.«

Er machte eine Pause, seine Stimme verebbte ins Nichts, seine Finger jedoch klopften und klopften immer weiter. Gus dachte wieder an Annes Finger, wie sie aus dem Flausch ihrer Schlafdecke Bällchen gedreht hatte. Sieh in keinen Spiegel, dachte er, Mr. Helverson, sehen Sie in keinen Spiegel. Er sagte: »Es ist nicht nur Übervorsicht. Wäre dies vorher geschehen, so hätten wir die Bewilligung der Humantests niemals bekommen, ehe nicht weitere Untersuchungen angestellt worden wären. Wir alle wissen das.«

»Aber sie haben uns die Zustimmung nicht verweigert, Gus. Und das ist der springende Punkt! Die Arbeit ist brillant, einzigartig. Ein Ende aller Schmerzen, Gus! Das ist das Risiko wert, anschließend psychologische Beratung zu benötigen! Ich habe schon mit Dr. Wells gesprochen, die für diesen Bereich zuständig sein wird. Jene Frauen werden die beste medizinische, physische und psychologische Versorgung erhalten, die jemals einer Gruppe Menschen zuteil geworden ist seit der erste Medizinmann mit einer Weidenrute seinen Patienten behandelt hat. Das wird sich erweisen.«

»Begreift Dr. Grove die Komplikation, die aufgetreten ist?« erkundigte sich Gus. »Ich habe ihn auf dem laufenden gehalten«, beschwichtigte Helverson, nun war seine Stimme kühl, die Unterredung war als beendet zu betrachten. Er warf einen Blick auf seine Uhr, diskret, aber ohne die Tatsache zu verbergen, daß er eine andere, genauso dringliche Angelegenheit vor sich hatte.

»Warum wollten Sie mir dies nun alles mitteilen?« wollte Gus wissen.

»Ich verstehe, daß in den Laboratorien über diese Angelegenheit eine Menge diskutiert wird«, meinte Helverson nun honigsüß. »Ich verlasse mich auf Sie, Gus, und Sie, Bob, natürlich auch, daß Sie sich vor Augen halten, wenn einmal administrative Entscheidungen gefallen sind, stehen wir alle dahinter wie eine Armee vor einer gemeinsamen Schlacht, einem gemeinsamen Feind. Meinungsverschiedenheiten, nachdem die Entscheidungen gefallen sind, können eine Armee, eine Gesellschaft, eine Familie zugrunde richten. Wenn es Zeit ist, die Reihen zu schließen, Gus, so möchte ich, daß jeder Mann und jede Frau Schulter an Schulter stehen ohne irgendwelche Außenseiter oder Dissidenten, die Verwirrung stiften und den Tag verzögern, an dem wir einer leidenden Welt eine großartige Verkündigung machen können. Denken Sie allein an die vielen Krebspatienten, Gus ... Die wahnsinnigen Schmerzen inoperabler Tumore ...«

Geschwätz, dachte Gus und sah zu Bob Klugman hinüber, der Helverson wie hypnotisiert anstarrte.

Helverson erhob sich. »Ich hoffe und wünsche, Sie sorgen dafür, daß jede kleinste Information sofort an Bob weitergegeben wird. Und Bob, du sorgst dafür, daß es in eine Sprache übertragen wird, die ich verstehen kann, und daß es mir *sofort,* ob Tag oder Nacht, zugeht. Wenn Dr. Grove am Freitag nachmittag zu unserer Besprechung hierher kommt, möchte ich einen positiven Bericht für ihn vorliegen haben. Einen *positiven* Bericht.« Er geleitete sie zur Tür und hielt sie ihnen auf. »Benötigt ihr irgend etwas? Mehr Leute? Mehr Geld? Irgend etwas? Jetzt ist nicht der Zeitpunkt, um zu knausern, versteht ihr! Es gibt Zeiten, wo man sparen muß, und Zeiten, wo man Geld ausgeben und alle Ressourcen eines großen Unternehmens nutzen muß. Dieser Zeitpunkt ist nun gekommen, Gentlemen. Gebt aus! Arbeitet! Wir sind am Vorabend eines Tages, der die Menschheitsgeschichte revolutionieren wird!«

Gus schlurfte weg, wobei er leise vor sich hin fluchte, mit gebeugtem Kopf und ohne den Blick nach irgendeiner Seite zu wenden. Er wußte, daß Bob hinter ihm hertrottete, doch er schenkte ihm keine Beachtung.

Deena wartete vor seiner Bürotür auf ihn. »Er macht weiter«, sagte sie. »Hat er es dir gesagt?«

»In blumigem Wortschwall. Du bist also für die psychologischen Tests verantwortlich.«

Sie nickte. Bob Klugman trat zu ihnen, woraufhin sie sofort schwiegen. Bob sagte: »Wie dem auch sei, wir wissen, daß das Albumin sich an Nervenenden im Gehirn verklumpt. Das ist alles.« Seine Stimme war fast ein Winseln.

Gus zuckte die Achseln und öffnete seine Bürotür. »Das genügt neun oder zehn Monate später nicht«, sagte er. »Wolltest du etwas von mir, Deena?«

»Gus, warte eine Minute, verdammt noch mal!« fluchte Bob. »Helverson hatte irgendwo recht. Bis jetzt war doch alles prima. Dieses verdammte Experiment, das Anne durchführen lassen wollte, war zu dieser Zeit gar nicht in Ordnung. Du kannst solche Reaktionen nicht mit der Masse des Versuchsmaterials in einen Topf werfen. Ich kann mir jede Menge Experimente ausdenken, die die Ergebnisse verzerren könnten. Du auch.« Seine Stimme wurde höher, und er atmete sehr heftig, als ob er schnell gelaufen wäre. »Schau, was Helverson nicht gesagt hat, etwas, das wir besprochen haben, ehe du dabei warst: keine Experimente mehr, die nicht zuerst mit mir abgeklärt sind. Nicht zum jetzigen Zeitpunkt. Ich bin der Leiter dieser Abteilung, verdammt noch mal, und ich muß hinzugezogen werden! Wir befinden uns hier an einem Scheideweg. Alle Resultate, jedes Experiment muß von nun an durch mein Büro gehen.« Weder Gus noch Deena antworteten, er sprach nun fast mit Falsettstimme. »Helverson hat recht! Man kann mit Menschen zu Ergebnissen kommen! Ergebnissen, die mit Tieren nicht möglich sind. Sie können dir nicht sagen, ob ihre Greiffähigkeit nachläßt, oder ob sie Kopfschmerzen haben. Wir werden sie die nächsten zwei bis fünf Jahre 24 Stunden lang täglich unter genauer Beobachtung halten müssen. Sie können gar nicht umhin, uns zu sagen, wenn irgend etwas schiefläuft!«

Deena betrachtete eindringlich ihre Fingernägel, Gus fixierte einen Punkt irgendwo über Bobs Kopf. Keiner sprach ein Wort. Nach einer Weile sagte Bob Klugman: »Wo ist Clark? Ich möchte ihm begreiflich machen, daß es keine neuen Experimente gibt, die nicht zuerst genehmigt wurden.«

»Ich werd's ihm sagen«, meinte Gus.

»Ich werde es ihm selbst sagen! Ich möchte keine weiteren Pfuschereien mehr!« Bobs Gesicht war rot angelaufen, und er schwitzte heftig.

»Laß ihn in Ruhe, Bob«, bat Gus freundlich. Sein häßliches Gesicht wirkte noch häßlicher, als er seinen Chef anlächelte. »Er hat praktisch die ganze Woche zwanzig Stunden lang täglich gearbeitet und ist erschöpft. Wenn du jetzt reingehst und ihn anschreist, reißt er dir vermutlich die Zunge raus und stopft sie dir in den Hintern.« Er sah Deena an. »Hast du etwas gewollt? Komm herein!«

Sie drehten sich zusammen um und ließen Bob Klugman in dem schmalen Flur stehen. Alle Farbe wich aus seinem Gesicht, und er zitterte vor Wut, doch ging er weder den Flur zu Clarks Büro hinab noch durch das Labor, sondern durch den Hauptkorridor und von da aus in sein Arbeitszimmer.

»Er wird dich zwar nicht rausschmeißen oder eine schlechte Aktennotiz machen, so etwas wohl nicht«, meinte Deena in Gus' Büro. »Aber er wird eine langsame Vergiftungskampagne starten. Das ist ganz sein Stil.«

»Das läuft schon seit Monaten«, winkte Gus ab. »Er hat viel zuviel Angst um seinen eigenen Stuhl. Und du machst also mit Helverson weiter?«

Sie zuckte die Achseln. »Ich habe keine Wahl. Sie machen weiter. Entweder machen wir mit ihnen weiter, oder wir fliegen raus und lassen jemand anderen mit ihnen weitermachen. Ich stelle mir vor, ich weiß mehr, worauf zu achten ist, als jeder Außenstehende. Ich werde die Sache sauberer halten, als ein Außenstehender das kann.«

»Sicher. Setz dich! Ich komme gerade von einem Besuch bei Anne zurück.«

»Ich wollte sie auch besuchen, aber Helverson hat mich aufgehalten.«

Gus nickte. »Sie möchte Clark verlassen. Ich mache mir Sorgen, daß sie das Zeug vielleicht doch genommen hat. Wenn sie es getan hat und die Gefahr erkennt, würde das ihren Wunsch nach einer Trennung erklären. Außerdem möchte sie alles, was wir über die Vorfälle der letzten Wochen aufgezeichnet haben, alle Karten der vorangegangenen Wochen. Sie möchte einen allgemeinen Überblick von allem erstellen.« Er seufzte. »Hast du schon einen Lastwagen bestellt?«

»Wenn du die Unterlagen aus deiner Abteilung beschaffen kannst, besorge ich die aus unserer und nehme heute nachmittag alles mit«, schlug Deena vor. Sie sah Gus an, dann wandte sie ihren Blick ab. »Ich kann eine Weile zu ihr ziehen. Marcie kann eine Zeitlang bei meiner Mutter wohnen. Sie kann von dort aus zur Schule gehen.«

»Clark dachte, er könnte ihre Mutter bitten, zu kommen«, antwortete Gus. Ihm mißfiel die Art, wie Deena es vermied, ihn direkt anzusehen. Ihm mißfiel der Gedanke, Anne in Deenas Obhut zu geben. Sie ist zwar nicht lesbisch, dachte er, es fehlt aber auch nicht viel. Und sie bewunderte Anne vielleicht zu sehr.

»Als ich Annes Mutter kennengelernt habe«, gab Deena bitter zu bedenken, »sagte sie zu mir« — ihre Stimme wurde nun fast zum Falsett — »›Ist es nicht ein Jammer, daß Anne sich nicht mehr Mühe gegeben hat, um einen besseren Ruf zu erwerben, daß sie bei einer der wirklich großen Gesellschaften hätte anfangen können?‹« Ihr Gesicht war hart und von Abscheu gezeichnet. »Hexe. Sie hat Anne solchen Mist vorgeworfen seit dem Tag ihrer Geburt. Wenn Anne sie umbringen würde, so wäre das zu entschuldigen. Ich glaube nicht, daß man ihr die Gelegenheit dazu bieten sollte.«

»Ich hatte den gleichen Eindruck«, stimmte Gus zu. »Sammle

deinen Kram zusammen, und ich werde inzwischen mit Clark darüber reden. Er kann vielleicht auch die Stellung halten und bleiben, unabhängig davon, was sie gesagt hat. Warten wir's ab.«

Clark befand sich im Projektionsraum. Es war ein winziges Zimmer, kaum groß genug für zwei Leute, wo man Bilder manuell oder über einen Computer projizieren konnte. Clark hatte die Aufnahmen auf dem Tisch neben seinem Ellbogen.

»Ich brauche einen Gehirnspezialisten«, sagte er, während er Gus, der gerade eintrat, zum Gruß zunickte. »Sieh dir das an. Eine massive Verklumpung hier und hier. Verklumpungen, hier jedoch nicht so sehr.« Er tauschte die Dias zu schnell aus, als daß Gus hätte folgen können. »Und wir müssen zwei weitere Schimpansen opfern, ein Kontroll- und ein Testtier. Ich werde das heute nachmittag machen. Ich brauche Vergleichsdaten.«

»Wann brauchst du den Mann? Mittwoch, Donnerstag?«

»Besser wäre es, wenn du es für Freitag ermöglichen könntest«, sagte Clark. Er hatte nun zwei Aufnahmen nebeneinander eingelegt und wechselte von einer zur anderen, wobei er vor sich hin flüsterte. Er fluchte und legte ein neues Doppelset ein, Gus zog sich zurück.

Wilma Didricks wartete am Ende des Bürokorridors auf Gus. »Wir machen weiter, stimmt das tatsächlich?«

»Es sieht ganz so aus. Wie weit seid ihr denn?«

»Wir werden in zehn, vierzehn Tagen wohl fertig sein. Versorgt uns Grove mit den Blutproben der an dem Versuch teilnehmenden Frauen oder müssen wir die Proben selber nehmen. Das macht dann einen Unterschied. Und irgend jemand muß schriftlich niederlegen, daß wir die Superzentrifuge und den Kühlraum belegen können, bis dies vorüber ist.«

Sie redeten weiter, während sie aufs Schreibzimmer zugingen, wo Gus anhielt und seiner Sekretärin ein Zeichen gab. »Wir benötigen einen Raum und Gerätschaft für zwei weitere Autopsien für heute nachmittag«, ordnete er an. »Sagen Sie dem Personal, daß es dafür sorgen soll. Und lassen Sie keinen Widerspruch zu. Ich wünsche, daß es in einer Stunde so weit ist.«

Mary Johnston nickte, ging an ihren Schreibtisch zurück und griff zum Telefon.

»Sobald wir die Blutproben der Versuchspersonen haben, können wir loslegen«, sagte Wilma Didricks. »Das Programm ist erstellt, der Analysator und alles vorbereitet. Wenn ich zur Komiteesitzung nicht zugelassen werde, Gus, möchte ich, daß Sie in meinem Namen meinen Protest zum Ausdruck bringen. Ich werde ihn Ihnen schriftlich geben. Und ich werde mit Grove unser Symbolsystem absprechen müssen, um sicherzugehen, daß seine Leute das System auch verstehen, das wir verwenden werden.« Er blieb kurz vor der Tür seiner Abteilung stehen. »Wenn Sie irgendwie die Bremse ziehen können, Gus, so tun Sie es um Himmels willen. Ich bin nicht der Ansicht, daß wir jetzt schon anfangen können. Ich kann es nicht belegen, es ist nur so ein Gefühl, aber dieses Gefühl gefällt mir ganz und gar nicht.«

Gus nickte und ging zu Virginia Sudsbury weiter, die die Temperaturbeständigkeitstests überprüfte. »Können Sie mir eine Kopie aller ihrer vorläufigen Ergebnisse gleich mitgeben?« Er lächelte sie an, als er bemerkte, wie durcheinander sie dreinschaute. Sie entspannte sich, er tätschelte ihre Schulter und ging weg. Plötzlich blieb er noch einmal stehen und kam zurück. »Wie hält es denn der Raumtemperatur stand?«

»Bis jetzt ist es gegen eine Temperatur von 23°C resistent.«

Er nickte und wandte sich wieder zum Gehen. Ein Gehirnspezialist, dachte er. Hutchinson von Harvard wäre ideal. Aber er würde vermutlich nicht persönlich kommen, selbst wenn er könnte. Aber er könnte irgend jemand anderes empfehlen. Wieder machte er sich in Richtung Schreibzimmer auf, drehte jedoch bei und ging in sein Büro, schloß die Tür hinter sich, drehte den Schlüssel um und wählte eine Amtsleitung. Er war noch nicht in der Lage, Bob Klugman mitzuteilen oder ihm mitteilen zu lassen, daß er einen Außenstehenden einspannen wollte.

Eine Stunde später hatte Deena alles Material zusammengetragen, das sie Anne bringen wollte. Sie schaute noch einmal bei Gus vorbei. »Ich ruf dich später an, falls ich nicht zurück sein sollte, ehe du nach Hause gehst«, sagte sie.

»Richtig. Und hier, Deena, ist die Liste der Medikamente, die Anne im Krankenhaus und anschließend bekommen hat. Sieh sie dir sorgfältig an, Deena. Drei dieser verdammten Dinger regen die Atmung und die Herztätigkeit an.«

Die Krücken hielten nicht unter ihren Armen, kein bißchen. Ein Lederriemen führte um ihr Handgelenk, lederüberzogene Handgriffe, die gut in der Hand lagen, und der Dreierfuß am Ende. Aber sie waren absolut nicht dazu geschaffen, ihr Gewicht zu tragen. Anne stand wackelig da und versuchte, sie in Stellung zu bringen. Ein Tausendfüßler, dachte sie, mit all diesen Füßen, und sie hatte immer noch Angst hinzufallen. Linke Krücke nach vorn, linker Fuß. Rechte Krücke, rechter Fuß . . . Sie schleppte sich hin. Sie schwitzte. Heb den Fuß hoch! Verdammt noch mal! Rechter Fuß, Pappkamerad! Sie hatte die Füße nacheinander im richtigen Takt aufgesetzt. Linke Krücke, linker Fuß. Rechte Krücke, rechter Fuß . . . Nachziehen. Sie strengte sich an und hob ihren Fuß, diesmal aber zu hoch. Der Dreifüßler stützte sie, aber sie hielt die Luft an.

»Schätzchen, du ziehst diesen Fuß wirklich nach«, meinte Ronnie.

»Du wirst es nicht glauben, aber ich weiß das!« Wieder setzte sie ihre Füße nacheinander auf, erst dann sah sie zu Ronnie hoch, die in der Tür stand. »Schau mir nicht zu! Du machst mich nervös.«

»Okay. Aber du mußt das ja nicht den ganzen Tag üben, weißt du.«

»Laß mich doch gefälligst allein!«

Ronnie zog sich zurück. Anne sah wieder auf ihre Füße hinunter. Linke Krücke nach vorn, linker Fuß. Rechte Krücke, rechter . . . Sie hinkte. Du gottverdammtes, dummes Ding! schnaufte sie hinunter. Zum Teufel, heb dich doch von diesem gottverdammten Boden ab! Sie befand sich in der Mitte des Zimmers, als Ronnie zurückkam. »Dr. Wells ist da«, sagte sie. »Sie hat eine Menge Kram dabei.«

»Jetzt nicht! Sag ihr, sie soll eine Minute warten. Ich werde euch rufen«, gebot ihr Anne atemlos. Schweißperlen standen auf ihrer Oberlippe. Sie rührte sich nicht, bis Ronnie wieder außer Sicht war. Als Deena die Notizbücher und Aktenordner hereinbrachte, saß Anne auf einem der hohen Stühle am Tisch bei dem Erkerfenster. Der Tisch war abgeräumt.

»Hallo, Schätzchen«, sagte Deena. »Hier kommt der Nikolaus mit seinem Gabensack. Im Wagen ist noch mehr.«

»Sieht aus, als genüge es für den Anfang«, meinte Anne. »Erzähl mir zuerst darüber, ja?«

»Aber sicher. Ich weiß nicht, wieviel Clark dir erzählt hat. Ich vermute, nichts. Es fing mit Duckmore an . . .«

Um fünf Uhr warf Ronnie einen Blick herein und ging wieder hinaus, ohne etwas zu sagen. Sie waren in ihre Aufzeichnungen vertieft, Anne machte Notizen, während Deena sprach. Sie ging in die Küche zurück. Um sechs Uhr schaute sie wieder hinein und sagte: »Anne, ich habe Abendessen für dich und Dr. Wells vorbereitet. Soll ich es ins Eßzimmer bringen?«

Anne sah fassungslos hoch. Ronnie wiederholte ihre Frage.

»Nein!« rief Anne. »Ich dachte nur, daß dieser Tisch hier wohl kaum in Frage kommt«, meinte Ronnie und wies mit dem Kinn in Richtung des überhäuften Tisches.

»Nicht im Eßzimmer!« sagte Anne, wobei ihre Stimme zu hoch und zu angespannt klang. »Im Wohnzimmer, wo Harry das letztemal den Tisch aufgestellt hat. Wir werden ein Feuer machen.«

Ronnie grinste. »Okay. Ich werde es vorbereiten. In fünf Minuten.«

»Dann gehst du nach Hause«, gebot Anne. »Ich habe gar nicht bemerkt, wie spät es geworden ist.«

»Es macht mir nichts aus . . .«

»Ich weiß, und ich bin dir dankbar. Aber wir werden noch lange arbeiten. Du kannst also genausogut nach Hause gehen.« Es war ein Befehl, kein Angebot. Ihre Stimme war immer noch hart und angespannt, ihr Gesicht verschlossen.

»Ich werde den Krempel aufräumen«, meinte Deena. »Machen Sie sich keine Sorgen darum, Ronnie. Ich werde doch noch ein paar Stunden hier sein.«

Ronnie zuckte die Achseln und ging hinaus, um den Tisch im Wohnzimmer zu decken.

»Es tut mir leid«, sagte Anne. »Manchmal geht sie mir schrecklich auf die Nerven.«

»Das kann ich mir denken. Manchmal sind die Immer-Freundlichen die, die am schwersten zu ertragen sind. Möchtest du dich ein bißchen waschen oder irgend etwas, ehe wir uns auf das Essen stürzen?«

Deena fuhr Anne ins Wohnzimmer. Ronnie hatte ein Feuer angemacht, doch es flackerte noch in kleinen Flammen, war in einem Stadium, wo es genausogut ausgehen wie weiterbrennen konnte. Deena blies es an und schürte es, bis sie es schließlich aufgab. »Dann sieh selbst zu, wie du zurechtkommst, Bruder«, sagte sie mit einem Blick in die Flammen. »Dann brenn eben nicht, wirst schon sehen, ob ich mich darum kümmere.«

Ronnie hatte kreolische Shrimps gemacht. Dazu gab es Brötchen, Salat und Fadenbohnen. Anne aß sehr wenig. Sie beobachtete, wie das Feuer schwächer wurde. Sie waren fast mit dem Essen fertig, als sie leise sagte: »Er glaubt, ich hätte den kleinen Kater im Eßzimmer umgebracht.«

Deena goß für beide Kaffee ein und zündete sich eine Zigarette an.

»Er glaubt, ich sei verrückt. Vielleicht bin ich es.«

»Wenn du das bist, bin ich die Johanna von Orleans, und das hat bisher noch keiner von mir behauptet.«

Anne saß auf der Couch, Deena auf einem hohen Stuhl, den sie zum Tisch gezogen hatte. Nun setzte sie sich auf die Couch, um Anne näher zu sein. »Was ist zwischen dir und Clark vorgefallen? Willst du darüber reden?«

»Ich glaube nicht. Er hat etwas getan, das mir zu Bewußtsein gebracht hat, daß ich alles noch einmal durchdenken muß. Unsere Beziehung. Alles. Und er glaubt, ich sei verrückt. Ganz einfach.«

Deena stand auf und begann hin und her zu gehen. Sie verließ Annes Gesichtsfeld. »Stimmt es, daß du dich von ihm trennen willst?« fragte sie hinter Annes Rücken.

Anne drehte sich um, sah sie an; Deenas Hand fuhr im Vorbeigehen über die Gegenstände. Erst glitt sie über den ziselierten englischen Tisch, dann berührte sie kurz eine Tiffanylampe, danach den Rahmen eines Bildes, das ein Schulfreund von Anne gemalt hatte. Anne drehte sich wieder um und studierte das erloschene Feuer. Mit einem widerspruchslosen Resignieren war es ausgegangen, ohne auch nur noch einmal Funken zu versprühen, und der Raum war kalt und unfreundlich geworden. Das Zimmer brauchte mehr Licht, die Einrichtung paßte nicht, die Bilder paßten nicht, all die kalten Blau- und Weiß- und Grautöne stimmten hinten und vorn nicht.

»Stimmt es?« wiederholte Deena und kam nun an den Tisch, setzte sich noch einmal auf ihren Stuhl.

Anne zuckte die Achseln und sah sie nicht an. »Es stimmt.«

»Wo wirst du hingehen?«

»Darüber habe ich mir noch keine Gedanken gemacht.«

»Anne, zieh zu mir. Zu Marcie und mir. Wir haben genügend Platz. Du kannst dein eigenes Zimmer haben, und es ist groß genug, um dort für dich auch eine Arbeitsecke einzurichten.«

»Danke«, sagte Anne.

»Wirst du kommen?«

»Ich weiß es nicht. Ich habe überhaupt noch nicht darüber nachgedacht.«

»Wirst du aber daran denken? Ich meine, du wirst doch keine Wohnung mieten, wo du allein sein wirst, und all so was?«

Ungeduldig wiederholte Anne: »Ich werde daran denken. Laß uns wieder an die Arbeit gehen! Okay?«

»Sicher. Ich werde nur den Tisch wegstellen und deinen Rollstuhl hinüberfahren.« Deena faßte die Griffe des Rollstuhls und fuhr Anne zur Diele. »Würdest du vielleicht den Kaffee holen? Von hier aus komme ich allein weiter«, bat Anne. Sie wartete keine Antwort ab, sondern rollte die Diele hinab, und als Anne einige Minuten später in das Schlafzimmer kam, war sie bereits wieder konzentriert über die Computerausdrucke von den *pa*-Werten der Schimpansen gebeugt.

»Laß uns alles suchen, das irgendwie mit diesen Schwankungen zusammenhängt«, schlug sie vor, ohne aufzusehen. »Bei den Testschimpansen und den Kontrollschimpansen.«

Stunden später stieß sie die Papiere von sich weg und warf ihren Bleistift auf die Tischplatte. »Verdammt, verdammt, verdammt! Hat irgend jemand sich ernsthaft bemüht, diese Lage Helverson zu erklären?«

»Gewiß. Er ist überzeugt, daß wir an dem Punkt angelangt sind, wo wir die Reaktionen von Menschen brauchen. Ich habe ihn heute nachmittag getroffen. Er ist unerbittlich in seiner Entscheidung, weiterzumachen. Er glaubt, daß Versuchspersonen irgendwelche Veränderungen melden werden, sobald sie eintreten, Veränderungen in der Wahrnehmung, Kopfschmerzen, irgend so etwas.«

»Er kann aber nicht weitermachen. Es ist diese verdammte Schwankung. Da liegt der Schlüssel. Ich wußte, daß hier etwas nicht stimmt! Ich habe es von Anfang an geahnt, als es zum ersten Mal aufgetreten ist. Wir hätten es vor zwei Jahren schon, zumindest aber letztes Jahr verfolgen müssen. Wir müssen Helverson bremsen.«

»Das können wir nicht«, widersprach Deena. »Warum hast du es nicht verfolgt, wenn es dich damals irritiert hat?«

»Wir haben letztendlich geglaubt, es sei normal. Es zeigte sich bei jedem Tier, bei jedem, das wir getestet haben. Wir waren der Ansicht, dies sei die Regel.«

»Wir! Du meinst Clark und dich, nicht wahr?«

»Clark. Ich. Es war unsere Entscheidung.«

»Schau, Anne. Es ist doch eine Tatsache, daß dich die Intuition dazu gedrängt hat, diesen Weg weiterzuverfolgen? Genauso wie es Intuition war, die dich zu der Annahme gebracht hat, daß so etwas wie das *poena albumin* überhaupt existiert? Das ist doch der springende Punkt. Und jemand wie Clark, mit seiner ganzen Vernunft, den Tests und Beweisen, hat er nicht gezögert, als deine Intuition dir gesagt hat, weiterzumachen? Ich habe es doch mit dir zusammen x-mal erlebt!«

»So verhält sich das nicht. Wir haben immer jeden Schritt besprochen und abgestimmt, ehe wir etwas begonnen haben. Es war gegenseitiges Einvernehmen, von Anbeginn an.«

»Quatsch! Ich weiß, was ich immer und immer wieder beobachtet habe!«

»Du weißt überhaupt nichts, wenn dies deine Meinung ist!«

»Verteidige ihn nicht, zum Teufel noch mal! Jeder weiß, daß dies deine Arbeit ist, daß er dein Trittbrettfahrer war. Und er war ein richtiger Hemmschuh! Du hättest die Schwankungen weiterverfolgen sollen, wenn du auch nur einen Funken von Verdacht hattest, daß hier irgend etwas falsch war! Und das hättest du auch getan, wenn er dich nicht gedrängt hätte. Hättest du das nicht?«

»Ich weiß nicht. Was haben sie im Labor gesagt?«

Deena grapschte in ihre Tasche nach einer Zigarette. »Daß du die Arbeit machst, und er nur Nutzen daraus zieht. Jedes zweite Mädchen macht ihm schon Schlafzimmeraugen! Und er weiß es.

Er hat schon seinen Namen auf der Entdeckung stehen, und er wird es durch die Humantests ziehen, und wenn die Zeit gekommen ist, die Ernte einzuholen, den Nutzen und den Ruhm, so kannst du Gift darauf nehmen, daß er dasein wird. Du glaubst, es sei deine Entdeckung, aber das ist sie nicht. Was glaubst du, wer wird zu Seminaren und Konferenzen eingeladen werden? Wer wird die Beförderung erhalten, wenn Gus die Leiter nach oben fällt? Du? Das ist ja lachhaft! Sie werden sich Millionen Möglichkeiten ausdenken, um dich anzubinden, damit du zu beschäftigt bist, um dein kleines heißgelaufenes Mikroskop zu verlassen, und der hohe Herr wird dann die Firma repräsentieren! Ich habe das schon öfter miterlebt! Hör mir zu, Anne. Bitte glaube mir. Ich kenne das.« Deena kniete neben Annes Rollstuhl und nahm ihre Hand. »Wenn es dir Ernst damit ist, ihn zu verlassen, so tue es jetzt, ehe irgend etwas publik gemacht ist, ehe der Stoff ein Erfolg wird. Es ist deine Arbeit, ganz allein deine. Streich seinen Namen dort weg! Du weißt, daß er nicht hierbleiben wird, wenn du einfach erklärst, daß alles deine Arbeit war. Es gibt keinen Grund für ihn, hierzubleiben, und dann wird kein Zweifel mehr darüber bestehen, wessen Leistung dies ist!«

Anne schob sich weg. »Du weißt nicht, wovon du redest. Natürlich ist es auch seine Arbeit. Er hat sie erst ermöglicht.«

»Jeder erfahrene Laborassistent hätte das tun können, was er getan hat! Du hast ihm jeden Schritt des Weges vorgezeichnet, was als nächstes zu tun war, und wenn du ihn nicht in deine Richtung gedrängt hast, so ist die Sache auch schon aus der Spur geraten! Das hast du selbst zugegeben!«

»Deena, du redest Unfug! Du hast keine Vorstellung, was in diese Arbeit investiert wurde, ehe du überhaupt von ihrer Existenz erfahren hast! Diese Phase, die Phase, an der du mitgearbeitet hast, ist das Ergebnis von sieben Jahren harter Arbeit, die wir Seite an Seite geleistet haben!«

»Es ist kein Unfug! Es ist kein Unfug! Weißt du, was ich in der Firma bin? Eine Assistentin von Emory Durand! Das ist alles, was ich jemals zu sein erhoffen kann! Eine Assistentin! Und wenn er befördert wird, und das wird er, dann werde ich Benny Bobsons Assistentin sein! Und wenn der befördert wird, dann werde ich jemand anders Assistentin sein! Du! Du glaubst, daß du jemals etwas anderes sein wirst, als was du im Augenblick bist? Clark wird eines Tages Gus' Platz einnehmen, und möglicherweise wird man ihm auch Klugmans Posten anbieten, und er wird ihn nehmen, und weißt du, wo du dann sein wirst? Genau dort, wo du jetzt bist! Tja, Herzchen, so läuft ihr Spielchen. So läuft es, so ist es gelaufen und so wird es weiter laufen!«

»Und wenn du und ich Clark rausekeln und vielleicht deinen Namen auf die Arbeit schreiben, zumindest in dieser Phase, dann ändern wir damit das System?«

»Du kannst dich darauf verlassen, daß wir es ändern!«

Anne fühlte, wie ihre Knie zitterten und ihre Hände feucht wurden. Sie wischte sie an ihren Hosenbeinen ab. Deena kniete immer noch neben ihrem Rollstuhl. Anne sah nicht auf sie hinunter. »Warum haßt du ihn so sehr? Was hat er dir getan?«

»Ich hasse ihn nicht! Nicht speziell Clark. Kannst du denn nicht verstehen, was ich dir zu erklären versuche? Ich sehe es kommen, was sie unternehmen, um dich und mich auszuschalten. Es wird überhaupt nicht mehr unser Erfolg sein! Es wird der seine und Klugmans und Helversons Erfolg und der des Unternehmens!«

»Und was veranlaßt dich zu dem Glauben, es sei dein Erfolg? Deine Arbeit mit den Humanversuchen. Jeder Gedanke, den wir ausgearbeitet haben, war meiner! *Ich* habe gesagt, daß wir die Frauen ausbilden wollen! *Ich* habe gesagt, daß wir die Gespräche persönlich führen müssen! *Ich* habe gesagt, keine Gefangenen!«

Deena stand auf und ging um den Tisch. »Ich habe es nicht so gemeint, wie es geklungen hat. Ich weiß das. Ich habe mich versprochen. Ich habe von *unserem* Erfolg gesprochen, in bezug darauf, was wir gemeinsam erarbeitet haben, um es so gut wie möglich zu gestalten.«

Anne sagte und beobachtete sie dabei: »Du hast gesagt, was du denkst. *Unser* Erfolg. Clark ausschalten und deinen Namen hinzufügen, das willst du doch? Warum haßt du ihn?«

»Aus den gleichen Gründen wie du!« schrie Deena. »Nur daß du länger dazu gebraucht hast, diese Gründe zu entdecken, das ist alles!«

»Warum bist du eigentlich Psychologin geworden? Und warum arbeitest du lieber mit Tieren als mit Menschen?«

»Worauf willst du hinaus?«

»Ich weiß nicht, aber siehst du nicht, was du tust? Du drängst mich, all dies zu tun, dessen du sie beschuldigst. Du möchtest, daß ich Clark wegnehme, was ihm gerechterweise zusteht, und du gibst vor, dies sei ihr Verhalten. Siehst du das nicht?«

»Das ist nicht wahr!«

»Warum drängst du mich nicht dazu, mich mit meinem Mann zu versöhnen? Das sollte doch eine Psychologin tun, nicht wahr? Versuchen, Meinungsverschiedenheiten auszusöhnen? Du versuchst vielmehr, den Keil noch tiefer zu treiben. Seinen Namen wegstreichen, deinen draufsetzen. Mit dir zusammenleben. Warum?« Deena erblaßte, und einen Augenblick lang schien sie zu schwanken, dann kam Farbe in ihre Wangen, sie krampfte sich an die Tischkante, beugte sich vor und flüsterte: »Das ist eine Lüge! Das reden sie über mich, nicht wahr? Das ist eine Lüge! Es ist eine dreckige Lüge!«

Anne sah sie an, ohne zu sprechen, und Deena kam um den Tisch herum; ihr Kinn zitterte, Zucken verzerrte ihren Mund, ließ nach, kam wieder. Sie führte ihre Hand zum Mund, ihre Finger zitterten. »Es ist eine Lüge!« flüsterte sie heiser. »Du hast kein Recht, so etwas zu mir zu sagen. Ich bin deine Freundin gewesen! Ich bin die ganze Woche für dich eingestanden! Ich habe von Anfang an an dich und deine Arbeit geglaubt. Ich habe für diese Arbeit meine berufliche Existenz aufs Spiel gesetzt. Du hast kein Recht, hier so etwas zu sagen!«

»Ich habe keine Anschuldigung gegen dich vorgebracht«, stellte Anne richtig. »Ich glaube, du gehst jetzt besser nach Hause. Wir sind beide müde.«

»Das denkst du aber, nicht wahr?«

»Ich denke gar nichts.«

»Du würdest das eher glauben, als der Wahrheit über ihn ins Auge zu sehen, das ist es! So ist es leichter für dich! Und du mußt nicht mehr darüber nachdenken, wie er dich betrügt . . .«

»Deena, um Gottes willen, versuch nicht, mich zu psychoanalysieren! Ich habe nicht nötig, daß du dich mir erklärst!«

»Aber ich brauche eine Psychoanalyse, was? Du glaubst, ich brauche Hilfe?«

»Ich glaube gar nichts! Deena, geh nach Hause! Ich bin erschöpft. Ich kann dieses Spielchen nicht weiter mit dir spielen! Vergiß einfach alles, was ich gesagt habe, vergiß alles, was du gesagt hast. Wir sind beide müde!« Sie hörte, wie ihre Stimme sich hob, und biß sich auf die Lippen.

»Ich werde gehen«, sagte Deena nach einer Weile. »Aber ich werde nichts vergessen. Ich werde es niemals vergessen!«

18

Lolas schwarze, lederhäutige Finger fetzten Haarbüschel aus ihren Flanken, zuerst auf der linken Seite, dann auf der rechten. Sie riß ein paar Haare aus, streckte die Hand von sich, ließ sie fallen, dann begann sie von neuem. Schon zeigten sich kahle Stellen, größer bereits als ein Fingernagel, geronnenes Blut, hier ein Fleck, dort ein anderer. Sie starrte geradeaus vor sich hin, ohne den Blick zu wenden.

»Wann hat sie damit begonnen?« fragte Clark Bob Brighton.

»Ich weiß nicht. Ich kam um 10.30 Uhr, und weil das ein bißchen zu früh war, um Virginia abzulösen, bin ich herübergekommen, um kurz einen Blick auf die Schimpansen zu werfen, ehe ich mit der Arbeit an den Temperaturbeständigkeitstests beginnen wollte.«

»Lieber Gott!« Clark spürte, wie Schwindelgefühl und Verzweiflung ihn befielen. »Ich werde irgend jemand ausfindig machen müssen, der sie unter ständiger Beobachtung hält. Würden Sie so lange hier bleiben, bis jemand kommt? Ich werde Virginia Bescheid sagen, daß Sie sich ein wenig verspäten.«

Bob Brighton nickte, ohne den Blick von der Schimpansin zu wenden. Er hatte einen Notizblock vor sich liegen, dessen erstes Blatt schon ganz mit Aufzeichnungen bedeckt war. Er setzte sich wieder und legte den Notizblock auf seinen Schoß.

Clarks Kopf weigerte sich, einen Namen preiszugeben, und schließlich rief er Emory Durand zu Hause an. Durand sagte, er würde sich darum kümmern, worauf Clark zurückging, um den Schimpansen zu beobachten. Lola starrte geradeaus, ihre Finger zupften Fell und ließen es fallen. Die kahlen Stellen dehnten sich weiter aus. Clark blieb ein bis zwei weitere Minuten hilflos vor dem Käfig stehen. Dann kehrte er mit hängenden Schultern in seine eigene Abteilung zurück. In der Pharma-Abteilung arbeiteten zu dieser Zeit ein halbes Dutzend Leute; andere waren im Computerraum beschäftigt, ein Techniker saß am Elektronenmikroskop. Dietrichs Stab von der Nachtschicht arbeitete an Blutanalysen und extrahierte den *pa*. Es war halb zwölf.

»Dr. Symons?«

Er drehte sich um und sah, wie Virginia Sutsbury auf ihn zukam. »Ich weiß, daß Dr. Wells heute abend nicht hier ist«, sagte sie. »Wenn Bobs Ablösung kommt ... Ich dachte, wenn Sie eine Fahrgelegenheit suchen ... Ich dachte, wir haben den gleichen Weg. Ich habe meinen Wagen dabei.« Sie wurde rot, während sie sprach, und sah fast verzweifelt aus, als suche sie bereits einen Ausweg für das, was sie begonnen hatte.

Clark nickte abwesend. »Ich habe ungefähr zwanzig Minuten zu tun.«

»Ich werde am Hintereingang warten«, stimmte sie zu.

Clark wäre gern zurück ans Elektronenmikroskop gegangen und hätte den Mann, der jetzt dort arbeitete, angetrieben. Stattdessen ballte er die Fäuste und ging in sein Büro zurück. Es lief ja schon alles so schnell, wie es nur möglich war.

Um zwölf betrat Gus sein Büro. Clark schaute triefäugig hoch. »Was machst du denn hier?«

»Da könnte ich genausogut fragen, was, zum Teufel, du hier noch machst?« schimpfte Gus. Und weißt du, daß Virginia auf dich wartet, um dich nach Hause zu bringen?« Er öffnete die Papiertüte, die er bei sich trug, und warf Clark eine Flasche zu. »Du bekommst jetzt ein gutes Schnäpschen verordnet — und dann nichts wie weg mit dir.« Er zog zwei Pappbecher heraus und goß ein. »Jetzt mußt du ja alles doppelt sehen.«

Clark stürzte seinen Schnaps hinunter. »Warum bist du denn zurückgekommen?«

»Ich kann nicht schlafen, wenn Elaine nicht da ist«, brummelte Gus. »Ich habe keine Ahnung, was das eigentlich für einen Unterschied macht, aber es ist so. Es beginnt mich zu jucken. Erst fangen meine Beine an zu jucken. Also dachte ich, was, zum Teufel, es wäre wohl besser, hier zu sein, als sich zu Hause zu kratzen.« Er nippte an seinem Bourbon und seufzte. »Gutes Zeug.

Weißt du, ich sehe zu, wie meine Hände zu kratzen beginnen, noch ehe ich sie stoppen kann. Ich kratze, bis ich wund bin, und weiß verdammt genau, daß ich da gar nichts habe. Keinen Mükkenstich, keinen Ausschlag, nichts. Aber ich kratze, bis ich wund bin. Ich dachte, Bierley hätte vermutlich wieder ein paar Dias in ein, zwei Stunden fertig. Heimliche Vorbesichtigung.«

Clark trank seinen Schnaps aus. »Du hast gesagt, Virginia wartet auf mich? Liebe Zeit, ich habe sie ganz vergessen.«

»Ja. Das habe ich mir gedacht. Geh nach Hause, schlaf ein bißchen!«

Clark ließ seinen Blick vage umherschweifen, als er sich an seine Cordjacke erinnerte, zog sie an und ging hinaus. Virginia stand tatsächlich immer noch an der Tür. Ihr strahlendes, schweres, wunderschönes Haar fiel ihr nun lose den Rücken hinab.

»Mein Wagen steht fast am Ende des Parkplatzes«, meinte sie. »Das ist das Schlimmste, wenn man um drei zu arbeiten beginnt, kein Parkplatz näher als da hinten. Möchten Sie hier warten, während ich ihn hole?«

»Nein. Ich werde mitkommen. Die Luft tut gut.« Es war kalt und windstill, der Himmel bedeckt. Während sie auf den Wagen zugingen, überliefen ihn heftige Kälteschauer.

»Meine Heizung läuft nicht allzu gut«, entschuldigte sich Virginia. »Aber in ein paar Minuten wird es schon besser sein. Sie wohnen am Cherokee-Drive, nicht wahr?«

Er nickte, und es kam ihm gar nicht in den Sinn, sich zu fragen, woher sie das wußte. Er fragte auch nicht, wo sie wohnte. Er ließ sich in den Sitz fallen, in seine Jacke gekuschelt, und schloß die Augen, als sie aus der Parklücke setzte, langsam über den Parkplatz fuhr und auf dem Highway, der nun fast verlassen dalag, Gas gab.

Von Zeit zu Zeit sah Virginia zu ihm hinüber, aber sie sagte kein Wort; es machte sie glücklich, daß er in ihrem Wagen schlief, daß sie in der Lage war, überhaupt so viel für ihn zu tun. Sie wußte, wo das Haus lag; sie hatte nachgesehen, wo er wohnte, und war ein paarmal dort vorbeigefahren. Der Gedanke, daß er in einer so eleganten Wohnung mit Blick auf den Park wohnte, bereitete ihr Freude. Als sie ankamen, verlangsamte sie sanft den Wagen und kam fast unmerklich zum Stehen. Sie legte den Leerlauf ein und drehte sich zur Seite, um ihn anzusehen. Er war fest eingeschlafen. Sie streckte ihre Hand hinüber, ihn zu berühren, ihn zu wecken, dann zog sie sie jedoch zurück und schlang beide Hände ineinander. Noch nicht. Gleich. Sie betrachtete ihn, wie er schlief.

Deenas kleiner gelber Wagen schoß aus der Parklücke, bockte, soff ab und schoß wieder vorwärts, als sie durch die Allee fuhr, drehte und ohne anzuhalten auf die Straße einbog. Einen halben Block entfernt sah sie Virginias Wagen vor dem Haus geparkt stehen, und ohne es zu wollen, hielt sie in der Kurve an. Ihre Heizung hatte noch nicht die Zeit gehabt, das Wageninnere zu wärmen, so daß sie fröstelte; doch warf sie den Motor nicht wieder an. Sie schlang die Arme um sich und beobachtete den alten Ford. Die Scheinwerfer waren aus. Minuten verstrichen, und sie war völlig durchgefroren. Ihre Finger gruben sich durch den Mantel in ihre Arme, lockerten den Griff, gruben sich wieder ein. Endlich ging die Tür auf, und Clark stieg aus. Er schwankte, lehnte sich gegen den Wagen, sagte etwas zu Virginia, dann stieg er die Treppenstufen empor, hielt sich dabei am Geländer fest, sein Gang war der eines alten Mannes. Deena startete ihren VW nicht, bis Virginias Wagen abgefahren und außer Sichtweite war.

Das würde sie Anne sagen, dachte sie, ihr von Clark und dieser feisten, langhaarigen Schlampe erzählen, ihr die Augen öffnen. Sie schüttelte den Kopf. Anne würde ihr nicht glauben. Niemals wieder würde sie ihr etwas erzählen können. Nicht nach den bösartigen, üblen Dingen, die Anne ihr an den Kopf geworfen hatte.

Sie fuhr zu schnell und mußte hinter langsam fahrenden Wagen und an roten Ampeln ihren Wagen mit kreischenden Bremsen zum Stehen bringen; sie würgte mehrmals den Motor ab, und bis sie ihre Wohnung erreicht hatte, war sie wütend auf den VW. Sie würde ihn zur Inspektion bringen müssen, damit man herausfand, warum er immer so absoff. Und die Bremsen. Bremsen dürften auch beim harten Anhalten nicht so kreischen. Sie machte sich einen Scotch mit Soda zurecht und nahm in ihrem Wohnzimmer Platz, um über Anne nachzudenken.

Sie war krank. Wenn Deena nicht persönlich reagiert hätte, ihr mehr sachlich, berufsmäßig begegnet wäre, hätte sie das sofort erkannt. Es war schwierig, das berufsmäßige Ich vom persönlichen zu trennen. Das ist wohl auch der Grund, warum wir Psychologen nicht Freunde und Angehörige behandeln, dachte sie. Selbstverständlich bedurfte Anne der Hilfe eines Psychologen. Sie hatte Einfälle wie eine Verrückte. Wie eine Verrückte, wiederholte sie, und trank langsam ihren Whisky. Gewisse sexuelle Störungen ließen Anne Deena vorwerfen, woran sie selber litt. Anne hatte eine solche Neigung, so viel stand fest. Sie lehnte sie ab, lehnte es ab, sie überhaupt anzuerkennen, und warf sie statt dessen jemand anderem vor. Soviel stand fest.

Auch gewisse Züge von Verfolgungswahn. *Sie* ruinierten ihre Arbeit. *Sie* versuchten, sie ihr wegzunehmen. *Sie*, sogar Deena, vermutlich ihre einzige wirkliche Freundin, planten ein Komplott gegen sie.

Wahrscheinlich hatte sie die Katze umgebracht, verdrängte dies nur heftig. Das paßte genau ins Schema. Deena hatte die Kratzer bemerkt. Es war unmöglich, sie zu übersehen, und Anne hatte sich verhalten, als ob sie nicht existierten. Vielleicht verdrängte sie sie in hysterischer Blindheit.

Es war schon fast ein klassischer Fall, dachte Deena. Eine einfache Einladung als homosexuelle Drohung auszulegen. Klassisch. Anne war der Typ dafür. Lange Beine, schmale Hüften, insgesamt eine knabenhafte Figur. Offensichtlich Hormone, die aus dem Gleichgewicht geraten waren. Sie war verwirrt durch ihre im Widerstreit liegenden Sehnsüchte und unterdrückte ihre Bedürfnisse . . . Deena trank ihren Whisky aus und begann sich auszuziehen. Jetzt konnte sie Anne bemitleiden; mit dem Verständnis kam das Mitleid und nicht mehr der Zorn, den sie zuvor empfunden hatte.

Sie mußten es natürlich erfahren. Anne mußte behandelt werden. Sie hatte das *pa* eingenommen, und es zeigte bei ihr Wirkung. Sie mußten es erfahren.

Clark blieb zögernd vor Annes Tür stehen, seine Hand lag auf der Klinke, er trat jedoch nicht ein; er drehte sich um und ging in sein eigenes Zimmer. Das kurze Nickerchen in Virginias Wagen hatte seinen Kopf etwas geklärt, und er begriff, daß er sich Annes

Tagebuch verschaffen mußte und daß er sie nicht darum bitten konnte. Sie war eine zu gute Wissenschaftlerin, als daß sie nicht von Beginn an minutiöse Aufzeichnungen gemacht hätte. Er würde dort alles finden, die Dosierung, wie oft sie es genommen hatte, welche Reaktionen, falls welche vorlagen.

Jenseits des Flurs lauschte Anne nach ihm und war erleichtert, als offensichtlich wurde, daß er nicht zu ihr kam. Nach einer Weile wurde ihr bewußt, wie ihre Arme und Schultern schmerzten, und sie wußte, daß sie so bald nicht würde schlafen können. Sehnsüchtig dachte sie an ein heißes Bad und fragte sich, ob sie allein damit zurechtkommen würde; sie hatte Angst, es zu versuchen. Es war schwierig, aus der Badewanne zu gelangen. Sie drehte das Licht aus und blieb in dem dunklen Zimmer mit Blick aus dem Fenster sitzen und dachte über die Arbeitsgänge nach, die nun im Labor vor sich gingen, dachte an Lola und Fanny und Duckmore. So lange, nachdem ihnen das Serum verabreicht worden war. Warum? Offensichtlich ein Beschleunigungsprozeß. Das *pa* neigte dazu, zum Gehirn zu wandern, und verursachte dort bei normalen Personen, die von Geburt an daran gewöhnt waren, keine Störungen. Die Adaption klappte jedoch nicht bei Personen mit hohem, künstlich erzeugtem *pa*-Stand. Warum? Es mußte noch einen anderen Faktor geben, dachte sie. Etwas, das sie übersehen, das sie nicht in Betracht gezogen hatten. Der Schlüssel mußte in dem schwankenden *pa*-Wert liegen.

Sie mußten letztlich einen Gehirnspezialisten hinzuziehen. Sie hatten schon früh darüber diskutiert und beschlossen, noch keinen Fremden hinzuzuziehen, aber sie brauchten nun dieses spezialisierte Wissen. Gus würde sicher jemanden kennen. Sie dachte an die Tage direkt nach dem Unfall, als Dr. Radimer ihr gesagt hatte, daß man sie noch einmal an ihrem Bein operieren müßte. Er hatte gesagt: »Anne, es gibt so verdammt vieles, das wir nicht verstehen, das wir nicht vorhersehen können. Warum ein Schienbein so schwierig heilt, ist ein Rätsel.« Warum der *pa*-Faktor im Gehirn verklumpte, war nun ein weiteres Rätsel.

Was würde Clark sagen, wenn sie zugab, daß sie sich an lange Strecken ihrer Genesungszeit nicht erinnerte? Die ersten Tage im Krankenhaus waren ein Loch, das jedoch erklärbar war, weil sie die ganze Zeit unter Medikamenten gestanden hatte. Dann kam eine klare Periode, Stunden der Qual, Tage der Folter. An den Nachhauseweg erinnerte sie sich sehr gut. Sie erinnerte sich daran, wie sie auf einer Tragbahre ins Haus gebracht und ins Bett gelegt wurde. All dies war klar. Es folgten weitere qualvolle Tage, dann wieder ein Loch bis zu dem Tag, als sie stürzte. Es waren Bruchstücke, ein Stück da, ein anderes dort. Ein Besuch ihrer Mutter, deren Beschuldigungen, die sie in Fragen gekleidet hatte: Hattet ihr getrunken gehabt? Ist er zu schnell gefahren? Habt ihr euch unterhalten, nicht aufgepaßt? Bekommt ihr viel Geld von der Versicherung? Sie erinnerte sich genau an diesen Besuch.

Dann ließ sie von dem, was sie nun durchzudenken begonnen hatte, ab und konzentrierte ihre Gedanken wieder auf die Löcher. Traumas brachten oft ihre speziellen Gedächtnisverluste mit sich, das ist ein einfacher Schutzmechanismus, der leicht genug zu verstehen ist und gewöhnlich leicht überwunden wird, wenn man das Loch wieder füllen kann. Diese Periode begann mit dem Ereignis A und hielt an bis zum Ereignis B. Der Sturz war Ereignis B. Ereignis A? Sie wußte es nicht.

Der Sturz. Sie saß auf der Bettkante, der Rollstuhl in Reichweite, und sie wußte, daß sie aufstehen und den Stuhl nahe genug heranziehen konnte, um darin Platz zu nehmen. Es sollte eine Überraschung für Clark sein, der im Badezimmer war. Wenn er wiederkommen würde, fände er sie in ihrem Rollstuhl vor, wie sie am Tisch beim Erkerfenster Kaffee eingoß. Sie schloß die Augen und stellte sich vor, was weiter geschehen war. Sie hatte ihre Beine über die Bettkante geschwenkt, hatte sich mit beiden Händen an der Kante abgestützt. Dann war sie immer noch voll Selbstvertrauen aufgestanden, zwar sehr wackelig, aber sie war gestanden und hatte den Arm ausgestreckt; das Bild, das in ihrer Erinnerung darauf folgte, verzerrte sich. Sie sah, wie ihre Hand sich nach dem Rollstuhl streckte, sah ihre Hand umhertasten, als der Stuhl ihr auszuweichen schien. Sie hatte das Gleichgewicht verloren und hatte mit einer verzweifelten Drehung versucht, wieder das Bett zu fassen zu bekommen, und war gestürzt; beim Fallen hatte sie die Bettdecke heruntergerissen. Sie hatte wohl geschrien. Sie konnte sich nicht erinnern, ob sie geschrien hatte. Clark war angerannt gekommen; sie mußte wohl geschrien haben. Und dann hatten sie Schmerzen und Furcht überflutet.

Das war Monate her. Wie hatte sie sich so sicher sein können, es zu schaffen? Was hatte ihr dieses falsche Zutrauen vermittelt? Und warum schließlich, das war am wichtigsten, hatte sie diese Gedächtnislücken?

Wenn sie den *pa*-Faktor genommen hätte, würde sie das wissen? Sie war sicher, sie würde sich daran erinnern. Wieder sah sie Ruth Gorman vor sich, eine rundliche Frau mittleren Alters und mittlerer Größe, die zu Übergewicht neigte. Ruth hatte jede Nacht gestrickt, eine Nacht nach der anderen. Sie fertigte eine Decke aus freundlichen orange-, braun- und goldfarbenen Garnen an.

»Im Kühlschrank liegt ein weißer Plastikbeutel«, hatte Anne eines Nachts zu ihr gesagt. Sie hatte in jenen Nächten sehr wenig geschlafen. »Würden Sie ihn mir bitte bringen?«

Ruth stellte keine Fragen. Anne hatte Notizblocks, Zeitschriften, Schachteln mit Dias, praktisch alles von ihrem Schreibtisch im Arbeitszimmer, das nun Clarks Schlafzimmer geworden war, vor sich aufgehäuft.

Und später hatte Anne sich angesehen, was in dem Beutel war. Es war eine Schachtel mit zwei Dutzend verstöpselten Einweg-Probeflaschen. Zwei Dutzend dazugehöriger Spritzen. Ihre Eintrittskarte zur Freiheit, hatte sie gedacht, als sie die eine Flasche, die bis zum Hals mit der farblosen Flüssigkeit gefüllt war, betrachtet hatte.

Am nächsten Tag war der Arzt gekommen, und sie hatten etwas Neues zur Muskelkontraktion ausprobiert, worauf wieder starke Schmerzen einsetzten. Danach hatte sie wieder in einem Krankenhausbett gelegen, wie sie sich erinnerte. Das hatte sie vergessen gehabt.

Und eines Tages hatte sie um ein Nachtschränkchen statt des Krankenhausnachttisches rechts neben dem Bett gebeten. Das Nachtschränkchen hatte eine Tür, die sich automatisch verriegelte, wenn man sie schloß. Sie hatte den Schlüssel dazu. Sie erinnerte sich, wie sie es öffnete, die plastikumhüllte Schachtel in das Fach legte, zusammen mit ihren Originalaufzeichnungen über den *pa*-Faktor.

Sie hatte die Tür aufgeschlossen und das Päckchen hineingelegt. Diese Bewegung hatte ihr weh getan, als sie sich hinabbeugte. Und irgendwann hatte sie die Tür wieder geöffnet, das Päckchen herausgeholt und in Zeitungspapier eingeschlagen, hatte es, so wie es war, in den Papierkorb geworfen. Sie wußte, daß sie das getan hatte. Sie konnte sich daran erinnern, wie sie es in Zeitungspapier einschlug.

Warum hatte sie es eingeschlagen? Warum hatte sie es nicht einfach weggeworfen, so wie es war?

Sie hatte es in Zeitungspapier gepackt. Sie hatte es sorgfältig verpackt, als sei es etwas, das sie aufbewahren und nicht wegwerfen wollte. Sie hatte die beiden Enden eingeschlagen. So würde es sich nicht von allein öffnen. Sie hatte es noch einmal eingepackt, und die Gegenseiten eingeschlagen. Sie ließ es in den Papierkorb fallen, dann knüllte sie Zeitungen zusammen und warf sie darüber. Sie leerte ihren Aschenbecher darauf, stopfte noch eine Zeitschrift hinein. Und Blätter von ihrem Notizblock, die sie locker zusammenknüllte. Sie hatte das Päckchen vollständig begraben.

»Ich hatte befürchtet, es würde sich nicht halten«, flüsterte sie. »Und es waren zu jener Zeit so viel Fremde innerhalb und außerhalb der Wohnung. Ich hatte befürchtet, jemand könnte es nehmen oder gar benutzen.« Sie hörte ihr Flüstern und preßte ihren Mund zusammen. Das war nicht der Grund gewesen.

Sie hatte es in Zeitungspapier verpackt . . . Zurück, weiter zurück! Sie hatte es zuerst geöffnet, hineingesehen . . . Vorher! Sie schloß die Tür auf und nahm das weiße Päckchen in der Plastiktüte heraus. Keiner war zu jener Zeit im Zimmer. Sie mußte die Zeit immer sehr sorgfältig auswählen. Niemals ließ man sie allein. Sie trug den Schlüssel an einem Kettchen um ihr Handgelenk. Sie schloß die Tür auf und öffnete sie, lehnte sich weit über die Bettkante. Sie faßte nach der Plastiktüte, die sich immer kühl und ein bißchen klebrig anfühlte. Sie legte das Päckchen auf ihren Bauch und lehnte sich zurück gegen die Kissen. Der Plastikbeutel war an der Seite nicht ganz aufgerissen. Sie hatte die Zeitungen neben sich auf dem Bett liegen. Sie öffnete die Schachtel . . . Sie packte sie in . . .

Zurück, weiter zurück! Sie hatte sie geöffnet, eine der winzigen Ampullen herausgenommen, sie hochgehalten . . . Warum? Sie erinnerte sich daran, wie sie sie hochhielt und die klare Flüssigkeit betrachtete. »Ich habe es entdeckt. Es trägt meinen Namen!«

Anne fühlte ihr Herz heftig schlagen, sie schloß die Augen, und endlich kam ihr jener Tag wieder ganz in Erinnerung. Ihre Mutter war dagewesen. Von Schmerzen geschwächt und von Schlaflosigkeit benommen, hatte sie versucht, dem Monolog ihrer Mutter zu folgen, und hatte es aufgegeben. Dann hatte ihre Mutter gesagt: »Vermutlich hat er ein anderes Mädchen, das ihm jetzt hilft. Hast du sie gesehen? Ist sie hübsch?« Du bösartige Hexe, dachte Anne. Wie kannst du mir das jetzt antun? Ihre Mutter sah wie Harry aus, groß, lange Arme und Beine, dick um die Taille. Und sie sah ebenfalls unglücklich aus, doch sie hatte schon immer unglücklich ausgesehen.

»Ich bin nicht seine Assistentin«, hatte Anne sie korrigiert und sich bemüht, ihrer Stimme einen festen Ton zu geben.

»Sie werden dich entlassen, oder? Aber es muß eine Menge Jobs für gutes Laborpersonal geben, sogar für Frauen.«

»Ich bekomme mein volles Gehalt«, widersprach ihr Anne. »Das habe ich dir bereits gesagt.«

Ihre Mutter zog die Augenbrauen hoch.

Und Anne hatte sich umgedreht, um an die Tür des Schränkchens zu kommen, es mit ihrem Schlüssel, der an ihrem Armband hing, aufzuschließen, hatte den weißen Plastikbeutel mit der Schachtel herausgenommen, den Plastikbeutel, der an der Seite fast ganz aufgerissen war. Das Plastikmaterial hatte sich kalt und klamm angefühlt. Ihre Hände zitterten, als sie sich wieder hinlegte, mit der Schachtel auf ihrem Bauch. Sie öffnete sie und zog eine der kleinen Ampullen heraus.

»Sieh es dir genau an, Mutter? Ich habe es entdeckt! Es trägt meinen Namen! Meinen! Anne Clewiston! Nicht Mrs. Clark Symons!«

»Wofür ist es gut?«

»Es wird den Schmerz stillen. Völlig stillen.«

»Nun, wenn es funktioniert, so solltest du angesichts deines Zustands es benutzen, würde ich sagen. Warum hast du es hier, wenn du nicht vorhast, es zu benutzen?«

Anne legte die kleine Ampulle sorgfältig zurück, hielt ihren Blick auf die Schachtel geheftet, da sie ihre Mutter nicht ansehen wollte und auch nicht wollte, daß ihre Mutter sie ansah. Sie würde es benutzen, begriff sie plötzlich. Sie mußte. Sie konnte es nicht länger aushalten. Die Stimme ihrer Mutter leierte ewig weiter, wie Anne immer schon bei der lächerlichsten Verletzung gejammert hätte. Ein Kratzer, und sie sei heulend auf ihr Zimmer gelaufen. Verzweifelt packte Anne die Schachtel in Zeitungspapier, schlug noch ein Papier darum. Wenn du hingefallen bist, hätte man glauben können, du hättest dir alle Knochen gebrochen. Tress hat ohne Kaiserschnitt ein Baby zur Welt gebracht, ohne daß nur ein Stöhnen über ihre Lippen gekommen wäre. Anne stopfte das restliche Zeitungspapier in den Eimer über die Schachtel. Und Hell! Als er sich beim Fußballspielen den Knöchel gebrochen hat, hat er das Spiel zuerst noch zu Ende gespielt! Und so ewig weiter und weiter und weiter. Der Papierkorb war voll und quoll schon über. Sie lehnte sich zitternd gegen die Kissen.

»Warum wirfst du es weg, wenn es zu irgend etwas nütze ist?« Ihre Mutter griff nach dem Papierkorb, da klingelte Anne nach der Schwester. »Du kannst es nicht einfach wegwerfen. Werden sie es im Betrieb nicht brauchen? Wird es Clark nicht fehlen? Wird er sich nicht fragen, was damit geschehen ist?«

Ruth Gorman trat ein und runzelte die Stirn, wie sie Annes Zustand sah. »Kann ich irgend etwas für Sie tun?« fragte sie.

»Bitte leeren Sie den Papierkorb aus.«

Ruth hob ihn auf und ging hinaus. Annes Mutter sah hinter ihr her, dann wandte sie sich wieder Anne zu. »Das ist eine Sünde, es einfach so wegzuwerfen! Clark hätte es vielleicht noch brauchen können! Solche Sachen hast du immer schon gemacht. Ich erinnere mich noch gut, wie du Hells selbstgemachte Angelköder weggeworfen hast. Erinnerst du dich? Du warst böse auf ihn oder irgend etwas . . .«

»Das habe ich gar nicht getan. Tress war es.«

»Nun häng das bloß nicht Tress an. Sie und Hell haben sich immer sehr nahe gestanden, nicht wie du und dein Bruder . . .«

»Mutter, geh jetzt. Ich brauche Ruhe. Ich bin müde. Bitte. Geh! Und komm nicht wieder!« Sie war kurz davor, die Kontrolle über ihre Stimme zu verlieren. »Komm nicht wieder mich besuchen. Wenn es mir wieder gutgeht, werden wir zu dir kommen.«

»Wenn du etwas besessen hast, das dir nützlich hätte sein können, und du es nun weggeworfen hast, so ist es deine Sache. Starrsinnig, zu starrsinnig, um zu ihrem eigenen Besten . . .«

Ruth Gorman war mit dem leeren Papierkorb zurückgekehrt und hatte ganz entschlossen und ohne weitere Verzögerung Annes Mutter aus dem Zimmer dirigiert.

Anne hatte ihre Mutter seither nicht wiedergesehen. Es war ein sehr verletzender Brief gekommen, den sie nicht einmal bis zum Schluß gelesen hatte. Eines Tages, dachte sie, würde sie versuchen, sie kennenzulernen, die Frau zu sehen, von der Harry erzählt hatte, eine Frau, die sie so niemals erlebt hatte. Eines Tages . . . Sie kehrte dem Fenster den Rücken und machte sich fertig, um ins Bett zu gehen.

Sie konnte nun Clark sagen, mach Schluß. Und Helverson würde die Humantests einleiten, und ihre Arbeit würde rings um sie her zerstört daliegen. Ihr Leben. Ihre Arbeit. Alles. Sie dachte, wie bereitwillig Clark diese Annahme aufgegriffen hatte, daß sie den *pa*-Faktor eingenommen hatte. Wie wichtig es für ihn war, dies zu glauben. Er mußte es einfach glauben. Selbst wenn sie ihm nun auf der Stelle die Wahrheit sagte, würde er Zweifel haben müssen, bis er ihre Mutter angerufen und mit der Krankenschwester gesprochen hätte. Vielleicht mochte er sogar denken, sie hätte ihrer Mutter vorgeschrieben, was sie sagen sollte. Nein, das würde Clark niemals glauben. Er kannte ihre Mutter, kannte ihr Verhältnis. Andere hätten das glauben können, aber er niemals. Aber er würde anrufen, um ihre Geschichte zu überprüfen. Und was dann? Dann müßte er sich den gleichen Fragen stellen, denen sie sich nun gegenüber sah: Warum war es für ihn notwendig zu glauben, sie sei verrückt?

Sie war zu müde, um weiter darüber nachzudenken. Sie lag ruhig und versuchte, nicht an den nächsten Tag zu denken. Wieder Gehversuche, vielleicht zum Schwimmen, weitere Streitigkeiten . . . Mit wem als nächstes? Sie entfremdete sich von allen, die sie kannte. Arme Deena. Niemals hatte sie Deena so wütend erlebt. Noch einmal dachte sie: arme Deena. Und arme Marcie, die Deenas Tochter war.

Ihr Körper wurde ganz steif, als die Tür aufging, doch sie gab keinen Laut von sich. Sie erwachte nun wieder vollständig. Die Dunkelheit des Zimmers war einem Dämmerlicht gewichen. Man konnte Clarks Umrisse erkennen, als er den Raum betrat. Sein Gesicht war ein blasser, verschwommener Fleck, seine Hände waren zwei riesige Nachtfalter, die ziellose Bewegungen ausführten. Einen Moment lang blieb er am Bett stehen, und sie schloß die Augen, als er sich ihr näherte. Er berührte sie nicht. Er trat einen Schritt zurück, blieb bei ihrem Rollstuhl stehen, und die Nachtfalter flatterten darüber. Er suchte die Taschen ihres Rollstuhls ab. Er suchte nach ihrem Tagebuch. Nun hatte er es gefunden, ging hinaus und machte ohne das geringste Geräusch die Tür zu. Er würde zurückkommen, um es wieder an seinen Platz zu legen, das wußte sie. Er würde darin nicht finden, was er suchte, und er würde wieder herumschnüffeln und es in die Tasche stecken, genauso verwirrt wie zuvor, und genauso überzeugt wie zuvor. Und er würde darüber nachgrübeln und sich sagen, daß sie als qualifizierte Naturwissenschaftlerin doch gewiß Aufzeichnungen gemacht, die Dosierung, die Verabreichungszeiten, die Daten, die Ergebnisse, alles festgehalten hatte. Er würde zurückkommen, um immer wieder danach zu suchen in der Überzeugung, daß er früher oder später die Aufzeichnungen finden würde. Er war sich so sicher. So sicher.

19

Clark erwachte mit steifen Gliedern, machte Kaffee, duschte und zog sich an, ehe er Annes Zimmer betrat. Sie war schon auf, saß am Tisch vor dem Fenster. Clarks Blick ruhte einen Augenblick lang auf der verschlossenen Tür des Nachtschränkchens. Er widerstand der Versuchung, sie zu öffnen, nachzusehen, ob sie abgeschlossen war.

»Frühstück?« fragte er.

Sie schüttelte den Kopf. »Nein, danke. Nur Kaffee.«

»Ich bin gleich zurück.«

Es war so normal, dachte er, wie er für sie beide den Kaffee zubereitete. Ganz wie immer, nur daß er nun nicht mehr als ein

Diener war. Als er zurückkam, studierte Anne den Baum vor dem Fenster. Ohne sich umzudrehen und ohne ihn anzusehen, fragte sie: »Kannst du Helverson dazu bringen, die Sache noch einmal zu überdenken? Kannst du ihm Einhalt gebieten?«

Clark setzte das Tablett ab und goß Kaffee ein, reichte ihr ihre Tasse und nahm Platz, ehe er antwortete. »Ich glaube nicht. Gus ebensowenig.«

»Er will die Risiken nicht sehen, ist es das?«

»Zum Teil. Und er weiß, daß nichts davon an die Öffentlichkeit dringen wird. Deena arbeitet daran, wie du weißt. Mit Gefangenen. Sie werden, so lange sie es einnehmen, unter Beobachtung stehen. Grove wird dafür sorgen. Das alles wird eine große Mauschelei.«

Annes Hand blieb ruhig, als sie ihre Tasse hochhob. Ihr Gesicht war jetzt Clark zugewandt, doch sie sah ihn nicht. Ihr Blick war auf einen entfernten Punkt gerichtet, auf irgend etwas, das nicht einmal mehr innerhalb des Zimmers lag.

»Gestern abend hat sich mit Lola etwas Neues entwickelt«, erzählte er. Er berichtete ihr darüber, sie nickte.

»Steigt ihr *pa*?«

»Ja. Nicht sehr viel, aber ständig. Ich kann dich anrufen und die genauen Zahlen durchgeben, wenn du willst.« Sie nickte. »Du glaubst also, daß ihr Körper nun selber *pa* produziert. Stimmt das?«

»Sieht ganz so aus, nicht wahr?«

»Und der Wert in ihrem Blut steigt ständig an«, ergänzte Clark, dessen Augen sich zu Schlitzen verengten. »Das könnte den Durchbruch bedeuten, Anne.«

»Und das könnte das Ende bedeuten. Wenn der Wert ständig steigt und dann abfällt, insbesondere wenn er plötzlich abfällt, wird sie vermutlich einen Anfall bekommen. Du solltest sie von nun an unter genaue Beobachtung stellen, jedenfalls für die nächsten paar Tage.«

»Sind schon dabei. Was für eine Vermutung hast du?«

»Ich vermute, wir haben entdeckt, wie man den *pa*-Faktor herstellt, ohne jedoch gleichzeitig irgend etwas darüber zu wissen, wie man ihn unter Kontrolle hält. Wenn Lola in der Art reagiert, wie ich es annehme, wird der Stoff sich mit wachsender Geschwindigkeit verklumpen, und da es unausweichlich erscheint, können möglicherweise mit diesem neuen Anstieg in ihrem Gehirn die Lebensfunktionen ebenso wie die einfachen Schmerzrezeptoren betroffen werden. Vermutlich wird sie diesmal daran sterben.«

Clark starrte sie entsetzt an. »Was können wir unternehmen?« Seine Frage galt nicht den Schimpansen.

»Nichts, außer zu warten.« Anne goß sich erneut Kaffee ein. »Du rufst dir wohl besser ein Taxi.«

Sie konnte ihn jetzt nicht ansehen. Sie hörte das Entsetzen in seiner Stimme und wußte, was er dachte; sie konnte ihm nicht in die Augen sehen. Du hast dich dafür entschieden, dies zu glauben, dachte sie, während sie ihren Kaffee umrührte. Du hast dich für das geringere Übel entschieden, nun mußt du es mit allen Konsequenzen annehmen. Und dieses ist eine der Konsequenzen. Es gibt weitere, wird weitere geben. Aber sie konnte ihn nicht ansehen. Er hatte etwas gesagt. »Entschuldige«, sagte sie. »Ich war in Gedanken, glaube ich.«

»Ich habe gefragt, warum ich ein Taxi brauche. Hat Deena gesagt, sie würde heute früh nicht vorbeikommen?«

»Das hat sie nicht gesagt. Wir haben uns gestern abend gestritten. Sie war ziemlich sauer auf mich und durch mich auch auf dich. Ich bezweifle, daß sie vorbeikommt.«

»Worüber habt ihr euch gestritten?«

»Das spielt keine Rolle. Wir waren beide müde, glaube ich. Es wird sich wieder legen.«

Clark spürte, daß Dinge im Gang waren, die er nicht begreifen konnte. Anne war anders, kühl, zurückgezogen, ganz rational, so tief in Gedanken, daß sie ihn kaum zu beachten schien, wenn er nicht redete. In sich zurückgezogen, dachte er, genau wie Lola und Fanny und Duckmore. Zurückgezogen in ihre eigene Welt, in die ihr niemand zu folgen vermochte.

»Anne«, bat er. »Bitte schick mich jetzt nicht weg, sondern hör mir einfach zu.« Sie kehrte von wo immer sie gewesen sein mochte zurück und sah ihn an, und einen Augenblick lang glaubte er, auf ihrem Gesicht Mitleid zu lesen, irgend etwas lag in ihrem Ausdruck, irgend etwas lag in ihren Augen. Doch es war zu schnell wieder vorbei, als daß er hätte sicher sein können, und sie war nun lediglich aufmerksam, lauschte, wartete. »Anne«, sagte er, und er bettelte nun fast, »ich möchte einen Arzt bestellen, der dich heute besuchen soll.«

»Ein Psychiater?«

»Ja. Ich kann bei Dr. Radimer nachfragen, ob er jemanden empfehlen kann. Wir könnten ihm vertrauen, ihm alles erklären, um was für ein Medikament es sich handelt, wie die Schimpansen darauf reagiert haben, wie du . . .«

»Wie ich darauf reagiert habe? Meinst du das?«

»Anne, bitte versuch es von meiner Seite aus zu verstehen. Bitte.«

»Und was, wenn er nichts findet? Was dann? Ein anderer Arzt? Und wieder einer? Bis du irgend jemanden findest, der dir bestätigt, was du hören möchtest?«

»Um Himmels willen, Anne, hör doch endlich auf damit! Ich möchte nicht, daß irgendeiner sagt, du hättest das Zeug genommen und daß es dir schade! Aber falls du es genommen hast, müßten wir das erfahren, dann muß jemand zur Hand sein, der dir helfen kann.«

»Ich habe dir gesagt, daß ich es nicht genommen habe.«

Clark schloß die Augen und sog tief Luft ein. »Du hast es mir gesagt«, wiederholte er. »Es ist spät. Ich glaube, du hast recht, was Deena betrifft. Ich werde mir besser ein Taxi bestellen.«

In der Tür blieb er nochmals stehen. »Anne, denk wenigstens darüber nach. Ich will versuchen, heute früher nach Hause zu kommen. Wir können heute abend darüber reden. Denk darüber nach, was ich gesagt habe.«

»Ich denke kaum an etwas anderes«, sagte sie. »An was sollte ich sonst denken?«

Gus kam an diesem Morgen spät zur Arbeit. Er hatte zuvor Dr. Radimer besucht, der nicht glaubte, daß Anne irgend etwas eingenommen hatte, um ihre Schmerzen zu lindern. »Ich hätte es bemerkt«, hatte er mehrere Male steif wiederholt, als ob man ihm einen Vorwurf gemacht hätte. »Nicht unbedingt«, hatte Gus erklärt. »Der Stoff zeigt keine bleibende Wirkung. Innerhalb von acht Stunden ist die Stärke der Schmerzen genau wieder so hoch wie zuvor. Wenn sie wußte, daß sie von Ihnen untersucht werden würde, hätte sie ja an dem betreffenden Morgen nichts zu nehmen brauchen. Wie können Sie da sicher sein?«

»Ich hätte es bemerkt«, behauptete Dr. Radimer.

Ein Reinfall, dachte Gus. Die Krankenschwester war auch ein Reinfall gewesen. Sie wußte nicht mehr, ob Anne ein Päckchen aus dem Kühlschrank weggeworfen hatte. Sie wußte nicht einmal mehr, daß sie es für Anne geholt hatte. Dann wäre nur noch als letzte, die man hätte befragen können, die Putzfrau. Und Anne und Clark. Gus hatte keine Hoffnung, daß die Putzfrau sich an ein besonderes Päckchen würde erinnern können, das man an irgendeinem Wintertag weggeworfen hatte. Warum sollte sie auch? Er blickte finster drein und betrat immer noch mit finsterem Blick das Labor, wo seine Sekretärin Mary Johnston ihn erwartete.

»Mr. Helverson möchte Sie sofort sprechen«, erklärte sie. »Er ist persönlich heruntergekommen, um Sie zu holen.«

»Scheiße«, fluchte Gus, und sein Blick verdüsterte sich noch mehr.

»Er möchte, daß Dr. Symons auch dabei ist«, fügte Mary hinzu. Sie warf einen Blick über die Schulter. »Er hat fast eine Stunde lang mit Dr. Wells verhandelt, und jetzt ist Dr. Klugman bei ihm.«

»Ist Clark da?«

»In der Tierabteilung.«

»Holen Sie ihn bitte. Sagen Sie keinem, daß ich schon im Hause bin. Ich werde in meinem Büro auf Clark warten.«

Er betrat sein Büro, um mit noch finstererem Blick die Zielscheibe anzustarren.

Clark klopfte und trat ein, ohne eine Antwort abzuwarten. Mary Johnston hatte ihn also auch vorgewarnt. »Weißt du, was vor sich geht?« fragte Gus.

»Deena? Und Bob? Tja, da hat Deena wohl einen verpfiffen, was sonst?«

»Richtig. Was ist vorgefallen?«

»Gott, ich weiß es nicht. Anne sagte, daß sie sich gestritten haben. Aber Anne würde niemals darüber reden.«

Gus fluchte sekundenlang ununterbrochen vor sich hin. »Okay, Deena hat die Sache also verpfiffen. Und sie muß irgend etwas auf Lager haben. Die Frage ist, was wir nun in dieser Sache tun?«

Clark antwortete nicht.

»Verdammt noch mal, Clark, komm zu dir! Komm mal aus dir heraus und wirf mal einen Blick um dich! Da braucht einer Testpersonen, und er findet einen, der das Zeug schon vor drei Monaten genommen hat. Da hat er doch seine Person! Was dann?«

»Beobachtung. Tests. Anne wird das nicht zulassen!«

»Kann sie sich dagegen wehren?«

Clarks Augen wurden schmal, er zündete sich eine Zigarette an und brütete wütend über seinen Gedanken. »Ist sonst noch jemand auf dem laufenden?«

Gus griff zum Telefon und bat Mary Johnston herauszufinden, wer sich noch alles in Helversons Büro aufhielt, seine Hand blieb auf dem Hörer liegen, während er auf ihren Rückruf wartete. Sekunden später klingelte schon das Telefon. Er lauschte, grunzte, hängte wieder auf. »Grove«, sagte er. »Er ist vor zehn Minuten angekommen.«

»Ich werde nicht zulassen, daß sie sie anfassen!« rief Clark außer sich.

»Nicht einmal zu ihrem eigenen Besten?« fragte Gus, und seine Stimme war nun fast so wütend wie die von Clark. »Du glaubst, daß sie das Zeug genommen hat. Deena muß dem zustimmen. Wenn sie nun verrückt wird? Wird sie heute abend durchdrehen? Morgen? Nächste Woche? Kannst du mit Sicherheit sagen, daß sie nicht überschnappt? Clark, möglicherweise weiß sie nicht einmal mehr, daß sie es genommen hat. Ich habe mit einem Gehirnspezialisten, mit Hutchinson, gesprochen, ihm in allgemeinen Worten beschrieben, was bei uns vorgefallen ist, und er räumt die Möglichkeit ein, daß eine solche Person handeln könnte wie ein Patient mit Gedächtnisverlust, wenn dies gewisse Katastrophen verhindern würde. Sie kann es also benutzt haben, ohne sich überhaupt daran zu erinnern.«

»Sie werden sie nicht bekommen!« Clark stand drohend auf und ballte die Fäuste. Seine Kiefernmuskeln arbeiteten, sein Gesicht zeigte eine Blässe, die ihn krank und alt wirken ließ.

»Kannst du mit Gewißheit sagen, daß sie heute abend noch gesund ist? Und morgen?« Gus stand jetzt ebenfalls auf, und sie sahen einander über den Schreibtisch ins Gesicht, der kleine, häßliche Mann, der nun genauso entschlossen und hart war wie Clark.

»Ich scheiß drauf, ob sie heute abend noch gesund ist oder irgendwann. Sie werden sie nicht bekommen. Ich gehe nun nach Hause!«

Gus war als erster bei der Tür. »Nein, das wirst du nicht! Du gehst jetzt mit mir hinauf in Helversons Büro und wirst ruhig bleiben und ihnen zuhören. Hörst du mich! Du wirst zuhören und dein großes Maul halten!«

Clarks Schultern sackten herab.

»Fürs erste«, sagte er.

»Recht so. Laß uns jetzt gehen!«

Dr. Lawrence Grove war fast glatzköpfig, es verblieben ihm nur wenige fahle Haare auf seinem Schädeldach, die er in einer Strähne von einem Ohr zum anderen gekämmt hatte, so daß es bei einer Luftaufnahme ausgesehen hätte, als stünden Haarbüschel hinter seinen Ohren hervor. Seine Kopfhaut war sehr rot, roter noch als sein Gesicht, roter als er sonst irgendwo war. Sein Gesicht war lang und fleischig, vierschrötig, mit groben Zügen, einer knochigen Nase, vollen Lippen, riesigen kurzsichtigen Augen. Er hatte gerade seine Brille gewechselt und trug nun Gläser, die entsprechend dem Licht sich verdunkelten; im Augenblick waren sie violett getönt und bildeten einen scheußlichen Kontrast zu seiner roten Kopfhaut.

Er legte die Fingerkuppen gegeneinander, schlug die Beine übereinander und bewegte sich automatisch dabei so, daß seine Bügelfalte nicht in Unordnung geriet. Seine Schuhe waren auf Hochglanz poliert. »Dr. Wells«, sagte er, und seine Stimme klang überraschend kraftvoll und lebendig. Er hätte sich im Radio sehr gut gemacht. »Wenn diese junge Frau geisteskrank ist, aus welcher Ursache auch immer, so ist es unsere Pflicht, für sie zu sorgen.«

»Sie hören mir nicht zu«, fuhr ihn Deena an. »Das gestehe ich ja zu. Was ich sage, ist, daß ich keine Rolle bei dem Versuch spielen werde, sie in irgendeine Anstalt zu bringen. Es gibt genügend Privatkrankenhäuser. Man könnte auch eine erfahrene Krankenschwester zu ihr in die Wohnung schicken. Alles, außer einer dieser Anstalten.«

»Ich verstehe«, gestand Dr. Grove zu. »Und ich unterstütze lebhaft, was Sie gesagt haben, aber dies, meine Liebe, ist ein außergewöhnlicher Fall, und wir müssen absolut sicher gehen, daß der Arzt, den wir auswählen, um ihren Fall zu behandeln, unserer Sache mit Sympathie gegenübersteht. Ich kann dies von jedem Arzt in den Krankenhäusern unter meiner Zuständigkeit behaupten, wissen Sie. Wenn wir jedoch zu einem privat geführten Krankenhaus, einem privat behandelnden Arzt gehen, dann . . .« Er wandte sich Helverson zu, der bestätigend nickte. »Ja. Und wir werden auf jeden Fall nichts Voreiliges unternehmen. Das ist klar. Gut Ding will Weile haben. Stimmt's?«

Helverson hörte ihnen zu, ohne sich zu einem der Punkte zu äußern; er plante bereits den nächsten Schritt, die nächsten paar Stunden. Dieser Hurensohn Symons könnte ein Hindernis darstellen. Die Närrin hatte das Zeug genommen, so viel war sicher, und ob sie nun verrückt wurde oder nicht, sie mußten beides erfahren. Perfekt. Perfekt. Aus Dr. Wells Worten war hervorgegangen, daß zwischen den Eheleuten eine Entfremdung eingetreten war.

Das Projekt trug auch den Namen von Symons. Er würde es, koste was es wolle, zu schützen versuchen; das würde er doch. Mit Gus konnte er umgehen, mit ihm hatte er immer umgehen können. Klugman spielte keine Rolle. Also blieben Gus und Symons. Gus würde mitspielen. Er würde protestieren, aber er würde wieder auf den Teppich kommen. Symons mußte mitspielen. Er merkte in seinem Gedächtnis vor, daß er Jack auf Symons und seine verrückte Frau hetzen wollte. Jack Nevil würde schon irgend etwas ausgraben. Gut. Irgend etwas gab es schließlich immer. Er bemerkte, daß er Deena Wells anstarrte und setzte sie in seine Reihe von Unbekannten. Er wußte nicht, was sie juckte. Vermutlich eine Lesbe, das konnte nützlich sein. Eine weitere Notiz an Jack Nevil. Versuchte sie, die Ehe der Symons' auseinanderzubringen? Warum? Bei Anne Clewiston keine Spur von Abartigkeit. In seiner Reihe von Unbekannten unterstrich er Deena Wells Namen. Irgend etwas lag in der Art, wie ihre Augen glitzerten, in der Art, wie sie ihre Lippen anfeuchtete. Jack würde alles herausfinden, was es über sie zu wissen gab. Er begann, Grove wieder zuzuhören.

». . . ihren Arzt. Vermutlich braucht sie nicht mehr als eine stetige Dosis von Beruhigungsmitteln. Sie sagen, daß der *pa*-Wert täglich fluktuiert?« Er sprach zu Bob Klugman.

Klugman fühlte, wie ihm der Schweiß den Rücken hinabrann, und er wischte sich wieder die Hände an seinen Hosenbeinen ab. »Er . . . hm . . . Gus weiß über die Details besser Bescheid als ich«, wimmelte er die Frage ab. »Ich war letzte Woche krank, wissen Sie.«

»Was brauchen wir alles, um sie einweisen zu lassen?« fragte Helverson.

»Da sehe ich kein Problem«, meinte Grove. »Ich bin als Arzt berechtigt, die Papiere zu unterzeichnen. Dr. Wells kann die Unterschrift des zweiten konsultierten Arztes leisten. Wir brauchen also nur noch die Zustimmung ihres Ehemannes.« Seine Stimme hob sich in einer Art Frage.

Helverson nickte. »Keine gerichtliche Anordnung?«

»Nicht, wenn wir die Zustimmung des Ehemannes haben. Oder gar ihre eigene. Sie kann sich selbst einweisen lassen, Sie verstehen.«

Deena leckte wieder ihre Lippen. Ihr war kalt. »Was für ein Krankenhaus?« fragte sie.

»Das Staatskrankenhaus drunten in Shepherdsville. Dort sitzt ein guter Mann. Avery Meindl. Kennen Sie ihn?«

Sie schüttelte den Kopf.

»Er wird die Sache verstehen. Ich werde ihn selbst instruieren. Wir haben in der Vergangenheit schon an anderen Projekten gemeinsam gearbeitet. Ein guter Mann.«

Ein Staatskrankenhaus, dachte Deena, und stellte sich den grauen Kasten vor. Ein Gefängnis. Uniformen. Eine Pforte, ein hoher Zaun und Wachtposten. Sie versuchte, ihre Lippen zu befeuchten, aber nun war auch ihre Zunge trocken. »Dafür werde ich meine Unterschrift nicht hergeben«, widersprach sie mit heiserer Stimme. »Nicht in ein Staatskrankenhaus.«

Helverson sah sie an, seine Augen waren nun kalt, sehr hell, so wie Eis unter der Sonne strahlt. Du wirst genau das tun, du verblödete Hure, was wir dir sagen, dachte er. »Das ist nur ein

Vorgespräch, Dr. Wells. Wir müssen jeden Aspekt dieser außergewöhnlichen Situation überprüfen und immer im Kopf behalten, daß Anne Clewistons Wohlbefinden unsere vorrangige Aufgabe ist. Wir müssen sie auf alle Fälle beschützen. Alles andere ist sekundär.«

Deenas Hände verkrampften und lockerten sich wieder, doch sie war immer noch nicht in der Lage, ihre trockenen Lippen zu befeuchten.

Edward Helverson glaubte, daß die Leute zum Dienst in verschiedenen Bereichen geboren wurden. Es gab geborene Militärs, die anderswo völlig fehl am Platze wären. Es gab geborene Künstler, die in jedem Kunstzweig zu Hause sein könnten. Es gab Leute wie Gus und Clark Symons, die dazu geboren waren, mit Reagenzgläsern und Mikroskopen zu spielen. Und es gab Männer, die dazu geboren waren, den Aufstieg in der Geschäftswelt zu schaffen. Er wußte, daß sein Platz von Anbeginn an vorbestimmt war. Zu keinem Zeitpunkt seines Lebens hatte er den geringsten Zweifel daran gehabt, wohin er gehörte. Und selbst diese kleine Krise war ihm willkommen, als neuer Test seiner Geschicklichkeit; der bevorstehende Sieg würde ein weiterer in der Reihe der Siege sein, mit denen er der Welt sein Gepräge gab.

Er hatte bei dem Unternehmen angefangen, als der alte Prather mit sicherer Hand und klarem Blick für das Ziel und den Weg dorthin das Steuer hielt. Sein Ziel war es gewesen, das Unternehmen zum besten der Welt zu machen, nicht was seine Größe, sondern was seine Qualität betraf. Helverson hatte die verschiedenen Posten so sicher durchlaufen, wie ein Lachs stromaufwärts schwimmt, unfähig, dem unausweichlichen Trieb zu widerstehen, unfähig, sich einen solchen Widerstand überhaupt vorzustellen. Und heute, da der junge Prather an der Spitze stand, war plötzlich kein Raum mehr da, wo ein Wettstreit möglich gewesen wäre. Die Grenzen waren sichtbar geworden, und wie er sich ihnen mit wachsender Geschwindigkeit näherte, erkannte er, daß er sich nicht von ihnen würde aufhalten lassen. Das hätte eine Blutstauung bedeutet, und eine Blutstauung bedeutete den Tod.

Vor sechs Jahren war der alte Mann gestorben, und vor vier

Jahren hatte Helverson erkannt, was als nächstes zu geschehen hatte. Das Unternehmen war gut, aber es würde nie mehr sein, als was es war: eine Würstchenbude auf dem Jahrmarkt der Welt. Prather hatte kein Interesse gezeigt, als er das erste Mal auf eine Fusionierung zu sprechen kam. Das lag an einem gewissen Stolz, wie auch an einer Art Trägheit, und was am schlimmsten von allem war: an einem Mangel an Weitsicht. Oder vielleicht fühlte er sich nur hier sicher und fürchtete sich davor, mit der wirklichen Welt in Konkurrenz zu treten. Helverson wußte nicht, was den jungen Prather zurückhielt, und es war ihm auch gleichgültig. Wenn das Angebot hoch genug steigen würde, dann würden Stolz und Angst, und was immer es sein mochte, von der Szene verschwinden, und die Fusionierung könnte vonstatten gehen. Prather konnte sich dann frühzeitig zurückziehen, um seinen Gewinn zu verpulvern oder in eine neue Würstchenbude zu investieren. Helverson wußte nicht, was er tun würde, und machte sich auch keine Gedanken darum. Was er selbst tun würde, wußte er auf jeden Fall.

Ihm machte die Besorgnis nicht im geringsten zu schaffen, daß der *pa*-Faktor möglicherweise wirklich gefährlich war. Das war ausgeschlossen; sie hätten es längst herausgefunden. Es war nichts weiter als die verwirrende Spinnerei eines dieser Akademikergehirne, das auf einem weiteren Test, einem weiteren Durchlauf, einer weiteren Verzögerung bestand. Sie verhielten sich, als hätten sie alle Zeit der Welt, obwohl sie wußten, daß Zeit der ewige Feind war.

Mit der Entdeckung der Clewiston waren die Fusionsangebote schlagartig in die Höhe geschossen, und er wußte, er würde innerhalb eines Jahres die Hand voller Trümpfe haben; er würde nicht zulassen, daß man ihm diesen Erfolg wegnahm, nur weil einem Schwachkopf plötzlich die Nerven versagten. Der IND machte die Sache legal; Grove würde die Angelegenheit rein professionell behandeln, ihr durch seine Person sogar ein gewisses Ansehen verleihen, und sie alle wußten, daß sich jeder dabei eine goldene Nase verdienen würde. Es handelte sich um eine größere Entdeckung als die des Penicillins, bedeutender als die des Sulkimpfstoffs, großartiger als alles, was in den Büchern zu lesen war. Die Story würde auf den Titelseiten der Zeitungen rund um die Welt gehen — mit Clewistons Namen, mit Symons und Prathers, keiner würde fehlen — aber die Story, die wirklich von Bedeutung war, wäre hinten in den Börsenberichten verborgen. In dieser Geschichte nämlich würde sein Name stehen, ihn würden die Leute lesen, die Leute, die zählten.

Helverson hatte die Macht einer großen Aktiengesellschaft erlebt, als die IND-Bestätigung durchgekommen war. Es war nichts Illegales, aber sie hätten es einfach auf die lange Bank geschoben, hätte nur Prather Pharmazeutik auf die Entscheidung gewartet. Es handelte sich hier nicht nur um eine weitere Sprosse aufwärts, das wußte er. Es war ein Riesenschritt, und er würde diesen Schritt wagen. Es lag nichts Anrüchiges und absolut nichts Ungesetzliches darin, wenn man weiterarbeitete. Wenn dem so wäre, würde er einen solchen Schritt nicht in Betracht ziehen. Seine Akte war makellos und würde unbefleckt bleiben wie eine Jungfrau; das war wichtig, er würde sorgfältig darauf achten.

Er lauschte wieder dem Streit zwischen Grove und Deena Wells über die staatlichen Anstalten, und er wußte, die Wells würde kein Problem sein. Sie hatte Angst, und er würde herausfinden, wovor, und sich diese Angst zunutze machen. Natürlich auf die sanfte, ja auf sympathische Weise. Sie stellte kein Problem dar.

Ungeduldig wartete er auf Clark Symons und Gus. Sie waren nun seine unbekannten Faktoren. Seine Ungeduld aber war ihm nicht im geringsten anzumerken.

20

Mit der Ankunft von Gus und Clark schien das Büro plötzlich sehr eng zu werden. Helverson erhob sich und bot seine Hand zum Gruß; Clark sah sie offensichtlich nicht, sondern ging zum Fenster und stellte sich dort dicht hinter Klugman, wo er außer Sichtweite von Dr. Grove war. Gus schüttelte Helverson die Hand, nickte den anderen im Raum zu und nahm neben Deena auf der Couch Platz.

»Die Herren kennen ja einander alle«, konstatierte Helverson.

»Dr. Symons, soweit ich verstehe, hat Ihre Frau möglicherweise den *pa*-Faktor an sich selber ausprobiert, und das stellt uns verständlicherweise vor verschiedene Probleme. Ich würde Wert darauf legen, daß Sie und Gus mit Dr. Grove und natürlich auch mit Dr. Wells sich bereden, alle seine Fragen beantworten, ihm genau erklären, was in der Tierabteilung vorgefallen ist. Lediglich ein kurzer Abriß. Würden Sie lieber ins Konferenzzimmer gehen?«

Helverson wußte, was er zu tun hatte. Die Entscheidung hatte bis zu Clarks Ankunft Gewehr bei Fuß gestanden, um sich anschließend zu verfestigen und ihm klarzuwerden; als er soweit war, stand der Plan fix und fertig da, bereit zum Einsatz. Er vertraute seinen Entscheidungen, die auf diese Weise entstanden. Niemals waren sie in der Vergangenheit zu einem Mißerfolg geworden. Daß der Raum zu eng geworden war, lag an Clark Symons. Clark strahlte Feindseligkeit und Destruktivität aus. Er würde keinem Vorschlag zustimmen. Richtig. Helverson stand auf, die anderen taten es ihm nach. Bob Klugman sah ängstlich und verwirrt drein; auch Grove blickte verwirrt. Dies war keineswegs der Verlauf, den sie zuvor besprochen hatten.

»Bob«, sagte Helverson, »du kannst sie alle schon mal zum Konferenzraum führen. Bestell Kaffee. Das ist immer ganz nützlich. Lassen Sie sich Zeit, meine Herren und Dr. Wells. Es werden bestimmt zahllose Fragen zu beantworten und zahllose Punkte zu klären sein.«

Klugman fuhrwerkte wichtigtuerisch umher, als er an der Spitze der Gruppe zur Tür ging.

Helverson lächelte ihm nach.

»Ich habe eine ziemlich eilige Arbeit zu erledigen«, sagte Clark brüsk. »Ich bin sicher, ich kann dem, was Gus über unsere Experimente weiß, nichts hinzufügen.«

Helverson ließ ihn durch die Tür gehen, die Hand auf der Türklinke. »Aber nur Sie wissen über Ihre Frau Bescheid, Dr. Symons. Sie und Dr. Wells. Das ist der springende Punkt.«

Mit einem Blick auf Deena spannte sich Clarks Gesicht noch mehr an. Sie wand sich und schaute dann weg.

Sobald sie gegangen war, rief Helverson Jack Nevill und erklärte ihm, was er erledigt wissen wollte. »Bringen Sie mir zuerst

Anne Clewistons Akte, und dann machen Sie sich an die Arbeit. Natürlich ganz ganz behutsam.«

»Natürlich«, bestätigte Jack.

»Wo ist Dr. Symons?« fragte Emory Durand an der Tür des Schreibbüros.

»In einer Sitzung«, antwortete Mary Johnston. »Er und Dr. Weinbacher, Dr. Wells und Dr. Klugman wurden zu einer Sitzung gerufen.«

»Eine BNS-Versammlung?«

»Ja, Sir.«

»Lieber Gott!« Ausgerechnet jetzt eine »Bitte nicht stören«-Sitzung! Verdammt noch mal! Er ging zu Lolas Käfig zurück und zuckte unter dem fragenden Ausdruck auf Janes Gesicht die Achseln. »Immer noch bewußtlos?«

»Ja, Sir. Keine Veränderung.«

Lola lag zusammengekrümmt am Boden. Die Assistentin hatte Emory Durand gerufen, als Lola in Zuckungen zu verfallen begann, innerhalb von Sekunden war diese Phase verstrichen, dann hatte sie sich zusammengekrümmt und war in dieser Lage verblieben.

»Keine Medikamente, gar nichts«, befahl Emory. »Aber lassen Sie kein Auge von ihr. Wenn irgendeine Veränderung eintritt, dann rufen Sie mich!«

Das Bild des zu einem Knäuel zusammengekrümmten Schimpansen blieb in ihm haften, als er zu seinem Büro zurückging und Clark einen Notruf durchgab, daß er sich sofort melden sollte, sowie die Sitzung beendet war.

»Warum sind Sie hierhergekommen?« fragte Anne.

Edward Helverson bewunderte das Zimmer. »Sehr, sehr hübsch«, meinte er. »Diese Altbauten sind immer noch die schönsten, nicht wahr? Ich habe eine von den modernen Plastik-Chrom-Wohnungen. Darin fühlt man sich manchmal wie ein Ausstellungsstück.« Er beendete seine Besichtigung und sah nun Anne an. »Und Sie, meine Liebe, sehen bezaubernd aus.« Sowie er die Worte ausgesprochen hatte, wußte er auch schon, daß dies ein Fehler gewesen war. Er nahm ihr gegenüber an dem kleinen, mit Notizblocks und Karten bedeckten Tisch Platz. »Und Sie arbeiten immer noch, trotz allem.«

Sie wandte den Blick immer noch nicht von ihm. Eine Zeitlang herrschte Schweigen, während sie einander ansahen.

Arrogant, dachte Helverson. Und schlau. In vielen Beziehungen schlauer, als er war. Und eine Idiotin, was die praktischen Dinge des Lebens betraf. Wie sie ihn und seinesgleichen doch verachtete! Und doch würden diese Leute sich ohne ihn und seinesgleichen in den Labors im Erdgeschoß in die Luft jagen. Er hatte eben einen taktischen Fehler begangen; das würde ihm nicht noch einmal passieren.

»Darf ich Sie Anne nennen?« fragte er und wartete ihr Nicken ab, ehe er fortfuhr. »Anne, ich habe heute morgen erfahren, daß Sie möglicherweise den *pa*-Faktor an sich selbst erprobt haben, und angesichts der Probleme, die im Labor aufgetaucht sind, schien es mir unumgänglich, mit Ihnen zu sprechen.«

Sie wartete, argwöhnisch und wachsam. Deena, dachte sie. Das war Deenas Werk. Sie wußte nicht, warum. Sie würde später über das Warum nachdenken, wenn sie alleine war, wenn sie Zeit dafür hatte. Sie betrachtete ihren großen, eleganten Gesprächspartner und wartete, daß er mit dem Rest herausrückte.

Helverson war durch ihr Schweigen keineswegs irritiert. Jetzt spielten sie sein Spiel, nicht das ihre; und in diesem Spiel war er der Fachmann. Wenn sie auf Experimente und *pa*-Werte und Versuche zu sprechen käme, würde er einen Rückzieher machen, aber nicht jetzt.

»Wenn Sie es an sich erprobt haben, Anne, so müssen Sie sich Testprozeduren unterziehen und unter Beobachtung stellen lassen, das verstehen Sie gewiß. Das einzige Problem ist, wo dies zu geschehen hat. Selbstverständlich nicht hier. Ihren Fall müssen kompetente Leute in die Hand nehmen, und davon gibt es nicht allzu viele. Niemand könnte sie bitten, viele Patienten aufzugeben, um für einen einzigen Sorge zu tragen, selbst wenn dieser eine so wichtig ist, wie Sie es für uns sind.«

»Nein!« sagte sie. »Sie gehen jetzt besser, Mister Helverson. Ich habe einen streng geregelten Tagesablauf, und es ist nun Zeit, daß ich meine Übungen mache.«

»Doch, Anne. Der IND ist bestätigt worden, die nächsten

Schritte sind die Humantests und die teratologischen Untersuchungen. Ich habe bereits angeordnet, die Ergebnisse davon bis zum nächsten Frühjahr vorzulegen, also müssen wir diese Angelegenheit diesen oder spätestens nächsten Monat in Angriff nehmen. Nichts, was im Labor vorgefallen ist, würde allein genügen, eine Verzögerung zu erzwingen. Als einzige Konsequenz ergeben sich daraus Kontraindikationen, die wir in unserem Testprogramm beachten werden. Soweit ist alles klar.«

»Ich werde meine Zustimmung zu einer Weiterarbeit nicht geben, solange dieses Problem nicht gelöst ist«, widersprach Anne. »Ich werde selbst dem Drogenamt schreiben und klarlegen, was vorgefallen ist.«

»Ich habe dies schon in Betracht gezogen«, meinte Helverson. »Ich verstehe Ihren Idealismus. Verstehe ihn — und finde ihn sympathisch. Ihre vorgelegten Pläne zur Unterrichtung der Testpersonen, um absolut sicher zu sein, daß sie verstehen, was mit ihnen geschieht, Ihr persönliches Engagement in dieser Phase. Sehr anerkennenswert. Und wir waren einverstanden gewesen, Ihnen dies zuzugestehen. Das zeigt Ihnen doch, wie hoch wir Sie achten, meine Liebe.«

Er langte nicht hinüber, um sie zu tätscheln, lächelte jedoch freundlich und machte ein Gesicht, als wäre er durchaus in der Stimmung, sie zu tätscheln. Anne schob sich weiter zurück, preßte ihren Rücken hart gegen den Stuhl. »Wir werden weitermachen, Anne«, sagte er. »Wir müssen. Es ist für alle viel zu wichtig, um es anstehen zu lassen, bis Sie wieder so weit sind. Fünf Jahre? Acht Jahre? Sie wissen, daß es funktioniert, nicht wahr? Bei Ihnen hat es funktioniert. Wenn Sie diesen Brief schreiben, so diskreditieren Sie sich selbst, meine Liebe. Ich besitze eine beglaubigte Erklärung von Dr. Wells, daß Ihr Geisteszustand in einer Verfassung ist, in der keiner Ihrer Briefe ernst genommen werden darf. Halluzinationen, Verfolgungswahn, sexuelle Phantasien. Sie benötigen eine Behandlung, meine Liebe. Falls der *pa*-Faktor Ihre Probleme ausgelöst hat, so stellt dies für Ihre Zukunft keinen Nachteil dar, Sie verstehen mich? Sie unterzeichnen die notwendigen Papiere, um sich einer Behandlung zu unterziehen. Ihnen wird eine außerordentliche Pflege als Privatpatient bei einem der besten Ärzte auf diesem Fachgebiet zuteil.

Falls Ihre Krankheit nicht von dem Faktor ausgelöst wurde . . .« Er breitete die Arme aus. »Natürlich bekommen Sie dann die gleiche Behandlung, aber darauf beschränkt es sich auch. Und eine Behandlung brauchen Sie, meine Liebe. Darauf beharren zwei höchstqualifizierte Ärzte.«

»Machen Sie, daß Sie rauskommen! Ronnie! RONNIE!«

Ronnie erschien so schnell, daß Anne annahm, sie mußte hinter der Tür gestanden haben. Helverson erhob sich. »Er geht«, sagte Anne.

»Wir haben eine Vollversammlung des Ausschusses für morgen nachmittag drei Uhr angesetzt«, erklärte Helverson. »Ich bin sicher, daß ich bis dahin von Ihnen hören werde.« Er verbeugte sich und ging hinaus, Ronnie blieb ihm dicht auf den Fersen.

Dr. Grove hatte seine letzte Frage gestellt. Er schloß sein Notizbuch und steckte es in seine Brusttasche. »Ich werde mit Mr. Helverson reden«, sagte er. »Ich bin sicher, wir können zu einer Lösung kommen, die für alle befriedigend ist.«

Deena stürzte hinaus, ohne Clark anzusehen. Bob Klugman suchte nach einem weiteren Grund, der ihn hätte aufhalten können, fand aber nichts und ging also auch. Dann erst stand Clark auf.

»Übrigens, Doktor«, meinte er. »Ich wollte Deena noch fragen, habe es aber vergessen: Was hat sie eigentlich erzählt?« Er sammelte seine Notizblocks zusammen und stopfte sie in seine verschiedenen Taschen zurück, ohne den Doktor bei seiner Frage anzusehen.

»Das Übliche. Daß Ihre Frau sich verfolgt fühlt, daß sie sexuelle Phantasien in bezug auf Dr. Wells hat. Daß sie sich bedroht fühlt. Soweit ich verstehe, hat sie gegen Sie gewisse Anschuldigungen geäußert.« Er befingerte seine Taschen, ließ den Blick über den Tisch schweifen und wandte sich dann zur Tür. »Bis morgen dann bei der Versammlung, falls vorher nichts ist.«

Clark rührte sich nicht, bis Grove das Zimmer verlassen hatte. Dann ließ er sich wieder hart auf einen Stuhl fallen. Gus machte sich damit zu schaffen, noch mehr Kaffee einzugießen, den er eigentlich gar nicht wollte, und nahm dann ebenfalls Platz, ohne Clark anzusehen.

»Deena lügt«, erklärte Clark. Seine Stimme klang angespannt. »Diese elende Hure! Warum! Warum hat sie das getan?«

Das Telefon klingelte. Es war Emory Durand, der dringend Clark sprechen wollte.

»... mit Elektroschocks versuchen«, hörte Clark Durands Stimme sagen, er konnte sich jedoch nicht erinnern, was er davor oder danach sagte. Elektroschocks? Benommen drehte er sich um, um sich von Lolas Käfig zu entfernen, in dem die Schimpansin nur noch flach atmend in komaartiger Bewußtlosigkeit lag.

Durand wollte gerade Clark zurückrufen, als Gus' fester Griff auf seinem Arm ihn zurückhielt. Gus schüttelte den Kopf, und die beiden drehten sich wieder um. Sie blickten die Schimpansin an.

Elektroschocks. Konvulsionen. Manchmal Konvulsionen, die Knochenbrüche mit sich brachten. Clark ließ das Gebäude hinter sich und schritt über den Parkplatz zur Straße hin. Er hatte nicht einmal seinen Mantel angezogen, spürte die kalte Luft jedoch nicht. Sogleich sah er ein Taxi, hielt es an und sagte dem Fahrer, er solle ihn nach Hause bringen.

»Wohin denn, Kumpel?«

Clark erklärte es ihm und schloß die Augen. Er öffnete sie erst wieder, als der Fahrer ihm eine Frage stellte. Er hatte die Worte nicht gehört, nur die Stimme, den ansteigenden Tonfall.

»Ich sagte, ich kann diese Adresse nicht finden. Ist denn nicht hier der Cherokee-Drive?«

Es war die falsche Seite des Parks. Clark stieg aus und machte sich auf, um zu Fuß durch den winterlichen Park zu gehen, der nun einsam und verlassen im Schatten der Grau- und Brauntöne und des tiefen Grüns der Tannen und Fichten lag. Nebel ließ die Konturen verschwimmen, jede Senkung war zum Teich geworden. Jetzt fror er, der Wind kam wieder auf. Der Himmel ließ Regen erwarten; tiefe, dicke Wolken schwammen als Schatten vor dem Hintergrund dunklerer Wolken. Er blieb stehen, um einen Blick auf den Kinderspielplatz zu werfen. Der Wind hatte eine Schaukel in Bewegung gesetzt, und ihr Quietschen klang unheimlich durch den einsamen Park.

Nicht Anne! hätte er am liebsten hinausgeschrien, es war jedoch niemand da, dem er diesen Schrei hätte entgegenschleudern können. Nur nackte Bäume, groß und schwarz und reglos. Irgendwie war alles außer Kontrolle geraten. Mit Deenas verdammter Bestätigung dessen, was er glaubte, war ihm alles aus den Händen genommen, nichts blieb ihm zu tun. Sie wußten es. Sie würden dies und jenes veranlassen, und er würde allein im Park umhergehen und seine Ohnmacht hinnehmen. Deenas Annahme, daß Anne den *pa*-Faktor genommen hatte, ließ ihn erschreckt und handlungsunfähig zurück. Solange er es allein geglaubt hatte, hatte immer noch die Möglichkeit bestanden, daß er sich getäuscht haben könnte, diese Möglichkeit bestand nun nicht mehr. Er wäre vielleicht doch noch zu der Überzeugung gelangt, daß Annes Verhalten das Ergebnis ihrer Einsamkeit war, das Resultat seiner Handlungen und ihrer Reaktionen darauf, daß er irgendwie den Gedanken gebraucht hatte, sie hätte das *pa* genommen, und daß dieses Bedürfnis den Vorfall als unvermeidlich hätte erscheinen lassen. Doch diese Möglichkeit war nun vertan. Deenas Beobachtungen, ihre Schlußfolgerungen, die das Echo seiner eigenen waren, zerstörten die Möglichkeit eines Irrtums.

Er rieb sich die Augen, um das Bild der zusammengekauerten, sterbenden Lola zu vertreiben. Das Bild blieb hartnäckig. Die Schaukel quietschte und jagte ihm Gänsehautschauer die Arme hinauf und hinab. Er begann schneller zu laufen, immer schneller, bis er rannte. Er hielt keuchend inne, um an eine sehr alte, weit ausladende Fichte gelehnt zu verschnaufen. Die Zweige reichten bis Kopfhöhe herab und schützten ihn einen Augenblick lang gegen den Wind. Die Rinde war rauh, ihm tat dieses Gefühl an der Wange wohl, während er japsend dastand und wartete, bis sein Atem wieder normal ging. Er war in Schweiß gebadet, der Wind eisig kalt. Seine Füße waren triefend naß; die Nässe klatschte seine Hosenbeine bis in Kniehöhe an seine Unterschenkel. Er begann zu frösteln, sein Frösteln wurde immer schlimmer, bis er schließlich nicht mehr verhindern konnte, daß seine Zähne zu klappern begannen.

Er wußte, er mußte schleunigst ins Trockene oder sich einen Mantel beschaffen. Er begann zu laufen. Er würde seinen Mantel holen und irgendwo hingehen, irgendwo, wo er nachdenken konnte, ohne einen verrückt gewordenen Schimpansen ansehen oder Helversons kühle Stimme anhören zu müssen, wo er nicht Annes anklagende Augen vor sich hatte. Eine Bar, dachte er. Eine dunkle, ruhige Bar, wo niemand ihn kannte.

Er nahm den nächsten Seitenpfad und verließ den Park, ging zwei Blocks zu einer Einkaufszone, wo er auch eine Bar fand. Er bestellte einen doppelten Whisky, doch ehe er ihn berührte, rief er zu Hause an. Er verlangte nicht Anne zu sprechen, sondern sagte zu Ronnie: »Kannst du bleiben, bis ich nach Hause komme? Es ist wichtig, daß sie nicht alleine bleibt. Und, Ronnie, laß niemanden außer mir zu ihr. Niemanden! Verstehst du?«

Er legte auf. Nun blieb ihm nichts mehr zu tun, dachte er, außer sich zu betrinken. Überhaupt nichts.

Irgendwo ganz weit hinten in ihrem Kopf, sagte sich Anne, oder in ihrer Seele, falls so etwas existierte, verstand sie, was Helverson gesagt hatte, was er von ihr verlangte, aber sie konnte es nicht in Worte kleiden. Es ließ sich nicht in einen Rahmen logischer Sequenzen bringen, so daß sie es hätte untersuchen und die Fehler feststellen können. Es schwebte wie irgendein grausiger Druck über ihr, der verantwortlich war für jene Wellen panischen Schreckens, die unerklärlicherweise erschienen, die willkürlich auftauchten und wieder verschwanden. Sie schauderte und fühlte ein Frösteln und kannte den Grund ihrer wachsenden Angst nicht.

Ronnie brachte das Mittagessen, Anne schob es auf ihrem Teller hin und her, bis Ronnie es schließlich wieder abräumte. Kurz danach kam Ronnie zurück und sagte, daß Gus da wäre, ob sie ihn sprechen wollte, ob sie ihn hereinführen sollte?

Anne sah sie fragend an. Nicht mit ihm sprechen? Ihn nicht zu empfangen wäre ihr nie in den Sinn gekommen. Gus wurde hereingeführt.

»Anne, ist Clark da?«

»Nein.«

»Verdammt noch mal! Hat er denn angerufen oder irgend so was?«

»Edward Helverson hat mich besucht«, erklärte sie ihm langsam. »Er will mich in ein Krankenhaus stecken, nicht wahr?«

Gus nickte. »Der Scheißkerl«, murmelte er. »Das war also der Grund, warum er uns im Konferenzraum zusammengepfercht hat.«

»Kann er das denn, Gus?«

»Ich weiß nicht. Hast du einen Rechtsanwalt?«

Anne schluckte hart. Wieder schwappte eine Welle des Terrors über sie hinweg. Sie wartete, bis sie verebbt war, und sagte dann: »Du glaubst, daß es möglich ist, nicht wahr?«

»Anne, ich sage dir, ich weiß es nicht! Ich werde dir zwei Namen aufschreiben, es sind gute Typen, alle beide. Einer von beiden wird dich sicherlich heute empfangen können. Sage, daß es ein Notfall ist und daß ich dich geschickt habe. Okay?«

Sie nahm das Stück Notizpapier entgegen und steckte es in ihre Tasche, ohne einen Blick darauf zu werfen. »Was hat Deena erzählt?«

»Mir direkt gar nichts. Nach der Versammlung war sie nicht aufzufinden. Aber ich habe es mir von Bob sagen lassen. Sie hat behauptet, du hättest sie beschuldigt, dich bedroht zu haben. Sexuell bedroht zu haben. Sie sagte, du wärst unvernünftig, hysterisch und völlig ohne jegliche Kontrolle.«

Anne fühlte, wie ihr Tränen heiß in die Augen stiegen. Wütend blinzelte sie dagegen an. »Und sie glauben ihr natürlich. Endlich das entscheidende Argument. Ich habe sie überhaupt nicht beschuldigt, Gus. Nein, das ist nicht wahr.«

Er seufzte. »Es sieht wirklich beschissen aus, Anne. Helverson hofft natürlich, daß du es genommen hast. Es wäre besser, wenn du einen der Anwälte hinzuziehst.« Er stand auf und ging ungelenk zum Fenster. »Und das alles, weil Clark ein einziges Mal zusammengebrochen ist und sich wie ein Mensch verhalten hat!«

»An dem, was er getan hat, liegt es nicht«, gestand Anne fast unhörbar. »Es geht um das, was ich getan habe. Ich wollte wieder ganz in Ordnung sein, aber nach meinen eigenen Vorstellungen. Und in jener Nacht . . . Bis dahin hatte ich nicht begriffen, daß ich ihn für alles verantwortlich machte, und ich habe ihn gehaßt, wie ich niemals jemanden in meinem Leben gehaßt habe. Da kamen und gingen schreckliche Gedanken. Zum Beispiel, welche Verletzungen er mir zugefügt hatte. Ich bin jetzt verkrüppelt, das weißt du. Er weiß es. Ich werde für den Rest meines Lebens das Bein nachziehen. Er hat mir sein Zeichen aufgeprägt. Das war es, was ich damals dachte. Und ich dachte, wieviel Leid er an mir verschuldet hat. Ich wollte ihn so gerne verletzt sehen. Ich verstand auf einmal, wie sehr ich vor mir selbst Versteck gespielt hatte, und ich fühlte mich wie ein kleines Mädchen, das weint und schreit und sagt: ›Ich mag nicht!‹, und doch die ganze Zeit weiß, daß es machtlos ist.«

Sie zündete sich eine Zigarette an und sah dem Rauch nach. »Was bleibt einem zu tun, nach dieser Art Selbstoffenbarung? Man kann so tun, als wäre nichts, man kann es wieder vergraben und jenes Kind spielen, das seinen Haß immer mit sich herumträgt und ihn tagtäglich auf tausend kleine Arten offenbart. Oder man beläßt es dabei. Und wenn man einmal so weit gegangen ist, dann weiß man, daß den Haß zu vergraben lediglich bedeutet, er wird eines Tages, wenn man es am wenigsten erwartet, wieder emporschießen. Der Haß wartet und schlägt zu, wenn der andere am verletzlichsten ist. Das ist schon ein zerstörerisches Ding, das bringt den Hasser wie den Gehaßten um.«

Gus drehte sich um und schrie sie an: »Du kannst ihn doch nicht dafür hassen, daß er dich liebt! Du brauchst ihn jetzt! Verstehst du das nicht? Er hat einem unerträglichen Druck nachgegeben. Er konnte die Rolle des Supermanns nicht mehr weiterspielen. Weil er verrückt vor Liebe nach dir ist! Wie kannst du ihn deshalb *hassen*?«

Sie senkte den Kopf. »Du verstehst es wirklich nicht, nicht wahr? Ich hasse ihn jetzt nicht. Ich kann ihn sogar fast verstehen, glaube ich. Gus, er würde aber eher glauben, daß ich den *pa*-Faktor genommen habe, daß ich verrückt werde, daß ich zum psychopathischen Killer werde, als der Wahrheit ins Angesicht zu sehen. Das ist keine Liebe. Das ist das Wehgeschrei von einem Kind, das lieber das Ende der Welt in Kauf nehmen würde, als seinen schmuddeligen Teddybär herzugeben.«

»Was zum Teufel für eine verdammte Wahrheit?«

»Das spielt keine Rolle. Laß es auf sich beruhen.«

Gus zog seinen Stuhl nahe an den ihren heran und ergriff ihre Hand. »Anne, vielleicht habt ihr wirklich ein echtes Problem. Ich weiß es nicht. Ich will es auch nicht wissen. Aber stell das doch um Himmels willen jetzt zurück! Anne, du brauchst ihn jetzt. Du brauchst ihn, damit er dich unterstützen und den anderen Widerstand leisten kann! Laß ihn doch vom Kanthaken, daß er endlich wieder einen klaren Kopf bekommt. Er ist im Tran, daß er nicht einmal seinen Hintern von einem Teekessel unterscheiden kann. Und du brauchst ihn doch, Anne. Nimm ihn wieder an! Sag ihm, daß du gar keine Trennung willst! Laß ihn dir helfen!«

Sie schüttelte den Kopf. »Es wäre eine Lüge. Er würde das wissen.«

»Er würde es eben *nicht* wissen! Du Idiotin! Wenn du ihm erzählen würdest, du seist die Königin von Saba, so würde er auch das glauben!«

Wieder schüttelte sie den Kopf. »So einfach ist das nicht. Jetzt laufen noch alle Fäden zusammen, nicht wahr, Gus? Die Humantests, was Clark glaubt, was Deena ihnen erzählt hat. Jetzt sind wir am Punkt X, nicht wahr?«

»Weißt du, was es heißen wird, in ein Krankenhaus zu gehen, wenn man sie glauben läßt, du hättest das Zeug genommen? Tägliche Blutuntersuchung! Vielleicht zwei-, dreimal täglich. Tests für alles Erdenkliche. Für den Stoffwechsel. Die Enzyme. Da werden dir Schläuche zum Magen hinunter und den Darm hinaufgestoßen. Stundenlange Sitzungen mit Psychiatern, Auffassungstests, Augentests. Medikamente. Das Zeug, das du früher genommen hast, um deinen Blutdruck zu erhöhen. Streßexperimente. Dein eigenes gottverdammtes Streßexperiment! Beobachtung rund um die Uhr! Hast du das jemals durchgedacht, Anne?«

Als alle Farbe aus ihrem Gesicht wich, konnte sie es fühlen. Wie wenn man eine Jalousie herunterläßt, dachte sie. Es ist genauso, wie wenn man eine Jalousie herunterläßt.

Gus streichelte ihre Hand, jetzt war seine Stimme leise und heiser. »Anne, hör mir zu. Ich wollte dir das nicht antun, aber du mußt es begreifen. Wenn du das Zeug nicht genommen hast, so muß eine Möglichkeit bestehen, es zu beweisen. Laß Clark sagen, er hätte sich getäuscht. Vielleicht deine Aufzeichnungen. Irgend etwas. Es muß eine Möglichkeit geben. Ein Tagebuch vielleicht?«

»Ich habe darüber nachgedacht«, sagte sie. »Es gibt keinen Beweis. Es wäre zu trostlos geworden. Und doch immer wieder das gleiche. Sie können nicht mit den Humantests beginnen, Gus. Du darfst das nicht zulassen. Irgend etwas stimmt damit nicht, und wir wissen das alle. Helverson muß es auch wissen. Warum sagt er, daß er weitermachen will?«

»Ehrgeiz. Er glaubt, daß wir den Fehler bei den Humantests in den kommenden Monaten finden werden. Und vermutlich hat er damit recht. Anstatt jahrelang warten zu müssen, will er das Risiko eingehen. Abgesehen davon, keiner würde es jemals erfahren. Die Frauen werden die beste Behandlung erfahren, sein Gewissen wird rein bleiben, und der Rest der Welt wird, wenn sie den Stoff erhält, dich und das Unternehmen und indirekt auch ihn selig preisen. Er wird den Lohn bekommen, hinter dem er her ist. Angesichts solcher Gewinne ist das Risiko sogar relativ gering.«

»Wir wissen nicht einmal, ob die Prozentzahl der Betroffenen stimmt«, sagte Anne. »Drei von dreiundzwanzig. Das sind dreizehn Prozent. Das könnte 65 Frauen bedeuten, Gus! Fünfundsechzig. Welche materiellen Mittel würden sie brauchen, um ihnen die Behandlung und die Beobachtungen zukommen zu lassen, von denen wir gesprochen haben? Und was, wenn der Prozentsatz nicht stimmt? Es könnten genausogut zwanzig Prozent oder sogar fünfzig sein. Wir wissen es nicht.« Sie schloß die Augen. »Es könnten genausogut alle sein.«

»Und selbst wenn es alle sind, so wäre dies ein geringer Preis, wenn wir dadurch die Ursache oder die Kontrollmöglichkeit über die Wirkungen finden.«

»Das glaubst du doch selbst nicht.«

»Nein, das glaube ich selbst nicht. Wir brauchen Zeit. Du brauchst Clark neben dir, und vielleicht werden wir drei zusammen die notwendige Zeit bekommen.« Er sah sie einen Augenblick lang intensiv an, dann holte er tief Luft. »Ich werde jetzt wohl besser zurückgehen. Vielleicht ist er inzwischen da.«

Ich bin nicht für den Erfolg erzogen worden, dachte Anne, nachdem er gegangen war, nur für Mißerfolge. Selbst ihre geringen Siege hatte man in Mißerfolge verkehrt. »Nur Klassenzweite? Wenn du fleißiger gewesen wärst, hättest du die erste sein können.« – »Du hast dein Bett selbst gemacht? Guck mal, wie schlampig das da raushängt! Jetzt muß ich es noch einmal machen.« — »Du hast einen Schulpreis gewonnen? Soso. Tress hat einen neuen Job! Neuntausend im Jahr.« — »Du willst heiraten? Aha. Tress hat einen Sohn bekommen.« — »Du hast einen Job bei Prathers bekommen? Der Ehemann von deiner Schwester würde nicht zulassen, daß sie arbeitet. Sie haben eine Putzfrau.«

Sie wußte mit Niederlagen fertig zu werden. Sich mehr anzustrengen. Aber wie hätte sie den Erfolg bewerkstelligen können? Sie sah keine Möglichkeit. Es war unvorstellbar, daß irgend jemand erfolgreich war und damit fertig wurde.

Sie dachte an ihre Mutter, die *nur* Hausfrau war, wie sie immer betonte. Sie war voller Argwohn gegen Clark, gegen ihrer beider Arbeit, gegen Annes Ausbildung. Sie glaubte, die Steine auf dem Elefanten wären echt. Sie glaubte immer noch, Anne wäre Clarks Assistentin am Arbeitsplatz. »Vermutlich hat er schon ein neues Mädchen, das ihm nun assistiert. Hast du sie schon gesehen?« Fast konnte sie ihre Mutter verstehen, dachte sie. Wenn Anne Erfolg hatte, so bedeutete das, daß ihre Mutter gescheitert war. Im Leben. In allem. Als ob die beiden Lebensstile so unvereinbar wären; als ob einer den anderen ausschlösse.

Und sie konnte Clark fast verstehen. Er war für den Unfall nicht verantwortlich gewesen; das wußten sie beide. Aber auf eine niemals eingestandene Weise war er ihm nicht ungelegen gekommen. Er war daraufhin noch liebevoller, noch fürsorglicher, von allem noch mehr geworden. Er würde sie jetzt, da sie behindert war, noch mehr lieben, schien er zu sagen, und sie hatte dies abgelehnt, weil sie dahinter eine andere Einstellung gefühlt hatte. Er glaubte sich nun sicherer, das war es, was er empfand. Seine Mutter wußte es, dachte Anne. Intuitiv wußte sie, daß sie ihn wie einen kleinen Jungen behandeln mußte und nicht wie einen Mann, weil er dies verlangte. Er hatte dies von Anne in steigendem Maße verlangt, als der Erfolg näherrückte, und der Unfall hatte ihm weitere Gewißheit verliehen, daß sie ihn brauchen würde. Und dann hatte sie ihn in jener Nacht zurückgewiesen. Er hatte gesagt, sie hätte im Schock gehandelt, das war jedoch falsch. *Er* hatte im Schock gehandelt. Und er war nicht in der Lage gewesen, dieser Tatsache ins Gesicht zu sehen, sondern hatte bereitwillig die Gelegenheit aufgegriffen, sie könnte den *pa*-Faktor benutzt haben. Wenn sie geistig instabil wäre, so wäre ihre Zurückweisung bedeutungslos, unwirklich, keine Bedrohung gewesen. Er hatte keine Wahl, als zu glauben, sie hätte das *pa* genommen. Und einmal mehr war er auf diese Weise sicher. Verurteilt zwar, aber sicher.

Von Tränen in der Dunkelheit kommt die Sonne auch nicht wieder. Das hatte ihre Großmutter immer gesagt, erinnerte sie sich. In Ordnung. Clark mußte es glauben. Helverson mußte es glauben. Deena mußte es aus Gott weiß was welchem Grund auch glauben. Und sie würden sie gemeinsam in eine Anstalt bringen. Sie umklammerte die Armlehnen ihres Rollstuhls, um zu verhindern, daß ihre Hände zu zittern begannen.

»Nein!« schrie sie laut. »Ich werde sie nicht an mich heranlassen!«

22

Um sieben wachte Clark mit einem Kater auf. Er lag in den Kleidern vom Vortag auf seinem Bett. Er hatte verschwommene, zusammenhanglose Erinnerungen vom Nachmittag und der Nacht. Die Bar, ein Kino, weil er so sehr gefroren hatte, eine zweite Bar, ein Mädchen. Irgendwann danach ihr Zimmer. Sie hatte ihn hinausgeworfen, nachdem sie ihm zwei Dollars in die Faust gedrückt hatte. Sie hatte ihm sogar ein Taxi gerufen. »Nettes Mädchen«, hatte er immer wieder zu dem Taxifahrer gesagt. »Hat ein goldenes Herz.« Seine Uhr fehlte. Goldenes Herz, goldene Uhr. Nettes Mädchen.

Annes Tür war verschlossen und verriegelt. Wenn sein Kopf nicht so schrecklich geschmerzt hätte, er hätte sie eingetreten, dachte Clark. Er machte Kaffee, versuchte wieder, die Tür zu öffnen, und nahm schließlich im Eßzimmer Platz. »Weißt du, was bei meiner Frau der Ärger ist?« hatte er zu dem Mädchen gestern abend gesagt. »Tja, sie versteht dich nicht.« — »Falsch. Sie versteht mich einfach zu gut.« Er ächzte. Er glaubte nicht, daß sie es gebracht hatten. Er war nicht einmal in der Lage gewesen, seine Klamotten auszuziehen. »Weißt du, was ich mit ihr anstellen werde?« hatte er gesagt. — »Sitzenlassen.« — »Falsch. Ich werde heimgehen und ihr zeigen, wer der Boß ist. Das ist es, was ihr fehlt. Arrogant, sie ist arrogant. Sie will es, aber sie tut als ob.« — »Manche Frauen sind so.« — »Sie will beherrscht werden, das ist es. Das will sie, beherrscht werden. Überwältigt.«

Clark stöhnte und stand auf. »Gott verdammich!« murmelte er.

Ein anderer Gedächtnisfetzen: »Habe ich dir von meiner Frau erzählt?« — »Ja, das hast du.« — »Clever, sie ist clever. Cleverer als ich.« — »Das hast du mir schon erzählt.« — »Höllisch clever.« — »Aber du bist immer noch der Boß. Stimmt's?« — »Richtig. Das ist völlig richtig. *Völlig* richtig.«

Anne hörte Clark an jenem Morgen an ihrer Tür. Sie hatte ihn nach Hause kommen hören, und nachdem er über sein Bett gefallen war, war sie in sein Zimmer gerollt, um nachzusehen, ob alles in Ordnung war. Ich sollte ihm mit einem Messer einen Zettel an sein Kissen heften, dachte sie, widerstand jedoch diesem Impuls. »Killroy was here!«, und das mit einem Messer festgesteckt. Sie hatte gelächelt und war in ihr Zimmer zurückgekehrt; dort hatte sie die Tür hinter sich abgeschlossen.

Nachdem sie sicher war, daß er die Wohnung verlassen hatte, stand sie auf und ging mit ihren Krücken ungeschickt, aber bereits besser als am Tag zuvor zur Küche und goß sich Kaffee ein. Sie betrachtete die Krücken mit einem triumphierenden Glanz in den Augen.

Sie nahm Kaffee und Toast zu sich und kehrte dann in ihr Zimmer zurück. Sie setzte sich selbst fünf Minuten für den Rückweg. Dieser Sieg war ihr jedoch nicht vergönnt, und sie betrachtete die Krücken nun wieder mit Abscheu.

Auf dem kleinen Tisch stand nun eine Schreibmaschine, daneben lagen viele Manuskriptblätter. Sie hatte Stunden mit Arbeitsanweisungen, Briefeschreiben und weiteren Arbeitsanweisungen zugebracht. Sie war noch nicht fertig, aber sie wußte, daß sie höchstens noch anderthalb Stunden brauchen würde. Als Ronnie um neun Uhr kam, saß Anne bei der Arbeit.

»Immer noch?« fragte Ronnie von der Tür aus. Ihr Gesicht spiegelte tiefe Besorgnis wider, als sie Anne ansah. Tags zuvor hatte sie Dr. Radimer angerufen, um dort lediglich zu erfahren, daß er heute morgen um neun Uhr früh dasein wollte. Die Neuigkeiten hatten ihre Besorgnis nicht verringert.

»Noch Kaffee«, bat Anne, dann blickte sie auf und lächelte. »Guten Morgen, Ronnie. Regnet es?«

»Was für Wetter soll hier sonst sein?« Sie warf einen Blick zur anderen Tür, zu Clarks Tür, doch er war gegangen. »Ich bin gleich mit Kaffee wieder da.«

»Oh, Ronnie, heute morgen fahren wir nicht zum Schwimmen. Dr. Radimer will vorbeikommen.«

»Anne, ist irgend etwas nicht in Ordnung?« fragte Ronnie und trat ein, wobei ihr Regenschirm auf den Fußboden tröpfelte.

»Ja. Du weißt es. Wenn ich mit dem Doktor geredet habe, werde ich es dir erzählen, Ronnie.« Sie wandte sich wieder ihrer Schreibmaschine zu und begann zu tippen.

Als Dr. Radimer ankam, bat sie Ronnie, für ihn Kaffee zu machen, und machte sich langsam daran, ihm eine Schilderung der ganzen Angelegenheit zu geben, in deren Verlauf sie zunehmend schneller wurde. »Ich kann nicht beweisen, daß ich es nicht genommen habe«, konstatierte sie. »Aber ich habe Angst vor den staatlichen Anstalten. Mister Helverson hat recht, wenn er sagt, daß ich beobachtet werden muß, zumindest bis jegliche Zweifel in die eine oder andere Richtung ausgeräumt sind.«

»So ein Mist!« explodierte Radimer. »Das ist die größte Scheiße, die ich seit langem gesehen habe. Natürlich können Sie in keines der staatlichen Hospitäler! Wenn Sie nicht schon verrückt sind, so werden Sie es dort auf jeden Fall innerhalb eines Monats!«

»Werden Sie einen geeigneten Platz für mich finden?« fragte Anne. »Und mir die erforderlichen Papiere beschaffen?«

»Ja! Dazu brauche ich eine Stunde. Nicht mehr. Lieber Gott! Diese beschissenen Verwaltungsärsche! Wissen Sie, was dieses Land in den Untergang treibt? Diese gottverdammten verfluchten Managertypen! *Ronnie!*«

Ronnie kam hereingestürzt, betrachtete Anne ängstlich und wartete dann ab.

»Anne wird in ein Krankenhaus gehen. Nach Mount Holly. Können Sie mit ihr dorthin fahren und bei ihr bleiben?«

»In ein Krankenhaus? Anne?« Wieder streiften Ronnies Augen prüfend umher, sie wirkte verwirrt. »Ich kann mitgehen«, erklärte sie.

»Ich werde jetzt gehen, in einer Stunde bin ich zurück. Ronnie, Sie lassen keinen hier rein. *Keinen,* haben Sie gehört? Wenn doch, ziehe ich Ihnen das Fell über die Ohren.« Er ging hinaus, wobei er wieder Flüche vor sich hin murmelte.

Ronnie begleitete ihn, um die Tür hinter ihm abzuschließen, kam dann zurück und baute sich vor Anne auf, die Hände in die Hüften gestemmt. »Und nun«, befahl sie, »nun packst du mal aus! Mount Holly?«

Clark war den ganzen Morgen auf dem Korridor vor Helversons Büro herumgegeistert, doch Helverson ließ sich nicht blicken. Seine Sekretärin erklärte wiederholt, daß er später käme; wenn Clark in sein Büro zurückkehrte, würde sie ihn anrufen ... Der Hurensohn benutzte eine private Außentür, aber früher oder später würde er sich blicken lassen, und Clark würde zur Stelle sein. Gus traf ihn dort an und zog ihn zum Labor zurück.

»Du führst dich auf wie ein Teenager, der auf den neuen Freund seiner Exfreundin lauert, um zu beweisen, daß er ihn k. o. schlagen kann«, sagte er.

Clark riß sich los. »Sie dürfen sie nicht bekommen! Sie dürfen sie nicht bekommen!« Er konnte an nichts anderes denken.

Gus schob ihn in sein Büro und schloß die Tür hinter sich. »Setz dich! Die Zeit für Melodramen ist vorbei, Clark. Die Abstimmungsergebnisse im Komitee haben ihnen völlig freie Hand gelassen. Das Beste, was wir nun für Anne noch erhoffen können, ist, sie in irgendeinem Privatkrankenhaus unterbringen zu können.«

»Du verrätst uns also auch, Gus? Für welchen Preis?« Clarks Stimme bebte vor Haß.

»Ich bin realistisch. Wenn sie es genommen hat, gehört sie in ein Krankenhaus. Oder willst du sehen, wie sie sich wie Lola mit Zuckungen am Boden windet?«

»Du Scheißkerl! Gehörst du jetzt schon zur Werkspolizei?«

Gus ohrfeigte ihn heftig, dann noch einmal. Einen Augenblick lang schwankte Clark.

»Willst du dich jetzt zusammenreißen oder das Haus verlassen und dich noch einmal besaufen, damit du die Augen davor verschließen kannst, was geschieht?«

Clark schloß die Augen, seine Fäuste entspannten sich langsam, und er nahm schließlich Platz. Dumpf sagte er: »Dafür bin ich dir wohl Dank schuldig, Gus. Was meinst du, was ich tun soll?«

»Du mußt ihnen erklären, daß du Anne in ein Privatkrankenhaus bringst, und das durchsetzen, unabhängig davon, was sie sagen. Bist du dazu in der Lage?«

»Ich werde sie zu Hause behalten. Eine Spezialkrankenschwester engagieren. Und selbst bei ihr bleiben.«

»Das wird keinen zufriedenstellen. Es muß schon ein Krankenhaus sein. Verdammt noch mal, Clark! Es *muß* ein Krankenhaus sein! Du *mußt* es tun!«

»Ich kann nicht.«

»Wenn du es nicht kannst, dann lieferst du sie Grove und seiner Bande aus. So einfach ist das, Clark. Entweder machst du es, oder sie kümmern sich darum.«

Clarks Gesicht war fahl, seine Augen blutunterlaufen. Gus mußte daran denken, was Anne gesagt hatte. Sie wollte ihn verletzt sehen. Er wandte sich ab, um aus dem Fenster zu schauen.

»Erinnerst du dich, was Deena über ihre Angst vor Krankenhäusern gesagt hat, Gus? Es stimmt. Eine pathologische Angst vor Krankenhäusern. Sie dachte, man würde ihre Großmutter holen, um sie im Krankenhaus umzubringen. Selbst im Bewußtsein dessen, daß sie das einmal gedacht hat, selbst mit der Erkenntnis, woher ihre Furcht kommt, hat sie noch Angst. Sie haben sie zu früh nach Hause entlassen, weil sie sich dort so schlecht erholt hat. Und sie werden ihr weh tun. Jede Spritze, jedes Mal, wenn sie ihr Blut abnehmen müssen, alles wird ihr weh tun. Wie kann ich sie dahin wieder zurückschicken, Gus? Wie?«

»Du entscheidest dich für das geringere Übel. Das ist alles, was du machen kannst.«

Clark schüttelte den Kopf. »Aber ich kann es nicht«, flüsterte er. »Sie würde mir niemals vergeben. Ich würde sie endgültig verlieren.«

»Und ich sage dir, wenn du es nicht tust, dann verdienst du die Kacke, in die du dich reinsetzen wirst!«

Anne wartete auf Edward Helverson und wünschte, ihre Hände wären nicht so feucht von Schweiß. Sie wischte sie nochmals ab, zündete sich eine Zigarette an und drückte sie auch gleich wieder aus. Ihr Mund fühlte sich vom vielen Rauchen ganz ausgetrocknet an. Dr. Radimer ging auf und ab, sprach nun kein Wort, fluchte nicht einmal leise vor sich hin. Endlich erschien Ronnie, um Helversons Ankunft anzukündigen.

»Ich werde im anderen Zimmer warten«, meinte Dr. Radimer. »Sie können mich ja rufen, wenn Sie mich brauchen.« Er ging hinaus, und Ronnie verließ den Raum, um Helverson zu holen.

»Meine Liebe, Sie hätten mich nicht unbedingt persönlich sprechen müssen«, meinte Helverson. »Ein Telefongespräch hätte es getan. Ich kann nicht länger als eine Minute bleiben, fürchte ich. Eine Verabredung zum Mittagessen.«

»Ich bin bereit, Sie von meinen Absichten zu unterrichten«, erklärte Anne mit klarer und fester Stimme. »Ich habe mich als Patientin im Mount Holly-Hospital eingetragen, wo ich von meinem Hausarzt, Dr. Horace Radimer, und Dr. Samuel Ericson behandelt werde. Es ist schon alles perfekt. Ich muß nur noch persönlich erscheinen, damit die Behandlung beginnen kann.«

Helverson nahm Platz und lächelte sie freundlich an. »Ich fürchte, das wird nicht genügen, meine Liebe. Wir haben darüber gesprochen, verstehen Sie. Wir sind der Ansicht, wir müssen eine gewisse Kontrolle über die Behandlung haben, die in einem Privatkrankenhaus nicht möglich ist, Sie verstehen. Und die Bereitschaft der Ärzte ... sie ist gänzlich unterschiedlich, Sie verstehen.«

»Sie verstehen nicht, Mr. Helverson«, sagte Anne. »Ich bitte Sie nicht um Erlaubnis. Ich erkläre Ihnen, was ich unternommen habe.« Ihre Hände waren ruhig, als sie sich eine Zigarette anzündete. »Ich habe eine Erklärung für Sie vorbereitet, in der ich eidesstattlich versichere, daß ich dies aus meinem eigenen freien Willen tue, daß ich zugestehe, möglicherweise den *pa*-Faktor genommen zu haben, daß ich mich jedoch nicht daran erinnere. Ich nehme an, das genügt. Ich habe auch mit der Zustimmung meines behandelnden Arztes und mit der Zustimmung von Clark und Gus eine Genehmigung zur Durchführung gewisser Experimente erteilt. Falls irgendwelche Meinungsverschiedenheiten bei den Experimenten oder Versuchen auftreten, so soll Gus die endgültige Entscheidung treffen. Mein Arzt war der Ansicht, daß dies unter den gegebenen Umständen notwendig ist.«

Helverson war hastig aufgestanden, setzte sich nun erneut hin, einen wachsamen, mißtrauischen Ausdruck auf dem schmalen Gesicht. Wie ein Silberfuchs, dachte sie, der ein Kaninchen beobachtet.

»Ich muß sagen«, erklärte Helverson sanft, »daß dies höchst vernünftig ist. Ich glaube, wir können mit dieser Übereinkunft alle zufrieden sein.«

»Im übrigen«, fügte Anne hinzu, »bestehe ich darauf, daß Sie keinerlei Humantests durchführen, bis ein Gehirnspezialist, den Gus auswählen soll, hinzugezogen wird, und ihm genügend Zeit zur Verfügung steht, um sich mit unserer Arbeit vertraut zu machen, und seine Empfehlungen zu geben. Wie lange er dazu auch brauchen wird, Sie werden damit einverstanden sein, so lange zu warten. Und wenn seine Ergebnisse negativ sind, so werden Sie den genehmigten IND zurückrufen und auf eine Lösung des Problems warten, ehe wir ihn wieder anmelden.«

Helverson lehnte sich zurück und betrachtete sie eindringlich. Einige Minuten lang antwortete er nicht, dann schüttelte er den Kopf. »Ich bin nicht dieser Ansicht, Anne. Wir haben nach dem Gesetz das Recht, den nächsten Schritt in Angriff zu nehmen. Niemand kann uns einen Vorwurf machen, weil wir den IND bestätigt bekommen haben. Nein, ich glaube, da sind Sie zu weit gegangen.«

»Wenn Sie sich nicht einverstanden erklären«, meinte Anne, die selbst hören konnte, wie ihre Stimme nun angespannt klang, sich jedoch keine Gedanken darum machte: seine neue Wachsamkeit bedeutete, daß er es ebenfalls heraushörte, »so werde ich mit der Arbeit an die Öffentlichkeit treten. Ich habe ein Dutzend Briefe verfaßt, deren Details ausreichen, jedermann auf diesem Gebiet so viel Einblick zu verschaffen, daß er die Ergebnisse aufgreifen und weiterführen kann. Diese Briefe werden an Zeitschriften, andere Unternehmen, Universitäten, Tageszeitungen und das Drogenbüro aufgegeben, falls Sie ohne die explizite Genehmigung des Gehirnspezialisten, den Gus auswählt, weitermachen.« Sie fühlte, wie ihr das Herz nun bis zum Halse schlug, und wußte, daß ihre Hände nun wieder feucht waren. Sie rieb sie jedoch nicht trocken.

Helverson stand auf und machte ein paar Schritte zur Wand, wo er den Teppich aus Venezuela studierte. Seine Hände streiften über das Fernrohr. Er ging zum Fenster und blickte hinaus über die Glyzine in den gegenüberliegenden Park. »Sie drohen mir mit Erpresserbriefen«, sagte er. »Das ist ein Verbrechen, wie Sie wissen.«

»Dann lassen Sie mich doch verhaften.«

»Es ist auch ein Vertragsbruch. Sie würden entlassen werden. Sie würden nie wieder in ihrem Beruf arbeiten oder lehren können. Es würde die Rückkehr in die Küche bedeuten, zum Töpfe- und Pfannenschrubben, meine Liebe. Und Ihr Ehemann, fürchte ich, würde mit hinausgefegt.«

»Und das ist vermutlich auch keine Drohung.«

»Nein. Das ist die Realität.«

»Mr. Helverson. Ich habe Sie nicht hierhergebeten, um mit Ihnen zu verhandeln oder irgend etwas anderes zu diskutieren. Ich habe Sie hierhergebeten, weil ich Ihnen eröffnen wollte, was ich vorhabe, was ich bereits unternommen habe. Nun können Sie gehen.«

Einen Augenblick lang versteinerte sich sein Gesicht, dann wandte er sich ab. Sogleich fragte er: »Haben Sie dies mit Ihrem Ehemann, mit Gus oder mit irgend jemand besprochen?«

»Nein. Nur mit meinem Arzt und dem Anwalt, bei dem die Briefe liegen.« Sie machte eine Pause, dann fügte sie hinzu: »Und ich werde es nicht tun, wenn Sie mich nicht dazu zwingen.«

»Ich verstehe.« Wieder schwieg er; als er sich ihr erneut zudrehte, lächelte er. »Meine liebe Anne, ich gestehe, ich habe mich in Ihnen von Anfang an völlig getäuscht. Ich glaubte nicht, daß Sie das Problem für so ernst halten. Selbstverständlich ist es Ihre Arbeit, und wenn Sie so stark damit rechnen, daß hier ein Fehler vorliegt, so wird das Unternehmen selbstverständlich niemanden einer solchen Gefahr aussetzen. Selbstverständlich werden wir keine Gelegenheit zu verfrühten Versuchen wahrnehmen. Meine Liebe, Sie haben mein Wort, mein Ehrenwort, daß wir die nächste Phase nicht angehen, bis ein Gehirnspezialist erklärt, daß es ausreichend sicher ist. Ich verlasse mich auf die Expertisen von anderen auf diesem hochspezialisierten Gebiet, wie Sie wissen, und ich hatte aus Dr. Klugmans Äußerungen entnommen, daß wir bereit seien, den nächsten Schritt in Angriff zu nehmen.«

In seinen Augen stehen Feuer und Eis, Bewunderung und Haß, dachte Anne. Und seine Stimme klang gleichzeitig ruhig und giftig. Sie sah ihm zu, wie er seine Jacke zuknöpfte.

»Nun muß ich aber wirklich gehen. Ich fürchte, ich werde mich verspäten, aber ich bin froh, daß wir dieses Gespräch geführt haben. Wann werden Sie ins Krankenhaus gehen?«

»Heute abend.«

»Aha. Mount Holly. Und ... äh ... Sie werden heute abend mit den Untersuchungen beginnen, morgen früh?«

»Wann immer es paßt.«

»Gut. Ich werde Ihre Entscheidung bei unserer Komiteeversammlung heute nachmittag vorbringen und Gus bevollmächtigen, so viele Spezialisten hinzuzuziehen, wie er für nötig hält, um diese Forschungsarbeit zum Abschluß zu bringen. Und Ihnen darf ich jetzt eine rasche Genesung wünschen, meine Liebe.« Er hielt einen Augenblick inne, als ob er überlegte, ob er sich ihr nähern sollte, entschied sich jedoch dagegen, verbeugte sich und verließ das Zimmer.

Anne blieb sitzen und rührte sich nicht, bis Ronnie und Dr. Radimer zu ihr kamen. Sie hatte Angst, sie würde zu zittern beginnen, sobald sie sich bewegte.

»Dieser Lackaffe!« schimpfte Ronnie. »Er wollte wissen, ob wir hier alleine sind. Ich glaube, er dachte daran, einen Schlägertrupp herzuschicken, der dich holen sollte, oder so etwas. Ich habe ihm Dr. Radimer vorgestellt und gesagt, daß er den ganzen Nachmittag hier bliebe. Du hättest sein Gesicht sehen sollen. Er hat ausgesehen wie ein Kind, das statt Honig Rizinusöl geschluckt hat.«

Anne lachte und konnte gar nicht mehr aufhören. Endlich japste sie nach Luft. »So etwas hätte er doch nicht probiert!«

Dr. Radimer fluchte und murmelte vor sich hin: »Diese gottverdammten elenden Managertypen glauben, daß ihnen das ganze Land gehört, daß sie mit den Menschen machen können, was sie wollen ...« Er warf einen Blick auf seine Uhr. »Verdammich, in meinem Wartezimmer werden die Patienten einander schon auf dem Schoß sitzen. Kommt Clark um die Mittagszeit vorbei?«

Anne nickte. »Ich habe Gus gebeten, ihn herzubringen. Ich werde ihnen beiden alles erzählen.«

»Okay. Helverson wird nichts mehr unternehmen. Er wird feststellen, daß er Sie nirgendwo legal einweisen kann, da Sie sich bereits in Mount Holly angemeldet haben. Jetzt kann er nichts mehr machen, als sich mit allem abfinden. Ich werde Sie möglichst jeden Tag in Mount Holly besuchen. Ich bleibe auch in direkter Verbindung mit Samuel Ericson. Was für ein verdammter Mist!« Er stapfte wütend hinaus.

22

Gus und Clark kamen kurz vor zwölf an. Clark warf einen Blick auf das Bett, über das zusammengefaltete Kleider und ein offener Koffer verstreut lagen. Ronnie hatte mit Packen begonnen.

»Es kann doch nicht wahr sein! Ich glaube es nicht. Was hat er denn gesagt, um dich so weit zu bringen?«

»Setz dich, Clark. Du siehst schrecklich aus. Er hat überhaupt nichts getan. Ich habe es getan. Ich will dir von einem Traum erzählen, den ich heute nacht gehabt habe. Oder die Nacht davor. Ich weiß nicht mehr genau, wann.

Ich bin in einer Stadt eine Straße entlanggegangen, die noch keiner von uns gesehen hat. Überall Bäume, blühende Blumen, Büsche, jedes Haus war weiß wie das Pentagon und von einer eigenen Grünfläche umgeben. Wunderschön. Überall waren Frauen, die alle schwanger waren. Sie haben mich umringt, lächelnd, glücklich, und haben mir Blumensträuße gereicht, so viele Blumensträuße, daß ich sie gar nicht alle halten konnte und sie mir allmählich durch die Finger glitten. Als sie auf den Bürgersteig fielen, da zerbrachen sie wie Weingläser in winzige, bunte Scherben. Ich bekam Angst und begann zu laufen, wobei mir immer mehr Blumen hinabfielen und mir die Füße aufrissen. Ich hinterließ eine Blutspur, und die Frauen liefen mir nach. Ich konnte sie nicht loswerden und auch nicht entkommen, und sie konnten mich wiederum nicht einholen. Und wir alle haben uns die Füße an den Blumenscherben aufgeschnitten.« Sie zitterte. Gus zog einen Stuhl nahe an sie heran und nahm ihre Hand.

»Schließlich kam ich ans Ende der Stadt, und dort stand eine hohe Mauer, so hoch, daß ich ihre Krone gar nicht erkennen konnte. Ich wandte mich seitwärts und rannte die Mauer entlang, wobei meine Hand ihre Fläche entlangglitt auf der Suche nach einem Tor, einer Pforte oder irgendeinem anderen Ausweg. Es gab jedoch keinen Ausweg. Nicht für mich. Nicht für die Frauen. Ich habe aufgegeben. Ich bin einfach stehengeblieben und habe darauf gewartet, daß sie mich fangen würden, und hatte dabei mehr Angst denn je, mehr, als ich ertragen konnte. Da bin ich aufgewacht.«

»Um Himmels willen, Anne! Ein Traum! Ein lausiger Traum. Und der hat dich so weit gebracht?« rief Clark.

»Ich mußte es tun. Ich habe keine Wahl mehr. Ich kämpfe, um meine Arbeit mit allen Mitteln, die ich einsetzen kann, zu beschützen! Das ist alles! Es ist saubere Arbeit, und sie werden sie nicht zugrunde richten! Wenn dies der einzige Weg ist, wie ich sie retten kann, so ist es der Weg, den ich beschreiten muß.«

»Du mußt doch nicht in irgendein gottverdammtes Krankenhaus! Du bist doch nicht verrückt! Sie können dich doch nicht in eine Anstalt pressen!«

»Wirst du ihnen erzählen und sie überzeugen, daß ich den *pa*-Faktor nicht benutzt habe? Kannst du sie überzeugen? Glaubst du es selbst?«

Das Zimmer wurde unnatürlich ruhig, als befänden sie sich tatsächlich in der Leere, die Anne sich so oft vorgestellt hatte. Akzeptiere es doch, dachte sie an ihn gerichtet. Akzeptiere doch, daß es keine Garantien geben kann, daß wir Probleme haben, daß wir einander vielleicht nicht mehr mögen, wenn und falls wir jemals diesen Problemen ins Auge sehen. Du kannst mich nicht fesseln, rief sie innerlich. Du kannst mich nicht in eine Schachtel stecken, den Deckel zuklappen und sicher sein, daß du mich dort später wieder vorfindest.

Clark konnte die Bilder, die durch seine Gedanken rasten, nicht in eine ordentliche Reihenfolge bekommen. Das tote Kätzchen, die toten Schimpansenjungen, Annes fremde Augen, die ihn prüfend betrachteten, als hätte sie ihn nie zuvor gesehen. Der einzige zusammenhängende Gedanke, den er fassen konnte, war, daß er sie verlor, ohne zu wissen, warum. Weil er sie liebte, weil er ihr diese Liebe aufgezwungen hatte. Und als er das dachte, wußte er, daß es falsch war, und er wußte, daß er dem keinen Wahrheitsgehalt zu geben vermochte. »Anne«, schrie er, »der Unfall war meine Schuld. Ein besserer Fahrer hätte vielleicht den Zusammenstoß verhindern können. Gott weiß, daß ich damit den Rest meines Lebens zurechtkommen muß!«

Sie schüttelte ungeduldig den Kopf. Und er wußte, daß dies eine weitere Lüge war. Und wieder fand er nicht die Wahrheit, die an ihre Stelle zu setzen war. »Ich werde dich wegbringen!« kreischte er. »Es muß nicht auf diese Weise geschehen. Ich werde dich irgendwo hinbringen, wo du einen guten Arzt hast. Wo du dich entspannen und ausruhen kannst und behandelt wirst . . .«

Gus hielt Annes Hand, und als sie wieder zu zittern begann, sagte er: »Clark, warum holst du nicht Drinks für uns alle. Ich glaube, wir könnten jetzt alle einen gebrauchen.«

Clark stürzte aus dem Zimmer, erleichtert, etwas tun zu können. Gib ihr eine Gelegenheit, die Sache in Erwägung zu ziehen, zu begreifen, was er anbot. Er würde den Rest seines Lebens dafür opfern, für sie zu sorgen, sie zu beschützen, sie zu lieben . . .

»Es gibt keine andere Möglichkeit, nicht wahr, Gus?« fragte Anne in fast bettelndem Ton.

Er drückte ihre Hand und stand auf, schlürfte durch das Zimmer zur Tür und machte sie zu. »Nein«, bestätigte er. »Womit hast du denn Helverson weich gekriegt?«

Sie schüttelte den Kopf. »Er hat seine Testperson, wir haben, was wir brauchen — Zeit. Du kommst mich jede Woche besuchen, und falls er Humantests ansetzen will, wirst du es mir erzählen, nicht wahr?«

Er nickte. Er nickte noch einmal, und der fragende Ausdruck wich von seinem Gesicht. »Schätzchen, wenn ich nicht schon eine hervorragende, patente Frau hätte, würde ich dir jetzt einen Antrag machen.«

Sie lächelte, ein flüchtiger Ausdruck, der sofort wieder ihrer schrecklichen Angst wich. Flüsternd sagte sie: »Gus, ich habe schrecklich Angst.«

»Ja«, sagte er. »Ich weiß.« Er küßte sie auf die Stirn, durchquerte den Raum und öffnete wieder die Tür. »Ich werde dich und Ronnie hinbringen. Um wieviel Uhr?«

»Um vier.«

Er nickte. Clark kehrte mit einem Tablett mit Drinks zurück. Nachdem Anne an ihrem genippt hatte, sagte sie: »Clark, komm mich nicht besuchen. Es . . . es wäre für uns beide zu schmerzlich.«

Clark stellte sein Glas ab und sah sie einen Augenblick lang bitter an, dann drehte er sich um und ging hinaus. Sie hörten, wie die Eingangstür hart ins Schloß fiel.

»Es ist schon ein verdammtes Leben«, meinte Gus und trank sein Glas leer. Er erhob sich. »Ich werde um vier wieder dasein.« Er winkte lässig und stolperte hinter Clark her.

Ronnie war vorneweg gefahren, damit sie ihren eigenen Wagen zur Verfügung hatten. Die Landstraße, die Gus entlangfuhr, schlängelte sich zwischen sanften Hügeln und kleinen Farmen hindurch. Sie folgte einem Fluß, der von den Wolkenbrüchen angeschwollen und braun von Schlamm war. Das Wasser schwappte an manchen Stellen bis an den Straßenrand.

»Du kommst schon wieder in Ordnung«, beruhigte sie Gus. »Wenn du natürlich das Zeug genommen hättest, wäre das eine andere Geschichte. Keine sehr hübsche Geschichte.«

»Wie lange hast du es schon gewußt?«

»Ich weiß nicht. Am Anfang hatte ich geglaubt, du hättest es genommen, dann dachte ich, vielleicht, dann aber kam ich zu der Überzeugung, daß nicht. Ich habe mich selbst in deine Lage versetzt«, sagte er und wandte sich mit einem leichten Grinsen ihr zu. »Das fiel mir nicht besonders schwer. Es ist lustig, weißt du. Du und ich. Ich hätte genau das gleiche getan. Es wird schmerzlich, erniedrigend, beleidigend, ekelhaft sein . . . Das weißt du alles. Aber es wird ein Ende haben.«

»Ja, das weiß ich auch«, antwortete sie. Sie sah starr geradeaus. »Er wird bestimmt eine andere Arbeit finden. Vielleicht als Lehrer. Er hat einmal gesagt, daß ihm das Spaß machen würde. Er wird ein guter Lehrer sein.«

»Ja.«

»Wir werden hier abbiegen.«

Er bog ab, und kurz darauf kamen sie an einen kleinen Privatweg, der an einem Gitter mit einem Pförtnerhäuschen endete. Ein uniformierter Mann trat neben den Wagen.

»Dr. Clewiston?« fragte er mit einem Blick in sein Notizbuch.

»Ich bin Anne Clewiston.«

»Und dieser Herr?« Er klappte sein Notizbuch zu.

»Dr. Weinbacher«, erklärte Gus.

»Ich werde anrufen müssen, um zu erfahren, ob ich Sie hineinlassen darf, Sir«, meinte der Pförtner. Er sah Anne wieder an. »Ihre Schwester ist schon hier. Sie hat nicht erwähnt, daß jemand anders Sie bringen würde.«

Er machte sich auf den Weg zum Pförtnerhäuschen zurück, da öffnete Anne die Wagentür. »Ich werde gehen«, meinte sie. »Rufen Sie nicht an.«

»Anne, wir werden auf dich warten«, verabschiedete sich Gus. »Wie weit ist es bis zum Haus?«

»Ein paar hundert Meter«, erwiderte der Pförtner. »Sie können es von hier aus nicht sehen. Es liegt hinter dem nächsten Tor. Man muß hinter diesen Bäumen dort abbiegen. Das Tor ist nicht verschlossen oder so. Sie müssen nur um die Bäume herumgehen.«

»Ich brauche das Training«, meinte Anne. »Ich habe heute noch überhaupt nicht geübt.«

Gus stieg aus und half ihr aus dem Wagen, reichte ihr ihre Krücken.

»Wie lange wird dein Gehirnspezialist brauchen, Gus?« fragte sie dann.

»Er wird in zehn Tagen bis zwei Wochen hier sein, danach wird er zwei bis drei weitere Wochen brauchen, eine Woche mehr oder weniger ist möglich.«

Sie nickte. Sechs Wochen. In sechs Wochen würde sie ohne Krücken laufen können. »Bis dann, Gus«, sagte sie und begann auf das Tor zuzugehen. Sie blickte nicht zurück, als die Pforte hinter ihr ins Schloß fiel, sondern behielt ihren langsamen, gemächlichen Schritt bei. Gus sah ihr zu, wie sie das zweite Tor öffnete und hindurchging, es selbst hinter sich schloß und dann auf die Bäume zuhinkte.

Und in sechs Wochen, dachte er, würde er zurückkommen, und sie von hier abholen, der Welt zurückgeben. Vielleicht würde sie wieder an die Arbeit gehen, unten am Fuß des Hügels wieder beginnen. Vielleicht würden sie in zehn oder auch fünfzehn Jahren oder auch niemals eine Antwort haben, die ihr recht gab oder ihre Entdeckung als falsch herausstellte, in der Zwischenzeit . . . Kein Ehemann, ein Traum verwandelte sich in einen Alptraum und doch, dachte er, während er ihrem unbeholfenen Gang zusah, und doch würde er eines Tages sagen: »Du hast gewonnen, Anne. Du hast gewonnen.« Und sie würden beide wissen, daß es stimmte.

Sie war nun bei den Bäumen angelangt. Sie warf keinen Blick zurück, hielt nicht einmal inne, ging um die Ecke und verschwand hinter den nebelverhangenen Bäumen, deren knospenschwellende Zweige bereits den Frühling verhießen.